NATHA
HAWT

NATHANIEL HAWTHORNE

A LETRA ESCARLATE

tradução de
LUIZ ROBERTO M. GONÇALVES

apresentação e notas de
FÁTIMA MESQUITA

ilustração de
PAULA CRUZ

© Panda Books

Direção editorial Marcelo Duarte, Patth Pachas e Tatiana Fulas
Coordenação editorial Vanessa Sayuri Sawada
Assistentes editoriais Henrique Torres, Laís Cerullo e Guilherme Vasconcelos

Coordenação da coleção Fernando Nuno e Silvana Salerno
Design Casa Rex
Ilustração Paula Cruz
Revisão de tradução Ibraíma Dafonte Tavares
Preparação Estúdio Sabiá
Revisão Nana Rodrigues e Valéria Braga Sanalios
Imagem p. 1 Nathaniel Hawthorne © Mathew B. Brady e Edward Anthony/Library of Congress.
Impressão Ipsis

CIP-BRASIL. CATALOGAÇÃO NA PUBLICAÇÃO
SINDICATO NACIONAL DOS EDITORES DE LIVROS, RJ

H326L
Hawthorne, Nathaniel, 1804-1864
A letra escarlate / Nathaniel Hawthorne; tradução Luiz Roberto M. Gonçalves; apresentação e notas de Fátima Mesquita; ilustração Paula Cruz. – 1. ed. – São Paulo: Panda Books, 2023. 296 p. : il.; 23cm.

Tradução de: *The scarlet letter*
ISBN: 978-65-5697-231-2

1. Ficção americana. I. Gonçalves, Luiz Roberto M. II. Mesquita, Fátima. III. Cruz, Paula. IV. Título.

23-82298
CDD: 813
CDU: 82-3(73)

Bibliotecária: Gabriela Faray Ferreira Lopes – CRB-7/6643

2023
Todos os direitos reservados à Panda Books.
Um selo da Editora Original Ltda.
Rua Henrique Schaumann, 286, cj. 41
05413-010 – São Paulo, SP
Tel./Fax: (11) 3088-8444
edoriginal@pandabooks.com.br | www.pandabooks.com.br
Visite nosso Facebook, Instagram e Twitter.

Nenhuma parte desta publicação poderá ser reproduzida por qualquer meio ou forma sem a prévia autorização da Editora Original Ltda. A violação dos direitos autorais é crime estabelecido na Lei nº 9.610/98 e punido pelo artigo 184 do Código Penal.

APRESENTAÇÃO **p. 9**

PREFÁCIO À SEGUNDA EDIÇÃO **p. 17**

INTRODUÇÃO – A ALFÂNDEGA **p. 19**

I A PORTA DA PRISÃO **p. 65**

II A PRAÇA DO MERCADO **p. 67**

III O RECONHECIMENTO **p. 79**

IV O ENCONTRO **p. 89**

V HESTER E O BORDADO **p. 97**

VI PEARL **p. 107**

VII A CASA DO GOVERNADOR **p. 119**

VIII A CRIANÇA TRAVESSA E O MINISTRO **p. 127**

IX O MÉDICO **p. 137**

X O MÉDICO E SEU PACIENTE **p. 149**

XI O INTERIOR DE UM CORAÇÃO **p. 159**

XII A VIGÍLIA DO MINISTRO **p. 167**

XIII OUTRA VISÃO DE HESTER p. 179

XIV HESTER E O MÉDICO p. 189

XV HESTER E PEARL p. 197

XVI UMA CAMINHADA NA FLORESTA p. 205

XVII O PASTOR E SUA PAROQUIANA p. 213

XVIII UMA TORRENTE DE LUZ p. 223

XIX A CRIANÇA À BEIRA DO RIACHO p. 231

XX O MINISTRO NUM LABIRINTO p. 239

XXI FERIADO NA NOVA INGLATERRA p. 251

XXII O DESFILE p. 261

XXIII A REVELAÇÃO DA LETRA ESCARLATE p. 273

XXIV CONCLUSÃO p. 283

MAPA DE PERSONAGENS p. 292

BIOGRAFIAS p. 294

APRESENTAÇÃO

SOPA IMORTAL DE LETRINHAS NÍVEL HIGHLANDER MASTER

Então, aqui está você, decidida(o) — ou ao menos tentada(o) — a ler um clássico, um conjunto de palavras e ideias que um belo dia saiu da cabeça de uma escritora ou um escritor e que vem vindo, ano após ano, enredando leitores de todo tipo, de toda idade, de toda língua, de toda natureza. O que você tem nas mãos — se liga — já é só por isso um tesouro, porque, quando você mergulha na trama e no drama de um clássico, está participando de uma experiência coletiva inacreditável. Sente o poder?

Pois os clássicos são isso mesmo: são puro poder. Eles são o que fica, o que não se apaga, não se deleta, e a gente logo detecta que, vira e mexe, eles se esticam, crescem, muitas vezes virando filme, influenciando novos autores, roteiristas, letristas de música, poetas, autores de novelas, conversas de boteco e muito mais — sim, porque às vezes eles influenciam até a maneira como a gente vê o mundo, como se comporta nele... É um poder cósmico e concentrado aí numa sopa imortal de letrinhas nível *highlander master*! Bora encarar?

Ah, eu entendo. Às vezes a linguagem é tão estranha que a gente tropeça e cai de boca na preguiça. Outras vezes, o desânimo vem de trechos de descrição sem fim, ou uma cuspição de referências que cansam, umas trancas chatas, viu? E é verdade: tem uns períodos do passado escrito da nossa história de seres humanos em que as pessoas pareciam bater palma e passar pano direto pra isso na literatura.

Mas imagino cá com minhas teclas que você tenha uma cabeça aberta, certo? Então, escancara mesmo, se deixe levar por países, cidades, tempos, costumes, leis, tradições, sabores e amores tão distantes da gente, mas tão pertinho da nossa humanidade. Se larga aí num canto gostoso, se esparrama num sofá, ou cava espaço no aperto do trem, no sacolejo do ônibus, na zoeira do metrô e mergulha no classicão que aqui está. Você irá automaticamente adentrar uma *rave* de milhões de almas, de agora e do passado, que já curtiram o que você está prestes a decodificar neste instante. E deixe com os beques aqui a defesa da sua sanidade, porque a gente incluiu nestas páginas uma montanha de comentários que vão facilitar sua leitura, esclarecendo palavras, revelando contextos e tretas variadas — e várias vezes até abrindo novas portas para outras curiosidades que têm a ver com a história. E tudo isso com um bom humor danado! Então seja bem-vinda(o) à nossa coleção de clássicos internacionais: mete os peitos, *pow*!

TIRANDO DE LETRA

A letra escarlate veio a público em 1850 e é considerado um clássico da literatura americana, com seu jeitinho romântico e gótico. Sim, a marca registrada do autor – o Nathaniel Hawthorne – é essa mesma: uma escrita floreada e cheia de detalhes sutis, mas, sobretudo, com um ar sempre meio pesado, estranho – mais para um fim de tarde escuro de inverno do que para um meio-dia de sol na praia. O texto, aliás, foi impresso justinho quando o Nathaniel atravessava altos perrengues depois de perder o emprego e enfrentar a morte da mãe.

O que foi massa é que o livro fez sucesso e deu uma levantada no moral e no bolso do cara. E dá pra entender mesmo que a história tenha bombado – afinal de contas, além do jeito esperto de o autor apresentar as coisas, o enredo é todo trabalhado na emoção de narrar a vida de uma mulher casada que, de repente – nem sabendo mais se o marido ainda está vivo –, se apaixona por um pastor protestante e fica grávida do figurão religioso. E ele não assume nem a criança nem a relação, ela vira mãe solo e é punida por uma comunidade cheia de regras pesadas.

E tudo isso, gente, rola no século XVII e vai puxando um monte de pensação na cabeça do leitor, enquanto mostra o papel da mulher e do homem na sociedade, a mistureba da Igreja com o Estado, os sentimentos de culpa e remorso, a empatia ou a falta dela, as injustiças, o poder, a paixão, o medo, as superstições, o desejo de vingança, o desejo dos corpos... Eita, viu aí como a coisa é cabeluda e interessante? E ela fica ainda melhor de curtir se você estiver por dentro de alguns barracos do contexto daquele tempo e lugar.

OS BARRACOS DOS PURITANOS

Um dos primeiros grupos de ingleses a ir morar no que hoje são os Estados Unidos imigrou em um navio chamado *Mayflower* e sentou praça na cidade de Plymouth, na orla do estado de Massachusetts, em 1620. Eles eram bem umas cem pessoas que entraram para a história como "os peregrinos". Dez anos além, uma leva mais encorpada se meteu a bordo de uma frota de embarcações e aportou um pouco mais acima no mapa. Eram os puritanos – e, entre eles, o tararatataravô do nosso Nathaniel.

Tanto os peregrinos como os puritanos eram gente desgostosa com a Igreja Anglicana, fundada pelo rei da Inglaterra, o Henrique VIII. Mas os pê queriam se separar e fundar sua própria religião, enquanto os pu queriam purificar a tal Igreja, porque achavam que ela estava precisada de umas repaginadas. Acontece, porém, que o Estado lá na Inglaterra não era laico – religião e governo andavam coladinhos e de mãos dadas. Daí a perseguição do rei foi crescendo, em especial para cima dos pu, e foi assim que várias famílias inteiras fizeram as malas e se mandaram para a região da América do Norte chamada Nova Inglaterra. Você percebeu que aquele pessoal, quando chegou ao Novo

Mundo, deu nomes aos lugares num sistema de copia-cola dos nomes ingleses: não só Plymouth também era o nome de uma cidade da Inglaterra, mas várias outras cidades do atual estado de Massachusetts (na Nova Inglaterra), como Boston e Cambridge, têm nomes iguais aos das cidades inglesas de onde os refugiados vieram.

INTOLERÂNCIA PURA

Essa debandada dos puritanos foi toda organizada como uma empresa cheia de sócios, a Massachusetts Bay Colony (Colônia da Baía de Massachusetts). E, como acontece com qualquer negócio, a sociedade deles tinha um regulamento só seu, que, nesse caso, era bem restritivo. Os caras, por exemplo, cancelaram o Natal porque achavam aquilo uma festa abusada. Eles também controlavam como as pessoas se vestiam, o que comiam, como gastavam o dinheiro, enfim, tudo tinha muita proibição e controle.

Nessa *vibe* de regra para tudo e a certeza de que só eles estavam certos, os puritanos deram um show de intolerância pesada, com humilhação, tortura, surra, chicotada, marca na testa com ferro quente e até pena de morte para quem discordava deles. Um dos episódios mais famosos desse jeito infeliz foi uma condenação em massa de uma mulherada da cidade de Salém, nos idos de 1692 e 1693. Elas foram todas acusadas de bruxaria. Evidentemente sem provas. E quase todas foram parar na forca. Agora adivinha quem foi um dos juízes responsáveis por essa barbaridade? O John Hathorne, que era trisavô do nosso autor, o Nathaniel! Perceberam que ele não tinha o W no nome? Foi o próprio Nathaniel que pôs o dábliu no meio do sobrenome quando tinha vinte e poucos anos, dizem que por vergonha do sobrenome do antepassado cruel.

Então não sei se você já sacou a ironia desse vuco-vuco: os puritanos foram perseguidos por estarem lidando com religiosos intolerantes a qualquer diferença lá na Inglaterra. Aí atravessaram o oceano Atlântico para chegar a Massachusetts e fazer o quê? Aplicar direto e reto uma intolerância ainda maior!

O TRINETO DO CAÇADOR DE BRUXAS

Nathaniel Hawthorne nasceu em Salém, no estado de Massachusetts, nos Estados Unidos, em 1804, e foi criado mais pela mãe e pela família dela, porque o pai morreu quando o moleque tinha só quatro anos. Desde cedo o menino queria ser escritor, tanto que se formou na facul e nem foi procurar emprego. Ficou na casa de uns parentes por uns doze anos, sem ter que perder a noite pensando em boleto vencido, só escrevendo.

Seu primeiro livro foi bancado por conta própria (*Fanshawe*, 1828). Foram poucos exemplares e ele se arrependeu da empreitada, mas continuou escrevendo. Aos 33 anos, Nathaniel emplacou seu primeiro título. Era *Twice-told tales* – o qual, se não rendeu grana, pelo menos chamou a atenção da crítica, que reagiu de um modo positivo. Sua futura cunhada, Elizabeth Peabody, foi uma das que leu e deixou seu *like*. Animadona que era, Beth tratou de levar o cara a festas e apresentá-lo a gente importante e/ou interessante lá de Salém. Uma das figuras que ele conheceu foi Sophia, irmã da Elizabeth. Nathaniel e Sophia se casaram em 1842.

FAZENDA, CASA PAROQUIAL, ALFÂNDEGA E DESEMPREGO

Um pouco antes do casório, Nathaniel estava ligadão numa turma de transcendentalistas (intelectuais que acreditavam que todo o mundo tinha uma natureza boa e que era preciso viver de um jeito simples e ser autossuficiente). Nosso autor chegou até a morar uma temporada numa fazenda-cooperativa desse povo lá mesmo em Massachusetts, a Brook Farm. Mas nada durou muito. Nathaniel saiu dali depois de uns seis meses, e não demorou muito o empreendimento utópico faliu e fechou.

Foi mais ou menos por aí que, já casado, o escritor alugou a Old Manse, uma casa legal que tinha sido moradia do pastor de uma igreja na pequena vila de Concord. Ali a Sophia e ele viveram felizes, mas não foi para sempre, porque faltou grana e Nathaniel teve que se virar nos trinta. Acabou caçando um emprego, descolando uma boquinha na alfândega da cidade de Salém, por conta dos contatos que tinha. O trampo era chato, de coletor de impostos, mas deu um *up* poderoso nas contas da família. A intenção dele era ficar naquele cargo, tipo se aposentar no posto. Por isso, Nathaniel levou um baita susto quando descobriu que ia ser despedido.

Nosso autor tentou e tentou pra caramba evitar que aquilo acontecesse, mas havia um novo presidente no país, do partido oposto àquele que havia nomeado Nathaniel, e aí não deu para se segurar na vaga. O novo político empossado indicou um querido dele e lá se foi Hawthorne para a rua da amargura. E que amargor foi aquilo, viu? Tanto é que esse drama foi parar na introdução deste livro, o que você vai conferir já, já.

Pois Nathaniel estava assim arrasadão quando começou a escrever este livro. Já tinha 46 anos, estava sem dindim, com uma filha de dois anos pra criar mais um bebezinho a ponto de nascer na barriga da Sophia, #xatiado. E aí ele conseguiu criar este livraço que está aqui na sua mão. Depois disso, ele continuou colocando no papel outras histórias. Publicou até que bastante, mas morreu em 1864, deixando muito texto inacabado.

Espia só a lista das obras mais famosas desse Nathaniel para você conferir:

O JOVEM GOODMAN BROWN (1835)
WAKEFIELD (1835)
A DAMA DE BRANCO (1837)
O VALE DAS TRÊS COLINAS (1837)
O EXPERIMENTO DO DR. HEIDEGGER (1837)
PEGADAS NA AREIA (1837)
A MARCA DE NASCENÇA (1843)
A ESTRADA DE FERRO CELESTIAL (1843)
A FILHA DE RAPPACCINI (1844)
MOSSES FROM AN OLD MANSE (1846)
A CASA DAS SETE TORRES (1851)
UM LIVRO DE MARAVILHAS PARA MENINOS E MENINAS (1851)
MITOS GREGOS PARA JOVENS LEITORES (1851)
O TOQUE DE OURO (1851)
THE BLITHEDALE ROMANCE (1852)
O FAUNO DE MÁRMORE (1860)

PREFÁCIO À SEGUNDA EDIÇÃO

PARA GRANDE SURPRESA do autor, e (se puder dizer isto sem maior ofensa) para sua considerável diversão, ele descobre que o retrato do serviço público, na introdução de *A letra escarlate*, gerou um tumulto sem precedentes na respeitável comunidade de que faz parte. A reação dificilmente teria sido mais violenta, de fato, se ele tivesse incendiado a Alfândega e apagado a última brasa fumegante com o sangue de certo personagem venerável, contra o qual supostamente acalenta uma peculiar malevolência. Como a reprovação pública pesaria muito sobre ele, caso estivesse ciente de merecê-la, o autor pede licença para dizer que leu cuidadosamente as páginas introdutórias, com o propósito de alterar ou eliminar tudo o que se pudesse considerar errado e fazer a melhor reparação ao seu alcance pelas atrocidades de que o julgaram culpado. Mas parece-lhe que as únicas características notáveis da introdução são seu bom humor franco e genuíno e a acuidade geral com que ele transmite suas sinceras impressões dos personagens ali descritos. Quanto à inimizade, ou mau sentimento de qualquer tipo, pessoal ou político, ele nega absolutamente tais motivações. A introdução poderia, talvez, ser totalmente omitida, sem prejuízo para o público ou para o livro; mas, tendo decidido escrevê-la, ele acredita que não poderia ter sido feita com um espírito melhor ou mais benevolente, nem, na medida em que suas habilidades permitiam, com efeito mais vívido de verdade.

O autor é obrigado, portanto, a republicar sua introdução sem lhe mudar uma palavra.

Salém, 30 de março de 1850

Malevolência > má vontade, malignidade.

Acuidade > sutileza, perspicácia.

Os primeiros europeus a fincar os pés nestas terras foram uma turma de uma colônia de pescadores ali de perto que estava à procura de um cantinho melhor. Mas quem batizou a cidade foi John Endicott, que chegou mais tarde e, adaptando a palavra hebraica *"shalom"* (que significa "paz"), fez a comunidade adotar o nome de **Salém** em 1629. O autor deste livro nasceu nessa cidade, que fica à beira-mar, no nordeste dos Estados Unidos.

INTRODUÇÃO – A ALFÂNDEGA

É DE CERTO MODO NOTÁVEL que – embora não seja muito inclinado a falar sobre minha vida pessoal e meus negócios ao pé do fogo e para meus amigos – um impulso autobiográfico tenha se apossado de mim duas vezes na vida, ao me dirigir ao público. A primeira delas foi há três ou quatro anos, quando apresentei ao leitor – de maneira indesculpável e sem qualquer razão terrena que um leitor indulgente ou o autor intruso pudessem imaginar – uma descrição do meu estilo de vida na profunda quietude de Old Manse. E agora – porque, além do meu mérito, fui bastante feliz em encontrar um ouvinte ou dois naquela ocasião – eu mais uma vez canso a paciência do público falando sobre meus três anos de experiência na Alfândega. O exemplo do famoso "P. P., Escriturário desta Paróquia", nunca foi tão fielmente seguido. A verdade parece ser, entretanto, que, ao lançar suas páginas ao vento, o autor não se dirige aos muitos que deixarão seu livro de lado, ou nunca o lerão até o fim, mas aos poucos que vão entendê-lo melhor do que a maioria de seus companheiros de escola ou de vida. Alguns autores, de fato, fazem muito mais que isso, e entregam-se a profundas confidências reveladoras que poderiam apropriadamente ser dirigidas, única e exclusivamente, a corações e mentes em perfeita

---

Depois de se casar, Nathaniel – o autor desta trama – mudou com a esposa pra essa casona conhecida como **Old Manse**. O nome quer dizer "velha casa paroquial", porque havia sido construída para servir de moradia a um reverendo na década de 1770. A Old Manse ainda existe e fica no mesmo estado de Massachusetts, a uns 45 quilômetros de Salém. E o autor escreveu também um livro de contos em 1846 chamado *Mosses of Old Manse* (tradução minha aqui só pra você: "Musgos da casa paroquial").

Em uma obra satírica do inglês Alexander Pope (antes atribuída ao amigo de Pope, o escocês John Arbuthnot), o personagem **P. P.** é um **funcionário administrativo de uma paróquia** e o herói convencido e falador da trama. Lá pelas tantas, o personagem do título revela que é pai de uma criança, mas que não tinha assumido essa paternidade – e você vai ver que isso tem tudo a ver com este livro aqui.

harmonia; como se o livro impresso, atirado a esmo para o vasto mundo, com certeza fosse encontrar o segmento separado da natureza do escritor e completar o seu ciclo de existência ao promover a comunhão entre os dois. Não é muito decoroso, porém, falar tudo, mesmo quando falamos impessoalmente. No entanto, como os pensamentos ficam congelados e a expressão, entorpecida, a menos que o orador mantenha alguma relação verdadeira com sua plateia, pode ser perdoável imaginar que um amigo, bom e compreensivo, embora não o mais próximo, esteja ouvindo nossa conversa; e então, com a reserva natural descongelada por essa consciência cordial, podemos divagar sobre as circunstâncias que nos cercam, e até sobre nós mesmos, mas ainda manter o Eu mais íntimo atrás de seu véu. Nessa medida, e dentro desses limites, um autor, creio eu, pode ser autobiográfico sem violar os direitos do leitor ou os seus próprios.

Do mesmo modo, vocês verão que este relato sobre a Alfândega tem a propriedade, sempre reconhecida na literatura, de explicar como grande parte das páginas seguintes chegou às minhas mãos e de oferecer provas da autenticidade da narrativa ali contida. Este, na verdade – o desejo de me colocar em minha verdadeira posição como editor, ou muito pouco mais, dos mais prolixos entre os contos que compõem meu volume – este, e nenhum outro, é o verdadeiro motivo para eu assumir uma relação pessoal com o público. Ao cumprir o objetivo principal, pareceu admissível, com alguns toques extras, fazer uma tímida representação de um estilo de vida até agora não descrito, juntamente com a de alguns dos personagens que nele se movimentam, um dos quais, por acaso, é o autor.

Em Salém, minha cidade natal, no alto do que, meio século atrás, no tempo do velho Rei Derby, era um cais movimentado – mas que hoje está cheio de galpões de madeira deteriorada e exibe poucos ou nenhum sintoma de vida comercial; exceto, talvez, por algum veleiro que, na metade de sua extensão

---

Decoroso > decente, honrado, digno.

Prolixa é a fala ou texto mais longo e mais complicado do que o necessário.

Considerado o primeiro milionário dos Estados Unidos, Elias Hasket **Derby** viveu de 1739 a 1799 e era **rei** só no apelido. Na real, era só um empresário poderoso que tinha navios de carga e que agitou pra caramba a economia da cidade de Salém.

melancólica, esteja despejando peles; ou, mais perto, por uma escuna da Nova Escócia que esteja desovando sua carga de lenha – no alto, digo eu, desse cais dilapidado que a maré frequentemente inunda e ao longo do qual, na base e atrás da fileira de prédios, o rastro de muitos anos ociosos pode ser visto na borda de grama descuidada –, aqui, com a vista das janelas dianteiras para essa paisagem não muito animadora, e dali ao outro lado do porto, ergue-se um amplo edifício de tijolos. Do ponto mais alto de seu telhado, durante precisamente três horas e meia a cada manhã, tremula ou repousa, na brisa ou na calmaria, a bandeira da República; mas com as treze listras verticais, e não horizontais, indicando assim que um posto civil do governo do Tio Sam, e não militar, está instalado ali. Sua fachada é ornamentada por um pórtico com meia dúzia de pilares de madeira que sustentam uma varanda sob a qual se estende, em direção à rua, um lance de largos degraus de granito. Acima da entrada paira um enorme espécime da águia-americana, de asas abertas, com um escudo diante do peito e, se bem me recordo, um punhado de raios e flechas farpadas misturados em cada garra. Com o habitual temperamento doentio que caracteriza essa ave infeliz, ela parece, pela ferocidade do bico e dos olhos, e pela truculência geral de sua atitude, ameaçar a comunidade inofensiva; e, especialmente, parece alertar todos os cidadãos, ciosos de sua segurança, para não invadirem as instalações que ela domina com as asas. No entanto, por mais que pareça ameaçadora, muitas pessoas procuram, neste exato momento, abrigar-se sob as asas da águia federal; imaginam, presumo, que seu peito tenha toda a maciez e o aconchego de um travesseiro de plumas. Contudo, ela não tem grande ternura, mesmo em seu melhor humor, e mais cedo ou mais tarde – frequentemente mais cedo do

> A **Nova Escócia** é uma província do Canadá que fica uns mil quilômetros ao norte de Salém.

> Pra valer, o que ele descreve é a **bandeira** que a agência alfandegária (órgão encarregado de fiscalizar bagagens e mercadorias que entravam ou saíam do país) usava. Mas em 2003 os **Estados Unidos** fizeram uma reorganização administrativa, e essa agência foi substituída, acabando assim a vida útil da tal bandeira.

> Dizem que Sam Wilson era muito gente boa e muito conhecido como **Tio Sam**. Quando o recém-independente país resolveu guerrear com o Reino Unido por umas pendências comerciais, o Sam era fornecedor de carne pros soldados, e a carga chegava pra eles sempre dentro de barris marcados com as iniciais US (United States > Estados Unidos). Pois dizem que foi assim que surgiu o personagem Tio Sam, que virou uma espécie de símbolo e sinônimo do país e do governo. Muito historiador torce o nariz pra essa suposta origem do tio, mas o Congresso dos Estados Unidos aprovou essa coisa toda como versão oficial dos fatos em 1961.

> **Cioso** > zeloso, apegado.

que tarde – é capaz de expulsar aqueles ali aninhados com um arranhão, uma bicada firme ou um ferimento causado por suas flechas farpadas.

O pavimento ao redor do edifício descrito acima – que podemos chamar logo de Alfândega do porto – tem capim suficiente crescendo em suas rachaduras para mostrar que, ultimamente, não foi usado por nenhum tipo de negócio de grande procura. Em alguns meses do ano, porém, muitas vezes há uma manhã em que os negócios ganham um ritmo mais animado. Essas ocasiões podem lembrar ao cidadão idoso aquele período antes da última guerra com a Inglaterra, quando Salém era um porto de verdade, e não desprezada, como é hoje, por seus próprios mercadores e armadores, que permitem que seus molhes desmoronem, enquanto seus empreendimentos incham, desnecessária e imperceptivelmente, o poderoso fluxo de comércio de Nova York ou de Boston. Numa dessas manhãs, quando três ou quatro navios chegam ao mesmo tempo – geralmente da África ou da América do Sul –, ou estão a ponto de partir para lá, ouve-se o som de muitos pés subindo e descendo rapidamente os degraus de granito. Aqui, antes que sua própria esposa o cumprimente, pode-se dar as boas-vindas ao capitão do navio recém-atracado, corado pelo mar, com os documentos de sua nave debaixo do braço, numa lata manchada. Aqui, também, vem seu proprietário, alegre ou sombrio, gracioso ou mal-humorado, conforme o plano da viagem ora concluída tenha se realizado em mercadorias que serão prontamente transformadas em ouro ou tenha sido enterrado sob um tal monte de incômodos que ninguém se importará em livrar-se dele. Aqui, igualmente – a semente do comerciante de cenho franzido, barba grisalha e cansado –, temos o jovem escriturário inteligente, que sente o sabor do tráfego como um filhote de lobo faz com o sangue, e já imagina aventuras nos navios de seu patrão quando seria melhor lançar barcos de brinquedo numa represa. Outra figura

---

Molhe é o paredão construído pra segurar o pancadão das ondas do mar.

São duas cidades com porto que cresceram muito por conta disso. **Boston**, capital de Massachusetts, fica uns 25 quilômetros ao sul de Salém, enquanto **Nova York**, no estado de mesmo nome, está ainda mais pra baixo, a cerca de 350 quilômetros ao sul de Boston.

na cena é o marinheiro que parte para o exterior em busca de um salvo-conduto; ou o recém-chegado, pálido e frágil, que deseja um passaporte para o hospital. Tampouco devemos esquecer os capitães das pequenas escunas enferrujadas que trazem lenha das províncias britânicas, um grupo de marujos de aspecto rústico, sem a vivacidade da aparência ianque, mas que contribuem com um item de não pouca importância para nosso comércio decadente.

Salvo-conduto > proteção.

Reúnam-se todos esses indivíduos, como às vezes se reuniam, misturem-se outros a fim de diversificar o grupo e, por um momento, a Alfândega se tornava um lugar agitado. Mais frequentemente, porém, ao subir os degraus, perceberíamos – na entrada, se fosse durante o verão, ou em cômodos apropriados, no inverno ou sob clima inclemente – uma fileira de figuras veneráveis sentadas em cadeiras antiquadas inclinadas sobre as pernas traseiras, com as costas na parede. Muitas vezes estavam dormindo, mas às vezes podia-se ouvi-las conversando, com vozes entre a fala e um ronco, e com aquela falta de energia que distingue os moradores de asilos e todos os outros seres humanos que dependem, para sua subsistência, da caridade, de um emprego em que não há escolha ou de qualquer outra coisa que não seu próprio esforço. Esses velhos senhores – sentados, como Mateus, na recepção dos impostos, mas não muito suscetíveis a serem chamados dali, como ele, para tarefas apostólicas – eram funcionários da Alfândega.

Além disso, à esquerda de quem entra pela porta da frente, há uma certa sala ou gabinete, com cerca de quatro metros e meio de lado e ampla altura, com duas de suas janelas em arco dominando uma vista do cais dilapidado, já mencionado, e a terceira voltada para uma

Em 1799, o governo dos Estados Unidos criou uma rede de **hospitais** para atender marinheiros. Custeada por um imposto cobrado deles, quando a navegação era o principal caminho de mercadorias e negócios, ela garantia que a mão de obra dos navios seguisse firme e forte. Quando um marinheiro voltava doente de uma viagem, ia até a Alfândega e recebia um papel (conhecido como **passaporte**) liberando o atendimento médico.

Essas **províncias** aí são parte do Canadá, um país que teve um processo de independência dos **britânicos** muito lento. A separação começou com a criação do Dominion of Canada em 1867, o que lhe garantiu o poder de se autogovernar em assuntos internos, mas ainda sob a tutela do Reino Unido, que foi aos poucos ficando menor, até desaparecer em 1931. Mesmo assim, o Canadá mantém laços fortes com a monarquia britânica.

Ninguém sabe direito qual é a origem da palavra "**ianque**", que era uma referência a qualquer um nascido nos estados do nordeste dos Estados Unidos (Maine, New Hampshire, Vermont, Massachusetts, Rhode Island e Connecticut – na região chamada New England, ou Nova Inglaterra). O termo se espalhou pelo mundo como sinônimo de qualquer pessoa nascida nos Estados Unidos.

São Mateus foi um dos doze apóstolos de Jesus e coletor de impostos.

> A **Derby Street** é uma rua que ainda existe lá em Salém e foi batizada em homenagem ao tal rei Derby.

> Região portuária bem antiga lá de Londres, **Wapping** era uma área que vivia cheia de confusão, briga, boteco, bêbado e tal. Localizada na nada chique zona leste da cidade de tempos atrás, Wapping ganhou fama por ter sido durante uns quatrocentos anos o local de enforcamento oficial de piratas.

> No livro todo, a gente nota que o Nathaniel defende certos conceitos de igualdade da mulher, mas, ao mesmo tempo, é bem caretão em relação a todos eles. Isso já gerou um monte de discussão entre especialistas e é interessante ver como algumas ideias bem machistas vão se perpetuando, né? Dizer que faxina é tarefa da mulher, por exemplo, aparece aqui bem claro na **vassoura e esfregão**. Ah, e as **ferramentas mágicas** ligam o sexo feminino às bruxas, que tinham tanto significado na Idade Média e que têm tudo a ver com a cidade de Salém.

> Um pessoal mais **radical do Partido Democrata** da cidade de Nova York estava com a corda toda numa reunião de votação do comitê executivo em 1835. A turma que estava no poder do partido não gostou daquilo e apagou a luz a gás que iluminava o local. Os tais radicais acenderam velas com fósforos (conhecidos como *locofocos*) e seguiram adiante dominando a reunião. Dali pra frente, os adversários de qualquer democrata chamavam os rivais de *locofocos*.

via estreita e uma parte da Derby Street. Pelas três vislumbram-se mercearias, fábricas de blocos, lojas de roupas e oficinas de peças para navios; em torno de suas portas geralmente podem ser vistos, rindo e fofocando, grupos de velhos marinheiros e outros ratos de cais que assombram os portos, assim como Wapping. A sala em si é suja e tomada por teias de aranha, com a pintura velha; o piso está coberto de areia cinza, de um modo que em outros lugares havia muito caiu em desuso; e é fácil concluir, pelo desleixo geral, que é um santuário ao qual a mulher, com suas ferramentas mágicas, a vassoura e o esfregão, tem acesso muito raramente. Como mobiliário, há um calefator com uma chaminé volumosa; uma velha escrivaninha de pinho e uma banqueta de três pernas ao lado; duas ou três cadeiras com assento de madeira, excessivamente decrépitas e frágeis; e – para não esquecer a biblioteca –, em algumas prateleiras, uma ou duas dezenas de volumes dos atos do Congresso e uma grossa compilação das leis tributárias. Um cano de estanho sobe pelo teto e forma um meio de comunicação vocal com outras partes do edifício. E aqui, cerca de seis meses antes – andando de um canto a outro, ou recostado no banco de pernas compridas, com o cotovelo sobre a mesa e os olhos vagando para cima e para baixo nas colunas do jornal matutino –, poderíamos ter reconhecido, honrado leitor, o mesmo indivíduo que nos recebeu em seu pequeno e alegre gabinete, onde o sol brilhava tão agradavelmente através dos ramos de salgueiro, no lado oeste de Old Manse. No entanto, se formos procurá-lo agora, perguntaremos em vão pelo inspetor democrata radical. A vassoura da reforma o tirou do cargo, e um sucessor mais valoroso assumiu seu posto e embolsa seus emolumentos.

Esta velha cidade de Salém – minha terra natal, embora eu tenha vivido muito longe dela tanto na infância quanto na maturidade – possui, ou possuía, um poder sobre meu afeto cuja força não percebi durante as temporadas em que morei aqui. Na verdade, no que diz respeito ao seu aspecto físico, com sua superfície plana e monótona, coberta principalmente por casas de madeira, poucas ou nenhuma das quais com pretensão à beleza arquitetônica, sua irregularidade, que não é pitoresca nem original, mas apenas maçante, sua rua comprida e preguiçosa, que percorria cansativamente toda a extensão da península, com Gallows Hill e New Guinea numa extremidade e uma vista do asilo na outra, sendo essas as características de minha cidade natal, meu apego a ela era como ter uma ligação sentimental com um tabuleiro de xadrez desarrumado. No entanto, embora fosse invariavelmente mais feliz em outros lugares, há dentro de mim um sentimento pela velha Salém que, à falta de expressão melhor, devo me contentar em chamar de afeto. O sentimento provavelmente pode ser atribuído às raízes profundas e antigas que minha família fincou no solo. Já se passaram quase dois séculos e um quarto desde que o britânico original, o primeiro imigrante com meu nome, apareceu no povoado selvagem e cercado de floresta que desde então se tornou uma cidade. E aqui seus descendentes nasceram e morreram, e misturaram sua substância terrena com o solo até que uma boa parte dele acabou se tornando necessariamente semelhante à carcaça mortal com a qual, por um breve período, eu caminho pelas ruas. Em parte, portanto, o apego de que falo é a mera simpatia sensual do pó pelo pó. Poucos de meus compatriotas podem entender o que é; e, como o transplante frequente talvez seja melhor para a linhagem, eles nem precisam considerar desejável saber.

Entretanto, o sentimento tem igualmente sua qualidade moral. A figura daquele primeiro ancestral, investido

Em 1692, dezenove mulheres foram enforcadas como feiticeiras no topo desse monte lá em Salém, que ficou conhecido então como **Gallows Hill** (Monte da Forca) – só que desde 2016 se sabe que o assassinato delas ocorreu foi noutro canto, no Proctor's Ledge. Já **New Guinea** (Nova Guiné) tem a ver com a escravidão. Era comum na época do Nathaniel chamar a região da costa oeste da África de Guiné. Quem vinha de lá escravizado era "negro da Guiné". Por isso, várias cidades dos Estados Unidos tinham áreas conhecidas como New Guinea, que era onde moravam os negros livres, em especial depois da abolição da escravatura no país, em 1865.

O autor está falando do tetravô dele, William Hathorne, que **desembarcou** nos Estados Unidos em 1630 – mais tarde o **Nathaniel** colocou um W no **sobrenome** da família, que virou Hawthorne. Vocês lembram o motivo, certo? Se não, volte a ler lá na "Apresentação" deste volume.

Transplante é a mudança de um lugar para outro.

Progenitor > antepassado.

Martes zibellina é o nome científico da **zibelina**, um bicho também chamado de marta e muito utilizado na confecção de casacos de pele.

Os puritanos usavam um **chapéu** simples, em geral preto, de aba estreita; o centro era alto, em forma **de ponta**.

No século XVI, contra a Igreja Católica surgiu a Reforma Protestante. Na Inglaterra, o rei aproveitou a onda porque queria se divorciar e criou a Igreja Anglicana, obrigatória pra todos. Mas surgiram grupos discordantes, como o dos *quakers* (**quacres**, em português). Seus seguidores foram parar na cadeia e sofreram torturas por não seguirem a oficial Igreja Anglicana. Eles se mudaram pra onde hoje são os Estados Unidos. Mas também aí continuaram sofrendo perseguição. Os puritanos de Massachusetts (outro grupo dissidente que havia fugido da Inglaterra mas pensava diferente deles) até enforcaram dois quacres em Boston, em 1656.

O trisavô de Nathaniel, John Hathorne, foi juiz do **caso das tais bruxas** de Salém. Ele agia como quem já decidiu tudo antes e só quer ouvir uma confissão. Depois, os envolvidos nesse fiasco foram todos se desculpando, menos o John, e o Nathaniel sentia uma vergonha sem fim disso.

---

pela tradição familiar de uma grandeza imprecisa e sombria, esteve presente na minha imaginação infantil desde que me entendo por gente. Ela ainda me assombra e induz uma espécie de sentimento familiar pelo passado que dificilmente dedico à fase atual da cidade. É como se eu tivesse mais direito de residir aqui por causa desse progenitor sério, barbudo, de manto de zibelina e chapéu de ponta – que chegou bem cedo, com sua Bíblia e sua espada, e caminhou pela rua inexplorada com imponência, e era uma figura muito grande, como um homem de guerra e paz –, mais direito por causa dele do que por minha própria causa, pois meu nome raramente é ouvido e meu rosto, dificilmente conhecido. Ele foi soldado, legislador, juiz; foi governante da Igreja; tinha todos os traços puritanos, bons e maus. Foi igualmente um duro perseguidor, como testemunham os quacres, que se lembram dele em suas histórias e relatam um incidente de sua severidade para com uma mulher da seita que sobreviverá, teme-se, a qualquer registro de suas melhores ações, embora estas fossem muitas. Seu filho também herdou o espírito perseguidor e tornou-se tão notável no martírio das bruxas que se pode dizer com justiça que o sangue delas deixou nele uma mancha. Uma mancha tão profunda, de fato, que seus velhos ossos secos, enterrados no cemitério da Charter Street, ainda devem retê-la, caso não tenham se transformado totalmente em pó! Não sei se esses meus ancestrais pensaram em se arrepender e pedir perdão aos céus por suas crueldades; ou se agora estão gemendo sob as pesadas consequências deles, em outro estado de ser. Em todo caso, eu, o presente escritor, como seu representante, por este meio me envergonho por seus atos e rezo para que qualquer maldição invocada por eles – como eu ouvi e como a sombria e desafortunada condição da nossa raça há muitos anos sugere existir – possa ser agora e doravante removida.

Sem dúvida, porém, qualquer um desses puritanos severos e de sobrancelhas pretas teria pensado que foi uma punição suficiente por seus pecados o fato de, após um lapso de muitos anos, o velho tronco da árvore familiar, recoberto por grande quantidade de musgo venerável, ter sustentado, como seu ramo superior, um desocupado como eu. Nenhum objetivo que eu tenha acalentado eles reconheceriam como louvável; nenhum êxito meu – se minha vida, além de seu âmbito doméstico, tivesse sido iluminada pelo êxito – eles considerariam outra coisa senão inútil, ou realmente vergonhosa. "O que ele faz?", murmura uma sombra cinzenta de meus antepassados para outra. "Escreve livros de histórias! Que espécie de negócio – que modo de glorificar a Deus ou ser útil à humanidade em sua época e geração – pode ser esse? Ora, o degenerado poderia muito bem ter sido um violinista que daria no mesmo!" Esses são os elogios trocados entre meus antepassados e mim através do abismo do tempo! No entanto, por mais que me desprezem, fortes traços de sua natureza se entrelaçam com a minha.

Profundamente enraizada na primeira infância da cidade por esses dois homens sérios e enérgicos, a família desde então subsistiu aqui; sempre, também, respeitada; nunca, que eu saiba, desonrada por um único membro indigno; por outro lado, após as duas primeiras gerações, raramente ou nunca realizou nenhum feito memorável, nem mesmo apresentou qualquer motivo para receber atenção pública. Gradualmente, seus descendentes quase sumiram de vista; como as casas velhas que, aqui e ali nas ruas, são cobertas a meio caminho do beiral pelo acúmulo de terra nova. De pai para filho, por mais de cem anos, eles seguiram o mar; um capitão grisalho, a cada geração, retirava-se do tombadilho para a herdade, enquanto um menino de catorze anos ocupava o lugar hereditário diante do mastro e enfrentava os borrifos salgados e os vendavais que haviam se abatido sobre seu pai e seu avô. Também no devido tempo, o menino passava do castelo de proa para a cabine, vivia uma masculinidade tempestuosa e voltava de

A meio caminho do beiral significa quase até o telhado.

Tombadilho é a parte mais alta do navio. Dali o capitão comanda tudo e o timoneiro (o motorista) manobra a navegação. É também o lugar mais formal da embarcação.

Herdade > fazenda grande.

Castelo de proa é a parte da ponta do navio bem oposta ao tombadilho.

suas perambulações pelo mundo para envelhecer e morrer, misturando seu pó à terra natal. Essa longa ligação de uma família a um lugar como seu local de nascimento e sepultamento cria um parentesco entre o ser humano e a localidade totalmente independente de qualquer encanto do cenário, ou das circunstâncias morais que o rodeiam. Não é amor, mas instinto. O novo habitante – que veio de uma terra estrangeira, ou cujo pai ou avô de lá vieram – tem pouco direito de ser chamado de salemita; ele não tem noção da tenacidade de ostra com que um velho colono, sobre o qual avança o terceiro século, se agarra ao local onde suas gerações sucessivas foram incrustadas. Não importa que o lugar seja triste para ele; que esteja cansado das velhas casas de madeira, da lama e da poeira, da monotonia de lugar e sentimento, do vento frio do leste e da mais frígida atmosfera social – tudo isso, e quaisquer outros defeitos que possa ver ou imaginar, de nada vale. O feitiço sobrevive, e tão poderoso como se o lugar de nascimento fosse um paraíso terrestre. Assim foi no meu caso. Eu sentia que era quase um destino fazer de Salém meu lar, para que o molde de características e a fôrma de caráter que sempre foram familiares aqui – sempre que um representante da linhagem se deita em seu túmulo, outro assume, por assim dizer, sua marcha de sentinela ao longo da rua principal – pudessem ainda em meu breve tempo ser vistos e reconhecidos na velha cidade. No entanto, esse mesmo sentimento é uma evidência de que a conexão, que se tornou doentia, deve finalmente ser cortada. A natureza humana não florescerá, não mais que uma batata, se for plantada e replantada, por uma série de gerações longa demais, no mesmo solo desgastado. Meus filhos tiveram outros locais de nascimento e, na medida em que seu destino estiver sob meu controle, lançarão suas raízes em terra desconhecida.

Ao sair de Old Manse, foi principalmente essa ligação estranha, indolente e infeliz com minha cidade natal que me levou a ocupar um lugar no edifício de tijolos do Tio Sam quando poderia igualmente bem, ou melhor, ter ido para outro canto. Minha sina me dominou. Não era a primeira vez, nem a segunda, que eu tinha ido embora – ao que parecia, para sempre –, mas acabara retornando, como uma moeda sem valor; ou como se Salém fosse para mim o centro inevitável do universo. Então, numa bela manhã, subi o lance de escada de granito, com a nomeação pelo presidente no bolso, e fui apresentado ao corpo de cavalheiros que deveriam me ajudar em minha pesada responsabilidade como oficial executivo da Alfândega.

> **Sina** > destino, fatalidade.

Duvido muito – ou melhor, não tenho nenhuma dúvida – de que algum funcionário público dos Estados Unidos, civil ou militar, já tenha tido sob suas ordens um corpo de veteranos tão patriarcal quanto eu. O paradeiro do Morador Mais Velho foi imediatamente esclarecido quando olhei para eles. Por mais de vinte anos antes dessa época, a postura independente do coletor mantivera a Alfândega de Salém fora do redemoinho das vicissitudes políticas, que tornam o mandato no cargo geralmente muito frágil. Um soldado – o soldado mais ilustre da Nova Inglaterra – permaneceu firmemente no pedestal de seus valentes serviços; e ele, mesmo seguro na sábia liberalidade das sucessivas administrações por meio das quais ocupou o cargo, ele foi a segurança de seus subordinados em muitas horas de perigo e instabilidade. O general Miller era radicalmente conservador; um homem sobre cuja natureza gentil o hábito exercia grande influência; apegava-se demais a rostos familiares e dificilmente era levado a mudanças, mesmo quando a mudança poderia trazer melhorias inquestionáveis. Assim, ao assumir o comando de meu departamento, encontrei poucos homens, mas idosos. Eram, em sua maioria, antigos capitães do mar que, depois de serem testados em todas as águas, erguendo-se resolutamente contra as rajadas tempestuosas da vida, finalmente chegaram a este recanto tranquilo, onde, com pouco para perturbá-los, exceto os terrores periódicos de uma eleição presidencial, todos

> **Vicissitude** > instabilidade, condição desfavorável.

> James **Miller** havia lutado contra o Reino Unido na Guerra de 1812, virando assim um herói para os ianques. Depois, foi nomeado governador do que era na época o território do Arkansas (terras no sul dos Estados Unidos que os americanos compraram dos franceses). Mais um pouco além na linha do tempo e ele se tornava, então, o responsável pela Alfândega de Salém, sendo, inclusive, chefe do autor de *A letra escarlate*.

> **Gotoso** é quem sofre de gota, uma doença hereditária em que rola um excesso de ácido úrico, o qual, por sua vez, deixa certas articulações inflamadas e bem doídas.

> **A descansar** quer dizer que foram despedidos, certo?

> Um partido político formado nos Estados Unidos em 1834 foi o dos **Whigs**, com a tarefa de fazer oposição ao então presidente Andrew Jackson, que era do Partido Democrata. Esses dois grupos dividiram o poder por lá até os primeiros anos da década de 1850. O nome "*whig*" foi copiado de um partido antimonárquico inglês. E esse lance tem tudo a ver com a vida do Nathaniel, que foi apontado pra trabalhar na Alfândega pelo presidente democrata James K. Polk, mas perdeu o emprego poucos anos depois, quando o *whig* Zachary Taylor foi eleito para a presidência.

> Segundo o autor, quando ele assumiu a chefia da Alfândega, despediu uns tantos funcionários que ele achava que eram péssimos e daí ficou com a fama de ser um **anjo exterminador**.

adquiriram um novo contrato de existência. Embora de forma alguma menos sujeitos à idade e à enfermidade do que seus semelhantes, eles evidentemente possuíam algum talismã que mantinha a morte a distância. Dois ou três, como me asseguraram, sendo gotosos e reumáticos, ou talvez acamados, nunca sonhavam em aparecer na Alfândega durante grande parte do ano; mas, depois de um inverno de torpor, esgueiravam-se para o sol quente de maio ou junho, faziam preguiçosamente o que chamavam de dever e, por seu próprio lazer e conveniência, punham-se de novo na cama. Devo me declarar culpado da acusação de abreviar a vida de funcionário público de mais de um desses veneráveis servos da república. Eles foram autorizados, na minha representação, a descansar de seus árduos trabalhos e logo depois – como se seu único princípio de vida fosse zelar pelo serviço de seu país, como eu realmente acredito que fosse – retiraram-se para um mundo melhor. É para mim um consolo piedoso que, por meio de minha interferência, um espaço suficiente lhes tenha sido concedido para se arrependerem das práticas perversas e corruptas em que, como é óbvio, todo oficial da Alfândega supostamente cai. Nem a porta da frente nem a dos fundos da Alfândega dá acesso ao paraíso.

A maior parte dos meus oficiais eram *whigs*. Foi bom para sua venerável irmandade que o novo inspetor não fosse um político e, embora um fiel democrata por princípio, não tivesse recebido nem ocupasse seu cargo para fazer política. Caso contrário – se um político atuante tivesse sido colocado neste cargo influente para assumir a fácil tarefa de confrontar um coletor *whig* cujas enfermidades o impediam de administrar pessoalmente seu cargo –, dificilmente um daqueles homens teria sobrevivido no serviço público um mês depois de o anjo exterminador ter subido os degraus da Alfândega. De acordo com o código tradicional de tais questões, teria sido nada menos do que dever, num político, colocar cada uma daquelas cabeças brancas sob a lâmina da guilhotina. Estava suficientemente claro que os velhos companheiros temiam tal descortesia de minhas mãos. Doía-me, e ao mesmo tempo me divertia, ver o terror que acompanhava meu advento; ver uma face enrugada, castigada pelo tempo por meio século de tempestades, ficar branca como papel ao olhar de um indivíduo tão inofensivo quanto eu; detectar, à medida que um ou outro se dirigiam a mim, o tremor de uma voz que, em tempos longínquos, costumava berrar através de um megafone, com rouquidão suficiente para assustar o próprio Bóreas até ele se calar. Eles sabiam, esses excelentes idosos, que, por todas as regras estabelecidas – e, no que se refere a alguns deles, incomodados por sua própria ineficiência nos negócios –, deveriam ceder o lugar a homens mais jovens, mais ortodoxos na política e muito mais aptos que eles para servir ao nosso Tio comum. Eu também sabia disso, mas jamais consegui descobrir em meu coração como agir de acordo com esse conhecimento. Portanto, muito e merecidamente para meu descrédito, e em detrimento considerável da minha consciência de oficial, eles continuaram, durante o meu mandato, a rastejar pelos cais e a subir e descer os degraus da Alfândega. Também passaram muito tempo dormindo em seus cantos habituais, com as cadeiras inclinadas para trás, contra a parede; acordando, no entanto, uma ou duas vezes durante a manhã para se aborrecerem mutuamente com a milésima repetição de velhas lendas do mar e piadas mofadas, que entre eles haviam se tornado senhas e contrassenhas. Logo descobriram, imagino, que o novo inspetor não era muito maléfico. Assim, com o coração alegre e a feliz consciência de estarem empregados de

---

Já havia versões anteriores do equipamento em ação, mas a máquina de matar que ficou famosa pelo mundo todo foi a **guilhotina**, que ganhou o sobrenome do médico Joseph-Ignace Guillotin. O cara, com o doutor Antoine Louis, quis instituir um jeito menos torturante de executar os condenados pela Revolução Francesa. E depois disso a ideia de cortar cabeças virou uma metáfora comum para muita coisa, por exemplo, para demitir alguém.

Na mitologia grega, o deus do frio é **Bóreas**, o devorador. É o vento que vem do norte e traz o inverno.

Ortodoxos > convencionais.

Tio comum > o Tio Sam, o governo dos Estados Unidos.

Essa história de **senha e contrassenha** é coisa de militar, de segurança, de espião. Fica combinado que a senha será "cascavel", por exemplo, e que ao ouvir isso eu devo dizer a contrassenha "passarinho". Assim sabemos que somos do mesmo time, nos identificamos mesmo não nos conhecendo.

> **Sagaz** > esperto, astuto, perspicaz.
>
> **Obtusidade** > estupidez, burrice, insensibilidade.

maneira útil – para seu próprio bem, pelo menos, senão pelo de nosso amado país –, esses bons e velhos senhores cumpriam as várias formalidades do cargo. Sagazmente, espiavam, por baixo dos óculos, os porões dos navios! Poderoso era o seu alvoroço por pequenas questões, e maravilhosa, às vezes, a obtusidade que permitia que as maiores escorregassem por entre seus dedos! Sempre que tal infortúnio ocorria – quando uma carga de mercadorias valiosas era contrabandeada para terra, ao meio-dia talvez, e diretamente debaixo de seu nariz crédulo –, nada poderia exceder a vigilância e o entusiasmo com que procediam a trancar, e duplamente, e a prender com fita e lacre, todos os acessos ao navio delinquente. Em vez de uma reprimenda pela negligência anterior, o caso mais parecia exigir um elogio à sua louvável cautela após o dano ter acontecido; um grato reconhecimento da prontidão do seu zelo no momento em que não havia mais remédio.

A menos que as pessoas sejam desagradáveis além do normal, tenho o hábito tolo de desenvolver carinho por elas. A melhor parte do caráter de um companheiro, quando há uma parte melhor, é a que geralmente vem em primeiro lugar para mim e forma o tipo pelo qual reconheço o homem. Como a maioria desses antigos oficiais da Alfândega tinha boas qualidades, e como minha posição em relação a eles, paternal e protetora, era favorável ao crescimento de sentimentos amigáveis, logo passei a gostar de todos. Era agradável, nas manhãs de verão – quando o calor escaldante, que quase derretia o restante da família humana, apenas aquecia suavemente aqueles corpos meio entorpecidos –, era agradável ouvi-los conversar na entrada dos fundos, uma fileira de homens inclinados contra a parede, como de costume, enquanto os gracejos congelados das gerações anteriores eram descongelados e saíam de seus lábios borbulhando em risos. Por fora, a alegria dos homens idosos tem muito em comum com a das crianças; o intelecto, não mais do que um profundo senso de humor, tem pouco a ver com o assunto; ela é, em ambos os casos, um brilho que brinca na superfície e confere um aspecto ensolarado e feliz tanto ao ramo verde quanto ao tronco cinzento e mofado. Num caso, entretanto, é a verdadeira luz do sol; no outro, assemelha-se mais ao brilho fosforescente da madeira em decomposição.

Seria uma triste injustiça, o leitor deve compreender, representar todos esses meus excelentes velhos amigos como se estivessem senis. Em primeiro lugar, meus coadjuvantes não eram todos velhos; havia entre eles homens no auge de sua força, de capacidade e energia notáveis, e muito superiores ao modo de vida preguiçoso e dependente no qual haviam sido lançados pela má conjunção dos astros. Além disso, as mechas brancas da idade às vezes eram consideradas o telhado de um edifício intelectual em bom estado. Mas, no que diz respeito à maioria do meu grupo de veteranos, não haverá mal algum se eu os caracterizar genericamente como um conjunto de velhas almas cansativas, que nada reuniram em sua variada experiência de vida que valesse a pena preservar. Pareciam ter jogado fora todo o valioso grão da sabedoria prática que haviam tido tantas oportunidades de colher, e com muito cuidado guardado suas lembranças juntamente com a casca. Falavam com muito mais interesse e enlevo sobre o desjejum, ou o jantar de ontem, de hoje ou de amanhã, do que do naufrágio de quarenta ou cinquenta anos atrás, e de todas as maravilhas do mundo que haviam testemunhado com seus olhos juvenis.

O pai da Alfândega – o patriarca não apenas desse pequeno esquadrão de funcionários, mas, ouso dizer, do respeitável corpo de fiscais de bordo de todos os Estados Unidos – era um certo inspetor permanente. Ele realmente poderia ser considerado um filho legítimo do sistema tributário, firmemente estabelecido, ou melhor, nascido em berço de ouro, já que seu pai, um coronel revolucionário e ex-coletor do porto, havia criado um cargo para ele

---

Desjejum > café da manhã.

O **coronel** William Raymond Lee participou da guerra que aconteceu de 1775 a 1783, quando treze colônias britânicas na América do Norte lutaram pela independência e então se uniram formando os Estados Unidos da América. Thomas Jefferson, presidente dos Estados Unidos, nomeou esse herói **revolucionário** para trabalhar na Alfândega de Salém. O cara ficou no posto de 1801 até a morte, em 1851. Nesse tempo, ele inventou ali um **cargo vitalício** pro próprio filho, também chamado William Lee. E tudo indica que esse segundo Lee estava por trás da demissão do Nathaniel.

e o nomeara para ocupá-lo, num tempo muito antigo, do qual poucas pessoas hoje vivas se lembram. Esse inspetor, quando o conheci, era um homem de oitenta anos, ou perto disso, e certamente um dos mais bem-dispostos espécimes que se poderia encontrar ao longo de uma vida. Com sua bochecha rosada, sua figura compacta, elegantemente vestida num casaco azul de botões brilhantes, seu passo vigoroso e seu aspecto saudável, não parecia jovem, na verdade, mas uma espécie de novo artifício da Mãe Natureza em forma de homem, a quem a idade e a doença não tocavam. Sua voz e sua risada, que ecoavam perpetuamente pela Alfândega, não tinham nada do tremor e da gargalhada áspera de um velho; saíam pavoneando-se de seus pulmões, como o canto de um galo ou a explosão de um clarim. Examinando-o apenas como a um animal – e havia pouco mais para examinar –, era um objeto muito satisfatório, tanto pela saúde e pela total integridade de seu corpo quanto pela capacidade, naquela idade extrema, de desfrutar de todas, ou quase todas, as delícias que havia almejado ou concebido. A segurança descuidada de sua vida na Alfândega, com uma renda regular e ligeiros e raros temores de demissão, sem dúvida contribuiu para que o tempo passasse com leveza para ele. As causas originais e mais poderosas, entretanto, residem na rara perfeição de sua natureza animal, na proporção modesta de intelecto e na mistura muito insignificante de ingredientes morais e espirituais; essas últimas qualidades, na verdade, mal eram suficientes para impedir que o velho cavalheiro andasse de quatro. Ele não tinha nenhuma capacidade de pensamento, nenhuma profundidade de sentimento, nem sensibilidades incômodas; nada, em suma, a não ser alguns instintos corriqueiros que, auxiliados pelo temperamento alegre que inevitavelmente brotava de seu bem-estar físico, cumpriam de maneira muito respeitosa, e com aceitação geral, as funções de um coração. Tinha sido marido de três esposas, todas mortas havia muito tempo; pai de vinte filhos, os quais, em sua maioria e em todas as idades da infância ou da maturidade, também tinham

O **som forte da corneta** típica dos militares e que distribui comandos, com cada toque dando uma ordem (virar à direita, virar à esquerda, parar, seguir em frente etc.).

voltado ao pó. Aqui, poderíamos supor, talvez houvesse tristeza suficiente para tingir a disposição de espírito mais ensolarada, pela repetição, com um tom lúgubre. Não com o nosso velho inspetor! Um breve suspiro era suficiente para remover todo o fardo dessas reminiscências sombrias. No momento seguinte, ele estava pronto para se divertir como um garoto; muito mais pronto do que o escriturário júnior do coletor, que, aos dezenove anos, era o mais velho e sério dos dois.

Eu costumava observar e estudar esse personagem patriarcal com mais viva curiosidade, creio eu, do que qualquer outra forma de humanidade que ali tenha se apresentado ao meu conhecimento. Ele era, na verdade, um fenômeno raro; por um lado tão perfeito; por todos os outros, tão superficial, ilusório, impalpável, uma nulidade absoluta! Concluí que ele não tinha alma, coração ou mente; nada, como eu já disse, além de instintos: no entanto, tão astutamente se haviam reunido os poucos materiais de seu caráter que não havia de minha parte uma percepção dolorosa da deficiência, mas toda uma satisfação com o que eu via nele. Talvez fosse difícil – e era mesmo – conceber como ele poderia existir no pós-vida, tão terreno e sensual parecia; mas certamente sua existência aqui, admitindo-se que terminaria com seu último suspiro, não tinha sido cruel; não tivera responsabilidades morais maiores do que as das feras do campo, mas vivera um escopo de prazer maior que o delas, e com toda a sua bendita imunidade contra a tristeza e as sombras da velhice.

Um ponto em que ele tinha imensa vantagem sobre seus irmãos de quatro patas era a capacidade de se lembrar dos bons jantares que comera e que formavam parte significativa de sua alegria de viver. Sua *gourmandise* era uma faceta muito agradável, e ouvi-lo falar de carne assada era tão apetitoso quanto se discorresse sobre picles ou sobre uma ostra. Como não possuía nenhum atributo superior, nem sacrificou nem corrompeu qualquer dom espiritual ao dedicar toda a sua energia e engenhosidade

Gourmandise é uma palavra francesa que já significou gula, mas na altura em que o livro foi escrito estava já sendo usada no sentido de um prazer refinado em comer bem.

O café da manhã deles sempre tinha alguma proteína poderosa. Podia ser omelete, ovo frito com bacon, **costeleta de cordeiro** ou de porco, um picadinho. Ah, e ainda rolava uma batata frita pra acompanhar.

John **Adams** foi o segundo presidente dos Estados Unidos, governando de 1797 a 1801. Mas tem aí também uma gracinha do autor porque o primeiro ser humano, segundo a Bíblia, teria sido, em inglês, o Adam – em português, o Adão da Eva.

Inveterado > arraigado, persistente.

para servir ao deleite e ao proveito de sua mandíbula, sempre me agradou e satisfez ouvi-lo dissertar sobre peixes, aves e carnes, e os métodos mais adequados de prepará-los para a mesa. Suas reminiscências bem-humoradas, por mais antiga que fosse a data do banquete, pareciam trazer às narinas o aroma de porco ou peru. Havia sabores em seu paladar que tinham permanecido ali por não menos de sessenta ou setenta anos e ainda pareciam tão frescos quanto o da costeleta de cordeiro que acabara de devorar no desjejum. Eu o ouvi estalar os lábios sobre jantares cujos convivas, exceto ele, havia muito alimentaram os vermes. Era maravilhoso observar como os fantasmas das antigas refeições surgiam continuamente diante dele; não com raiva ou retaliação, mas como se ele estivesse grato por sua apreciação anterior e procurasse ressuscitar uma série infinita de prazeres, ao mesmo tempo lúgubres e sensuais. Um lombo de vaca, um quarto traseiro de vitela, uma costelinha de porco, uma determinada galinha ou um peru notavelmente louvável, que talvez tivessem adornado sua mesa nos dias do velho Adams, seriam lembrados; ao passo que toda a experiência subsequente de nossa raça e todos os acontecimentos que iluminaram ou obscureceram sua própria carreira o haviam tocado com efeito tão pouco permanente quanto a brisa que passa. O principal acontecimento trágico na vida do velho, pelo que pude julgar, foi o acidente com um certo ganso que vivera e morrera havia cerca de vinte ou quarenta anos; um ganso de figura muito promissora, mas que, à mesa, mostrou-se tão inveteradamente firme que a faca de trinchar nem marcava sua carcaça, e que só pôde ser partido com machado e serrote.

Mas é hora de terminar este texto; sobre o qual, entretanto, ficaria feliz em me alongar consideravelmente porque, de todos os homens que já conheci, esse indivíduo era o mais apto a ser oficial da Alfândega. A maioria das pessoas, por motivos sobre os quais talvez eu não tenha espaço para falar, sofrem prejuízo moral por causa desse modo de vida peculiar. O antigo inspetor era incapaz disso e, se continuasse no cargo até o fim dos tempos, seria tão bom quanto era então, e se sentaria para jantar com apetite igualmente bom.

Há uma figura sem a qual minha galeria de retratos da Alfândega ficaria estranhamente incompleta, mas que minhas comparativamente poucas oportunidades de observação me permitem esboçar apenas com contornos mínimos. É a do coletor, nosso galante e velho general, que após seu brilhante serviço militar havia governado um selvagem território no Oeste e viera para cá, fazia vinte anos, para passar o declínio de sua variada e honrosa vida. O bravo soldado já tinha, quase ou totalmente, setenta anos, e seguia o restante de sua marcha terrena carregado de enfermidades que nem mesmo a música marcial de suas próprias lembranças emocionantes conseguia iluminar. Suas passadas, tão altivas quando estivera na linha de frente, agora eram quase trôpegas. Era apenas com a ajuda de um criado, e apoiando pesadamente a mão na balaustrada de ferro, que conseguia subir lenta e penosamente os degraus da Alfândega e, com um avanço penoso pelo assoalho, alcançar sua cadeira habitual junto à lareira. Lá ele costumava sentar-se e olhar com uma serenidade de aspecto um tanto vago para as figuras que iam e vinham; entre o farfalhar de papéis, a administração dos assuntos fiscais, a discussão de negócios e a conversa casual do gabinete; todos os sons e circunstâncias pareciam impressionar apenas indistintamente seus sentidos, e dificilmente abriam caminho até sua esfera íntima de contemplação. Seu semblante, nesse repouso, era suave e bondoso. Se sua atenção fosse solicitada, uma expressão de cortesia e interesse brilhava em suas feições, provando que havia luz dentro dele, e que era apenas o meio externo da lâmpada intelectual que obstruía a passagem de seus raios. Quanto mais se penetrava na substância de sua mente, mais profunda ela parecia. Quando não era mais chamado a falar ou ouvir, operações que lhe custavam um esforço evidente, seu rosto recobrava brevemente a quietude, com certo humor. Não era doloroso ver esse

> É, de novo, o **general** James Miller, que foi herói da Guerra de 1812, governador do Arkansas e depois coletor em Salém por 24 anos.
>
> Marcial > militar.

> O lago Champlain marca a divisão entre os estados de Nova York e Vermont e se estica até ultrapassar a fronteira do Canadá. Ganhou esse nome quando o francês Samuel de Champlain lutou contra os indígenas da região. Em 1755, a França ergueu à beira daquele aguão o Forte Carillon. Quatro anos depois, os britânicos tomaram o lugar, mudando o nome daquilo para **Ticonderoga**. Durante a Guerra da Independência, o forte voltou a ser palco de disputas importantes, mas quando Hawthorne escreveu este livro a fortificação era mesmo só ruína. O forte, no entanto, foi restaurado e em 1909 virou museu.

olhar, pois, embora enevoado, não tinha a imbecilidade da idade decadente. A estrutura de sua natureza, originalmente forte e maciça, ainda não tinha se esfarelado.

Entretanto, observar e definir seu caráter sob tais desvantagens era tarefa tão difícil quanto traçar e reconstruir, na imaginação, uma velha fortaleza como Ticonderoga a partir de suas ruínas cinzentas. Aqui e ali, por acaso, as paredes podem permanecer quase inteiras, mas em outros lugares são apenas um monte informe, desajeitado sob sua própria força e coberto, durante longos anos de paz e abandono, com capim e ervas invasoras. No entanto, olhando para o velho guerreiro com afeto – por menor que fosse a comunicação entre nós, meu sentimento por ele, como o de todos os bípedes e quadrúpedes que o conheciam, poderia ser devidamente denominado assim –, eu podia identificar os pontos principais de seu retrato. Era marcado pelas qualidades nobres e heroicas que demonstravam que não fora por mero acaso, mas por direito, que conquistara um nome distinto. Seu espírito nunca poderia, imagino, ter sido caracterizado por uma atividade incômoda; devia, em qualquer período da vida, ter exigido um impulso para colocá-lo em movimento; mas, uma vez instigado, com obstáculos a superar e um objetivo adequado a ser alcançado, não cabia ao homem desistir ou fracassar. O calor que antes havia impregnado sua natureza, e que ainda não estava extinto, nunca foi do tipo que brilha e salta numa labareda, mas, antes, um clarão vermelho profundo, como o do ferro numa fornalha. Peso, solidez, firmeza; essa era a expressão de seu repouso, mesmo no declínio que se apossara dele prematuramente, no período de que falo. Mas eu podia imaginar, mesmo então, que, sob algum estímulo que devia penetrar profundamente em sua consciência – despertado por um toque de trombeta alto o suficiente para acordar todas as energias que não estivessem mortas, mas apenas adormecidas –, ele ainda era capaz de se livrar de suas enfermidades como a camisola de um doente, abandonando o cajado da idade para empunhar uma espada de batalha e despertar mais uma vez o guerreiro. E, num momento tão intenso, seu comportamento ainda teria sido calmo. Tal exibição, entretanto, era apenas para ser retratada na fantasia; não para ser antecipada, nem desejada. O que eu via nele – tão evidentemente quanto as indestrutíveis muralhas do velho Ticonderoga, já citadas como a comparação mais apropriada – eram as características de uma resistência teimosa e laboriosa, que poderia muito bem significar obstinação em sua juventude; de uma integridade, que, como a maioria de seus outros dotes, consistia numa massa um tanto pesada e tão inflexível e incontrolável quanto uma tonelada de minério de ferro; e de uma benevolência, que, por mais ferozmente que ele tenha conduzido as baionetas em Chippewa ou no Forte Erie, considero ser de um cunho tão genuíno quanto a que impulsiona todos os filantropos polêmicos da época. Havia matado homens com as próprias mãos, pelo que sei – certamente, diante do ataque ao qual seu espírito conferiu uma energia triunfante, eles caíram como folhas de grama na varredura da foice –, mas, seja como for, nunca houve em seu coração crueldade suficiente para sequer raspar a penugem de uma asa de borboleta. Não conheci um homem a cuja bondade inata eu apelaria com mais confiança.

Muitas características – e também aquelas que contribuem de maneira não menos forçosa para conferir verossimilhança a um esboço – devem ter desaparecido ou sido obscurecidas antes de eu conhecer o general. Todos os atributos meramente elegantes são em geral os mais efêmeros; tampouco a natureza adorna a ruína humana com flores de nova beleza que tenham suas raízes e nutrição adequada apenas nas fendas e brechas da decomposição, enquanto

---

No começo da Guerra da Independência, a turma mais *top* do Exército Britânico estava lutando contra Napoleão na Europa, mas o conflito por lá estava quase no fim. Daí o pessoal dos Estados Unidos achou que era preciso aproveitar aquele momento para avançar ao norte, entrando no Canadá, que seguia fiel ao Reino Unido. Num primeiro instante os revoltosos se deram bem, ganhando a batalha que aconteceu pertinho das cataratas do Niágara, numa área conhecida como **Chippewa** (ou Chippawa), e conquistando o **Forte Erie**. Mas no final das contas, eles não conseguiram se manter por lá e voltaram pra casa. Mesmo assim, essa vitória ficou famosa nos Estados Unidos.

Efêmero > passageiro, de curta duração.

espalha flores amarelas de trepadeira sobre as ruínas do Forte Ticonderoga. Ainda assim, mesmo no que diz respeito à graça e à beleza, havia pontos que vale a pena observar. Um raio de humor, de vez em quando, abria caminho através do véu obscuro e brilhava agradavelmente em nosso rosto. Um traço de elegância nativa, raramente visto na personalidade masculina após a infância ou o início da juventude, mostrava-se no gosto do general pela visão e pela fragrância das flores. Um velho soldado deveria, supõe-se, valorizar apenas os louros ensanguentados em sua testa; mas aqui estava alguém que parecia ter o apreço de uma jovem pelas flores.

Lá, ao lado da lareira, o velho e corajoso general costumava sentar-se, enquanto o inspetor – embora raramente, quando pudesse evitar, assumisse para si a difícil tarefa de envolvê-lo numa conversa – gostava de ficar de pé, afastado, e observar seu semblante quieto e quase sonolento. Ele parecia distante de nós, embora o víssemos a apenas alguns metros; remoto, embora passássemos perto de sua cadeira; inatingível, embora pudéssemos estender as mãos e tocar as suas. Pode ser que vivesse uma vida mais real dentro de seus pensamentos do que em meio ao ambiente impróprio do gabinete do coletor. As evoluções do desfile; o tumulto da batalha; o floreio da velha música heroica, ouvida trinta anos antes – tais cenas e sons talvez estivessem todos vivos em seu intelecto. Nesse ínterim, os mercadores e comandantes de navios, os escrivães e marinheiros rudes entravam e partiam; a agitação dessa vida comercial e alfandegária mantinha seu pequeno murmúrio em torno dele; e nem com os homens nem com seus negócios parecia o general manter a mais distante relação. Estava tão deslocado quanto estaria uma velha espada – agora enferrujada, mas que um dia brilhara na frente de batalha e ainda exibia um lampejo forte ao longo da lâmina –, entre os tinteiros, as pastas de papel e as réguas de mogno sobre a mesa do vice-coletor.

Uma coisa me ajudou muito a renovar e recriar o valente soldado da fronteira do Niágara

---

Os **louros** são aquelas mesmas folhas que a gente coloca numa boa feijoada e que, lá atrás, no tempo em que os gregos e romanos estavam com a corda toda, eram usadas em forma de guirlanda para coroar quem vencia uma competição ou para homenagear um grande nome das artes.

Ínterim > meio-tempo, intervalo.

A ponta da caneta, para poder escrever, era mergulhada num potinho de tinta, o **tinteiro**. Canetas que traziam um reservatório de tinta dentro do seu próprio corpo só surgiram no comecinho do século XIX.

Niágara foi o nome dado pelo povo iroquês a um rio de 59 quilômetros de comprimento que escoa água do lago Erie até o lago Ontário enquanto ainda marca a divisa dos Estados Unidos com o Canadá. Na altura da cidade de Buffalo o rio forma as famosas grandes cataratas do Niágara.

– o homem de energia simples e verdadeira. Foi a lembrança das suas palavras memoráveis – "Eu tentarei, senhor!" –, que, ditas à beira de uma empreitada desesperada e heroica, exalavam a alma e o espírito de coragem da Nova Inglaterra, abrangiam todos os perigos e a tudo enfrentavam. Se, em nosso país, o valor fosse recompensado com a honra heráldica, essa frase – que parece tão fácil de dizer, mas que só ele, com tamanha tarefa de perigo e glória à frente, um dia disse – seria o melhor e mais adequado de todos os lemas do escudo de armas do general.

Contribui muito para a saúde moral e intelectual de um homem ser criado com hábitos de companheirismo com indivíduos diferentes dele, que pouco se importam com suas atividades e cuja posição social e habilidades se esforça para apreciar. Os acasos de minha vida muitas vezes me proporcionaram essa vantagem, mas nunca com mais plenitude e variedade do que durante minha permanência no cargo. Houve um homem em especial que, quando lhe observei o caráter, deu-me uma nova ideia do que é talento. Seus dons eram enfaticamente os de um homem de negócios; rápido, preciso, de mente clara; com um olhar que via através de todas as perplexidades e uma faculdade de organização que as fazia desaparecer como que ao aceno de uma varinha mágica. Criado desde a infância na Alfândega, aquele era o seu campo de atividade perfeito; e as muitas complexidades dos negócios, tão perturbadoras para o intruso, apresentavam-se a ele com a regularidade de um sistema perfeitamente compreendido. Em minha contemplação, ele se destacou como o ideal de sua classe. Era, de fato, a Alfândega em si; ou, em todo caso, a mola principal que mantinha em movimento suas diversas engrenagens; pois, numa instituição como aquela, na qual os oficiais são nomeados para servir a seu próprio lucro

Dizem que o que o general Miller falou quando recebeu a ordem de atacar os britânicos na batalha de Lundy's Lane foi isso mesmo: "**Eu tentarei, senhor!**". E, de fato, ele se deu bem, obrigando o adversário a recuar. Mas, na prática, deu também em nada, porque no final os Estados Unidos voltaram pra casa sem conseguir conquistar nenhum milímetro do Canadá, que era uma região leal à Inglaterra.

A **heráldica** é aquela coisa de ficar estudando e criando brasões. Na Idade Média os nobres e reis recebiam um desenho todo caprichado como homenagem por algum grande feito e aquilo, aos poucos, virou um símbolo da família, que na heráldica é chamado "arma". Ao reunir vários desses símbolos em um escudo, tem-se o **escudo de armas**, que compunha o brasão da família e era exibido para dizer "olha aqui como sou importante". Ao longo do tempo, os brasões das famílias reais foram usados nas bandeiras dos reinados e muitos podem ser vistos até hoje em bandeiras como a de Portugal e a da Espanha.

Faculdade > capacidade, aptidão, habilidade.

Limalha > farelo de metal.

Condescendência > sentimento de superioridade.

Esotérico > difícil de entender.

Providência > Deus.

Em abril de 1841, Hawthorne foi morar no Instituto de Agricultura e Educação **Brook Farm**, um experimento de vida simples e cristã em um ambiente comunitário e autossuficiente capitaneado por um pastor e frequentado por gente com dinheiro no bolso – cada participante tinha que desembolsar quinhentos dólares pra entrar pro time, o que era uma fortuna na época. O autor ficou lá menos de um ano, mas saiu de boas, torcendo pelo projeto, que, no entanto, não vingou. A fazenda faliu em 1847.

No final da década de 1820, bem ali na Nova Inglaterra, surgiu um movimento filosófico chamado Transcendentalismo, o qual achava que o homem e a natureza eram bons e que era a sociedade que os corrompia. Achavam também que todo mundo devia ser autossuficiente, não precisar de ninguém para sobreviver. Dessa turma fazia parte o poeta e filósofo Ralph Waldo **Emerson**.

Assabet é um riozinho de apenas trinta quilômetros que corre ali perto de Boston e onde essa galera transcendentalista adorava dar rolezinho de canoa.

e conveniência, e raramente devido à sua aptidão para o dever a ser desempenhado, eles devem forçosamente buscar em outro lugar a destreza que não possuem. Assim, por uma necessidade inevitável, como um ímã atrai limalha de aço, também nosso homem de negócios atraía para si as dificuldades que todos enfrentavam. Com uma fácil condescendência e amável tolerância para com nossa estupidez – que, para seu tipo de mente, devia parecer quase um crime –, ele imediatamente, pelo mero toque do dedo, tornava o incompreensível tão claro quanto a luz do dia. Os mercadores o valorizavam não menos do que nós, seus amigos esotéricos. Sua integridade era perfeita: era uma lei da natureza para ele, mais que uma escolha ou um princípio; nem poderia ser diferente: ser honesto e metódico na administração dos negócios era a condição principal de um intelecto tão notavelmente claro e preciso quanto o dele. Uma mancha em sua consciência, quanto a qualquer coisa que entrasse no âmbito de sua vocação, perturbaria tal homem da mesma maneira, embora em grau muito maior, que um erro no saldo de uma conta ou uma mancha de tinta na página de um livro de registro. Aqui, numa palavra – e trata-se de um caso raro em minha vida –, encontrei uma pessoa totalmente adaptada à posição que ocupava.

Essas eram algumas das pessoas a quem agora eu me encontrava ligado. Atribuo em boa medida à Providência ter sido lançado numa posição muito pouco parecida com minha rotina anterior, e me empenhei seriamente em tirar dela todo o lucro que pudesse ser obtido. Depois de meu período de labuta e esquemas impraticáveis com os irmãos sonhadores de Brook Farm; depois de viver por três anos sob a influência sutil de um intelecto como o de Emerson; depois daqueles dias rebeldes e livres no Assabet, durante os quais me entreguei a especulações fantásticas com Ellery Channing ao lado de nossa fogueira de galhos caídos; depois de conversar com Thoreau sobre pinheiros e relíquias indígenas em sua ermida em Walden; depois de me tornar entojado por me identificar com o refinamento clássico da cultura de Hillard; depois de me imbuir de sentimento poético na lareira de Longfellow – era hora, por fim, de exercitar outras faculdades de minha natureza e me nutrir com alimentos para os quais até então tivera pouco apetite. Até o antigo inspetor era palatável, como mudança de dieta, para um homem que conhecera Alcott. Em certa medida, vejo como prova de um sistema naturalmente bem equilibrado, no qual não faltava nenhuma parte essencial para sua completa organização, o fato de que, com tais associados para lembrar, eu pudesse me misturar imediatamente com homens de qualidades totalmente diferentes e nunca me queixar da mudança. A literatura,

> O poeta **Ellery Channing** e o escritor, naturalista e filósofo Henry David **Thoreau** também faziam parte do movimento do Transcendentalismo. O Thoreau viveu por pouco mais de dois anos longe de tudo, em uma ermida (ou seja, uma casa de ermitão, um lugar para morar isolado, longe da cidade) que ele mesmo construiu junto ao laguinho de **Walden**, no meio da floresta, longe de tudo, em uma área pertencente ao Emerson ali mesmo em Massachusetts – a experiência, por sinal, virou livro.

> George Stillman **Hillard** foi um advogado amigo do Nathaniel e que o defendeu quando ele foi demitido da Alfândega. O poeta Henry Wadsworth **Longfellow** também foi chapa do autor deste livro. E Amos Bronson **Alcott** era um filósofo e educador ligado ao Transcendentalismo.

seus esforços e objetivos tinham agora pouco significado em minha avaliação. Nesse período, eu não me importava com os livros; eles estavam distantes de mim. A natureza – exceto pela natureza humana –, a natureza que se desenvolve na terra e no céu, estava, em certo sentido, oculta para mim; e todo o deleite imaginativo com o qual ela tinha sido espiritualizada por mim desapareceu-me da mente. Um dom, uma aptidão, caso não tivessem partido, estavam suspensos e inanimados dentro de mim. Haveria em tudo isso algo triste, indescritivelmente enfadonho, se eu não tivesse consciência de que dependia de minha própria escolha relembrar tudo o que fora valioso no passado. Talvez fosse verdade, de fato, que esta vida não podia ser vivida impunemente por muito tempo; caso contrário, poderia me tornar permanentemente diferente do que tinha sido sem me transformar de alguma maneira que valesse a pena assumir. Mas nunca a considerei outra coisa que não uma vida transitória. Sempre houve um instinto profético, um sussurro baixo em meu ouvido, de que, em breve, e sempre que uma nova mudança de hábito fosse essencial para o meu bem, a mudança aconteceria.

Enquanto isso, lá estava eu, um inspetor da Alfândega, e, pelo que pude entender, um inspetor tão bom quanto era necessário. Um homem de ideias, imaginação e sensibilidade (se ele tivesse dez vezes mais dessas qualidades do que as necessárias para ser inspetor) poderia, a qualquer momento, ser um homem de negócios, desde que decidisse se empenhar. Meus colegas oficiais e os mercadores e capitães de navios com os quais minhas obrigações oficiais me colocaram em todo tipo de ligação não me viam sob nenhuma outra luz e provavelmente não me conheciam sob nenhum outro personagem. Nenhum deles, presumo, jamais havia lido uma página de minha escrita nem teria me atribuído mais importância se as tivesse lido todas; tampouco seria minimamente suficiente para corrigir o problema que essas mesmas páginas inúteis tivessem sido escritas pela pena de Burns ou a de Chaucer, os quais tinham sido oficiais da Alfândega em sua própria época, como eu. É uma boa lição – embora muitas vezes difícil – para um homem que sonhou com a fama literária e desejou criar para si mesmo, por esse meio, uma posição entre os dignitários do mundo sair do estreito círculo em que suas vantagens são reconhecidas e descobrir como tudo o que ele realiza e tudo o que almeja é completamente desprovido de significado fora desse círculo. Não sei se eu precisava da lição, fosse na forma de advertência, fosse na forma de repreensão; mas, de qualquer modo, eu a absorvi completamente: sinto prazer em dizer que tampouco a verdade, conforme vim a perceber, jamais me custou um dissabor, ou precisou ser descartada num suspiro. Quanto a conversas literárias, é verdade, o oficial da Marinha – um excelente sujeito que assumiu

---

Como o autor, os dois foram escritores e também cobradores de impostos. O escocês Robert **Burns** é considerado o maior poeta de todos os tempos do seu país, enquanto o inglês Geoffrey **Chaucer** assina o primeiro grande clássico da literatura inglesa, do século XIV: *Os contos de Canterbury*.

Dignitário é aquele que tem um cargo alto, em especial do governo ou da Igreja.

O tal **oficial da Marinha** se chamava John D. Howard. Hawthorne subiu ao posto em março de 1846 e foi colocado pra fora em junho de 1849. Howard começou a trabalhar na mesma Alfândega um mês depois que o autor, em 1846, e também saiu um mês depois que ele, em junho de 1849.

o cargo comigo e saiu um pouco mais tarde – costumava me envolver numa discussão sobre um ou outro de seus temas favoritos, Napoleão ou Shakespeare. De vez em quando, o assistente do coletor também – um jovem cavalheiro que, sussurrava-se, ocasionalmente cobria uma folha de papel de carta do Tio Sam com o que (à distância de alguns metros) se parecia muito com poesia – costumava me falar sobre livros como se eu estivesse familiarizado com eles. Esse era todo o meu relacionamento letrado; e era suficiente para minhas necessidades.

Não mais procurando ou me importando que meu nome fosse largamente estampado nas páginas de rosto, sorria ao pensar que agora ele estava na moda de outra maneira. O marcador da Alfândega o imprimia, com estêncil e tinta preta, em sacos de pimenta e cestos de urucum, caixas de charutos e fardos de todo tipo de mercadorias tributáveis a fim de atestar que essas mercadorias tinham pagado o imposto e passado regularmente pelo gabinete. Carregado por um veículo de divulgação tão estranho, minha existência, tanto quanto um nome atesta, foi levada para onde nunca tinha estado e, espero, para onde nunca mais voltará.

A **página de rosto** do livro é a que traz o título, o nome do autor e o da editora.

Aqui, o **estêncil** era um pedaço de metal ou madeira com buracos formando as iniciais do nome do responsável pela cobrança do imposto. Aí o cara colocava aquele molde em cima de uma caixa de mercadorias, por exemplo, e metia tinta por cima, pra deixar identificado ali que ele havia inspecionado a coisa.

Contudo, o passado não estava morto. Muito de vez em quando, os pensamentos que pareciam tão vitais e ativos, mas haviam sido silenciados, reviviam. Uma das ocasiões mais notáveis em que o hábito de dias passados renasceu em mim foi aquela que inclui no âmbito da atividade das letras oferecer ao público o esboço que escrevo agora.

No segundo andar da Alfândega existe uma grande sala cujos tijolos e vigas descobertas nunca foram revestidos com lambris e estuque. O edifício – originalmente projetado em escala adaptada ao antigo fim comercial do porto e com uma perspectiva de prosperidade subsequente destinada a nunca se concretizar – oferece muito mais espaço do que seus ocupantes saberiam utilizar. Este saguão arejado, portanto, acima dos aposentos do coletor,

Havia o hábito de colocar **lambris**, umas tábuas curtas instaladas na vertical meio que da metade da parede pra baixo, para proteger aquela área do bate-bate de cadeiras, por exemplo. Já o **estuque**, ou taipa, é uma maçaroca de barro com areia usada como revestimento de parede.

Recesso é a área de um cômodo que tem um cantinho com parede mais ao fundo, criando um nicho.

Resma é o maço de quinhentas folhas de papel. Mas é também um jeito de se dizer que se trata de uma quantidade enorme.

Político e empresário da região de Salém, William **Gray** (1750-1825) nasceu mais pra pobretão, mas acabou, ficando ricaço e importante. Atuou como pirata saqueador oficial durante a Guerra da Independência dos Estados Unidos. A propósito: **Billy** é um dos apelidos comuns em inglês do nome William. E **Simon Forrester** foi um irlandês (1748-1817) que trabalhou num navio comandado pelo avô do autor deste livro. Ele acabou se estabelecendo em Salém, onde enricou lidando com, comércio e pirataria em nome dos rebeldes dos Estados Unidos na luta pela independência dos britânicos.

No final do século XVI, a sífilis estava correndo solta na Europa, causando cegueira, demência, feridas e queda de cabelo, e o pessoal começou a apelar pra perucas feitas bem mais ou menos. Dali a um tempo, o rei Luís XIV da França, ao encarar o mesmo problema, resolveu caprichar no estilo das madeixas falsas e aí a coisa ganhou novo status. Mas, como higiene não era o forte da época, o pessoal batia um talco perfumado em cima das perucas fedorentas e cheias de piolho e vem daí as "**cabeças empoadas**".

A **Revolução Americana** foi o movimento de independência das treze colônias britânicas na América do Norte que se juntaram para formar os Estados Unidos.

---

permanece inacabado até hoje e, apesar das teias de aranha envelhecidas que adornam suas vigas escuras, parece ainda aguardar o trabalho do carpinteiro e do pedreiro. Numa extremidade da sala, num recesso, existiam vários barris empilhados uns sobre os outros, com maços de documentos oficiais. Grandes quantidades de tralha semelhante forravam o chão. Era uma pena pensar quantos dias, semanas, meses e anos de labuta tinham sido desperdiçados nesses papéis mofados, que agora eram apenas um estorvo na terra e estavam escondidos nesse canto esquecido para nunca mais serem vistos por olhos humanos. Mas, então, quantas resmas de outros manuscritos – preenchidos não com a monotonia das formalidades oficiais, mas com o pensamento de cérebros inventivos e a rica efusão de corações profundos – não teriam caído no mesmo esquecimento; e, além disso, sem servir a um propósito na sua época como tinham servido estes papéis amontoados, e – o mais triste de tudo – sem comprar para seus escritores o sustento confortável que os escrivães da Alfândega haviam obtido com esses rabiscos inúteis da pena! No entanto, talvez não fossem totalmente sem valor como registro da história local. Aqui, sem dúvida, podemos descobrir as estatísticas do antigo comércio de Salém e memoriais de seus mercadores principescos: o antigo Rei Derby, o velho Billy Gray, o velho Simon Forrester e muitos outros magnatas de sua época, cuja montanha de riquezas começava a encolher tão logo sua cabeça empoada baixava à sepultura. Os fundadores da maior parte das famílias que hoje compõem a aristocracia de Salém podem ser rastreados aqui desde o início – quando, num período muito posterior à Revolução, eram comerciantes obscuros e sem importância – até o que seus filhos consideram uma posição social elevada há muito estabelecida.

Há uma escassez de registros anteriores à Revolução; os documentos e arquivos anteriores da Alfândega foram, provavelmente, levados para Halifax quando todos os oficiais do rei acompanharam o Exército Britânico em sua fuga de Boston. Muitas vezes lamentei que tivesse sido assim, pois, como talvez remontassem ao tempo do Protetorado, aqueles papéis deviam conter muitas referências a homens esquecidos ou lembrados e a costumes antigos, que teriam me provocado o mesmo prazer de quando eu costumava recolher pontas de flechas indígenas no campo perto de Old Manse.

Porém, num dia entediante e chuvoso, tive a sorte de fazer uma descoberta de certo interesse. Cutucando e cavando o lixo amontoado no canto, desdobrando um e outro documento, lendo os nomes de navios havia muito naufragados no mar ou apodrecidos nos molhes e os nomes de mercadores hoje desconhecidos na Bolsa e não facilmente decifráveis em suas lápides cobertas de musgo; olhando para tais objetos com o interesse entristecido, cansado e meio relutante que dirigimos a um cadáver – e exercendo minha imaginação, preguiçosa pelo pouco uso, para criar desses ossos secos uma imagem da fase mais brilhante da antiga cidade, quando a Índia era uma região nova e apenas Salém sabia o caminho até lá –, por acaso pousei a mão num pequeno pacote, cuidadosamente embrulhado num pedaço de pergaminho velho e amarelado. Esse envelope tinha cara de ser algum registro oficial de um período distante, quando os funcionários aplicavam sua caligrafia laboriosa e formal em materiais mais substanciais que os de hoje. Havia nele algo que despertou uma curiosidade instintiva e me fez abrir a fita vermelha desbotada que o amarrava com a sensação de que um tesouro seria trazido à luz. Desdobrando os vincos rígidos

---

Na luta pela independência, os rebeldes forçaram os soldados britânicos a fugir de Boston em março de 1776 rumo a **Halifax**, no Canadá.

Oliver Cromwell foi um líder radical puritano que deflagrou uma guerra contra a monarquia no que ficou conhecido como Guerra Civil Inglesa. O rei Carlos I foi decapitado e Cromwell assumiu a chefia geral como Lorde Protetor da República entre 1649 e 1658. No fim, o Oliver morreu de doenças e aí a coisa desandou até Carlos II assumir o posto do pai (Carlos I), trazendo de volta a monarquia. Esse tempo de governo do Oliver é chamado de **Protetorado**.

O Hawthorne tinha um interesse incrível por qualquer artefato antigo que encontrava em suas andanças. Ele colecionava e estudava tudo o que achava e que fosse ligado ao universo das nações **indígenas**.

A afirmativa é um pouco exagerada, né, mas, de fato, logo depois da independência dos Estados Unidos, **Salém** tinha a maior riqueza per capita (por cabeça) do país justamente por conta dos **seus navios indo e vindo da China** e do que eles chamavam então de **Índia do Leste** – uma área que hoje é ocupada por: Índia, Vietnã, Camboja, Laos, Mianmar (ex-Birmânia), Singapura, Tailândia e parte da Malásia. De lá traziam principalmente chá, especiarias, seda, porcelana, marfim, ouro em pó...

O advogado inglês William **Shirley** (1694-1771) foi **governador** colonial de Massachusetts, lutou contra a ocupação francesa, mas depois caiu em desgraça e foi chamado de volta à Inglaterra, onde chegou a ser acusado de traição. Inocentado, foi parar no comando das Bahamas e, depois, virou governador de novo de Massachusetts. Houve mesmo um sujeito chamado **Jonathan Pue**, nascido ninguém sabe quando nem onde, mas que trabalhou na Alfândega e morreu em Salém, em março de 1760.

Joseph Barlow Felt (1789-1869) foi um pastor e historiador/arquivista que organizou e registrou muito da história da região, em livros como *Anais de Salém*, sua cidade natal, que aqui aparece como **anais de Felt**.

A notícia saiu mesmo no **jornal** *The Salém Observer*, em 1833, descrevendo exatamente isso da peruca e tal.

O termo em inglês tem significado diferente daquele a que estamos acostumados em português. Para eles, os **antiquários** são gente que estuda documentos, artefatos e monumentos históricos. No caso dos Estados Unidos, há até a famosa American Antiquarian Society, uma associação criada em 1812 em Massachusetts que existe até hoje e é especializada em papelada histórica.

do invólucro de pergaminho, descobri que se tratava da nomeação, assinada e selada pelo governador Shirley, de um certo Jonathan Pue como inspetor da Alfândega de Sua Majestade no porto de Salém, na província da baía de Massachusetts. Lembrei-me de ter lido (provavelmente nos anais de Felt) um aviso do falecimento do senhor inspetor Pue, cerca de oitenta anos antes; e da mesma forma, num jornal recente, um relato da remoção de seus restos mortais do pequeno cemitério da Igreja de São Pedro durante a reforma daquele edifício. Nada, se bem me recordo, sobrara de meu respeitado predecessor, exceto um esqueleto imperfeito, alguns fragmentos de roupa e uma peruca de majestoso frisado, que, ao contrário da cabeça que um dia adornou, estava muito bem preservada. Contudo, ao examinar os papéis que o pergaminho serviu para envolver, encontrei mais traços do órgão mental do senhor Pue e do funcionamento interno de sua cabeça do que aqueles que a peruca crespa continha do venerável crânio em si.

Eram documentos, em suma, não oficiais, de natureza privada, ou pelo menos escritos em esfera privada, e aparentemente de próprio punho. Eu só poderia imaginar que tivessem sido incluídos na pilha de cacarecos da Alfândega porque a morte do senhor Pue tinha sido repentina e pelo fato de os papéis, que ele provavelmente guardava em sua escrivaninha de trabalho, nunca terem chegado ao conhecimento de seus herdeiros nem estarem relacionados ao fisco. Na transferência dos arquivos para Halifax, esse pacote, que se revelou não ser de interesse público, fora deixado para trás e permanecera fechado desde então.

Naqueles tempos, sendo pouco incomodado, suponho, pelos afazeres relacionados ao seu cargo, o antigo inspetor parece ter dedicado algumas de suas muitas horas de ócio a pesquisas como antiquário local e a outras investigações de natureza semelhante. Estas forneciam material para atividades insignificantes a uma mente que, de outra maneira, teria sido corroída pela ferrugem. Uma parte das informações a seu respeito, aliás, prestou-me um bom serviço na preparação do texto intitulado "Rua Principal", incluído no presente volume. O restante talvez possa ser aplicado a propósitos igualmente valiosos daqui em diante; ou quem sabe possa ser transformado, até onde chega, numa história de Salém, se minha veneração pelo solo natal algum dia me impelir a tarefa tão piedosa. Enquanto isso, os papéis ficarão à disposição de qualquer cavalheiro com vontade e competência para tirar de minhas mãos o trabalho inútil. Como disposição final, considero depositá-los na Sociedade Histórica de Essex.

No entanto, o objeto que mais me chamou a atenção na embalagem misteriosa foi um certo artigo de fino tecido vermelho, muito gasto e desbotado. Havia nele vestígios de um bordado a ouro que, entretanto, estava muito desgastado e desfigurado, de modo que nada, ou muito pouco, restara de seu brilho. Fora feito, como era fácil perceber, com extrema habilidade, e os pontos (como me asseguraram senhoras conhecedoras de tais mistérios) evidenciavam uma arte hoje esquecida, que não pode ser recuperada nem mesmo pelo processo de desfazê-los para identificá-los. Esse trapo de tecido escarlate – pois o tempo, o uso e uma traça sacrílega o reduziram a pouco mais que um trapo –, após exame cuidadoso, assumiu a forma de uma letra. Era a letra A maiúscula. Depois de uma medição precisa, cada haste provou ter exatamente oito centímetros e um quarto de comprimento. A letra tinha sido planejada, sem dúvida, como ornamento de uma vestimenta; porém, como deveria ser usada, ou que posição, honra e distinção ela representou em tempos passados era um enigma (tão efêmeras são as modas do mundo nessas minúcias) que eu tinha pouca esperança de decifrar. Ainda assim, estranhamente,

---

Houve muita dúvida sobre como publicar este livro que está nas suas mãos. Havia a ideia de que ele ia ficar uma coisa magrela demais só com a história da letra escarlate e que talvez fosse uma boa ideia juntar uns contos (como o tal "**Rua Principal**") e fazer um volume mais encorpado. Mas acabou que venceu a ideia de publicar assim, só este enredo da letra escarlate, e foi uma coisa excelente pro autor, porque vendeu legal e virou assunto em tudo quanto era roda de conversa.

Impelir > impulsionar.

Escarlate é um vermelho bem vivo.

Traça é um termo genérico que se refere a vários insetos comedores e destruidores de coisas e que, se é **sacrílega**, é porque desrespeita o que merece todo respeito e mais um pouco.

interessou-me. Meus olhos se fixaram na velha letra escarlate e não se desviaram. Certamente, havia nela algum significado profundo, muito digno de interpretação, que, por assim dizer, fluía do emblema místico e se comunicava sutilmente com minha sensibilidade, embora evitasse minha análise racional.

Assim perplexo – e cogitando, entre outras hipóteses, se a letra não poderia ser uma daquelas condecorações que os homens brancos costumavam inventar para atrair o olhar dos índios –, por acaso a coloquei no meu peito. Pareceu-me – o leitor pode sorrir, mas não deve duvidar de minha palavra –, pareceu-me então experimentar uma sensação não totalmente física, embora quase, de calor ardente, como se a letra não fosse de tecido vermelho, mas de ferro em brasa. Estremeci e, involuntariamente, deixei-a cair no chão.

Absorto na contemplação da letra escarlate, eu tinha até então me esquecido de examinar um pequeno rolo de papel encardido em torno do qual ela havia sido enrolada. Abri-o agora e tive a satisfação de encontrar, registrada pela caneta do velho inspetor, uma explicação razoavelmente completa de todo o caso. Havia várias folhas de papel almaço com muitos detalhes a respeito da vida e da conduta de certa Hester Prynne, que parecia ter sido uma personalidade notável aos olhos de nossos ancestrais. Ela viveu no período entre os primeiros dias de Massachusetts e o final do século dezessete. Os idosos da época do senhor inspetor Pue, cujos depoimentos orais ele usou em sua narrativa, lembravam-se dela, em sua juventude, como uma mulher muito velha, mas não decrépita, de aspecto imponente e solene. Tinha sido seu hábito, desde tempos quase imemoriais, andar pelo país como uma espécie de enfermeira voluntária, fazendo todo tipo de boa ação ao seu alcance e assumindo igualmente o dever de dar conselhos em todos os assuntos, especialmente os do coração. Dessa maneira, como inevitavelmente acontece com alguém com tais propensões, ela ganhou de muitas pessoas a reverência devida a um anjo, mas, imagino, era vista por outras como uma intrusa e um incômodo. Investigando mais o manuscrito,

---

O **papel almaço** é mais encorpado e se compõe de duas folhas que você pode abrir como se fosse aquele encontro lá do meio de uma revista. Cada página desse conjuntinho é pouco menor que um A4.

Decrépito > velho, acabado.

encontrei o registro de outros feitos e sofrimentos dessa mulher singular, os quais o leitor encontrará na história intitulada *A letra escarlate*. E deve-se ter em mente que os principais fatos dessa história são autorizados e autenticados pelo documento do senhor inspetor Pue. Os papéis originais, juntamente com a própria letra escarlate – uma relíquia muito curiosa –, ainda estão em minha posse e serão exibidos à vontade para qualquer um que, instigado pelo grande interesse da narrativa, deseje vê-los. Não se deve entender que, ao elaborar a história e imaginar os motivos e as paixões que influenciaram os personagens que nela figuram, eu tenha invariavelmente me restringido aos limites da meia dúzia de folhas de papel almaço do antigo inspetor. Pelo contrário, permiti-me, quanto a tais pontos, quase ou totalmente, tanta liberdade como se os fatos fossem inteiramente de minha própria invenção. O que defendo é a autenticidade do relato, em linhas gerais.

> Veja aí o que comentamos antes: que havia a ideia de publicar esta **história** com outras, mas que não rolou assim, lembra?
>
> **Relíquia >** coisa antiga, rara e de muito valor.

Esse incidente trouxe minha mente de volta, em certa medida, a seu antigo trilho. Parecia haver ali o alicerce de uma história. Ela me impressionou como se o antigo inspetor, em suas vestes de cem anos atrás, com sua peruca imortal – que fora enterrada com ele, mas não morrera na sepultura –, tivesse me encontrado no saguão deserto da Alfândega. Ele tinha a postura digna de quem fora nomeado por Sua Majestade e, portanto, iluminado por um raio do esplendor deslumbrante que cercava o trono. Quanta diferença, ai de mim, da aparência desprezível de um funcionário republicano, que se sente, como servidor do povo, menos que o mínimo e abaixo do mais baixo de seus senhores. Com sua própria mão fantasmagórica, a figura obscuramente vista, mas majestosa, compartilhou comigo o emblema escarlate e o pequeno rolo de manuscrito explicativo. Com sua própria voz fantasmagórica, exortou-me, por sagrada consideração ao meu dever filial e à minha reverência para com ele – que bem se poderia considerar meu ancestral oficial –, a trazer a público suas elucubrações mofadas e roídas pelas traças. "Faça

> O tal Pue foi nomeado para o cargo pelo **rei da Inglaterra**, no período em que os Estados Unidos ainda eram colônia, enquanto o narrador exerceu o mesmo cargo, mas por nomeação do presidente da República dos Estados Unidos, e como **funcionário público**, muitos anos depois do Pue.
>
> **Exortar >** encorajar; tentar convencer.
>
> **Elucubração >** pensação, conjectura, hipótese.

isso", disse o fantasma do senhor inspetor Pue, acenando enfaticamente com a cabeça que parecia tão imponente dentro da peruca memorável, "faça isso, e o lucro será todo seu! Vai precisar dele em breve, pois hoje não é como antes, quando o cargo era vitalício, e muitas vezes uma herança. Contudo, no caso da velha senhora Prynne, eu o encarrego de dar à memória de seu antecessor o crédito justamente devido!". E respondi ao fantasma do senhor inspetor Pue: "Darei!".

> Ser **vitalício** é durar a vida toda.

Portanto, dediquei muita reflexão à história de Hester Prynne. Ela foi o tema de meus pensamentos durante muitas horas, enquanto andava de um lado para outro em meu quarto ou percorria, cem vezes seguidas, a longa extensão da porta da frente da Alfândega até a entrada lateral, e de volta. Grandes eram o cansaço e o aborrecimento do velho inspetor e dos pesadores e medidores, cujos cochilos eram perturbados pelo ruído impiedoso e demorado de minhas passadas. Lembrando-se de seus próprios velhos hábitos, costumavam dizer que o inspetor estava caminhando pelo convés superior. Provavelmente imaginavam que meu único objetivo – de fato, o único objetivo pelo qual um homem são poderia se colocar em movimento voluntário – era ter apetite para o jantar. E, para dizer a verdade, o apetite, aguçado pelo vento leste que costumava soprar ao longo da passagem, era o único resultado valioso de tanto exercício infatigável. Tão pouco afeita é a atmosfera da Alfândega à delicada colheita da imaginação e da sensibilidade que, se eu tivesse permanecido lá pelas próximas dez presidências, duvido que a história de *A letra escarlate* tivesse sido um dia trazida aos olhos do público. Minha imaginação era um espelho manchado. Não refletia, ou o fazia somente com terrível imprecisão, as figuras com as quais dei o melhor de mim para povoá-la. Nenhum calor que eu acendesse em minha forja intelectual aquecia ou tornava maleáveis os personagens da narrativa. Eles não aceitavam nem o brilho da paixão nem a ternura do sentimento; retinham toda a rigidez dos cadáveres e me encaravam com um sorriso fixo e medonho de desdenhoso desafio. "O que você tem a ver conosco?", aquela expressão parecia dizer. "O pequeno poder que poderia haver tido sobre a tribo das irrealidades se foi! Você o trocou por uma ninharia do ouro dos cofres públicos. Vá, então, e ganhe seu salário!" Em suma, as criaturas quase entorpecidas de minha fantasia zombavam da minha imbecilidade, e não sem justa causa.

No entanto, esse terrível entorpecimento se apossava de mim não apenas durante as três horas e meia que o Tio Sam tomava da minha vida diária. Ele me acompanhava em minhas caminhadas à beira-mar e nos passeios pelo campo, sempre que – o que era raro e feito com relutância – eu me empenhava em buscar aquele encanto revigorante da natureza que costumava dar frescor e energia ao meu raciocínio assim que eu cruzava a porta de Old Manse. O mesmo torpor, no que se referia à capacidade de esforço intelectual, acompanhava-me até a casa e pesava sobre mim no cômodo que eu, de maneira absurda, chamava de estúdio. E não me abandonava quando, tarde da noite, sentava-me na sala deserta, iluminada apenas pelo cintilante fogo da lareira e pela lua, e me esforçava para imaginar cenas que, no dia seguinte, pudessem fluir e abrilhantar a página numa descrição bem matizada.

Se a faculdade imaginativa se recusava a agir em tal hora, poderia muito bem ser considerada um caso perdido. O luar muito branco sobre o tapete de um ambiente familiar, cujo brilho revela todas as formas distintamente – tornando cada objeto minuciosamente visível, embora com uma visibilidade muito diferente daquelas da manhã ou do meio-dia – é o meio mais adequado para um romancista se familiarizar com seus convidados ilusórios. Ali está o pequeno cenário doméstico do aposento bem conhecido; as cadeiras, cada uma com sua individualidade; a mesa de centro, sobre a qual repousam uma cesta de costura, um ou dois volumes e uma lamparina apagada; o sofá; a estante de livros; o quadro na parede: todos esses detalhes, muito visíveis, são tão transfigurados pela luz incomum que parecem perder sua substância real e se tornar coisas do intelecto. Nada é pequeno ou insignificante demais

---

Interessante ver isso aqui, essa **jornada de trabalho assim curta**, porque o pessoal de escritório em geral trabalhava bem mais que isso, com uma média que variava entre sete e dez horas por dia. Até porque só em 1869 o presidente Ulysses S. Grant garantiu uma jornada de oito horas diárias, e mesmo assim era coisa exclusiva para os funcionários públicos.

Estúdio é o cômodo ou apê onde uma pessoa estuda ou escreve ou faz música ou pinta – em suma, onde faz suas artes.

Ser **matizado** é estar cheio de tons diferentes de cores.

Transfigurado > transformado, alterado.

para passar por essa mudança e, assim, adquirir dignidade. Um sapato de criança; a boneca sentada em sua carruagem de vime; o cavalinho de pau: tudo o que, numa palavra, foi usado durante o dia agora é investido de uma qualidade de estranheza e distanciamento, embora ainda quase tão vividamente presente quanto à luz do dia. Assim, portanto, o piso de nossa sala familiar tornou-se um território neutro, situado em algum lugar entre o mundo real e a terra das fadas, onde o Real e o Imaginário podem se encontrar e cada um se imbuir da natureza do outro. Fantasmas poderiam entrar aqui sem nos assustar. Seria adequado demais à cena para provocar surpresa se olhássemos à nossa volta e descobríssemos uma forma amada, mas que já partira, sentada agora, em silêncio, sob esse luar mágico, com um aspecto que nos faria duvidar se voltara de longe ou se nunca houvera se afastado da nossa lareira.

    O fogo já tênue tem uma influência essencial na produção do efeito que descrevo. Ele espalha seu tom discreto por toda a sala, com uma leve vermelhidão nas paredes e no teto, e um brilho no verniz dos móveis. Essa luz mais quente se mistura à qualidade fria do luar e comunica às formas que a fantasia invoca, por assim dizer, a emoção e a sensibilidade da ternura humana. Ela as converte de imagens de neve em homens e mulheres. Olhando para o espelho, vemos – bem no fundo de sua borda assombrada – o brilho fumegante da brasa quase extinta, os raios brancos da lua no chão e uma repetição de todo o jogo de brilho e sombra da imagem, um grau mais afastada da real e mais próxima da imaginária. Então, nessa hora e com essa cena diante de si, se um homem, sentado sozinho, não conseguir sonhar coisas estranhas e fazê-las parecer verdadeiras, não deve tentar escrever romances.

    Para mim, porém, durante toda a minha experiência na Alfândega, o luar, a luz do sol e o brilho do fogo eram exatamente iguais, e nenhum deles tinha mais utilidade do que o brilho de uma vela de sebo. Toda uma classe

---

Imbuir > absorver, impregnar, mesclar.

A forma mais antiga de iluminação artificial, a **vela**, data de milhares de anos atrás, desde a Pré-História, e recorria à gordura (**sebo**) de animais, o que era uma coisa fedida pra caramba e que gerava um fumacê escuro e bem chato. Alguns ricaços passaram a usar cera de abelha lá pela Idade Média, mas a maioria ficava era com a banha fedida mesmo. Só na metade do século XIX surgiu a vela de parafina.

de suscetibilidades, e um dom relacionado a elas – sem grande riqueza ou valor, mas as melhores que eu tinha – se fora de mim.

É minha convicção, entretanto, que, se tivesse tentado uma ordem diferente de composição, minhas faculdades não teriam se mostrado tão inúteis e ineficazes. Eu poderia, por exemplo, ter-me contentado com escrever as narrativas de um comandante de navio veterano, um dos inspetores, a quem eu seria muito ingrato se não mencionasse, já que não se passava um dia em que ele não me provocasse risos e admiração por seus maravilhosos dons como contador de histórias. Se eu tivesse conseguido preservar a força pitoresca de seu estilo e o colorido humorístico que a natureza o ensinara a jogar sobre suas descrições, o resultado, acredito honestamente, teria sido algo novo na literatura. Ou eu poderia facilmente ter encontrado uma tarefa mais séria. Era uma loucura, com a materialidade desta vida diária me pressionando tão intrusivamente, tentar me lançar de volta a outra era; ou insistir em criar um mundo fictício a partir de matéria etérea quando, a cada momento, a beleza impalpável de minha bolha de sabão se rompia ao contato rude de alguma circunstância real. O esforço mais sábio teria sido difundir o pensamento e a imaginação através da substância opaca do presente e, assim, torná-la transparente; transfigurar o fardo que começava a pesar tanto; buscar, resolutamente, o valor verdadeiro e indestrutível que jazia oculto nos incidentes mesquinhos e enfadonhos, e nos personagens comuns com os quais agora estava familiarizado. A culpa era minha. A página da vida que se abria diante de mim parecia monótona e comum apenas porque eu não havia compreendido seu significado mais profundo. Um livro melhor do que jamais escreverei estava lá, página após página, apresentando-se a mim exatamente como fora escrito pela realidade da hora passageira, e desaparecendo tão rápido quanto fora escrito apenas porque meu cérebro queria ter a percepção, e minha mão a perícia, para transcrevê-lo. Em algum dia futuro, talvez eu me lembre de alguns fragmentos espalhados e parágrafos quebrados e os anote, vendo assim as letras se transformarem em ouro na página.

Essas percepções chegaram tarde demais. Naquele momento, só tive consciência de que o que antes seria um prazer agora era uma labuta desesperada. Não havia ocasião para me queixar muito dessa situação. Deixara de ser um escritor de ficção e ensaios toleravelmente fraco e me tornara um inspetor da Alfândega razoavelmente bom. Isso era tudo. Mas, de qualquer maneira, não é nada agradável ser assombrado pela suspeita de que nosso intelecto está minguando; ou evaporando, sem que o percebamos, como o éter de um frasco; de modo que a cada olhar resta um resíduo menor e menos volátil. Desse fato não poderia haver dúvida; e, examinando a mim mesmo e a outros, cheguei a conclusões não muito favoráveis ao estilo de vida em questão no que diz respeito ao efeito dos cargos públicos sobre o caráter. De alguma outra forma, talvez eu possa descrever esses efeitos a partir de agora. Basta dizer aqui que, por muitas razões, um oficial da Alfândega de longa permanência dificilmente seria um personagem muito louvável ou respeitável. Uma delas é o mandato pelo qual ele mantém sua situação; a outra, a própria natureza de seu ofício, que, embora eu creia ser honesto, é de um tipo que não o faz compartilhar o esforço conjunto da humanidade.

Um efeito – que acredito ser mais ou menos observável em cada indivíduo que ocupou o cargo – é que, enquanto ele se apoia no braço poderoso da República, perde sua própria força. Ele perde, em medida proporcional à fraqueza ou à força de sua natureza original, a capacidade de se sustentar. Se dispuser de uma quantidade incomum da energia, ou se a magia enervante do lugar não atuar por muito tempo sobre ele, seus poderes perdidos podem ser resgatados. O oficial expulso – afortunado pelo empurrão cruel que o envia rapidamente para lutar num mundo em dificuldades – pode retornar a si mesmo e se tornar tudo o que sempre foi. Mas

---

O **éter** é uma substância conhecida há séculos. Ficou popular no começo do século XIX, quando começou a ser usada como anestésico depois de uma demonstração bem-sucedida no Hospital Geral de Massachusetts. **Volátil** é o que pode desaparecer (e o éter tem mesmo essa característica de se dissipar fácil, fácil).

isso raramente acontece. Em geral, ele mantém sua posição apenas o tempo suficiente para a própria ruína, então é jogado fora, com suas forças inteiramente amortecidas, e sai cambaleante pela difícil trilha da vida, virando-se como pode. Consciente da própria doença – de que sua têmpera e sua flexibilidade se perderam –, daí em diante e para sempre ele olha ansiosamente em volta em busca de um apoio externo. Sua esperança penetrante e contínua – uma alucinação que, diante de todo o desânimo e fazendo pouco das impossibilidades, o persegue enquanto ele vive e, imagino, o atormenta por um breve tempo após a morte, como os estertores convulsivos da cólera – é que, afinal e em pouco tempo, por uma feliz coincidência de circunstâncias, seja reconduzido ao cargo. Essa fé, mais do que qualquer outra coisa, rouba a energia e a disponibilidade para qualquer empreendimento que possa sonhar em realizar. Por que haveria ele de labutar e lamentar, e ter tanta dificuldade para se levantar da lama, se, em pouco tempo, o braço forte de seu Tio o erguerá e o apoiará? Por que deveria trabalhar para viver aqui, ou ir em busca de ouro na Califórnia, se está prestes a ser feliz, a intervalos mensais, com uma pequena pilha de moedas cintilantes saídas do bolso de seu Tio? Infelizmente, é curioso observar como um leve gosto do ofício basta para infectar um pobre sujeito com essa doença singular. O ouro do Tio Sam – sem desrespeito ao velho e digno cavalheiro – tem, nesse sentido, o mesmo encanto do salário do diabo. Quem quer que o toque deve olhar bem para si mesmo, ou poderá descobrir que a barganha se voltou contra ele, envolvendo, se não sua alma, muitos de seus melhores atributos: o afinco, a coragem e a perseverança, a verdade, a autoconfiança e tudo o que constitui o caráter de um homem.

Aqui estava uma bela perspectiva de futuro! Não que este inspetor tenha tomado a lição para si mesmo ou admitido que poderia ser totalmente destruído, fosse por continuar no cargo, fosse por demissão. No entanto, minhas reflexões não eram muito reconfortantes. Comecei a ficar melancólico e inquieto; a vasculhar continuamente minha mente para descobrir quais de suas pobres propriedades

Têmpera > integridade; comportamento típico de uma pessoa.

Estertor > respiração barulhenta de quem está à beira da morte.

Acharam ouro em 1848 **na Califórnia** e, desse ano até 1855, a região de São Francisco viveu uma loucura, com gente chegando de todo canto, do país e de fora, na esperança de enriquecer.

Há uma lenda de que Fausto, um alemão que viveu no século XVI, teria vendido sua alma ao **diabo**. Ela simboliza a ideia de que às vezes alguém consegue alguma coisa querida, mas depois **paga um preço alto** por ela.

haviam desaparecido e que grau de prejuízo as restantes já haviam acumulado. Esforcei-me para calcular quanto tempo mais poderia ficar na Alfândega e, ainda assim, seguir em frente como homem. Para dizer a verdade, essa era minha maior apreensão, pois um indivíduo quieto como eu nunca seria posto na rua, e não era da natureza de um funcionário público renunciar; meu principal problema, portanto, era que eu provavelmente ficaria grisalho e decrépito na inspetoria, e me tornaria parecido ao velho inspetor. No período entediante da vida de funcionário público que se estendia diante de mim, não poderia acontecer comigo o que aconteceu com esse venerável amigo? Fazer da hora do jantar o núcleo do dia e passar o resto dele como um cachorro velho, dormindo ao sol ou à sombra? Triste perspectiva para um homem que achava que viver plenamente suas faculdades e sensibilidades era a melhor definição de felicidade! Durante todo esse tempo, porém, alarmei-me desnecessariamente. A Providência havia cogitado coisas melhores para mim do que eu mesmo poderia imaginar.

Um acontecimento notável no terceiro ano de minha inspetoria – para adotar o tom de P. P. – foi a eleição do general Taylor para a presidência. É essencial, para fazer uma avaliação completa das vantagens do serviço público, ver o funcionário no início de uma administração hostil. Sua posição é uma das mais singularmente enfadonhas e, em todos os aspectos, desagradáveis que um miserável mortal pode ocupar; raramente lhe resta uma boa alternativa em qualquer lado, embora o que se apresenta a ele como o pior possa muito provavelmente ser o melhor. No entanto, para um homem orgulhoso e sensível, é uma experiência estranha saber que seus interesses estão sob o controle de pessoas que não o amam nem o compreendem, e por quem, uma vez que uma ou outra coisa devem acontecer, ele preferia sentir mágoa a gratidão. É estranho, também, para quem manteve a calma durante toda a disputa eleitoral, observar a sede de sangue que se manifesta na hora do triunfo e ter consciência de que ele mesmo está entre seus objetos! Existem poucos traços mais feios na natureza

Zachary **Taylor** assumiu a presidência dos Estados Unidos em março de 1849.

humana do que essa tendência – que eu agora testemunhei em homens não piores que seus vizinhos – de se tornar cruel simplesmente porque se tem o poder de infligir danos. Se a guilhotina, termo aplicado a funcionários públicos, fosse literal e não apenas uma metáfora adequada, é minha sincera convicção que os membros ativos do partido vitorioso estavam entusiasmados o bastante para cortar nossa cabeça e agradeceram aos céus a oportunidade! Parece-me – como observador calmo e curioso tanto na vitória quanto na derrota – que esse espírito feroz e amargo de maldade e vingança nunca caracterizou os muitos triunfos de meu próprio partido como agora acontecia com o dos *whigs*. Como regra geral, os democratas assumem os cargos porque precisam deles e porque ao longo dos anos essa prática se tornou a lei da guerra política, contra a qual, a menos que outro sistema fosse proclamado, seria sinal de fraqueza e covardia se queixar. Porém, o longo hábito da vitória os tornou generosos. Eles sabem perdoar quando têm a oportunidade; quando atacam, o machado pode ser afiado, de fato, mas seu fio raramente é envenenado com má vontade; nem é seu costume chutar ignominiosamente a cabeça que acabaram de arrancar.

Ignominioso > vergonhoso, desonroso.

    Em suma, por mais desagradável, na melhor das hipóteses, que fosse minha situação, vi muitos motivos para me congratular por estar no lado perdedor, e não no vitorioso. Se até então eu não tinha sido dos partidários mais calorosos, comecei, nessa época de perigo e adversidade, a ser bastante sensível quanto a que partido preferia; tampouco foi sem uma espécie de pesar e vergonha que, de acordo com um cálculo razoável de probabilidades, achei que minha perspectiva de manter o cargo era melhor que a de meus irmãos democratas. Mas quem enxerga um palmo diante do nariz quando o assunto é o futuro? Minha cabeça foi a primeira a rolar!

    Inclino-me a dizer que o momento em que a cabeça de um homem cai raramente, ou nunca, é exatamente o mais agradável de sua vida. No entanto, como a maior parte de nossos infortúnios, mesmo uma tão grave ocorrência traz consigo seu remédio e seu consolo se o sofredor apenas fizer o melhor, e não o pior, do acidente que se abateu sobre ele. No meu caso particular, os temas consoladores estavam próximos e, de fato, haviam se insinuado em minhas reflexões um bom tempo antes de ser necessário usá-los. Tendo em vista que eu andava cansado do cargo e com vagos pensamentos de me demitir, minha fortuna se assemelhava um pouco à de uma pessoa que alimentasse a ideia de se suicidar e, sem esperar, tivesse a sorte de ser assassinada. Na Alfândega, como em Old Manse, passei três anos, prazo longo o bastante para repousar um cérebro cansado; tempo suficiente para romper velhos hábitos intelectuais e abrir espaço para novos; tempo suficiente, e demasiado, para viver em estado inatural, fazendo o que realmente não trazia nenhum benefício ou prazer para qualquer ser humano, e me privando de trabalhos que, pelo menos, teriam acalmado uma inquietude dentro de mim. Além disso, no que se refere à sua demissão sem cerimônias, o falecido inspetor não ficou totalmente descontente por ser reconhecido pelos *whigs* como inimigo, já que sua inatividade em assuntos políticos – sua tendência a vagar, à vontade, naquele campo amplo e silencioso onde toda a humanidade pode se encontrar, em vez de se limitar aos caminhos estreitos nos quais até irmãos da mesma família divergem uns dos outros – às vezes fazia os irmãos democratas se questionarem se ele era um amigo. Agora, depois de ter sido coroado mártir (embora não tivesse mais a cabeça para usar a coroa), a questão podia ser considerada resolvida. Finalmente, por pouco heroico que ele fosse, parecia mais decoroso ser derrubado com a queda do partido que ele preferira apoiar do que permanecer como um sobrevivente desamparado quando tantos homens mais valiosos estavam caindo; e por fim, depois de passar quatro anos à mercê de uma administração hostil, ser obrigado a definir novamente sua posição e reivindicar a misericórdia ainda mais humilhante de uma administração cordial.

Enquanto isso, a imprensa abraçou meu caso e me manteve, por uma ou duas semanas, estampado nos jornais

Fortuna > destino.

em minha situação de decapitado, como o cavaleiro sem cabeça de Irving: medonho e sombrio, desejando ser enterrado, como um homem politicamente morto deveria desejar. Isso é tudo sobre o meu eu figurativo. Nesse tempo todo, o verdadeiro ser humano, com a cabeça em segurança sobre os ombros, chegara à cômoda conclusão de que tudo corria bem; e, fazendo um investimento em tinta, papel e canetas de aço, abriu a escrivaninha havia muito abandonada e voltou a ser um homem de letras.

Foi então que as elucubrações de meu antigo predecessor, o senhor inspetor Pue, entraram em jogo. Enferrujada por uma longa ociosidade, minha maquinaria intelectual precisou de um tempo para começar a trabalhar na história com um resultado minimamente satisfatório. Mesmo assim, embora meus pensamentos estivessem afinal muito concentrados na tarefa, a meu ver a história tem um aspecto severo e sombrio; muito melancólico por causa da revigorante luz do sol; muito pouco atenuado pelas influências ternas e familiares que suavizam quase todas as cenas da natureza e da vida real e que, sem dúvida, deveriam suavizar cada representação delas. Esse resultado nada cativante talvez se deva à turbulência de uma revolução que mal se realizara no período no qual a história se passa. Não é indicação, no entanto, de ausência de alegria na mente do escritor, pois, enquanto vagava pela escuridão dessas fantasias sem sol, ele foi mais feliz do que em qualquer outro momento desde que deixara Old Manse. Alguns dos textos mais breves que contribuem para compor o volume também foram escritos depois de minha saída involuntária das labutas e honras da vida pública, e o restante foi extraído de anuários e revistas tão antigos que deram a volta ao círculo e voltaram a ser novidade. Para manter a metáfora da guilhotina política, o conjunto pode ser chamado de *Anotações póstumas de*

Escritor, historiador e diplomata dos Estados Unidos, Washington **Irving** (1783-1859) é o autor do conto "**A lenda do cavaleiro sem cabeça**" – em inglês, "The Legend of Sleepy Hollow" – um clássico que, além de já ter virado desenho animado de Walt Disney, filme e série, está por trás do uso das abóboras no dia do Halloween. No texto, um homem que perdeu a cabeça durante uma guerra persegue o protagonista Ichabod Crane.

Nas **canetas** de bico de pena, comuns no século XIX, a ponta (chamada de bico) **de metal** devia ser molhada num potinho de tinta (o tinteiro) antes de ser usada para escrever ou desenhar.

Mais de uma vez o autor fala deste livro como sendo parte de uma **coletânea com outros textos**. Essa era mesmo a intenção de Hawthorne no começo, mas nunca rolou. *A letra escarlate* saiu em voo solo e foi um sucesso imediato, virando, inclusive, o primeiro livro a ser produzido em massa nos Estados Unidos.

um inspetor decapitado; e este texto que agora estou encerrando, embora autobiográfico demais para uma pessoa modesta publicar em vida, será prontamente desculpado num cavalheiro que escreve do além-túmulo. A paz esteja com o mundo todo! Minha bênção aos meus amigos! Meu perdão aos meus inimigos! Pois estou no reino da quietude!

A vida na Alfândega é como um sonho que ficou para trás. O velho inspetor – que, aliás, lamento dizer, morreu há algum tempo, depois de cair de um cavalo, do contrário certamente teria vivido para sempre –, ele e todos aqueles outros veneráveis personagens que se sentavam com ele na recepção da Alfândega, são para mim apenas sombras; imagens enrugadas de cabelos brancos com as quais minha fantasia costumava brincar e agora deixou de lado para sempre. Os mercadores – Pingree, Phillips, Shepard, Upton, Kimball, Bertram, Hunt –, esses e vários outros nomes que me soavam muito familiares seis meses antes, esses homens do comércio, que pareciam ocupar uma posição tão importante no mundo, com que rapidez me desliguei de todos eles, não apenas na vida real, mas também na lembrança! É com esforço que recordo as figuras e os nomes desses poucos. Em breve, da mesma maneira, contemplarei minha velha cidade natal através da névoa da memória: envolta pela neblina como se não fosse uma porção real de terra, mas um vilarejo nas nuvens coberto de mato, apenas com habitantes imaginários para povoar suas casas de madeira e caminhar por suas vielas sem graça e pela prolixidade nada pitoresca de sua rua principal. Doravante, deixa de ser uma realidade da minha vida. Sou um cidadão de outro lugar. Meus bons concidadãos não se lamentarão, pois, embora em meus esforços literários tenha sido um objetivo tão caro quanto qualquer outro ter alguma importância aos olhos deles e me tornar uma lembrança agradável no local onde tantos de meus antepassados viveram e foram sepultados, nunca houve, para mim, a atmosfera cordial de que um escritor necessita para amadurecer a melhor

---

O autor usa um monte de coisa histórica, mas está escrevendo ficção, né, então não tem compromisso total com os fatos. Aqui mesmo ele decidiu ser mais criativo que a realidade, porque na verdade o Lee (o filho do coronel de mesmo nome) **ainda estava vivo** nessa época.

colheita de sua mente. Farei melhor entre outros rostos; e estes, familiares, nem é preciso dizer, farão o mesmo sem mim.

Pode ser, entretanto – oh, pensamento arrebatador e triunfante! –, que os bisnetos da atual linhagem às vezes pensem gentilmente no escriba de outrora quando o antiquário dos dias ainda por vir, entre os locais memoráveis da história da cidade, apontar o local onde ficava a bomba-d'água.

No Brasil, as cidades tinham fontes e bicas antes de haver água encanada. No começo da vida dos europeus nos Estados Unidos, eles resolviam esse problema de um jeito diferente: cavavam poços e usavam **bombas-d'água**. Mas, lá como cá, o lugar onde as pessoas se encontravam para buscar água era o cantinho da troca de informação e de fofocas. Então, aqui, porque o autor estava revelando podres da sociedade, ele mesmo achava que corria o risco de um dia ser visto só como fofoqueiro e nada mais.

1
A PORTA DA PRISÃO

UMA TURBA DE HOMENS barbados, em trajes de cores tristes e chapéus pontudos cinzentos, misturados a mulheres, algumas de touca e outras de cabeça descoberta, estava reunida na frente de um edifício de madeira cuja porta era solidamente revestida de carvalho e reforçada com pontas de ferro.

Os fundadores de uma nova colônia, qualquer que fosse a Utopia de virtude e felicidade humanas que pudessem projetar, invariavelmente reconheciam entre suas primeiras necessidades práticas definir uma parte do solo virgem como cemitério e outra como local para uma prisão. De acordo com essa regra, pode-se presumir com segurança que os fundadores de Boston construíram a primeira prisão em algum lugar nas proximidades de Cornhill, quase ao mesmo tempo que demarcaram o primeiro cemitério no lote de Isaac Johnson e ao redor de seu túmulo, que posteriormente se tornou o núcleo de todos os sepulcros reunidos no antigo cemitério da King's Chapel. O certo é que, uns quinze ou vinte anos depois da fundação do povoado, o cárcere de madeira já estava marcado com manchas do tempo e outros indícios de idade, o que dava um aspecto ainda mais obscuro à sua fachada imponente e sombria. A ferrugem nas pesadas travessas de ferro da porta de carvalho parecia mais antiga que qualquer outra coisa no Novo Mundo. Como tudo o que diz respeito

---

Lá em Boston, a rua do mercado passou a ser chamada de **Cornhill** em 1829, mas desde 1969 é a rua Washington. No século XIX, essa via era marcada pela presença de livrarias, editoras e gráficas, mas no começo da chegada dos europeus havia ali na região o que foi por muitos anos a única cadeia de Massahussetts, que funcionou de 1635 a 1822.

Isaac Johnson foi o cara mais rico do primeiro assentamento dos puritanos ingleses na região, mas morreu um ano após o desembarque. No leito de morte, pediu que o enterrassem num canto do terreno que havia escolhido pra ser dele. Depois, outras pessoas pediram para serem enterradas ao lado do túmulo do Isaac e aquilo acabou virando um cemitério.

---

ao crime, parecia nunca ter conhecido uma era juvenil. Diante desse feio edifício, e entre ele e o leito da rua, havia um terreno gramado, recoberto de bardana, amaranto, joá-de-capote e uma vegetação muito feia, que evidentemente encontrou algo adequado no solo que tão cedo deu origem à flor maligna da sociedade civilizada: uma prisão. No entanto, de um lado do portal, quase enraizada na soleira, havia uma roseira selvagem, coberta, nesse mês de junho, por seus delicados botões, que possivelmente ofereciam sua fragrância e sua frágil beleza ao prisioneiro que entrava e ao criminoso condenado que saía para seu destino, um sinal de que o coração profundo da natureza podia sentir pena e ser gentil.

Essa roseira, por um estranho acaso, manteve-se viva ao longo da história; mas se ela meramente sobreviveu no duro ambiente selvagem tanto tempo depois da queda dos gigantescos pinheiros e carvalhos que originalmente a sombreavam, ou se, como há justa autoridade para crer, brotou das pegadas da santificada Ann Hutchinson quando ela entrou pela porta da prisão, não devemos assumir o dever de determinar. Encontrando-a tão diretamente no limiar de nossa narrativa, que agora está prestes a sair daquele sinistro portal, dificilmente poderíamos fazer outra coisa senão arrancar uma de suas flores e apresentá-la ao leitor. Pode servir, esperamos, para simbolizar um doce florescimento moral que talvez se encontre ao longo do percurso, ou para aliviar o final cada vez mais sombrio de uma história de fragilidade e tristeza humanas.

A parteira **Ann Hutchinson** tinha 43 anos quando chegou a Boston em 1634 e logo formou laços com a mulherada, organizando encontros pra discutir assuntos religiosos que, muitas vezes, criticavam ideias queridas dos homens puritanos. Por isso, à medida que Ann ganhava popularidade, ela foi também acumulando inimizades. Até que os poderosos dali a acusaram de heresia e a expulsaram da comunidade.

A PRAÇA DO MERCADO

NUMA CERTA MANHÃ de verão, não menos de dois séculos atrás, o terreno baldio diante da cadeia, na Prison Lane, estava ocupado por um grande número de habitantes de Boston, todos com os olhos atentamente fixos na porta de carvalho com travessas de ferro. Entre qualquer outra população, ou num período posterior da história da Nova Inglaterra, a severa rigidez que petrificava a fisionomia barbada dessas boas pessoas teria sido o presságio de algo terrível. Ela poderia indicar nada menos que a execução antecipada de algum culpado famoso, sobre o qual a sentença de um tribunal oficial tivesse apenas confirmado o veredicto do sentimento público. Mas, diante da severidade inicial do caráter puritano, tal inferência não poderia ser feita com tanta certeza. Quem sabe um escravo preguiçoso ou uma criança desobediente, entregue pelos pais à autoridade civil, estivessem para ser corrigidos no pelourinho. Talvez um antinomiano, um quacre ou outro religioso heterodoxo estivessem para ser expulsos da cidade, ou um índio preguiçoso e errante, a quem a aguardente do homem branco houvesse tornado turbulento nas ruas, devesse ser conduzido com marcas de chicote para a sombra da floresta. Poderia ser também que uma bruxa, como a velha

---

As leis puritanas eram mais sobre moral: eles tinham doze crimes que podiam desembocar em **pena de morte**; entre eles, coisas tipo blasfêmia (ofensa a qualquer negócio considerado sagrado) ou feitiçaria (qualquer ato de qualquer um que incomodasse a comunidade). Eles também preferiam castigos físicos e humilhações no lugar de prisão.

No caso dos puritanos, o **pelourinho** era um poste com uma tábua deitada mais acima. Na tábua, três buracos: um para a cabeça e os outros para as mãos. Podia rolar ainda uma surra de chicote e gente jogando porcaria e gritando insultos ao preso.

O monge alemão Martinho Lutero (1483-1546), que agitou a Reforma Protestante, chamou de **antinomiano** quem defendia a ideia dele de que ninguém precisa de leis criadas pelos humanos; é só seguir com fé o que está na Bíblia que vai dar tudo certo.

É o preconceito de sempre, caracterizando a população indígena como um bando de bêbados e **preguiçosos**.

> Na vida real, a **mulher** do influente William **Hibbins** arrumou uma pendenga com um carpinteiro por conta de um trabalho que ela achou malfeito e caro. Ela processou o sujeito e ganhou, mas continuou falando mal dele e dos profissionais da área. Cansados daquilo, os machos poderosos excomungaram a mulher, dizendo que ela, ao entrar com um processo, assumiu uma autoridade que as mulheres puritanas não podiam ter. Mais tarde, já com o marido morto, seus inimigos voltaram com tudo e a acusaram de feitiçaria. E ela acabou condenada à forca.

> **Cadafalso** é uma espécie de palanque usado para execução de pena de morte.

> Os puritanos viviam uma teocracia, ou seja, era a religião que mandava em tudo, inclusive em como as pessoas se vestiam. As mulheres tinham que usar uma espécie de camisola de manga comprida, depois uma saia chamada **anágua** e um corpete trançado no peito. Aí vinha ainda uma estrutura armada que formava uma saia-balão (a **crinolina**) e, por cima, um vestido que ainda recebia uma espécie de avental.

senhora Hibbins, a mal-humorada viúva do magistrado, fosse morrer na forca. Em qualquer dos casos, havia praticamente o mesmo comportamento solene por parte dos espectadores; como convinha a um povo entre o qual a religião e a lei eram quase a mesma coisa, e em cujo caráter ambas estavam tão profundamente interligadas que os atos mais brandos e os mais severos de disciplina pública se tornavam igualmente veneráveis e terríveis. De fato, pouca e fria simpatia um transgressor poderia esperar de tais observadores no cadafalso. Por outro lado, uma pena que, em nossos dias, implicaria um grau de infâmia zombeteira e ridículo poderia ser investida, naquele tempo, de uma dignidade quase tão severa quanto a própria sentença de morte.

Uma circunstância a notar, na manhã de verão em que nossa história começa seu curso, é que as mulheres – havia várias na multidão – pareciam ter um interesse peculiar em qualquer punição que pudesse ocorrer. Na época, não havia refinamento bastante para se considerar impróprio que, havendo ocasião, as usuárias de anáguas e crinolinas se apresentassem nas vias públicas e introduzissem suas pessoas nada frágeis à força na multidão mais próxima ao cadafalso, durante uma execução. Moral e fisicamente, essas esposas e donzelas, nascidas e criadas à antiga maneira inglesa, tinham mais fibra do que suas belas descendentes, delas separadas por seis ou sete gerações; pois, ao longo dessa cadeia de ancestralidade, cada mãe transmitiu à filha um desabrochar mais frágil, uma beleza mais delicada e mais efêmera, além de uma estrutura física mais ligeira, senão um caráter de menor força e solidez. As mulheres agora postadas perto da porta da prisão estavam a menos de meio século do período em que a masculinizada Elizabeth fora uma representante não totalmente inadequada do sexo feminino. Eram suas conterrâneas; e a carne e a cerveja de sua terra natal, a par de uma dieta moral nem um pouco mais refinada, entraram amplamente em sua composição. O forte sol da manhã, portanto, reluzia nos ombros largos e nos bustos bem desenvolvidos, e nas faces redondas e rosadas, que haviam amadurecido na ilha longínqua mas que a atmosfera da Nova Inglaterra ainda não tinha tornado mais pálidas ou finas. Havia, aliás, uma ousadia e uma grandiloquência no discurso dessas matronas – o que a maioria parecia ser – que nos espantaria nos dias de hoje, fosse pelo significado, fosse pelo tom.

– Senhoras – disse uma dama de cinquenta anos e feições duras –, vou lhes dizer o que andei pensando. Seria muito importante para a população em geral se nós, mulheres, por sermos maduras e membros da Igreja de boa reputação, cuidássemos de malfeitoras como essa Hester Prynne. O que acham, amigas? Se a vadia fosse julgada por nós cinco, aqui reunidas num vínculo, ela sairia só com a sentença que os veneráveis magistrados lhe concederam? Ora, não creio!

– Dizem – falou outra – que o reverendo Dimmesdale, seu pastor piedoso, está muito entristecido por tal escândalo ter se abatido sobre sua congregação.

– Os magistrados são senhores tementes a Deus, mas muito misericordiosos, isso é verdade – acrescentou uma terceira matrona outonal. – No mínimo, deveriam ter marcado com ferro quente a testa de Hester Prynne. Madame Hester teria estremecido com isso, eu garanto. Mas ela, a bandida imoral, pouco se importará com o que colocarão no corpete de seu vestido! Ora, vejam só, ela pode cobri-lo com um broche, ou outro adorno pagão semelhante, e assim andar pelas ruas com a ousadia de sempre!

Affe, mais **preconceito** aí, porque ele está falando da rainha **Elizabeth** I, que reinou entre 1558 e 1603 (o tal do período elisabetano), quando a Inglaterra viveu uma fase boa, de muito poder político, comercial e artístico sobre a Europa.

A tal **ilha longínqua** dos Estados Unidos era a Inglaterra.

Matrona > mulher respeitável, já de certa idade ou de boa posição social.

Outonal > de meia-idade.

Os puritanos cortavam pontas de orelhas, chicoteavam, enforcavam e adoravam também marcar as pessoas com a letra do suposto crime cometido – por exemplo, metendo um baita H para casos considerados de heresia. Usavam pra isso um pedaço de **ferro quente** e aí **queimavam** a pele da testa ou da mão da pessoa até ela dar conta, no meio de uma dor horrorosa, de dizer "Deus salve o rei".

> **Escrituras** se refere à Bíblia, às Sagradas Escrituras.

> Naquela época e circunstâncias, o **bedel** era uma autoridade da cidade e ao mesmo tempo da Igreja e que, dentre outras coisas, definia quem recebia a letra escarlate ou não.

> Um **pedaço de madeira** era usado como símbolo de autoridade, símbolo de um **cargo** (mas também era utilizado às vezes como arma).

– Ah – interpôs, mais suavemente, uma jovem esposa que segurava uma criança pela mão –, deixem-na cobrir a marca como quiser, essa dor estará sempre em seu coração.

– Por que falar de marcas e sinais, seja no corpete do vestido, seja na testa? – exclamou outra mulher, a mais feia e também a mais impiedosa dessas autoproclamadas juízas. – Esta mulher envergonhou a todos nós e deve morrer. Não existe punição para isso? Verdadeiramente existe, tanto nas Escrituras quanto nas leis. Então, que os magistrados, que não lhe deram efeito, agradeçam a si mesmos se suas próprias esposas e filhas se perderem!

– Misericórdia, senhora! – exclamou um homem na multidão – Não há virtude na mulher a não ser a que brota do prudente medo da forca? Esse é o discurso mais duro que já ouvi! Silêncio, fofoqueiras! A chave está girando na porta da prisão, e aí vem a senhora Prynne em pessoa.

A porta da prisão foi aberta, e dela surgiu, em primeiro plano, como uma sombra escura emergindo ao sol, a figura sombria e horripilante do bedel da cidade, com uma espada ao lado e o bastão do cargo na mão. Esse personagem prefigurava e representava em sua aparência toda a lúgubre severidade do código legal puritano, que cabia a ele administrar ao ofensor em sua aplicação final e fiel. Estendendo o bastão com a mão esquerda, ele pousou a direita sobre o ombro de uma jovem, que empurrou para a frente até que, na soleira da porta da prisão, ela o repeliu com um gesto marcado por dignidade natural e força de caráter, avançando para fora como se por vontade própria. A jovem levava nos braços uma criança, um bebê de cerca de três meses, que piscou e desviou o rostinho da luz vívida do dia; porque sua existência, até então, o fizera conhecer apenas a obscuridade cinzenta de uma masmorra ou de outro cômodo sombrio da prisão.

Quando a jovem – a mãe dessa criança – surgiu totalmente diante da multidão, pareceu ser seu primeiro impulso abraçar a criança bem junto do peito; não tanto por um impulso de afeto maternal, mas para que ela pudesse, assim, esconder um certo emblema que fora bordado ou pregado em seu vestido. Num momento, porém, julgando sabiamente que um sinal de sua vergonha mal serviria para esconder outro, ela segurou a criança num braço e, com um rubor ardente e também um sorriso altivo e um olhar de quem não se deixaria intimidar, encarou os moradores da cidade, seus vizinhos. No peito do vestido, em fino tecido vermelho, rodeada por elaborados bordados e fantásticos floreios de fios de ouro, via-se a letra A. Fora feita com tanta arte, tanta criatividade e exuberância que produzia o efeito de uma decoração final adequada ao traje que ela usava, traje que tinha o esplendor típico do gosto da época, mas muito superior ao que era permitido pelos regulamentos de gastos da colônia.

A jovem era alta e tinha uma aparência de perfeita elegância. Seus cabelos escuros e abundantes eram tão lustrosos que brilhavam à luz do sol, e seu rosto, além de belo graças à regularidade dos traços e à vitalidade da tez, tinha a seriedade advinda das sobrancelhas marcadas e dos olhos negros profundos. Ela também tinha algo de nobre, à maneira da elegância feminina daqueles dias, caracterizada por certo fausto e dignidade, mais que pela graça delicada, evanescente e indescritível que hoje é reconhecida como seu indício. E nunca Hester Prynne pareceu mais aristocrática, no sentido antigo do termo, do que quando saiu da prisão. Aqueles que já a conheciam e esperavam vê-la ofuscada e obscurecida pela nuvem do desastre ficaram surpresos, e até assustados, ao perceber como o brilho de sua beleza transformara o infortúnio e a ignomínia num halo a envolvê-la. É verdade que, para um observador sensível, havia naquilo algo extremamente doloroso. Seu traje, que, de fato, ela havia feito na prisão para a ocasião, modelando-o de acordo com seu gosto pessoal, parecia expressar, com sua peculiaridade selvagem e pitoresca, a atitude de seu espírito, a desesperada imprudência do seu estado de ânimo. Mas o ponto que atraía todos os olhares e, por assim dizer, transfigurava sua portadora – de modo que tanto os homens quanto as mulheres que conheciam Hester Prynne ficaram impressionados como se a vissem pela primeira vez –,

A colônia de puritanos tinha essa **regra**, essa lei sobre como as pessoas podiam **gastar** seu dinheiro e, teoricamente, condenava toda e qualquer ostentação.

Tez > pele, cútis.

Fausto > pompa, imponência, solenidade.

Evanescente > que não dura.

Halo é um círculo luminoso em volta da cabeça de uma pessoa.

era aquela LETRA ESCARLATE tão fantasticamente bordada e iluminada em seu peito. Ela tinha o poder de um feitiço, e retirava Hester das relações normais com a humanidade para encerrá-la numa esfera só sua.

– Ela tem grande habilidade com a agulha, isso é certo – comentou uma das espectadoras. – Mas jamais uma mulher, antes dessa atrevida, inventou tal maneira de demonstrá-lo! Por que, amigas, o que é isso senão rir na cara de nossos magistrados piedosos e transformar em orgulho o que eles, dignos senhores, pretendiam como punição?

– Faríamos bem – murmurou a mais férrea das velhas senhoras – se tirássemos o rico vestido de madame Hester de seus ombros delicados; quanto à letra vermelha, que ela bordou de maneira muito curiosa, vou dar um trapo da minha flanela para fazer uma mais adequada!

– Oh, paz, vizinhas, paz! – sussurrou a companheira mais jovem. – Não deixem que ela as ouça! Não há um ponto naquela letra bordada que ela não tenha sentido no coração.

O inflexível bedel agora fazia um gesto com o bastão.

– Abram caminho, boa gente, abram caminho, em nome do rei! – gritou. – Abram passagem, e prometo a vocês que a senhora Prynne será colocada onde homens, mulheres e crianças possam ter uma bela vista de seu traje corajoso, deste momento até uma hora após o meio-dia. Uma bênção para a justa colônia de Massachusetts, onde a iniquidade é arrastada para a luz do sol! Venha, madame Hester, e mostre sua letra escarlate na praça do mercado!

Um caminho abriu-se imediatamente no meio da multidão de espectadores. Precedida pelo bedel e acompanhada por uma procissão irregular de homens de sobrancelhas severas e mulheres de rosto rude, Hester Prynne avançou na direção do local designado para sua punição. Uma multidão de escolares ansiosos e curiosos, pouco entendendo do assunto em questão, exceto que lhes dava meio feriado, corria à frente dela, virando a cabeça continuamente para olhar seu rosto e o bebê que piscava em seus braços, e também a letra infame em seu peito. Naquela época, não era grande a distância entre a porta da prisão e a praça.

Férreo > que não muda de ideia, inflexível.

Aqui, **iniquidade** tem sentido de pecado.

Medida pela experiência do prisioneiro, no entanto, podia ser considerada uma jornada de certa duração; pois, por mais arrogante que fosse seu comportamento, Hester provavelmente sofria uma agonia a cada passo daqueles que se aglomeravam para vê-la, como se seu coração tivesse sido lançado na rua para que todos o desprezassem e pisoteassem. Em nossa natureza, entretanto, há a condição, igualmente maravilhosa e misericordiosa, de que o sofredor nunca saiba a intensidade de seu fardo pela tortura do momento, mas principalmente pela dor que o atormentará mais tarde. Com um comportamento quase sereno, portanto, Hester Prynne passou por essa parte de sua provação e chegou a uma espécie de cadafalso, na extremidade da praça do mercado que dava para o poente. Ficava quase embaixo do beiral da igreja mais antiga de Boston, e parecia ser um simples acessório.

Beiral é aquela parte do telhado que ultrapassa a parede de fora.

Na verdade, esse cadafalso continha uma máquina penal que por duas ou três gerações havia sido meramente histórica e tradicional entre nós, mas fora considerada, em tempos antigos, um agente tão eficaz na promoção da boa cidadania como sempre foi a guilhotina entre os partidários do Terror na França. Nesse local se erguia a estrutura de um instrumento de disciplina moldado de modo a conter em seu buraco uma cabeça humana, para assim mantê-la diante do olhar do público. O próprio ideal de ignomínia era incorporado e se manifestava nesse artefato de madeira e ferro. Não pode haver ultraje maior, creio eu, contra nossa natureza comum – quaisquer que sejam as delinquências do indivíduo –, nenhum ultraje mais flagrante do que proibir o culpado de esconder o rosto de vergonha, como era a essência dessa punição. No caso de Hester Prynne, no entanto, como não raro em outros casos, sua sentença era que ficasse durante certo tempo naquilo, mas sem passar pelo aperto no pescoço e pelo confinamento da cabeça, que eram a característica mais diabólica desse feio instrumento. Conhecendo bem seu papel, ela subiu um lance de

Durante a Revolução Francesa, houve um período, entre 1792 e 1794, que ficou conhecido como Reinado do Terror ou, simplesmente, o **Terror**, por conta do volume incrível de perseguição religiosa e política que quase sempre culminava em morte, em especial em execuções na guilhotina.

degraus de madeira e foi então exibida para a multidão ao redor, mais ou menos na altura dos ombros de um homem em pé na rua.

Se houvesse um papista entre a multidão de puritanos, ele poderia ter visto nessa bela mulher, tão pitoresca em seu traje e semblante, com a criança em seu colo, um objeto que lembrava a imagem da Maternidade Divina, a qual muitos pintores ilustres competiram entre si para representar; algo que o faria lembrar-se, de fato, mas apenas por contraste, da imagem sagrada da maternidade sem pecado, cujo filho deveria redimir o mundo. Ali havia a mancha do maior pecado na mais sagrada virtude humana, atuando de tal forma que o mundo ficava apenas mais sombrio para a beleza dessa mulher, e mais perdido para a criança que ela havia gerado.

A cena não deixava de provocar espanto, tal como deve ser sempre que o espetáculo da culpa e da vergonha recai sobre um semelhante antes que a sociedade tenha se corrompido o suficiente para sorrir, em vez de estremecer, diante dela. As testemunhas da desgraça de Hester Prynne ainda não haviam superado sua simplicidade. Eram duras o suficiente para assistir à sua morte, se essa fosse a sentença, sem um murmúrio sobre sua severidade, mas não tinham nada da crueldade de outro estrato social que encontraria apenas motivo de zombaria numa exibição como aquela. Mesmo que houvesse a disposição de transformar o assunto em ridículo, ela deve ter sido reprimida e dominada pela presença solene de homens não menos dignos que o governador e vários de seus conselheiros, um juiz, um general e os clérigos da cidade – todos os quais estavam sentados ou de pé numa sacada da igreja, olhando para a plataforma. Quando tais personagens constituíam parte do espetáculo, sem arriscar a majestade ou a reverência de sua posição e ofício, poder-se-ia inferir com segurança que a aplicação de uma sentença oficial teria um significado grave e eficaz. Consequentemente, a multidão estava sombria e séria. A infeliz culpada aguentou-se da melhor maneira que uma mulher poderia sob o peso de mil olhos

Papista era como os protestantes chamavam os católicos, que continuavam a seguir a liderança do papa.

Clérigo é uma pessoa que realiza os rituais religiosos, como o padre ou o pastor.

implacáveis, todos fixos nela e concentrados em seu peito. Era quase intolerável de suportar. De natureza impulsiva e apaixonada, Hester Prynne havia se preparado para enfrentar com insolência as ferroadas e as punhaladas venenosas do público suportando todo tipo de insulto; mas as pessoas se mostraram tão solenes que ela passou a desejar que aqueles semblantes rígidos se contorcessem de escárnio, tendo a ela como objeto. Se uma gargalhada tivesse explodido na multidão – cada homem, cada mulher, cada criança de voz estridente contribuindo com sua parte –, Hester poderia ter retribuído a todos com um sorriso amargo e desdenhoso. Contudo, sob a imposição pesada que era seu destino suportar, ela se sentia, em alguns momentos, como se precisasse gritar com toda a força de seus pulmões e jogar-se do cadafalso ao chão para não enlouquecer de vez.

    No entanto, houve intervalos em que toda a cena, na qual ela era o objeto mais conspícuo, parecia desaparecer de sua vista, ou, pelo menos, cintilar indistintamente diante de seus olhos, como uma massa de imagens espectrais, de forma imperfeita. Sua mente, em especial a memória, estava sobrenaturalmente ativa e continuava trazendo à tona outras cenas além dessa rua rudemente talhada numa cidadezinha às margens do Oeste selvagem; outros rostos a se debruçar sobre ela sob as abas dos chapéus de ponta. Hester foi tomada pelas reminiscências mais insignificantes e imateriais, por passagens da infância e dos dias de escola, pelos folguedos, as brigas de criança e as minúcias domésticas de seus anos de solteira, tudo misturado a lembranças do que aconteceu de mais sério em sua vida depois disso; uma imagem tão vívida quanto a outra, como se todas tivessem igual importância, ou como se todas fossem igualmente uma brincadeira. Foi possivelmente um artifício instintivo de seu espírito aliviar-se, pela exibição dessas formas fantasmagóricas, do peso cruel e da dureza da realidade.

    Seja como for, o cadafalso foi o ponto de observação que revelou a Hester Prynne todo o caminho que ela havia percorrido desde a sua infância feliz. De pé naquela

Conspícuo > em destaque, visível, notável.

Espectral > fantasmagórico.

Folguedo > divertimento, brincadeira, diversão.

Proeminência é uma elevação do terreno, uma posição de destaque.

Gola elisabetana (ou rufo) é típica do período em que Elizabeth I era a rainha da Inglaterra e parece uma sufocante sanfoninha em torno do pescoço todo.

Gabinete é lugar de estudo e de religiosidade; **claustro** é convento, mosteiro. Portanto, era uma **figura** com cara de muito estudioso e sério nos lances da religião.

A moça era de um daqueles grupos religiosos que haviam saído da ilha que é a Inglaterra por discordarem da religião anglicana, a Igreja oficial inglesa. No caso, fugiram da ilha para ir morar na **cidade de Amsterdã, no continente** europeu. Depois, o grupo dela foi para Massachusetts a bordo do navio *Mayflower*. Eles são os chamados peregrinos. Dez anos depois, chegou outra leva de dissidentes, os puritanos – que, como você já leu lá atrás, armaram uma treta contra outro grupo de dissidentes ingleses, os quacres.

Cambiante > mutável, alternante, volátil.

miserável proeminência, ela viu novamente sua aldeia natal, na velha Inglaterra, e a casa paterna, uma construção decadente de pedra cinza, com aspecto de pobreza, mas que mantinha um escudo de armas meio apagado acima do portal como sinal da antiga nobreza. Viu o rosto do pai, com a testa calva e a reverenda barba branca, que caía sobre a antiquada gola elisabetana; o de sua mãe, também, com o olhar de amor zeloso e ansioso que sempre ostentava em sua lembrança, rosto que, desde sua morte, tantas vezes impusera o obstáculo de uma delicada censura no caminho da filha. Viu seu próprio rosto, resplandecente em sua beleza infantil, iluminando o interior do espelho fosco em que costumava se olhar. Lá, avistou outro semblante, o de um homem bem avançado em anos, com rosto pálido, magro, de erudito, com olhos turvos e ofuscados pela lamparina que lhes servira para se debruçarem sobre tantos livros importantes. No entanto, esses mesmos olhos turvos tinham um poder estranho e penetrante quando era o propósito de seu dono ler a alma humana. Essa figura de gabinete e claustro, como a imaginação feminina de Hester Prynne não esqueceu, era ligeiramente deformada, com o ombro esquerdo um nada mais alto que o direito. Em seguida, ergueram-se diante dela, na galeria de imagens da memória, as ruas estreitas e intricadas, as casas altas e cinzentas, as enormes catedrais e os edifícios públicos, velhos e arquitetonicamente curiosos, da cidade continental onde uma nova vida a tinha acolhido, ainda em conexão com o acadêmico disforme; uma nova vida, mas alimentada com matéria desgastada pelo tempo, como um tufo de musgo verde numa parede em ruínas. Por último, no lugar dessas cenas cambiantes, voltou a rude praça do povoado puritano, com todos os moradores reunidos, dirigindo seu olhar severo a Hester Prynne – sim, ela mesma –, que estava no cadafalso com uma criança nos braços e a letra A, em cor escarlate, fantasticamente bordada com fios de ouro sobre o peito!

Seria verdade? Ela apertou a criança com tanta força contra o peito que esta soltou um grito; Hester baixou os olhos para a letra escarlate e até a tocou com o dedo, para garantir que a criança e a vergonha eram reais. Sim! Essa era a sua realidade. Tudo o mais havia desaparecido!

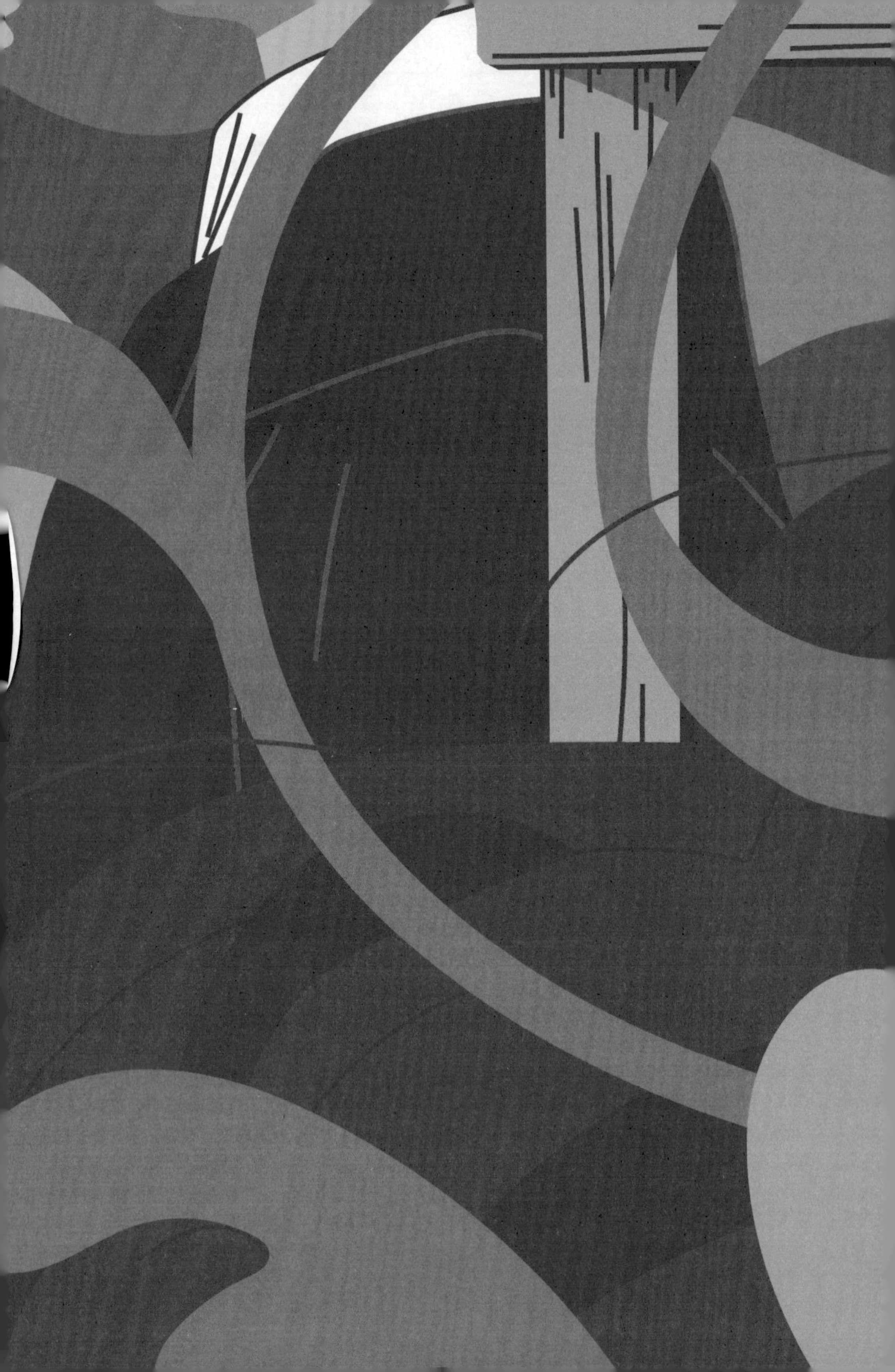

O RECONHECIMENTO

DESSA INTENSA CONSCIÊNCIA de ser o objeto de severa e universal observação, a portadora da letra escarlate foi finalmente aliviada ao reconhecer, nas franjas da multidão, uma figura que se apossou irresistivelmente de seus pensamentos. Um índio, em seu traje nativo, estava parado ali; mas os peles-vermelhas não eram visitantes tão raros nos assentamentos ingleses para que um deles atraísse a atenção de Hester Prynne naquele momento; muito menos seria ele capaz de excluir todos os outros assuntos e ideias de sua mente. Ao lado do índio, e evidentemente em sua companhia, estava um homem branco, vestido com uma estranha confusão de trajes civilizados e selvagens.

Ele era pequeno em estatura e tinha um rosto enrugado, o qual, no entanto, dificilmente poderia ser chamado de envelhecido. Havia uma inteligência notável em suas feições, como a de uma pessoa que tivesse cultivado tanto o intelecto que este não pudesse deixar de moldar o físico e de se manifestar por sinais inconfundíveis. Embora, por um arranjo aparentemente descuidado de vestimentas heterogêneas, ele tivesse se esforçado para esconder ou diminuir tal peculiaridade, ficou suficientemente claro para Hester Prynne que um dos ombros desse homem era mais elevado que o outro. De novo, no primeiro instante em que percebeu aquele rosto magro e a ligeira deformidade da figura, ela

Índio é um jeito antigo e hoje reconhecido como inadequado de se referir a povos originários, enquanto **peles-vermelhas** (em inglês, *redmen*) é também um jeito antigo e hoje inadequado de se referir aos povos originários que viviam no que atualmente é o Canadá e os Estados Unidos.

É a velha ideia de que o branco europeu é **civilizado**, mesmo quando pratica selvagerias como cortar pedaço da orelha de um ser humano porque ele acredita em outro deus, marcar uma pessoa com ferro em brasa por alguma outra besteira, chicotear e humilhar o indivíduo em praça pública e até enforcá-lo porque está vestido de maneira "errada" ou coisas assim. Enquanto isso, o não europeu é caracterizado como **selvagem**.

Heterogêneo > diferente, desigual, disparatado.

pressionou a criança contra o peito com uma força tão convulsiva que o pobre bebê soltou outro grito de dor. Mas a mãe não pareceu ouvi-lo.

Quando chegou ao mercado, e algum tempo antes que ela o visse, o estranho pousou os olhos em Hester Prynne. Como homem acostumado principalmente a olhar para dentro de si, para quem as questões exteriores têm pouco valor e importância, a menos que se relacionem a algo dentro de sua mente, a princípio ele foi descuidado. Logo, porém, seu olhar se tornou aguçado e penetrante. Um horror contorcido perpassou suas feições, como se uma cobra deslizasse veloz sobre elas e fizesse uma pequena pausa, com todas as suas circunvoluções à vista. Seu rosto se obscureceu com alguma emoção poderosa, que, no entanto, ele controlou tão depressa por um esforço da vontade que, salvo em um único momento, sua expressão poderia ter passado por calma. Depois de um breve espaço de tempo, a convulsão se tornou quase imperceptível e finalmente se desfez nas profundezas de seu ser. Quando encontrou os olhos de Hester Prynne fixos nos seus e viu que ela parecia reconhecê-lo, lenta e calmamente ergueu o dedo, fez um gesto no ar e o pousou nos lábios.

Em seguida, tocando o ombro de um cidadão que estava ao lado, dirigiu-se a ele de maneira formal e cortês.

— Rogo-lhe, bom senhor — disse ele —, quem é essa mulher? E por que está aqui exposta à vergonha pública?

— Deve ser um forasteiro nesta região, amigo — respondeu o morador, olhando com curiosidade para o homem que lhe fizera a pergunta e para seu companheiro selvagem —, do contrário certamente teria ouvido falar da senhora Hester Prynne e de suas maldades. Ela criou um grande escândalo, eu lhe asseguro, na igreja do piedoso reverendo Dimmesdale.

— O senhor tem razão — respondeu o outro.

— Sou forasteiro e andarilho, dolorosamente contra a minha vontade. Enfrentei graves contratempos no mar e em terra, e por muito tempo fui escravo entre o povo pagão do sul;

Circunvolução > movimento circular, volta sinuosa.

Havia muitos conflitos entre os indígenas e os europeus invasores. Nessas ocasiões, podiam rolar mortes e aprisionamentos. Para explicar a ausência deste personagem, o autor usa o recurso de dizer que ele teria passado uma temporada como **prisioneiro de alguma tribo mais ao sul**. Ele também nos dá a entender daqui a pouco que a liberdade dele aconteceu por meio de troca de presos, o que de fato era comum.

agora fui trazido para cá por este índio, para ser resgatado do meu cativeiro. Será que o senhor poderia, no entanto, me contar sobre Hester Prynne... entendi seu nome corretamente?... sobre os crimes dessa mulher e o que a trouxe a este cadafalso?

– Certamente, amigo; e creio que deve alegrar seu coração, depois de seus problemas e de sua peregrinação pela natureza selvagem – disse o cidadão –, o fato de se encontrar, por fim, numa terra onde a iniquidade é investigada e punida sob os olhos dos governantes e do povo, como é o caso aqui, em nossa piedosa Nova Inglaterra. Aquela mulher, o senhor deve saber, era esposa de um certo homem erudito, inglês de nascimento mas que havia morado por muito tempo em Amsterdã, de onde, um bom tempo atrás, decidiu partir para tentar a sorte conosco, em Massachusetts. Para esse propósito, enviou a esposa antes, permanecendo lá para cuidar de alguns assuntos necessários. Veja, meu bom senhor, nos cerca de dois anos, ou menos, que a mulher morou aqui em Boston, não houve notícia desse cavalheiro erudito, o senhor Prynne; e sua jovem esposa, veja o senhor, deixada à própria desorientação...

– Ah! Entendo – disse o desconhecido com um sorriso amargo. – Um homem tão culto, como o senhor diz, deveria ter aprendido isso também em seus livros. E quem, por favor, senhor, poderia ser o pai daquele bebê... que a senhora Prynne segura nos braços... creio que... há uns três ou quatro meses?

– Na verdade, amigo, essa questão continua sendo um enigma; e ainda não chegou o Daniel que o exporá – respondeu o morador. – A senhora Hester se recusa terminantemente a falar, e os magistrados quebraram a cabeça em vão. Talvez o culpado esteja olhando para este triste espetáculo, desconhecido dos homens e esquecido de que Deus o vê.

– O homem erudito – observou o estranho com outro sorriso – deveria vir pessoalmente para examinar o mistério.

– Cabe a ele, se ainda estiver vivo – respondeu o morador. – Agora, bom senhor, os magistrados de Massachusetts, pensando que esta mulher é jovem e respeitável, e sem

Na Bíblia, **Daniel** é um profeta que interpreta visões e sonhos de outras pessoas, revelando dessa forma o que seriam verdades.

dúvida foi fortemente tentada a pecar... e que, além disso, como é mais provável, seu marido pode estar no fundo do mar... eles não tiveram coragem de aplicar contra ela a punição mais extrema de nossa justa lei. A pena para isso é a morte. Mas, em sua grande misericórdia e compaixão, condenaram a senhora Prynne a permanecer apenas durante três horas no tronco, e depois, pelo resto da vida, a usar no peito um emblema dessa vergonha.

– Sábia sentença! – comentou o forasteiro, baixando gravemente a cabeça. – Assim ela será um sermão vivo contra o pecado, até que a letra vergonhosa seja gravada em sua lápide. No entanto, irrita-me que o parceiro de sua iniquidade não deva, pelo menos, ficar no cadafalso ao seu lado. Mas ele será conhecido! Ele será conhecido! Ele será conhecido!

Num gesto de cortesia, curvou-se diante do comunicativo cidadão e, sussurrando algumas palavras para o índio que o acompanhava, ambos abriram caminho entre a multidão.

Enquanto isso acontecia, Hester Prynne permaneceu de pé em seu pedestal, ainda com o olhar fixo na direção do desconhecido; um olhar tão fixo que, em momentos de intensa absorção, todos os outros objetos do mundo visível quase desapareciam, deixando apenas a ele e a ela. Talvez encontrá-lo pessoalmente fosse mais terrível do que vê-lo como ela fazia agora, com o sol quente do meio-dia queimando seu rosto e iluminando sua vergonha; com o emblema escarlate da infâmia em seu peito; com a criança nascida do pecado em seus braços; com todo um povo, atraído como que para um festival, olhando para as feições que deveriam ser vistas apenas ao brilho silencioso da lareira, na sombra feliz de uma casa, ou sob um véu matronal, na igreja. Por mais terrível que fosse, ela se sentia abrigada na presença dessas mil testemunhas. Era melhor ficar assim, com tantos entre ele e ela, do que cumprimentá-lo, cara a cara, os dois sozinhos. Hester buscou refúgio, por assim dizer, na exposição pública, e temeu o momento em que sua proteção fosse removida. Envolta por esses pensamentos, mal ouviu uma voz às suas

Tronco é o outro nome dado ao pelourinho, aquele instrumento de tortura e humilhação que deixava a pessoa com a cabeça e as mãos (ou pés) enfiadas em buracos feitos em uma tábua de madeira.

Infâmia > desonra, vergonha extrema.

costas, até que esta repetiu seu nome mais de uma vez, em tom alto e solene, audível para toda a multidão.

– Ouça-me, Hester Prynne! – disse a voz.

Conforme comentamos anteriormente, logo acima da plataforma em que Hester Prynne estava havia uma espécie de sacada, ou galeria aberta, anexa à igreja. Era o lugar onde se costumavam fazer proclamações durante as assembleias de magistrados, com todo o cerimonial que naqueles dias acompanhava esses rituais públicos. Ali, para testemunhar a cena que estamos descrevendo, sentava-se o próprio governador Bellingham, com quatro sargentos ao redor de sua cadeira como guarda de honra, todos carregando alabardas. Ele usava uma pena escura no chapéu, uma capa com arremates bordados e uma túnica de veludo preto por baixo; um cavalheiro avançado em anos, com uma dura experiência expressa em suas rugas. Não estava mal preparado para ser o chefe e representante de uma comunidade que devia sua origem e seu progresso, e seu atual estado de desenvolvimento, não aos impulsos da juventude, mas às duras e moderadas energias da masculinidade e à sombria sagacidade da idade; tal comunidade foi capaz de realizar tanto justamente porque muito pouco imaginava e esperava. Os outros personagens eminentes pelos quais o governante principal estava cercado distinguiam-se pelo semblante digno de um período no qual se considerava que toda forma de autoridade era dotada da sacralidade das instituições divinas. Eram, sem dúvida, homens bons, justos e sábios. Mas não teria sido fácil selecionar, de toda a família humana, o mesmo número de pessoas sábias e virtuosas que, como os mentores de aspecto rígido para os quais Hester Prynne agora virava o rosto, fossem menos capazes de julgar o coração pecador de uma mulher e de separar o bem do mal. Ela parecia consciente, de fato, de que qualquer simpatia que pudesse esperar estava no coração

A **assembleia de magistrados** era o encontro de gente denominada juiz e que ali, em grupo, decidia as pendengas da comunidade.

Richard **Bellingham** (1592-1672) nasceu na Inglaterra, onde virou advogado até vir com uma turma de empresários puritanos para a colônia britânica que hoje é os Estados Unidos. No novo endereço, esses caras, que tinham uma organização baseada na formação de uma sociedade comercial – a Massachusetts Bay Colony –, esticaram os mesmos princípios puritanos aos povoados que foram surgindo, até que o rei inglês se cansou daquilo e interveio. Essa intervenção, aliás, foi justamente em uma das várias vezes em que Bellingham estava agindo na condição de governador de Massachusetts eleito pelos seus pares. Richard também atuava como juiz.

Alabarda é uma arma antiga de cabo longo de madeira com um espigão de ferro e uma lâmina em forma de meia-lua na ponta.

Sacralidade > característica do que é sagrado.

maior e mais caloroso da multidão; pois, ao erguer os olhos em direção à sacada, a infeliz empalideceu e estremeceu.

A voz que havia chamado sua atenção era a do venerável e famoso John Wilson, o mais velho clérigo de Boston, grande erudito, como a maioria de seus contemporâneos na profissão, e também homem de espírito bom e gentil. Este último atributo, entretanto, se desenvolvera com menos cuidado do que seus dons intelectuais, e era para ele, na verdade, mais uma questão de vergonha do que de orgulho. Lá estava ele, com uma mecha grisalha aparecendo sob o barrete, enquanto seus olhos cinzentos, acostumados à luz sombria de seu gabinete, piscavam, como os do bebê de Hester, sob o sol direto. Ele se parecia com as gravuras escurecidas que vemos nos antigos volumes de sermões; e não tinha mais direito do que teria uma daquelas gravuras de intervir, como fazia agora, com uma pergunta sobre a culpa, a paixão e a angústia humanas.

– Hester Prynne – disse o clérigo –, conversei com este irmão mais jovem, cujos sermões a senhora teve o privilégio de ouvir. – Nesse momento, o senhor Wilson colocou a mão no ombro de um jovem pálido ao seu lado. – Tenho procurado persuadir este jovem piedoso de que ele deve falar com a senhora, aqui diante do Céu, perante estes governantes sábios e justos e perante o povo, sobre a vileza e a escuridão de seu pecado. Conhecendo seu temperamento melhor do que eu, ele poderia julgar melhor que argumentos usar, se de ternura ou de terror, para vencer sua resistência e sua obstinação em esconder o nome daquele que a trouxe a esta queda lamentável. Mas ele argumenta (com a suavidade excessiva de um jovem, mas com sabedoria além de sua idade) que seria iludir a própria natureza da mulher forçá-la a revelar os segredos de seu coração em plena luz do dia, e na presença de tamanha multidão. Na verdade, conforme eu procurava convencê-lo, a vergonha está em cometer o pecado, e não em mostrá-lo. O que acha disso, mais uma vez, irmão

---

Esse reverendo **John Wilson** chegou a Massachusetts em 1630. Antes de baixar lá, ele era advogado, mas estudou pra ser pastor e foi-se embora da Inglaterra rumo à colônia puritana. Era um sujeito ortodoxo, que levava a ferro e fogo as ideias e os ideais puritanos. Implicava pra caramba com a Ann Hutchinson e odiava com furor os quacres.

Barrete é um tipo de chapéu quadrangular que os clérigos usam, sendo o preto para os padres, o roxo para os bispos, o vermelho para os cardeais e o branco para o papa.

Vileza > coisa mesquinha, vil.

Dimmesdale? Serei eu ou o senhor a lidar com a alma desta pobre pecadora?

Houve um murmúrio entre os dignos e veneráveis ocupantes da sacada; e o governador Bellingham expressou o propósito deles, falando com uma voz autoritária, embora temperada com respeito para com o jovem clérigo a quem se dirigiu.

– Caro reverendo Dimmesdale – disse ele –, a responsabilidade pela alma desta mulher é em grande parte sua. É necessário, portanto, que a exorte ao arrependimento e à confissão, como prova e consequência disso.

Exortar > convencer, animar.

A franqueza desse apelo atraiu os olhares de toda a multidão para o reverendo Dimmesdale, um jovem clérigo que viera de uma das grandes universidades inglesas, trazendo todo o conhecimento da época para nossa floresta selvagem. Sua eloquência e seu fervor religioso já haviam lhe conferido a garantia de grande eminência em sua profissão. Era uma pessoa de aspecto muito marcante, com testa alta, branca e ameaçadora, grandes olhos castanhos e melancólicos e uma boca que, a menos que a comprimisse com força, tremia, o que expressava sensibilidade nervosa e um vasto poder de autocontenção. Apesar de seus elevados dons inatos e de suas realizações eruditas, esse jovem ministro tinha o aspecto – um olhar apreensivo, assustado, meio amedrontado – de alguém que se sente perdido no caminho da existência humana e só consegue ficar à vontade em reclusão. Assim, na medida em que seus deveres permitiam, vivia na sombra, mantendo-se simples e infantil, apresentando-se, quando havia ocasião, com um frescor, uma fragrância, uma pureza e uma suavidade de pensamento que, como muitas pessoas diziam, as afetava como a fala de um anjo.

Eloquência > a arte de falar bem, de se expressar com desenvoltura.

Ministro, aqui, é pastor protestante.

Tal era o jovem que o reverendo Wilson e o governador haviam apresentado tão abertamente ao público, pedindo-lhe que falasse, diante de todos os homens, ao mistério da alma de uma mulher, sagrada mesmo em sua profanação. A natureza difícil de sua posição drenou o sangue de sua face e fez seus lábios tremerem.

Profanação é o uso nada bom de uma coisa sagrada.

– Fale com a mulher, meu irmão – disse o senhor Wilson. – É importante para a alma dela, e, portanto, como diz o piedoso governador, importante para a sua, a quem pertence. Exorte-a a confessar a verdade!

O reverendo Dimmesdale baixou a cabeça numa oração silenciosa, ao que parecia, e então adiantou-se.

– Hester Prynne – disse ele, inclinando-se sobre a sacada e olhando-a fixamente nos olhos –, ouviu o que este bom homem disse e vê a responsabilidade que pesa sobre mim. Se acha que assim a sua alma terá paz e a sua punição terrena se tornará mais eficaz para a sua salvação, eu lhe ordeno que diga o nome de seu companheiro de pecado e de sofrimento! Não se cale por qualquer piedade e ternura equivocada por ele; pois, acredite-me, Hester, mesmo que ele tivesse de descer de uma alta posição para ficar ao seu lado no pedestal da vergonha, ainda assim seria melhor do que esconder um coração culpado pelo resto da vida. O que o seu silêncio pode fazer por ele a não ser tentá-lo... sim, obrigá-lo, por assim dizer... a adicionar hipocrisia ao pecado? O Céu lhe concedeu uma ignomínia visível para que assim possa triunfar abertamente sobre o mal que traz dentro de si e a tristeza que externa. Preste atenção em como nega a ele... que talvez não tenha a coragem de segurá-lo por si mesmo... o cálice amargo, mas saudável, que agora é apresentado aos seus lábios!

A voz do jovem pastor era de uma doçura trêmula, suave, profunda e entrecortada. O sentimento que manifestava de forma tão evidente, em vez do significado direto das palavras, a fez vibrar em todos os corações, levando à simpatia de todos os ouvintes. Até o pobre bebê, no colo de Hester, foi afetado por aquela influência; a criança dirigiu o olhar até então vago ao senhor Dimmesdale e ergueu os bracinhos com um murmúrio meio satisfeito, meio queixoso. Tão poderoso foi o apelo do ministro que ninguém ali podia acreditar que Hester Prynne não dissesse o nome do culpado; ou então que o próprio culpado, em qualquer lugar onde se encontrasse, não fosse compelido por uma necessidade interior inevitável a subir ao cadafalso.

Compelido > forçado, obrigado, coagido.

Hester balançou a cabeça.

– Mulher, não transgrida a misericórdia divina além dos limites! – exclamou o reverendo Wilson, mais duramente do que antes. – Esse bebezinho foi dotado de voz para apoiar e confirmar o conselho que a senhora ouviu. Diga o nome! Isso e o seu arrependimento poderão servir para tirar a letra escarlate do seu peito.

– Nunca! – respondeu Hester Prynne mirando não o senhor Wilson, mas os olhos profundos e perturbados do jovem clérigo. – Ela está marcada muito profundamente. O senhor não pode tirá-la. E eu teria de suportar o sofrimento dele além do meu!

– Fale, mulher! – disse outra voz, fria e severa, vinda da multidão ao redor do cadafalso. – Fale; e dê à sua filha um pai!

– Não vou falar! – respondeu Hester, empalidecendo como a morte, mas respondendo a essa voz, que ela certamente reconheceu. – Minha filha deve buscar um pai celestial; ela jamais conhecerá um pai terreno!

– Ela não vai falar! – murmurou o senhor Dimmesdale, que, debruçado sobre a sacada, com a mão no coração, aguardara o resultado de seu apelo. Ele então recuou com um longo suspiro. – Assombrosas a força e a generosidade do coração de uma mulher! Ela não vai falar!

Percebendo o estado impraticável da mente da pobre condenada, o clérigo mais velho, que havia se preparado cuidadosamente para a ocasião, dirigiu à multidão um discurso sobre o pecado em todos os seus ramos, mas com referência constante à letra infame. O clérigo se deteve tão insistentemente sobre esse emblema durante a hora ou mais em que suas frases voaram sobre a cabeça das pessoas que este se tornou ainda mais terrível na imaginação delas, parecendo derivar seu tom escarlate das chamas do inferno. Enquanto isso, Hester Prynne manteve seu lugar no pedestal da vergonha com os olhos vidrados e um ar de indiferença cansada. Ela havia suportado, naquela manhã, tudo o que poderia suportar; e, como o seu temperamento não era do tipo que escapa de um sofrimento intenso com

Emblema > símbolo, distintivo, insígnia.

um desmaio, seu espírito só poderia se abrigar sob uma crosta pedregosa de insensibilidade, enquanto as faculdades da vida animal permaneciam íntegras. Nesse estado, a voz do pregador trovejou impiedosamente, mas sem efeito, em seus ouvidos. Durante a última parte de sua provação, a criança gemeu e gritou; Hester se esforçou mecanicamente para silenciá-la, mas o bebê parecia não se compadecer dela. Mantendo a conduta firme, Hester foi levada de volta à cadeia e desapareceu do olhar do público por seu portal de ferro. Aqueles que a tudo assistiam murmuraram que a letra escarlate lançava um brilho sinistro ao longo do escuro corredor no interior da prisão.

IV
O ENCONTRO

DEPOIS DE SEU RETORNO à prisão, Hester Prynne caiu num estado de agitação nervosa que exigiu vigilância constante, para que não cometesse violência contra si mesma ou fizesse alguma loucura contra o pobre bebê. À medida que a noite se aproximava, sendo impossível conter sua insubordinação com repreensões ou ameaças de punição, o senhor Brackett, o carcereiro, achou por bem trazer um médico. Ele o descrevia como um homem habilidoso em todos os métodos cristãos da ciência física e também familiarizado com tudo o que o povo selvagem poderia ensinar a respeito das ervas medicinais e raízes que cresciam na floresta. A bem da verdade, havia muita necessidade de assistência profissional, não apenas para a própria Hester, mas ainda mais urgentemente para a criança, que, tirando seu sustento do seio materno, parecia ter bebido com ele toda a turbulência, a angústia e o desespero que impregnavam o organismo da mãe. Ela agora se contorcia em convulsões de dor, e era uma imagem poderosa, em sua pequena estrutura, da agonia moral que Hester Prynne suportara ao longo do dia.

> Olha aí o preconceito de novo ao se referir à população nativa como **povo selvagem**.

Seguindo de perto o carcereiro até o cômodo sombrio, apareceu aquele indivíduo de aspecto singular cuja presença na multidão tinha sido de profundo interesse para a portadora da letra escarlate. Ele estava hospedado na prisão, não como suspeito de algum crime, mas como a maneira mais conveniente e adequada de se utilizarem dele até que os magistrados conferenciassem com os chefes indígenas a respeito de seu resgate. Seu nome foi anunciado

Chillingworth é um sobrenome real, mas aqui escolhido pelo autor como uma dica do caráter do cara, porque, em inglês, *chilling* é o mesmo que assustador e *worth* é valor. Daí que esse nome fica meio que um vale-susto, saca?

Cordato é sensato, que leva as coisas na boa, concordando, sem arrumar confusão.

Peremptório é algo sem discussão. Uma afirmação peremptória não admite contestação. (Curiosidade: autores portugueses escrevem "perentório", porque é assim que pronunciam a palavra por lá.)

A **alquimia** era a química da época. Os alquimistas tentavam transformar metais tipo chumbo e cobre em ouro ou prata; também queriam curar doenças e criar um elixir (espécie de xarope) da vida longa.

como Roger Chillingworth. Depois de conduzi-lo até a cela, o carcereiro permaneceu maravilhado, por um momento, com o relativo silêncio que se seguiu à sua entrada; pois Hester Prynne ficou imediatamente imóvel como a morte, embora a criança continuasse a gemer.

– Rogo-lhe, amigo, que me deixe em paz com minha paciente – disse o médico. – Acredite-me, bom carcereiro, em breve sua casa terá paz; e eu lhe prometo que a senhora Prynne será doravante mais cordata à autoridade da justiça do que foi até agora.

– De fato, se a sua devoção puder realizar esse feito – respondeu o senhor Brackett –, eu o reconhecerei como homem de grande habilidade! Na verdade, a mulher está como que possuída; e pouco falta para que eu próprio cuide de expulsar Satanás do corpo dela com açoites.

O desconhecido entrara na cela com a tranquilidade característica da profissão a que anunciava pertencer. Tampouco seu comportamento mudou quando, depois de o carcereiro sair, ficou sozinho com a mulher, cuja atenção nele, na praça, havia dado a supor uma relação muito estreita entre os dois. Seu primeiro cuidado foi com a criança, cujos gritos, enquanto se contorcia na cama de rodinhas, tornavam peremptória a necessidade de adiar todos os outros assuntos para a tarefa de acalmá-la. Ele examinou a criança cuidadosamente e então começou a abrir um estojo de couro, que tirou de baixo de seu traje. O estojo parecia conter medicamentos, um dos quais ele misturou com um copo de água.

– Meus antigos estudos de alquimia – observou ele – e minha estada, por mais de um ano, entre um povo versado nas boas propriedades dos elementos simples fizeram de mim um médico melhor do que muitos que reivindicam o diploma. Veja, mulher! A filha é sua, não é nada minha nem reconhecerá minha voz ou minhas feições como as de um pai. Portanto, administre-lhe esta bebida com suas próprias mãos.

Hester repeliu o remédio oferecido, ao mesmo tempo olhando para o rosto dele com forte apreensão.

– Quer se vingar no bebê inocente? – sussurrou ela.

– Mulher tola! – respondeu o médico, meio friamente, meio apaziguador. – De que me serviria prejudicar este bebê miserável e indesejado? O remédio é potente para o bem; se fosse minha filha... sim, minha, assim como sua... eu não poderia fazer melhor.

Como ela ainda hesitava, não demonstrando, de fato, uma atitude racional, ele pegou a criança nos braços e lhe administrou a bebida. O remédio logo provou sua eficácia e dispensou a possibilidade da sanguessuga. Os gemidos da pequena paciente diminuíram; seus movimentos convulsivos cessaram gradualmente; e, em poucos instantes, como é costume das crianças pequenas após o alívio da dor, mergulhou num sono profundo e puro. O médico, como tinha o justo direito de ser chamado, em seguida dedicou sua atenção à mãe. Com calma e escrutínio atento, sentiu seu pulso, examinou seus olhos – com um olhar que fez o coração dela se encolher e estremecer, porque era muito familiar e ao mesmo tempo muito estranho e frio – e, finalmente satisfeito com o exame, começou a misturar outra beberagem.

– Não conheço Letes nem nepentes – observou ele. – Mas aprendi muitos segredos novos na natureza selvagem, e aqui está um deles: uma receita que um índio me ensinou em retribuição a algumas lições minhas, que eram tão antigas quanto Paracelso. Beba! Talvez seja menos reconfortante do que uma consciência sem pecado. Isso eu não posso lhe dar. Mas acalmará as ondas e a agitação de sua paixão, como óleo sobre as vagas de um mar tempestuoso.

Ele ofereceu a taça a Hester, que a recebeu com uma expressão obtusa e séria no rosto; não exatamente um olhar de medo, mas cheio de dúvidas e questionamentos sobre quais seriam seus propósitos. Ela também olhou para a filha adormecida.

Mais tarde vamos falar mais sobre esses **bichinhos** que foram usados durante séculos como tratamento pra tudo quanto era tipo de doença e agonia.

Escrutínio é um exame minucioso.

O inferno da mitologia grega tem uns rios, e um deles é o **Letes**. Quando alguém bebe ou encosta na água dele, esquece a sua história e os seus sofrimentos, ficando assim zero quilômetro pra encarar uma nova encarnação. Já o **nepentes** era uma poção mágica da mitologia grega que teria poderes semelhantes aos da água do rio Letes, ajudando a pessoa a dar um *stop* na memória dos perrengues sofridos por ela. Há quem ache que era *Cannabis sativa*, a dona maconha.

Também conhecido como Philippus Aureolus Theophrastus Bombastus von Hohenheim, o alquimista **Paracelso** viveu entre 1493 e 1541 e, apesar de ter sido muitas vezes acusado de picaretagem, foi o primeiro a sacar a importância da química na medicina.

Vaga > onda.

– Já pensei na morte – disse –, desejei-a; teria até orado por ela, se fosse adequado que alguém como eu orasse por alguma coisa. No entanto, se a morte estiver nesta taça, peço-lhe que pense novamente, antes que eu beba. Veja! Está agora em meus lábios.

– Beba, então – respondeu ele, ainda com a mesma compostura fria. – Você me conhece tão pouco assim, Hester Prynne? Meus propósitos costumam ser tão superficiais? Mesmo que eu imaginasse um esquema de vingança, o que poderia fazer melhor pelo meu objetivo do que deixá-la viver, do que lhe dar remédios contra todos os males e perigos da vida, para que essa vergonha ardente continue a brilhar em seu peito? – Enquanto falava, colocou o longo dedo indicador na letra escarlate, que imediatamente pareceu queimar o peito de Hester, como se estivesse em brasa. Ele percebeu seu gesto involuntário e sorriu. – Viva, portanto, e aguente sua condenação aos olhos dos homens e das mulheres... aos olhos daquele a quem chama seu marido... aos olhos daquela criança! E, para que você possa viver, tome essa bebida.

Sem maiores protestos ou demora, Hester Prynne esvaziou a taça e, a um movimento do hábil homem, sentou-se na cama onde a criança dormia, enquanto ele puxava a única cadeira que havia na sala e se sentava ao seu lado. Ela não pôde deixar de tremer com esses preparativos; pois sentia que – tendo agora feito tudo o que a humanidade ou os princípios, ou, se assim fosse, uma crueldade refinada o impelira a fazer para alívio do sofrimento físico – ele estava próximo de tratá-la como o homem a quem ela havia ferido profunda e irreparavelmente.

– Hester – disse ele –, não pergunto por que, nem como, você caiu no poço, ou melhor, ascendeu ao pedestal da infâmia no qual a encontrei. A razão não é difícil de saber. Foi minha loucura e sua fraqueza. Eu, um homem de pensamento, leitor ávido nas grandes bibliotecas, um homem já em decadência, que já dera seus melhores anos para alimentar o sonho faminto do conhecimento, o que tinha eu a ver com a sua juventude e a sua beleza? Deformado

Ascender > subir, se elevar.

desde a hora do nascimento, como poderia me iludir com a ideia de que os dons intelectuais ocultariam a deformidade física na fantasia de uma menina? Os homens me chamam de sábio. Se os sábios fossem sábios em seu próprio favor, eu poderia ter previsto tudo isto. Deveria ter imaginado que, quando saí da vasta e sombria floresta e entrei neste povoado de cristãos, o primeiro objeto a encontrar meus olhos seria você, Hester Prynne, de pé, uma estátua de ignomínia, diante do povo. Não, desde o momento em que descemos juntos os degraus da velha igreja, casados, eu deveria ter visto o fogo dessa letra escarlate brilhando no final do nosso caminho!

– Você sabe – disse Hester, pois, por mais deprimida que estivesse, não podia suportar essa última punhalada silenciosa como preço de sua vergonha –, você sabe que fui franca com você. Não sentia amor, nem fingia.

– É verdade – respondeu ele. – Foi minha loucura! Já disse. Mas, até aquela época da minha vida, eu tinha vivido em vão. O mundo havia sido muito triste! Meu coração era um cômodo grande o bastante para muitos convidados, mas solitário e frio, sem uma lareira. Eu ansiava por acender um fogo! Não parecia um sonho tão louco... velho como eu era, e sério como eu era, e deformado como eu era... que a felicidade simples, que está espalhada por toda parte, para toda a humanidade colher, ainda pudesse ser minha. Então, Hester, eu a trouxe até o meu coração, até o seu recanto mais íntimo, e procurei aquecê-la com o calor que a sua presença lá irradiava!

– Eu o magoei demais – murmurou Hester.

– Nós nos magoamos – respondeu ele. – Eu errei primeiro, quando traí sua juventude em flor numa relação falsa e inatural com minha decadência. Portanto, como homem que não refletiu e filosofou em vão, não busco vingança, não tramo o mal contra você. Entre mim e você, a balança está bem equilibrada. Mas, Hester, o homem que nos prejudicou está vivo! Quem é ele?

– Não me pergunte! – respondeu Hester Prynne, olhando firmemente em seu rosto. – Isso você nunca saberá!

– Nunca, você diz? – retrucou ele, com um sorriso de inteligência enigmática e autoconfiante. – Nunca saberei! Acredite-me, Hester, existem poucas coisas... seja no mundo exterior, seja, até certo ponto, na esfera invisível do pensamento... poucas coisas ocultas ao homem que se dedica seriamente e sem reservas à solução de um mistério. Você pode esconder seu segredo da multidão curiosa. Também pode ocultá-lo dos ministros e magistrados, como fez hoje quando eles procuraram arrancar o nome de seu coração e dar-lhe um parceiro em seu pedestal. Mas, quanto a mim, investigarei com outros sentidos. Procurarei esse homem como busquei a verdade nos livros; como procurei ouro na alquimia. De alguma maneira eu me tornarei consciente dele. Hei de vê-lo tremer. Hei de estremecer eu mesmo, de repente e sem perceber. Mais cedo ou mais tarde, ele terá de ser meu!

Os olhos do acadêmico enrugado brilharam tão intensamente diante de Hester Prynne que ela apertou as mãos sobre o coração, temendo que ele de imediato lesse ali o segredo.

– Não quer revelar o seu nome? Ainda assim, ele é meu – recomeçou ele, com um olhar confiante, como se o destino estivesse do seu lado. – Ele não traz nenhuma letra de infâmia bordada em suas vestes como você; mas hei de a ler em seu coração. Mas não tema por ele! Não pense que vou interferir no método de retribuição do próprio Céu ou, para minha própria derrota, entregá-lo às acusações da lei humana. Nem imagine que tramarei algo contra a vida dele; não, nem contra a sua fama, se, como creio, for um homem de boa reputação. Deixe-o viver! Que ele se esconda em uma fachada de honra, se puder! Mesmo assim, será meu!

– Você age com misericórdia – disse Hester, perplexa e horrorizada. – Mas suas palavras a revestem de terror!

– Uma coisa eu recomendaria a você, que foi minha esposa – continuou o erudito. – Você guardou o segredo do seu amante. Guarde, da mesma forma, o meu! Não há ninguém nesta terra que me conheça. Não diga, para nenhuma alma humana, que um dia me chamou de marido!

Aqui, nesta periferia selvagem da terra, armarei minha tenda; pois, tendo levado uma vida errante e isolada dos interesses humanos, aqui encontro uma mulher, um homem e uma criança com os quais tenho ligações próximas. Não importa se por amor ou por ódio; não importa se certo ou errado! Você e o que é seu, Hester Prynne, me pertencem. Minha casa é onde você estiver e onde ele estiver. Mas não me traia!

– Por que o deseja? – indagou Hester, encolhendo-se, mal sabia ela por quê, diante desse vínculo secreto. – Por que não se anuncia abertamente e me rejeita de uma vez?

– Talvez – respondeu ele – para não encontrar a desonra que mancha o marido de uma mulher infiel. Talvez por outros motivos. Basta, é meu objetivo viver e morrer desconhecido. Que, portanto, seu marido seja para o mundo alguém que já está morto e de quem nenhuma notícia virá. Não me reconheça, por palavra, por sinal, por olhar! Não transpire o segredo, acima de tudo, para o homem que você mais conhece. Se me falhar nisso, cuidado! Sua fama, sua posição, sua vida estarão nas minhas mãos. Cuidado!

– Guardarei o seu segredo, assim como guardo o dele – disse Hester.

– Jure! – ele insistiu.

E ela fez o juramento.

– E agora, senhora Prynne – disse o velho Roger Chillingworth, como ele seria chamado doravante –, eu a deixo em paz; sozinha com seu bebê e a letra escarlate! Como é, Hester? Sua sentença a obriga a usar o emblema durante o sono? Você não tem medo de pesadelos e sonhos horríveis?

– Por que sorri assim para mim? – perguntou Hester, preocupada com a expressão no olhar dele. – Você é como o Homem das Trevas que assombra a floresta ao nosso redor? Atraiu-me para um vínculo que arruinará a minha alma?

– Não a sua alma – respondeu ele, com outro sorriso. – Não, não a sua!

Homem das Trevas é o diabo – e que muitas vezes ao longo do texto tem tudo a ver com a floresta, o desconhecido, o selvagem.

V

HESTER E O BORDADO

O PERÍODO DE CONFINAMENTO de Hester Prynne chegou ao fim. A porta da prisão foi escancarada e ela saiu ao sol, que, iluminando a todos igualmente, parecia, para seu coração doente e mórbido, não ter outro propósito que não fosse revelar a letra escarlate em seu peito. Talvez houvesse mais tormento real em seus primeiros passos desacompanhados na saída da prisão do que até mesmo na procissão e no espetáculo antes descritos, nos quais sua infâmia fora exposta diante de toda a humanidade convocada para lhe apontar o dedo. Naquela ocasião, Hester fora amparada pela tensão anormal dos nervos e pela energia combativa de seu caráter, que lhe permitiram transformar a cena numa espécie de triunfo lúgubre. Aquele tinha sido, além disso, um acontecimento isolado, que ocorreria apenas uma vez em sua vida, o qual, portanto, ela enfrentara sem poupar esforços, invocando a força vital suficiente para muitos anos tranquilos. A própria lei que a condenara – um gigante de feições severas mas com vigor para amparar, assim como para aniquilar, em seus braços de ferro – a havia ajudado a resistir à terrível provação de sua ignomínia. Mas agora, com essa caminhada solitária desde a porta da prisão, começava a rotina; e Hester deveria ou sustentá-la e levá-la adiante com os recursos comuns de sua natureza, ou afundar-se nela. Não poderia mais pedir emprestado ao futuro para superar a dor do presente. O amanhã traria sua própria provação; o mesmo aconteceria no dia seguinte e no outro; cada um com sua própria provação, e, no entanto, com a mesma que agora era tão indizivelmente dolorosa

Lúgubre é algo de uma tristeza apavorante.

de suportar. Os dias de um futuro longínquo continuariam avançando com o mesmo fardo para ela erguer e carregar, sem jamais largá-lo; pois os dias que se acumulavam, e os anos acrescentados, somariam seu sofrimento ao monte da vergonha. Ao longo de todos eles, desistindo de sua individualidade, ela se tornaria o símbolo geral para o qual o pregador e o moralista poderiam apontar, e no qual eles poderiam vivificar e incorporar suas imagens da fragilidade da mulher e da paixão pecaminosa. Assim, as jovens e puras seriam ensinadas a olhar para ela, com a letra escarlate flamejando no peito – ela, filha de pais honrados; ela, a mãe de um bebê que um dia seria uma mulher; ela, que um dia fora inocente –, como a figura, o corpo, a realidade do pecado. E, sobre seu túmulo, a infâmia que ela precisava carregar seria o único monumento.

Pode parecer espantoso que, com o mundo à sua frente – sem que em sua condenação houvesse cláusula restritiva alguma que a obrigasse a se manter dentro dos limites do povoado puritano, tão remoto e tão obscuro –, livre para retornar ao seu local de nascimento, ou a qualquer outra terra europeia, e lá esconder seu caráter e sua identidade sob um novo exterior, como se emergisse em outra existência – e tendo também abertas para ela as passagens da floresta escura e inescrutável onde sua natureza selvagem poderia ser assimilada por um povo cujos costumes e cuja vida fossem alheios à lei que a condenara –, pode parecer espantoso que essa mulher ainda chamasse de lar aquele lugar onde, e apenas nele, seria símbolo de vergonha. Mas uma fatalidade, um sentimento tão irresistível e inevitável, que tem a força da desgraça, quase invariavelmente obriga os seres humanos a vagar e assombrar, como fantasmas, o lugar onde algum grande e marcante acontecimento deu cor à sua vida; e, quanto mais irresistível, mais escuro é o tom que a entristece. Seu pecado e sua ignomínia foram as raízes que ela fincou no solo. Era como se um novo nascimento, com implicações maiores que o primeiro, tivesse transformado a terra da floresta, ainda tão inóspita para todos os outros peregrinos e andarilhos, em seu lar

Vivificar > dar vida, reanimar, encarnar.

selvagem, sombrio e eterno. Em comparação, todos os outros cenários da terra – mesmo aquela aldeia rural da Inglaterra onde a infância feliz e a virgindade imaculada pareciam ainda estar sob os cuidados de sua mãe, como roupas despidas havia muito tempo – eram estranhos para ela. A corrente que a prendia ao povoado tinha elos de ferro e machucava o mais íntimo de sua alma, mas jamais poderia ser rompida.

Também poderia ser – sem dúvida foi assim, embora ela tenha escondido o segredo de si própria e empalidecesse sempre que ele lutava para sair de seu coração, como uma serpente de sua toca –, poderia ser que outro sentimento a mantivesse no local e no caminho que tinham sido tão fatais. Lá habitava, lá caminhava alguém a quem ela se considerava ligada numa união que, não reconhecida na terra, os reuniria perante o tribunal do julgamento final e faria deste seu altar de casamento, para um futuro conjunto de infindáveis punições. Repetidamente, o tentador de almas lançava essa ideia à contemplação de Hester e ria da alegria apaixonada e desesperada com que ela a agarrava, para em seguida esforçar-se em expulsá-la. Mal encarava a ideia e se apressava em prendê-la em seu calabouço. Aquilo em que ela afinal se obrigou a acreditar, racionalizando ser essa a razão para continuar residindo na Nova Inglaterra, era uma meia verdade e uma autoilusão. Aquele, dizia a si mesma, era o palco de sua culpa, e aquele deveria ser o palco de seu castigo terreno; e assim, talvez, a tortura de sua vergonha diária finalmente purgaria sua alma e produziria outra pureza além daquela que havia sido perdida; mais santificada, porque fruto do martírio.

Hester Prynne, portanto, não fugiu. Nos arredores da cidade, nos limites da península, mas não na proximidade de qualquer outra moradia, havia uma pequena cabana com telhado de sapê. Fora construída por um antigo colono e abandonada porque o solo ao redor era estéril demais para o cultivo, enquanto seu relativo afastamento a isolava das atividades sociais que já marcavam os hábitos dos imigrantes. Ficava na costa, de frente para uma enseada,

Tentador de almas é o diabo.

Purgar > depurar, purificar, se redimir.

Martírio é tormento, sofrimento extra G.

Sapê, ou sapé, é um telhado feito de palha, muito tradicional na Inglaterra até o final do século XIX.

junto aos morros cobertos de mata, voltada para oeste. Um aglomerado de arbustos, como só existiam na península, não ocultava muito a casa, mas parecia indicar que ali havia algo que preferia estar, ou pelo menos deveria estar, escondido. Nessa pequena e solitária morada, com os parcos meios que possuía, e com a licença dos magistrados, que ainda a vigiavam inquisitorialmente, Hester se estabeleceu com seu bebê. Imediatamente o local incorporou uma sombra mística de suspeita. As crianças, muito novas para compreender por que aquela mulher devia ser excluída da caridade humana, aproximavam-se o suficiente para vê-la manipulando sua agulha perto da janela da cabana, ou parada à porta, ou trabalhando em sua pequena horta, ou seguindo pelo caminho que levava à cidade; ao avistarem a letra escarlate em seu peito, fugiam com um medo estranho e contagioso.

    Solitária como estava Hester, sem um amigo na terra que ousasse se mostrar, ela, no entanto, não corria risco de passar necessidade. Dominava uma arte que bastava, mesmo numa terra que oferecia relativamente pouco espaço para seu exercício, para fornecer comida a seu saudável bebê e a si própria. Era a arte – naquele tempo, como hoje, quase a única ao alcance de uma mulher – do bordado. Ela trazia no peito, na letra curiosamente bordada, um exemplo de sua habilidade delicada e imaginativa, da qual as damas de uma corte poderiam alegremente se valer para adicionar o adorno mais rico e sagrado da engenhosidade humana a seus tecidos de seda e ouro. Ali, de fato, na simplicidade escura que geralmente caracterizava os modos de vestir puritanos, poderia haver pouco apreço pelas produções mais refinadas de seu trabalho manual. No entanto, o gosto da época, que exigia tudo o que havia de elaborado em composições desse tipo, não deixou de estender sua influência sobre nossos severos progenitores, que haviam deixado para trás muitas modas presumivelmente mais difíceis de dispensar. As cerimônias públicas, como as ordenações, a posse de magistrados e tudo o que pudesse dar majestade às maneiras pelas quais um novo governo se manifestava

---

Inquisitorial é desumano, investigativo até o limite, sem dar sossego. Quer dizer, não largavam do pé dela.

ao povo eram, por uma questão política, marcadas por um cerimonial impressionante e bem conduzido, com uma magnificência sóbria mas ainda assim estudada. Golas imensas, faixas arduamente trabalhadas e luvas lindamente bordadas eram consideradas necessárias para o exercício da função dos homens que assumiam as rédeas do poder; e eram prontamente permitidas a indivíduos com nome ou riqueza, mesmo que as leis suntuárias proibissem essas e outras extravagâncias semelhantes aos plebeus. Também nos funerais – fosse para a vestimenta do cadáver, fosse para simbolizar, com vários emblemas de tecido negro ou branco como a neve, a tristeza dos sobreviventes – havia uma demanda frequente e característica por um trabalho como o que Hester Prynne podia oferecer. As roupas de bebê – pois na época os bebês usavam túnicas formais – ofereciam ainda outra possibilidade de trabalho e emolumento.

Aos poucos, não muito lentamente, seu trabalho manual tornou-se o que hoje seria chamado de moda. Fosse por comiseração por uma mulher de tão infeliz destino; fosse pela curiosidade mórbida que dá valor fictício até às coisas comuns ou sem valor; fosse por qualquer outra circunstância intangível que então, como agora, bastava para conceder a algumas pessoas o que outras poderiam buscar em vão; fosse porque Hester realmente preenchia uma lacuna que, de outra maneira, permaneceria vaga; é certo que ela tinha trabalho disponível e justamente recompensado por quantas horas achasse útil se ocupar com sua agulha. A vaidade, talvez, tenha decidido se mortificar vestindo, em cerimônias de pompa e Estado, os trajes elaborados por suas mãos pecaminosas. Seu bordado estava no colarinho do governador; os militares o usavam em seus lenços de pescoço e o ministro, em sua faixa; ele enfeitava as toucas dos bebês; era fechado nos caixões fúnebres, para se desfazer e ser consumido com os mortos pelo bolor. Contudo, não há registro de um único caso em que sua habilidade

---

Leis suntuárias são as leis que tratam de gastos, mas que acabavam regulando também como as pessoas deviam se vestir. A de 1634 baixada pelas autoridades da colônia puritana, por exemplo, dizia que ninguém poderia usar roupa enfeitada com laço, tecido de seda, nem nada com prata ou ouro. Só que era bem relativo: quem tivesse posses que somassem mais de duzentas libras, as autoridades, os filhos de gente "importante" e por aí vai podiam usar esses adornos.

Plebeu é a gente comum, o povo.

Emolumento > lucro, bônus, recompensa.

Comiseração > pena, piedade, dó, compaixão.

Intangível > incompreensível, intocável.

Ascético > rigoroso, sério, austero.

Fado > destino, sina, sorte.

Penitência > punição, remorso. Na religião, castigo por um pecado.

Os produtos que baixavam no porto de Boston, vindos do **Oriente**, eram diferentes, de cores e materiais inusitados, e sendo muito desejados. Era tudo considerado exótico, valia uma grana, e todo mundo queria.

tenha sido utilizada para bordar o véu branco que deveria cobrir os puros rubores de uma noiva. A exceção indicava o rigor sempre implacável com que a sociedade desaprovava seu pecado.

    Hester procurava não adquirir para si mesma nada além de uma subsistência simples e ascética, e de uma abundância simples para a filha. Seu próprio vestido era feito dos materiais mais grosseiros e da tonalidade mais sombria; com apenas aquele ornamento – a letra escarlate –, que era seu fado usar. Os trajes da criança, por outro lado, distinguiam-se pelo encanto, ou, melhor dizendo, pela fantástica engenhosidade, que servia, de fato, para aumentar o encanto etéreo que cedo começou a se desenvolver nela, mas que parecia ter também um significado mais profundo. Podemos falar mais sobre isso adiante. Exceto por aquele pequeno gasto com a vestimenta da filha, Hester doava todos os recursos excedentes à caridade, a desgraçados menos miseráveis que ela, os quais não raro insultavam a mão que os alimentava. Grande parte do tempo, que poderia facilmente dedicar aos melhores esforços de sua arte, ela ocupava fazendo roupas simples para os pobres. É provável que houvesse uma ideia de penitência nesse modo de ocupação e que ela realmente sacrificasse seu prazer ao dedicar tantas horas a tão rude trabalho manual. Hester tinha uma natureza rica, voluptuosa, oriental – um gosto pela beleza maravilhosa, que, salvo nas produções requintadas de sua agulha, ela não encontrava em que aplicar. O trabalho delicado da agulha oferece às mulheres um prazer incompreensível para o outro sexo. Para Hester Prynne, talvez fosse uma forma de expressar e, portanto, acalmar a paixão de sua vida. Como todas as outras alegrias, ela a rejeitava como pecado. Essa intromissão mórbida da consciência numa questão imaterial indicava, pode-se temer, não uma penitência genuína e constante, mas algo duvidoso, algo que, por baixo da superfície, poderia estar profundamente errado.

    Desse modo, Hester Prynne passou a desempenhar um papel no mundo. Devido à sua natural energia de caráter e ao seu talento raro, não poderia ser inteiramente rejeitada, embora tivessem deixado nela uma marca, mais intolerável para o coração de uma mulher do que aquela que marcou a testa de Caim. Em todas as suas relações com a sociedade, porém, nada havia que a fizesse sentir que pertencia a ela. Cada gesto, cada palavra, e mesmo o silêncio daqueles com que mantinha contato implicavam, e muitas vezes expressavam, que ela estava banida e tão só como se habitasse outra esfera ou se comunicasse por outros órgãos e sentidos que não os do restante da espécie humana. Ela se mantinha à parte dos interesses dos mortais, mas perto deles, como um fantasma que revisita a família junto à lareira, mas não pode mais se fazer ver ou sentir; não pode mais sorrir com a alegria da família nem lamentar a tristeza dos seus; ou, caso consiga manifestar sua solidariedade proibida, despertará apenas terror e horrível repugnância. Essas emoções, de fato, e seu mais amargo desprezo, pareciam ser a única parte que lhe cabia do coração universal. Não era uma época de delicadeza; e sua posição, embora ela a entendesse bem e corresse pouco risco de esquecê-la, era frequentemente exposta à sua vívida percepção, pelo toque mais rude no ponto mais sensível, como uma nova angústia. Os pobres a quem ela procurava como objeto de sua generosidade, como já dissemos, muitas vezes insultavam a mão que se estendia para os socorrer. Da mesma maneira, damas de posição elevada, por cujas portas ela entrava para exercer seu ofício, costumavam destilar gotas de fel em seu coração; às vezes por meio daquela alquimia de silenciosa malícia pela qual as mulheres são capazes de preparar um veneno sutil a partir de coisas insignificantes; às vezes, também, por uma expressão mais rude, que caía sobre o peito indefeso da sofredora como um golpe áspero numa ferida ulcerada. Hester havia educado a si própria muito e bem; nunca respondeu a esses ataques, exceto por um rubor que subia irreprimivelmente por sua face pálida e novamente se apagava nas profundezas de seu colo. Ela era paciente – uma mártir,

---

Está no Gênesis da Bíblia que Abel e **Caim** eram filhos de Adão e Eva e que, um dia, Caim matou seu irmão por conta de inveja e ciúme. Aí Deus puniu o rapaz fazendo dele um fugitivo, um cara sem lugar no mundo. Caim achou que aquilo ia acabar com alguém o assassinando e, pra evitar isso, o mesmo Deus tascou na testa do moço uma marca que o protegeria de matadores.

O fígado nosso fabrica uma substância meio amarela e verde que atua na nossa digestão. É a bílis, ou **fel** – um troço amargo, que virou, assim, uma expressão de amarguras em geral.

Ulcerado é aquilo que sofre pra cicatrizar.

na verdade –, mas se abstinha de orar por seus inimigos; por temer que, apesar de suas aspirações de perdão, as palavras da bênção se distorcessem teimosamente numa maldição.

Constantemente, e de milhares de outras maneiras, sentia as inumeráveis palpitações de angústia que lhe haviam sido tão malignamente impostas pela imortal, pela sempre ativa sentença do tribunal puritano. Clérigos paravam na rua para proferir palavras de exortação, as quais reuniam em torno da pobre pecadora uma multidão com sorrisos e carrancas. Se ela entrasse numa igreja, confiando em compartilhar o sorriso sabático do Pai Universal, muitas vezes tinha o infortúnio de encontrar a si própria como tema do sermão. Passou a ter pavor de crianças, pois estas haviam absorvido de seus pais um vago horror àquela mulher tristonha, que deslizava silenciosamente pela cidade sem nunca ter companhia além da de sua filha. Portanto, primeiro permitindo que ela passasse, depois a perseguiam a distância com gritos estridentes, repetindo uma palavra que não tinha nenhum significado claro na mente das crianças, mas terrível para ela, pois procedia de lábios que a balbuciavam inconscientemente. Aquilo parecia difundir sua vergonha para toda a natureza; sua angústia não seria mais profunda se as folhas das árvores sussurrassem a história sombria entre si, se a brisa de verão murmurasse a respeito dela, se o vento do inverno a tivesse gritado! Outra tortura peculiar era sentir novos olhares sobre si. Quando estranhos olhavam com curiosidade para a letra escarlate – e ninguém nunca deixou de o fazer –, eles a marcavam novamente na alma de Hester; de modo que, muitas vezes, ela mal conseguia deixar, mas sempre deixava, de cobrir o emblema com a mão. Mas, sim, também um olhar habituado tinha sua própria angústia para infligir. O olhar frio de familiaridade era intolerável. Em resumo, do início ao fim, Hester Prynne vivia a terrível agonia de sentir o olhar humano sobre a marca, que nunca cicatrizou; parecia, ao contrário, ficar mais sensível com a tortura diária.

A palavra **sabático** tem origem no hebraico (a língua dos judeus) e se refere ao dia da semana que certas religiões dedicam a Deus e que viraram também um tipo de dia de descanso. No caso dos puritanos dessa colônia em Boston, isso acontecia no domingo e proibia praticamente tudo a não ser o culto – era contra a lei trabalhar e também curtir qualquer coisa que fosse recreação. E quem desrespeitasse a regra podia até ser condenado à morte.

De vez em quando, porém, uma vez em muitos dias, ou talvez em muitos meses, ela sentia um olhar sobre a marca ignominiosa, um olhar humano que parecia lhe dar um alívio momentâneo, como se metade de sua agonia fosse compartilhada. No instante seguinte, tudo voltava a ser como antes, com uma pulsação ainda mais profunda de dor; pois, naquele breve intervalo, ela pecara novamente. Hester havia pecado sozinha?

Sua imaginação estava de certo modo afetada e, se sua moral e sua fibra intelectual fossem fracas, teriam se enfraquecido ainda mais por causa da angústia estranha e solitária de sua vida. Andando de um lado para outro com passos desolados no pequeno mundo com o qual estava externamente conectada, de vez em quando parecia a Hester – embora fosse uma fantasia, era, no entanto, muito poderosa para se resistir a ela –, Hester sentia ou imaginava que a letra escarlate a dotara de um novo sentido. Estremecia para acreditar, e, no entanto, não conseguia, que ela lhe dava um conhecimento solidário do pecado oculto em outros corações. Ficava aterrorizada com as revelações que assim eram feitas. Quais eram? Poderiam ser outras que não os sussurros insidiosos do anjo mau, que alegremente teria persuadido a mulher lutadora, até então sua vítima apenas pela metade, de que o disfarce externo de pureza era apenas uma mentira, e que, se a verdade fosse mostrada em todos os lugares, uma letra escarlate brilharia em muitos peitos além do de Hester Prynne? Ou deveria ela receber essas sugestões – tão obscuras, mas tão precisas – como verdades? Em toda a sua experiência miserável, não havia nada mais terrível e repugnante que essa sensação. A maneira irreverente pela qual essas ideias a assaltavam em ocasiões inoportunas a deixava perplexa e chocada. Às vezes, a infâmia vermelha em seu peito palpitava solidariamente quando ela passava por um venerável ministro ou magistrado, modelos de piedade e justiça, os quais eram reverenciados naquela época como mortais em comunhão com os anjos. "Que coisa maligna! O que é isto?", Hester se perguntava. Levantando os olhos relutantes, nada via de humano, exceto a figura daquele santo terreno! Novamente

Insidioso > enganador, traiçoeiro, mal-intencionado.

Contumaz > teimoso, insistente, obstinado.

uma irmandade mística se manifestava de modo contumaz quando Hester encontrava a carranca santificada de alguma matrona que, segundo os rumores, manteve a neve fria em seu peito durante toda a vida. Aquela neve sem sol no seio da matrona e a vergonha ardente no peito de Hester Prynne – o que elas tinham em comum? Ou, mais uma vez, uma palpitação lhe daria um aviso: "Veja, Hester, uma companheira!" – e, olhando para cima, ela detectaria os olhos de uma jovem donzela fitando a letra escarlate, timidamente e de lado, mas os desviando rapidamente com um leve e frio rubor nas faces; como se sua pureza fosse de certo modo maculada por aquele olhar momentâneo. Ó Demônio, cujo talismã era aquele emblema fatal, não deixarás nada, seja entre as jovens, seja entre as velhas, para esta pobre pecadora reverenciar? Tal perda de fé é sempre um dos resultados mais tristes do pecado. Aceite-se como prova de que nem tudo era corrupto nesta pobre vítima de sua própria fragilidade, e da dura lei do homem, que Hester Prynne ainda lutava para acreditar que nenhum mortal era tão culpado quanto ela mesma.

Maculado > manchado, impuro, desonrado.

Vulgar é aquele que pertence à plebe, ao povão.

Os vulgares, que, naqueles velhos tempos sombrios, sempre contribuíam com um horror grotesco ao que atraía sua imaginação, tinham uma história sobre a letra escarlate que poderíamos facilmente transformar numa lenda terrível. Eles afirmavam que o emblema não era um mero pano escarlate tingido num corante terrestre, mas ardia com o fogo infernal, cujo brilho podia ser visto sempre que Hester Prynne saía durante a noite. Devemos dizer que a marca queimava o peito de Hester tão profundamente que talvez houvesse mais verdade no boato do que nossa incredulidade moderna esteja inclinada a admitir.

PEARL

NÓS AINDA HÁ POUCO falamos da criança, aquela pequena criatura cuja vida inocente havia brotado, por um decreto inescrutável da Providência, como uma flor linda e imortal da luxúria exuberante de uma paixão culpada. Que estranho parecia à triste mulher observar o crescimento, a beleza que se tornava cada dia mais radiante e a inteligência que lançava seu raio de luz trêmulo sobre os traços delicados da filha! Sua Pearl! – assim Hester a havia chamado; não porque o nome traduzisse sua aparência, que nada tinha do brilho calmo, branco e desapaixonado das pérolas, mas por causa de seu grande valor, comparado com tudo o que ela possuía – o único tesouro de sua mãe! Que estranho, de fato! Os homens haviam marcado o pecado dessa mulher com uma letra escarlate cuja eficácia era tão potente e desastrosa que nenhuma simpatia humana a alcançava, exceto a de pecadores como ela. Como consequência direta do pecado que os homens assim puniram, Deus lhe dera uma filha adorável, cujo lugar era aquele mesmo seio desonroso, a fim de para sempre conectar a mãe com a raça e a descendência dos mortais para que ela finalmente fosse uma alma abençoada no paraíso! No entanto, esses pensamentos deixavam Hester Prynne mais apreensiva do que esperançosa. Ela sabia que tinha agido mal; não podia ter fé, portanto, em que o resultado fosse bom. Dia após dia, observava com medo a natureza expansiva da criança, sempre temendo detectar alguma peculiaridade sombria e turbulenta que correspondesse à culpa à qual ela devia a existência.

Pearl, o nome da menina, significa "pérola" em inglês.

Éden é o jardim perfeitinho em que Adão e Eva teriam morado.

Certamente, não havia defeito físico. Por suas formas perfeitas, seu vigor e sua destreza natural no uso de todos os membros, a criança era digna de ter sido gerada no Éden; digna de ter sido deixada lá, para ser um brinquedo dos anjos, depois que os primeiros pais do mundo foram expulsos. Pearl tinha uma graça natural que não costuma coexistir com a beleza impecável; suas roupas, por mais simples que fossem, sempre impressionavam o observador como se fossem exatamente as que mais lhe caíam bem. A pequena não se vestia com trajes rústicos. Com um propósito mórbido que poderá ser mais bem compreendido adiante, a mãe comprava os mais ricos tecidos e deixava que sua imaginação atuasse com vigor no arranjo e na decoração dos vestidos que a filha usava diante dos olhares do público. Tão magnífica era a pequena figura quando assim vestida, e tal o esplendor da própria beleza de Pearl – ela brilhava nas vestes magníficas que teriam eclipsado uma graciosidade mais apagada –, que um círculo de absoluto esplendor se formava ao redor dela no chão escuro da cabana. No entanto, ficava igualmente perfeita num vestido grosseiro, rasgado e encardido por suas brincadeiras de criança. A aparência de Pearl estava imbuída de um encanto de infinita variedade; nela havia muitas crianças, que iam desde a beleza de flor silvestre de um bebê camponês até a pompa em miniatura de uma princesinha. Em todas, porém, havia o traço da paixão, uma intensidade que ela nunca perdia; se, em qualquer dessas mutações, surgisse mais frágil ou sem brilho, teria deixado de ser ela mesma – não seria mais Pearl!

Mutabilidade > volubilidade, instabilidade.

Essa mutabilidade exterior indicava, e não fazia mais do que expressar com justiça, as várias propriedades de sua vida interior. Além de variedade, sua natureza parecia possuir também profundidade; mas – a não ser que os temores de Hester a enganassem – faltavam-lhe referências no mundo em que nascera, e por isso não se adaptava a ele. A criança não era receptiva a regras. Para que ela existisse, uma grande lei fora violada, e o resultado foi um ser cujos elementos talvez fossem belos e brilhantes, mas todos desordenados; ou talvez tivessem uma ordem própria, em meio à qual a lógica de variação e combinação era difícil ou impossível de descobrir. Hester só podia explicar o caráter da criança – e mesmo assim da forma mais vaga e imperfeita – lembrando-se do que ela mesma tinha sido durante aquele período importante em que Pearl absorvia a alma do mundo espiritual e a estrutura corpórea de seu material terreno. O estado perturbado da mãe foi o meio pelo qual os raios de sua vida moral foram transmitidos à criança que estava para nascer; por mais brancos e claros que fossem originalmente, haviam adquirido manchas profundas de carmesim e ouro, o brilho fogoso, a sombra negra e a luz destemperada da substância intermediária. Acima de tudo, o conflito existente no espírito de Hester naquela época foi perpetuado em Pearl. A mãe podia reconhecer na filha seu humor rebelde, desesperado e desafiador, os caprichos de seu temperamento e mesmo algumas das formas nebulosas de melancolia e desânimo que haviam brotado em seu coração. Embora tudo isso estivesse agora iluminado pelo esplendor matinal da disposição infantil, mais adiante no dia da existência terrena poderia haver tempestade e ventania.

    Naquela época, a disciplina familiar era muito mais rígida do que hoje. A carranca, a repreensão severa, a aplicação frequente da vara, imposta com a autoridade das Escrituras, eram usadas não apenas como forma de punição por ofensas reais, mas como um regime benéfico para o crescimento e a promoção de todas as virtudes infantis. Hester Prynne, no entanto, a mãe solitária daquela criança, corria pouco risco de errar por severidade indevida. Ciente de seus próprios erros e infortúnios, desde cedo procurou impor um controle terno, mas rígido, sobre a vida da criança confiada a seus cuidados. Mas a tarefa estava além de sua capacidade. Depois de testar sorrisos e carrancas e provar que nenhum desses modos de tratamento exercia influência alguma calculável, Hester acabou sendo compelida a se afastar e permitir que a criança fosse levada por seus próprios impulsos. A coerção ou a restrição física eram eficazes,

---

Material, aqui, tem sentido de corpo, ser.

Antigamente, era comum bater com **vara**, um galho fino, como forma de castigo.

é claro, enquanto duravam. Quanto a qualquer outro tipo de disciplina, dirigida à mente ou ao coração, a pequena Pearl poderia ou não se sujeitar, conforme o capricho que regesse o momento. Quando Pearl ainda era bebê, sua mãe habituou-se a um certo olhar, que a alertava de quando seria esforço jogado fora insistir, persuadir ou implorar. Era um olhar tão inteligente, porém inexplicável, tão perverso, às vezes tão travesso, mas geralmente acompanhado de um fluxo extravagante de espirituosidade, que Hester não podia deixar de indagar, nesses momentos, se Pearl era uma criança humana. Ela mais parecia uma fada etérea, que, depois de exercitar suas brincadeiras fantásticas por algum tempo no chão da cabana, escapava voejante com um sorriso zombeteiro. Sempre que aquele olhar aparecia em seus olhos rebeldes, brilhantes e profundamente negros, ela parecia estranhamente distante e intangível; era como se pairasse no ar e pudesse desaparecer, como uma luz bruxuleante que vem não sabemos de onde e vai não sabemos para onde. Diante disso, Hester era forçada a correr em direção à criança – para perseguir o pequeno elfo no voo que invariavelmente iniciava – e segurá-la ao peito com forte pressão e beijos cálidos, não tanto por causa do amor transbordante, mas para se certificar de que Pearl era de carne e osso, e não inteiramente ilusória. Contudo, quando a pegava, a risada de Pearl, embora cheia de alegria e música, deixava a mãe com mais dúvidas ainda.

Com o coração abalado por esse encantamento louco e desconcertante, que tantas vezes surgia entre ela e seu único tesouro, a quem queria tanto e que era todo o seu mundo, Hester às vezes explodia em lágrimas incontroláveis. Então, talvez – pois não era possível prever como isso poderia afetá-la – Pearl franzisse a testa, cerrasse o pequeno punho e endurecesse seu pequeno rosto num olhar severo e antipático de descontentamento. Não raramente, ria de novo, e mais alto do que antes, como se fosse incapaz de sentir e compreender a tristeza humana. Ou então – mas isso era mais raro – contorcia-se num frenesi de tristeza e soluçava seu amor pela mãe em palavras

Bruxuleante > tremeluzente, oscilante.

Os **elfos** são pequenas criaturas do folclore europeu, com poderes mágicos e que gostam de aprontar.

entrecortadas, parecendo decidida a provar que tinha um coração. No entanto, Hester não podia confiar naquela ternura tempestuosa; ela passava tão repentinamente quanto viera. Pensando em todas essas questões, Hester sentia-se como quem evocou um espírito, mas, por alguma irregularidade no processo de conjuração, não conseguisse dominar a palavra-chave que poderia controlar essa nova e incompreensível inteligência. Seu único consolo real era quando a criança caía na placidez do sono. Então ela tinha certeza da filha e saboreava horas de felicidade tranquila, triste e deliciosa; até a pequena Pearl acordar – talvez com aquela expressão perversa brilhando por baixo das pálpebras que se abriam.

> Conjuração é o processo de chamar um espírito ou de lançar um feitiço.
>
> Placidez > sossego, calmaria.

Em pouco tempo – com uma estranha rapidez, na verdade – Pearl chegou a uma idade em que era capaz de manter relações sociais para além do sorriso sempre pronto e das palavras tolas da mãe! Que felicidade teria sido se Hester Prynne pudesse ter ouvido sua voz, clara como a de um pássaro, misturar-se ao barulho de outras vozes infantis, distinguindo-a e desvendando seus tons em meio ao clamor de um grupo de crianças brincalhonas! Mas isso nunca poderia acontecer. Desde que nascera, Pearl fora proscrita do mundo infantil. Filha do mal, emblema e produto do pecado, não tinha o direito de estar entre as crianças batizadas. Nada era mais notável do que o instinto com o qual, ao que parecia, a criança compreendia sua solidão; o destino que desenhara um círculo inviolável ao seu redor; toda a peculiaridade, em suma, de sua posição em relação às outras crianças. Nunca, desde a saída da prisão, Hester enfrentara o olhar do público sem ela. Em todas as suas caminhadas pela cidade, Pearl também estava lá; primeiro como bebê de colo, depois como garotinha, pequena companheira da mãe, segurando-lhe o dedo indicador com toda a força e tropeçando a uma velocidade de três ou quatro passos para cada um de Hester. Ela via as crianças do povoado, na margem gramada da rua ou nas portas das casas, divertindo-se de maneira tão tristonha quanto a criação puritana permitia: brincavam de ir à igreja,

> Proscrito é expulso ou, então, proibido de participar de um lance qualquer.

O bicho humano tem uma longa tradição de arrancar o **couro cabeludo** de seus inimigos como uma espécie de troféu de guerra. Nos Estados Unidos dos tempos coloniais, era uma prática de várias tribos indígenas e também dos europeus. Essa colônia de puritanos, inclusive, foi o primeiro assentamento branco a dar um prêmio em grana em troca de cada escalpo de gente de população nativa trazido para as autoridades.

Anátema > maldição, condenação, execração.

Discernir é perceber com clareza.

Inalienável é aquilo que é só seu, que não se pode transferir para outra pessoa, sendo impossível de se livrar.

talvez; ou de açoitar os quacres; ou de arrancar escalpos numa luta simulada com os índios; ou de assustar umas às outras imitando bruxarias. Pearl via e observava atentamente, mas nunca procurou fazer amizades. Se falassem com ela, não respondia. Se as crianças se reunissem ao seu redor, como às vezes acontecia, Pearl tornava-se positivamente terrível em sua frágil fúria, agarrando pedras para arremessar com exclamações ásperas e incoerentes, que faziam sua mãe tremer, porque soavam como anátemas de uma feiticeira em alguma língua desconhecida.

A verdade era que os pequenos puritanos, sendo da prole mais intolerante que já existiu, tinham a vaga ideia de haver na mãe e na criança algo estranho, sobrenatural, ou em desacordo com os hábitos comuns; portanto desprezavam-nas em seu coração e com frequência as insultavam com a língua. Pearl percebia o sentimento e o retribuía com o mais amargo ódio que se pode imaginar no peito de uma criança. Essas explosões de temperamento violento tinham uma espécie de valor, e até ofereciam consolo, para a mãe, pois havia nelas ao menos uma franqueza compreensível, em vez dos caprichos que tantas vezes a frustravam nas manifestações da filha. No entanto, ficou horrorizada ao discernir, novamente, um reflexo sombrio do mal que existia em si mesma. Toda essa inimizade e essa paixão Pearl havia herdado, por direito inalienável, do coração de Hester. Mãe e filha estavam unidas no mesmo círculo de isolamento da sociedade humana; e na natureza da criança pareciam estar perpetuados os elementos de inquietude que agitavam Hester Prynne antes do nascimento de Pearl, mas que desde então começaram a ser atenuados pela influência suavizante da maternidade.

Em casa, dentro e ao redor da cabana de sua mãe, Pearl não precisava de um círculo amplo e variado de amizades. O encantamento da vida brotava de seu espírito sempre criativo e se comunicava a mil objetos, como uma tocha acende uma chama onde quer que seja aplicada. Os materiais mais improváveis – um galho, um punhado de trapos, uma flor – eram os bonecos da feitiçaria de Pearl e, sem sofrer mudança exterior alguma, tornavam-se espiritualmente adaptados a qualquer drama que ocupasse o palco de seu mundo interior. Sua voz infantil servia para conversar com uma multidão de personagens imaginários, velhos e jovens. Os pinheiros envelhecidos, escuros e solenes, e os gemidos agudos e outras expressões melancólicas da brisa precisavam de pouca transformação para se apresentarem como anciãos puritanos; as ervas daninhas mais feias do jardim eram os filhos deles, que Pearl destruía e arrancava da maneira mais impiedosa. Era maravilhosa a vasta variedade de formas nas quais ela aplicava seu intelecto, sem continuidade, na verdade, mas lançando-se e dançando, sempre num estado de atividade sobrenatural – depois caindo, como que exausta por tão rápida e febril maré de vida – sucedido por outras formas de semelhante energia selvagem. Era como o jogo fantasmagórico da aurora boreal. No mero exercício da fantasia, entretanto, e no aspecto lúdico de uma mente em crescimento, talvez houvesse um pouco mais que o que se podia observar em outras crianças de intelecto brilhante; exceto pelo fato de Pearl, à falta de companheiros humanos, se apegar mais sobre a multidão imaginária que ela criara. A singularidade estava nos sentimentos hostis com que a criança considerava todos esses descendentes de seu próprio coração e de sua mente. Ela jamais criou um amigo, mas parecia estar sempre semeando discórdia, da qual surgia uma safra de inimigos armados contra os quais corria a batalhar. Era indizivelmente triste – e que dor profunda para uma mãe, que sentia em seu próprio coração a origem daquilo – observar, em alguém tão jovem, o constante reconhecimento de um mundo adverso e o treinamento feroz das energias que defenderiam sua causa na disputa que se seguiria.

Feitiçaria aqui está mais no sentido do faz de conta, da imaginação dela.

Toda hora tem vento solar carregado de partículas energizadas entrando na atmosfera do nosso planeta à velocidade de 72 milhões de quilômetros por hora. Mas a Terra tem um campo magnético só dela que provoca um redirecionamento dessa coleção de partículas para os polos Norte e Sul. E essa treta toda gera um espetáculo lindo de ondas de luz meio esverdeadas dançando no céu à noite, chamado **aurora**, e é só lá mais perto dos polos que dá pra ver o lance. Quando acontece no hemisfério Norte, a aurora se chama **boreal**; quando é no hemisfério Sul, se chama austral. A coisa toda foi mistério durante muito tempo, gerando mitos entre os vikings e outros povos do Norte. Só no século XX os cientistas conseguiram entender direitinho esse fenômeno natural.

Discórdia > conflito, desavença.

> **Regaço** > colo. É interessante notar que, em anatomia, o colo é o pescoço, até a parte alta do peito, mas costuma-se também chamar de colo o regaço propriamente dito, que é a parte do corpo entre o abdômen e os joelhos, quando estamos sentados.

> **Esgar** é uma careta leve e nada alegre, meio de desprezo.

> **Fulgor** > brilho, esplendor.

Ao olhar para Pearl, Hester Prynne frequentemente deixava o trabalho cair sobre o regaço e gritava com uma agonia que gostaria de esconder, mas que se expressava por si só entre fala e gemido: "Ó Pai do Céu, se o Senhor ainda é meu Pai, o que é este ser que eu trouxe ao mundo?". E Pearl, ouvindo por acaso a exclamação, ou ciente, por algum canal mais sutil, daquelas pulsações de angústia, virava o rostinho vívido e belo para a mãe, sorria com inteligência espirituosa e retomava a brincadeira.

Uma peculiaridade do comportamento da criança ainda não foi contada. A primeira coisa na vida que ela notou foi o quê? Não o sorriso da mãe, ao qual respondia, como fazem outros bebês, com aquele esgar tênue e embrionário da boquinha que mais tarde não se sabe se era de fato um sorriso. De modo algum! O primeiro objeto do qual Pearl pareceu tomar conhecimento foi – devemos dizer? – a letra escarlate no peito de Hester! Um dia, quando a mãe se curvou sobre o berço, os olhos do bebê foram atraídos pelo brilho do bordado dourado ao redor da letra; levantando a mãozinha, agarrou-a, sem dúvida sorrindo, mas com um fulgor decidido, que dava a seu rosto o aspecto de uma criança muito mais velha. Então, com a respiração entrecortada, Hester Prynne agarrou o símbolo fatal, instintivamente tentando arrancá-lo, tão infinita era a tortura infligida pelo toque inteligente da mão do bebê Pearl. Mais uma vez, como se o gesto agoniado da mãe tivesse a intenção de apenas brincar com ela, a pequena Pearl olhou em seus olhos e sorriu! Desde essa época, Hester nunca sentiu um momento de segurança, exceto quando a criança estava dormindo; nem um momento de calmo prazer com ela. De fato, semanas às vezes se passavam sem que o olhar de Pearl nem uma vez se fixasse na letra escarlate; mas então, de surpresa, novamente acontecia, como o golpe de uma morte súbita, e sempre com aquele sorriso peculiar e a expressão estranha nos olhos.

Certa vez, esse brilho excêntrico e travesso apareceu nos olhos da criança quando Hester olhava para sua própria imagem neles, como as mães gostam de fazer; de repente –

pois as mulheres solitárias e com o coração perturbado são atormentadas por ilusões inexplicáveis –, ela imaginou ter visto não seu próprio retrato em miniatura, mas outro rosto, no pequeno espelho negro dos olhos de Pearl. Era um rosto demoníaco, com um riso malicioso, mas ainda assim com feições semelhantes às que ela conhecia muito bem, embora raramente estampassem um sorriso e nunca expressassem maldade. Era como se um espírito maligno tivesse possuído a criança e surgisse fazendo troça. Muitas vezes depois Hester foi torturada, embora menos vividamente, pela mesma ilusão.

Na tarde de um certo dia de verão, depois que Pearl cresceu o suficiente para correr, ela se divertia colhendo punhados de flores silvestres e jogando-as, uma a uma, no colo da mãe; e dançando saltitante, como um pequeno elfo, sempre que atingia a letra escarlate. A primeira reação de Hester foi cobrir o peito com as mãos. Porém, fosse por orgulho, fosse por resignação, fosse pelo sentimento de que sua penitência poderia ser mais bem cumprida com essa dor indizível, ela resistiu ao impulso, sentou-se ereta e pálida como a morte, e fitou com tristeza os olhos rebeldes da pequena Pearl. Esta prosseguia com o ataque de flores, quase invariavelmente acertando o emblema e cobrindo o peito da mãe com feridas para as quais ela não encontrava bálsamo neste mundo; tampouco sabia como procurá-lo em outro. Por fim, com as flores esgotadas, a criança parou e olhou para Hester, e do abismo insondável de seus olhos negros surgiu a pequena e risonha imagem de um demônio – ou assim sua mãe imaginou.

– Criança, quem é você? – gritou a mãe.

– Ora, sou a sua pequena Pearl! – respondeu a menina.

Contudo, enquanto respondia, Pearl riu e começou a saltitar, gesticulando com a impertinência de uma criança endiabrada cuja próxima aberração poderia ser voar pela chaminé.

– Você é mesmo minha filha? – perguntou Hester.

Não formulou a questão de maneira totalmente casual, mas, naquele momento, com verdadeira sinceridade; pois tão maravilhosa era a inteligência de Pearl que sua mãe

Bálsamo é um medicamento ou uma fonte de alívio.

Insondável > incompreensível, inexplicável.

quase duvidava de que ela não conhecesse o feitiço secreto de sua existência e não o fosse revelar agora.

– Sim, sou a pequena Pearl! – repetiu a criança, continuando suas travessuras.

– Você não é minha filha! Você não é a minha Pearl! – disse a mãe, meio brincando; pois era comum que um impulso brincalhão se apoderasse dela em meio ao mais profundo sofrimento. – Diga-me, então, quem é você e quem a enviou para cá.

– Diga-me, mamãe! – disse a criança, séria, aproximando-se de Hester e apoiando-se contra seus joelhos. – Diga para mim!

– Seu Pai Celestial a enviou! – respondeu Hester Prynne.

Mas ela falou com uma hesitação que não escapou à perspicácia da criança. Fosse movida apenas por sua excentricidade normal, fosse porque um espírito maligno a instigara, a menina ergueu o pequeno dedo indicador e tocou a letra escarlate.

– Ele não me enviou! – gritou decididamente. – Eu não tenho Pai Celestial!

– Pare, Pearl, pare! Você não deve falar assim! – respondeu a mãe, abafando um gemido. – Ele nos enviou a todos a este mundo. Enviou até a mim, sua mãe. Então, com muito mais razão, a você! Caso contrário, criança estranha e espirituosa, de onde você vem?

– Diga-me! Diga-me! – repetiu Pearl, não mais a sério, mas rindo e dando cambalhotas pelo chão. – É a senhora que tem que me dizer!

No entanto, estando ela mesma num labirinto sombrio de dúvidas, Hester não conseguiu responder. Lembrou-se – entre um sorriso e um estremecimento – da conversa dos moradores do povoado, que, procurando em vão pela paternidade da criança em outro lugar e observando alguns de seus estranhos atributos, haviam espalhado que a pobre Pearl era cria do demônio; tal como as que se viam na terra desde o início do catolicismo por obra do pecado de suas mães, e para promover algum propósito sujo e perverso. Lutero, de acordo com a maledicência de seus inimigos

---

Perspicácia é a esperteza de quem entende logo as coisas.

Já contamos lá atrás, **Martinho Lutero** (1483-1546) foi um monge alemão que se revoltou contra a Igreja Católica, dando assim o megapontapé inicial na Reforma Protestante.

religiosos, era um pirralho dessa raça infernal; tampouco foi Pearl a única criança a quem se atribuiu essa origem desfavorável entre os puritanos da Nova Inglaterra.

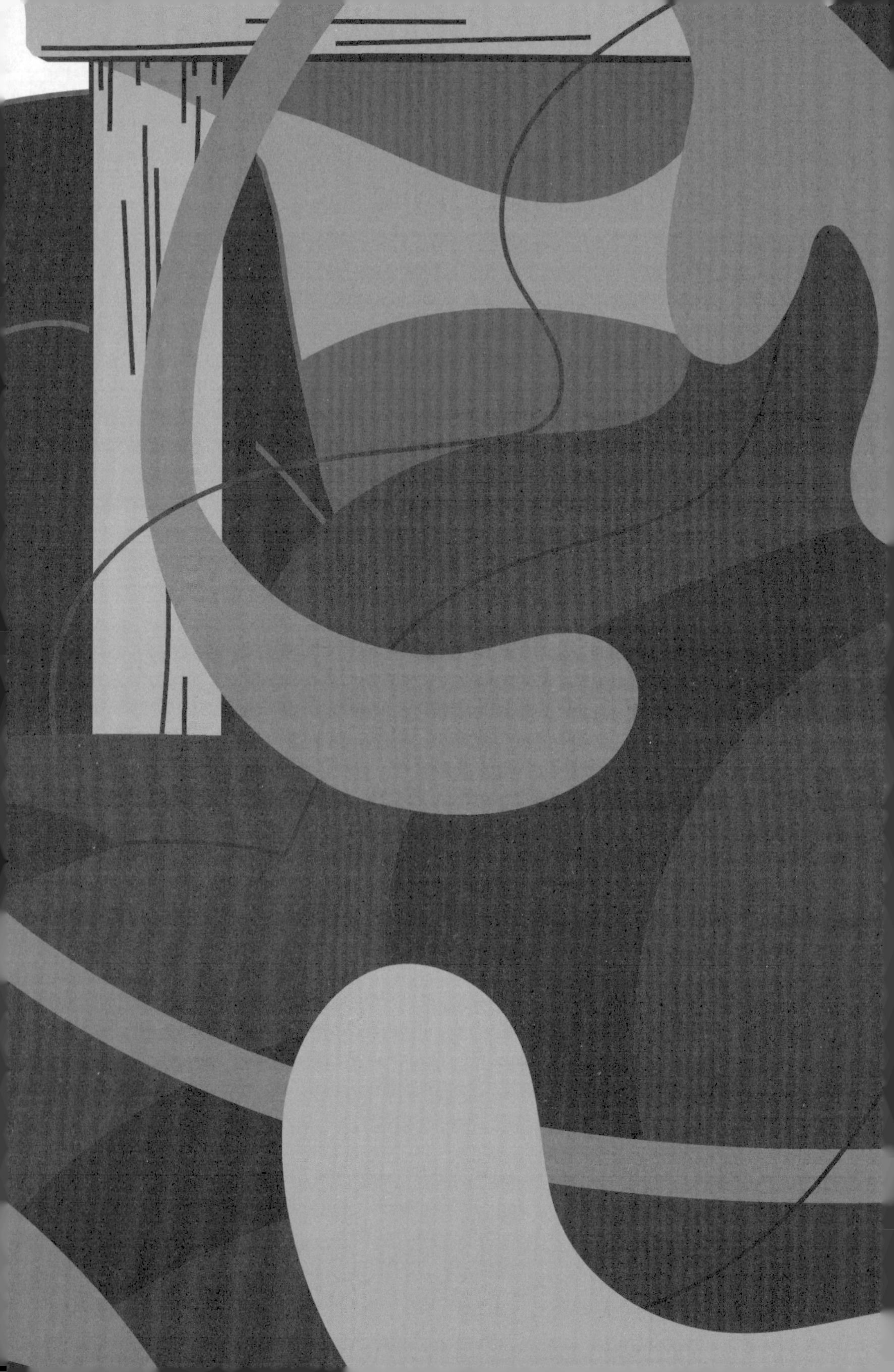

VII
A CASA DO GOVERNADOR

CERTO DIA, Hester Prynne foi à mansão do governador Bellingham com um par de luvas que havia debruado e bordado por encomenda dele, as quais seriam usadas em alguma grande cerimônia de Estado; pois, embora uma eleição popular o tivesse feito descer um ou dois degraus do posto mais alto, ele ainda ocupava um lugar de honra e influência entre a magistratura da colônia.

Outro motivo, e muito mais importante do que entregar um par de luvas bordadas, impeliu Hester a buscar, nessa época, uma entrevista com um personagem tão poderoso e ativo nos assuntos do povoado. Havia chegado a seus ouvidos que alguns dos principais moradores, defensores da aplicação mais rígida dos princípios religiosos e governamentais, pretendiam privá-la de sua filha. Supondo que Pearl, como já foi sugerido, tivesse origem demoníaca, essas boas pessoas argumentavam, de forma razoável, que o interesse cristão pela alma da mãe exigia que removessem tal pedra de seu caminho. Se, por outro lado, a criança fosse realmente capaz de crescimento moral e religioso e possuísse os elementos para a salvação final, então certamente desfrutaria de todas as perspectivas mais justas dessas vantagens ao ser transferida para uma tutela mais sábia e melhor que a de Hester Prynne. Entre aqueles que promoviam o projeto, dizia-se que o governador Bellingham era um dos mais ativos. Pode parecer singular, e de fato

> **Debruar** é reforçar a barra com um enfeite, numa técnica que as costureiras chamam de debrum.

> A história do voto naquela colônia de puritanos teve várias voltas e reviravoltas, com temporadas em que só os proprietários do empreendimento (lembra que eles eram organizados como uma empresa registrada na Inglaterra?) podiam eleger a eles mesmos, períodos em que todo homem (mulher não) podia votar, tempos em que só votava quem era alguma coisa importante na Igreja. Enfim, **eleição** rolava, mas não era um negócio **popular**, no sentido de o povão todo participar.

> Aqui, **entrevista** não é para o jornal nem para a televisão, mas quer dizer simplesmente uma conversa.

um tanto ridículo, que um caso desse tipo, que em épocas posteriores não teria sido entregue a nenhuma instância superior, fosse então uma questão discutida publicamente, e sobre a qual autoridades eminentes tomavam partido. Nesse tempo de pura simplicidade, entretanto, questões de interesse público ainda menor e de muito menos peso intrínseco do que o bem-estar de Hester e sua filha misturavam-se estranhamente com deliberações legislativas e ações do Estado. Pouco antes do período em que se passa nossa história, se tanto, houve uma contenda sobre o direito de propriedade de um porco que não só causou uma briga feroz e amarga no corpo legislativo da colônia, como resultou numa importante modificação em sua estrutura.

Intrínseco > característico, natural, inerente.

Lá em Boston, aconteceu mesmo de um **porquinho** de uma dona Sherman fugir e fazer estragos na plantação de outras pessoas, até que um capitão Keayne ficou com o bicho em sua propriedade por mais de um ano para daí anunciar que ele ia comer o leitão. Bem nessa hora, a dona Sherman pediu o porco de volta, mas o cara disse não. A pendenga foi parar na justiça local, que decidiu em favor do capitão. Ela apelou, ele apelou, as autoridades – que eram muitas e decidiam juntas – se desentenderam, e assim surgiu um segundo grupo de magistrados, o que alterou completamente a estrutura de organização que eles tinham até então.

Cheia de preocupação, portanto – mas tão ciente de seus próprios direitos que aquela não parecia uma luta desigual entre o público e uma mulher solitária apoiada pelo instinto natural da maternidade –, Hester Prynne partiu de sua cabana solitária. A pequena Pearl, é claro, a acompanhava. Ela estava agora em idade de correr com agilidade ao lado da mãe e, em constante movimento da manhã ao anoitecer, poderia ter realizado uma jornada muito mais longa do que a que a aguardava. Com frequência, porém, mais por capricho do que por necessidade, exigia ser pega no colo; mas logo era igualmente imperiosa ao exigir ser pousada no chão, e corria adiante de Hester no caminho gramado, com muitos tropeços e quedas inofensivas. Já falamos sobre a beleza magnífica e exuberante de Pearl, uma beleza que irradiava tonalidades profundas e vivas; uma tez reluzente, olhos intensos tanto em profundidade quanto em brilho, e cabelos já de um castanho escuro e reluzente que, anos depois, se tornariam quase pretos. Havia fogo nela, por toda parte; parecia o rebento não premeditado de um momento de paixão. Ao criar as vestes da criança, sua mãe havia permitido que as tendências deslumbrantes de sua

Rebento > filho, fruto, broto.

imaginação atuassem plenamente, e vestiu-a com uma túnica de veludo carmesim de corte peculiar, abundantemente bordada com adornos e floreios de fios dourados. Todo esse colorido, que daria um aspecto pálido e doentio às faces de uma criatura mais frágil, combinou admiravelmente bem com a beleza de Pearl e a converteu na mais brilhante chama que já dançou sobre a terra.

No entanto, era um atributo notável dessa vestimenta, e de toda a aparência da criança, na verdade, que lembrasse de modo irresistível e inevitável ao observador o emblema que Hester Prynne estava condenada a usar no peito. Era a letra escarlate em outra forma; a letra escarlate dotada de vida! A própria mãe – como se a ignomínia vermelha estivesse tão profundamente marcada em seu cérebro que todas as suas ideias assumissem aquela forma – havia cuidadosamente elaborado a semelhança, dedicando muitas horas de engenhosidade mórbida para criar uma analogia entre o objeto de sua afeição e o emblema de sua culpa e tortura. Mas, na verdade, Pearl era tanto uma coisa quanto a outra; e somente por causa dessa identidade Hester havia conseguido representar tão perfeitamente a letra escarlate em sua aparência.

Quando as duas viajantes entraram na cidade, os filhos dos puritanos ergueram os olhos de suas brincadeiras – ou do que passava por brincadeira entre aqueles moleques sinistros – e disseram gravemente uns para os outros:

– Olhem, é verdade, ali está a mulher da letra escarlate; e algo parecido à letra escarlate está correndo ao seu lado! Vamos, vamos jogar lama nelas!

Mas Pearl, que era uma criança destemida, depois de franzir a testa, bater o pé e apertar a mãozinha com uma variedade de gestos ameaçadores, de repente correu para o centro de seus inimigos e os pôs para correr. Em sua feroz perseguição, ela parecia uma pestilência infantil – a escarlatina, ou algum outro anjo do juízo –, cuja missão era punir os pecados da nova geração. Ela gritou e gritou num volume terrível, que sem dúvida fez o coração dos fugitivos

Pestilência > doença, epidemia, peste.

A **escarlatina** é uma infeção séria causada por uma bactéria e que é mais comum de dar em crianças. Antes da descoberta do antibiótico no começo do século XX, fez muito estrago no mundo, matando ou deixando os curados com sequelas. Ganhou esse nome porque causa vermelhidão na língua e na pele, trazendo de brinde uma coceira chata.

tremer. Alcançada a vitória, Pearl voltou em silêncio para a mãe, ergueu os olhos para o rosto dela e sorriu.

Sem mais incidentes, chegaram à residência do governador Bellingham. Era uma casa de madeira grande, construída num estilo do qual ainda há espécimes nas ruas de nossas cidades mais antigas, agora cobertos de musgo, caindo aos pedaços e melancólicos pelas dores ou alegrias, vivas ou esquecidas, que aconteceram e desapareceram dentro de seus aposentos lúgubres. No entanto, havia o frescor do ano que passava do lado de fora e, nas janelas ensolaradas, o brilho de alegria de uma habitação humana na qual a morte nunca havia entrado. A casa tinha, de fato, um aspecto muito alegre, com as paredes cobertas por uma espécie de estuque em que abundantes fragmentos de vidro se misturavam de modo que, quando o sol incidia obliquamente sobre a fachada, esta brilhava e cintilava como se diamantes tivessem sido arremessados contra ela em punhados fartos. Tal brilho parecia mais apropriado ao palácio de Aladim do que à mansão de um velho governante puritano. Além disso, a decoração contava com figuras e diagramas estranhos e aparentemente cabalísticos, adequados ao gosto peculiar da época, as quais haviam sido desenhadas no estuque fresco e se mantinham rijas e duradouras para serem admiradas futuro afora.

Olhando para aquela maravilhosa casa cintilante, Pearl começou a saltitar e dançar, e, imperiosa, exigiu que toda a amplitude do sol fosse retirada da fachada e entregue a ela para brincar.

– Não, minha pequena Pearl! – disse-lhe a mãe. – Você deve captar seus próprios raios de sol. Não tenho nenhum para lhe dar!

Elas se aproximaram da porta, que era arqueada e flanqueada de cada lado por uma torre estreita ou saliência do edifício, com janelas de treliça com venezianas de

---

Na Inglaterra, era muito popular uma técnica bem antiga de **misturar a massa de acabamento de parede com caquinhos de vidro** (às vezes, com pedrinhas miúdas). No Brasil, ficou conhecida como *fulget* (ou fugê); talvez seja uma versão abrasileirada da palavra *fulget*, que quer dizer "brilhante" em latim.

No século XVIII, o escritor francês Antoine Galland fez uma tradução de um livro chamado *As mil e uma noites*, que saiu em doze volumes entre 1704 e 1717. Mas ele colocou na sua versão uma história nova, a do **Aladim**, dizendo que ouvira o enredo de um amigo sírio. A trama dessa novidade dizia que um pobre rapaz teve a chance de achar um objeto mágico e que dali saiu um gênio que o deixou, então, totalmente ricaço, nível ostentação máxima.

A **Cabala** é uma tradição judaica que acredita que Deus, o criador, e suas criaturas (as pessoas) são meio que uma coisa só. Os puritanos gostaram da ideia e a usaram com gosto na versão deles do cristianismo.

madeira para fechá-las quando necessário. Levantando o martelo de ferro pendurado no portal, Hester Prynne bateu à porta e foi atendida por um dos servos do governador – um inglês que nascera livre mas serviria como escravo por sete anos. Durante esse período, seria propriedade de seu senhor e mercadoria de compra e venda, como um boi ou uma banqueta. O servo usava o traje azul dos criados costumeiro na época e muito antes, nos antigos salões de família da Inglaterra.

– O digníssimo governador Bellingham está? – indagou Hester.

– Sim, com certeza – respondeu o servo, observando de olhos arregalados a letra escarlate que nunca tinha visto, pois era recém-chegado ao país. – Sim, sua honorável excelência está lá dentro, mas se encontra na companhia de um ou dois ministros de Deus, assim como de um médico. Não podem vê-lo agora.

– Mesmo assim, vou entrar – respondeu Hester Prynne. Talvez pela firmeza de sua atitude

> Em português, esse tal **martelo de ferro pendurado no portal** aí é uma aldrava – antes da campainha, o pessoal batia palma e gritava o "ô de casa". Em casas mais chiquezinhas, havia na porta uma argola ou um treco num formato meio de martelo, tudo de metal. O visitante fazia um barulho bom socando aquela peça contra a porta e anunciava dessa forma a sua chegada.
>
> Quando um cara lá da Inglaterra, da Irlanda, dessas paradas, queria vir morar na colônia, mas não tinha grana para pagar a passagem do navio, fazia um acordo com um rico morador das novas terras, que bancava a viagem em troca de **sete anos de trabalho não remunerado**. Mas esse trato não era nem de perto nem de longe parecido com a violenta escravização de negros, apesar de também ter sua penca de problemas e malvadezas.

e pelo símbolo cintilante em seu peito, o servo julgou que ela fosse uma grande dama do lugar e não ofereceu resistência.

Assim, a mãe e a pequena Pearl foram admitidas no salão de entrada. O governador Bellingham havia planejado sua nova moradia segundo as residências dos cavalheiros de belas posses em sua terra natal, adaptando os materiais de construção de acordo com sua disponibilidade, o clima diverso e as diferenças na vida social. Ali, então, havia um salão amplo, de pé-direito razoavelmente alto, que se estendia por toda a profundidade da casa, formando um meio de comunicação mais ou menos direto com todos os outros aposentos. Numa extremidade, essa sala espaçosa era iluminada pelas janelas das duas torres, que formavam um pequeno recesso de cada lado do portal. A outra extremidade, embora parcialmente obscurecida por uma cortina, era mais fortemente iluminada por uma daquelas janelas salientes

Publicada em 1577, o nome completo da obra é *Crônicas da Inglaterra, Escócia e Irlanda*. O livro foi um sucesso e conta a história das ilhas britânicas.

Apesar de o **estanho** ser velho conhecido dos humanos, foi no tal do Renascimento que ele começou a substituir a madeira e a argila como material de pratos, **canecas** e talheres. Mais barato que a prata, mas tão brilhante quanto ela, o estanho viveu o auge por volta dos séculos XVI e XVII, quando era querido também como enfeite e símbolo de grana.

Couraça, gorjeira, grevas, manoplas, peitoral e **panóplia** são partes de uma armadura medieval. A couraça cobre o peito e as costas, a gorjeira tapa o pescoço, as grevas protegem as canelas e a parte da frente do joelho, as manoplas são como luvas protetoras, enquanto o peitoral é só a parte da frente da couraça. Para arrematar, panóplia é outro nome que se dá a uma armadura.

sobre as quais lemos em livros antigos, em cujo nicho havia um assento almofadado. Ali, sobre o assento, estava um livro de páginas grandes, provavelmente as *Crônicas da Inglaterra* ou outra literatura substancial; do mesmo modo que, em nossos dias, espalhamos volumes dourados sobre a mesa de centro para serem folheados por algum visitante. A mobília do salão consistia em algumas cadeiras pesadas, cujo encosto era elaboradamente entalhado com grinaldas de flores de carvalho, e uma mesa do mesmo estilo; tudo da era elisabetana, ou talvez anterior a ela, bens transferidos para cá da casa paterna do governador. Em cima da mesa – em sinal de que o sentimento da velha hospitalidade inglesa não tinha sido abandonado – havia uma grande caneca de estanho, em cujo fundo, se Hester ou Pearl tivessem espiado, poderiam ter visto os restos espumosos de uma dose recente de cerveja.

Na parede estava dependurada uma série de retratos dos antepassados da linhagem Bellingham, alguns com armadura no peito e outros com imponentes rufos e mantos dos tempos de paz. Todos se caracterizavam pela rigidez e pela severidade que os retratos antigos invariavelmente exibiam; como se fossem os fantasmas, e não as pinturas, de dignitários mortos a observar, de maneira crítica e intolerante, os desejos e os prazeres dos vivos.

Mais ou menos no centro dos painéis de carvalho que forravam o salão estava pendurada uma armadura; ao contrário dos quadros, não se tratava de uma relíquia ancestral, mas de data mais recente, e fora fabricada por um hábil armeiro de Londres no mesmo ano em que o governador Bellingham veio para a Nova Inglaterra. Era composta de um capacete de aço, uma couraça, uma gorjeira, grevas, um par de manoplas e uma espada; todas as peças, especialmente o capacete e o peitoral, tão bem polidas que brilhavam com um esplendor branco e espalhavam claridade por todo o piso. Essa brilhante panóplia não se destinava a uma simples demonstração; fora usada pelo governador em muitas reuniões solenes e em campos de treinamento, e reluzira, também, à frente de um regimento na Guerra dos Pequots. Pois, embora fosse advogado e estivesse acostumado a falar de Bacon, Coke, Noye e Finch como seus pares profissionais, as exigências deste novo país haviam transformado o governador Bellingham em soldado, além de político e governante.

A pequena Pearl – que estava tão satisfeita com a armadura reluzente quanto ficara com o frontispício cintilante da casa – passou algum tempo olhando o peitoral, tão polido que parecia um espelho.

– Mamãe – exclamou ela –, eu a vejo aqui. Olhe! Olhe!

Para agradar à criança, Hester olhou; e viu que, devido ao efeito peculiar daquele espelho convexo, a letra escarlate ganhava proporções exageradas, gigantescas, de modo a ser a característica mais destacada de sua aparência. Na verdade, ela parecia totalmente escondida por trás do emblema. Pearl apontou para cima também, para uma imagem semelhante no capacete, e sorriu à mãe com a expressão de inteligência travessa que era tão familiar em sua pequena fisionomia. Aquele olhar de alegria travessa também se refletia no espelho com tal amplitude e intensidade que fez Hester Prynne sentir que aquela não era a imagem da própria filha, mas a de um demônio que procurava se moldar às formas de Pearl.

– Venha, Pearl – disse ela, afastando-a da armadura. – Venha e aprecie este belo jardim. Pode ser que vejamos aqui flores mais bonitas do que as que encontramos na floresta.

Assim, Pearl correu para a janela saliente, na outra extremidade do corredor, e observou o jardim acarpetado com grama bem raspada, cortado por um passeio margeado por uma tentativa tosca e inacabada de topiaria. O proprietário

---

Britânicos e holandeses começaram a chegar ao nordeste dos Estados Unidos nas primeiras décadas do século XVII, quando ali morava um povo poderoso, os **pequots**. Não demorou nada e explodiu uma disputa por terras e o valioso comércio de peles. A tensão foi subindo até virar uma **guerra** sangrenta que durou de 1634 a 1638. Os pequots foram massacrados e, depois disso, os holandeses murcharam na área, enquanto os ingleses se espalhavam mais à vontade nas terras invadidas.

Francis **Bacon**, Edward **Coke**, William **Noye** e John **Finch** foram advogados importantes nascidos mais pra lá da metade do século XVI na Inglaterra. Todos eles tiveram participação considerável na política e deixaram contribuições também relevantes em termos do sistema legal inglês.

Frontispício > fachada, frente da casa.

Topiaria > prática de podar árvores e arbustos dando formas geométricas ou até meio artísticas para o conjunto de folhagens.

parecia já ter renunciado, sem esperança, ao esforço de perpetuar deste lado do Atlântico, em solo duro e em meio à luta pela subsistência, o gosto inglês pela jardinagem ornamental. Repolhos cresciam à vista de todos, e os galhos de uma aboboreira, enraizada a alguma distância, tinham atravessado o espaço intermediário e depositado um de seus frutos gigantescos diretamente sob a janela do salão, como que para advertir o governador de que esse grande pedaço de ouro vegetal era o ornamento mais rico que a terra da Nova Inglaterra lhe ofereceria. Havia algumas roseiras, no entanto, e diversas macieiras, provavelmente descendentes das plantadas pelo reverendo Blackstone, o primeiro colono da península, aquele personagem meio mitológico que, segundo nossos primeiros registros, cavalgava um touro.

Vendo as roseiras, Pearl começou a clamar por uma rosa vermelha e não se acalmava.

– Cale-se, criança, cale-se! – disse sua mãe, seriamente. – Não chore, querida Pearl! Ouço vozes no jardim. O governador está chegando, e os senhores vêm com ele!

De fato, várias pessoas se aproximavam da casa pelo passeio. Com total desprezo pela tentativa da mãe de acalmá-la, Pearl deu um grito assombroso e depois ficou em silêncio; não por noção alguma de obediência, mas porque sua curiosidade rápida e volúvel fora estimulada pelo aparecimento desses novos personagens.

Muita coisa histórica que aparece aqui o autor tirou de um livro publicado por Caleb H. Snow em 1825: o *History of Boston* (História de Boston). E é de lá que vem essa coisa de que William **Blackstone** (1595-1675), o primeiríssimo colono da área, andava pra cima e pra baixo montado em um touro domado.

VIII

A CRIANÇA TRAVESSA E O MINISTRO

TRAJANDO UMA TÚNICA larga e uma boina cômoda – conforme os senhores idosos adoram se vestir na privacidade do lar –, o governador Bellingham caminhava na frente e parecia estar exibindo a propriedade e discorrendo sobre as melhorias planejadas. Sob a barba grisalha, a ampla circunferência de uma gola elaborada, no estilo antiquado do rei Jaime, fazia sua cabeça se parecer muito com a de João Batista na bandeja. Era difícil conciliar a impressão causada por seu aspecto rígido e severo, produto dos muitos outonos que vivera, com os objetos de prazer mundano dos quais ele evidentemente buscara se cercar. Mas é um erro supor que nossos graves antepassados – embora acostumados a falar e pensar sobre a existência humana meramente como um estado de provação e guerra, e invariavelmente preparados para sacrificar os bens e a vida em nome do dever – teriam a consciência de rejeitar os confortos, e até mesmo o luxo, que estivessem ao seu alcance. Esse credo nunca foi ensinado, por exemplo, pelo venerável pastor John Wilson, cuja barba, branca como um monte de neve, podia ser vista por sobre o ombro do governador Bellingham enquanto lhe sugeria que peras e pêssegos ainda poderiam ser aclimatados à Nova Inglaterra e que uvas roxas poderiam crescer contra o muro ensolarado do jardim. O velho clérigo, nutrido no rico seio da Igreja da Inglaterra, tinha de longa data um gosto legítimo e estabelecido por todas as coisas

> O **Jaime** era **rei** da Escócia desde bebê; depois, virou também rei da Inglaterra e da Irlanda. Vamos falar dele com mais detalhes lá na frente.

> O rei Herodes havia se separado da esposa e virado amante da mulher do irmão dele mesmo. São João Batista criticou esse rolo, e aí o rei prendeu o cara. Depois, na festa de aniversário do poderoso, a sobrinha – filha do irmão dele com a sua atual amante – deu um show de dança e tal, e Herodes, bebaço, falou: "Nossa, você é demais! Pode me pedir qualquer coisa, que eu quero lhe agradar". Ela foi e perguntou pra mãe o que devia pedir: a **cabeça de João numa bandeja**, foi o que mâmis respondeu. Herodes achou o pedido bem sem noção. Mesmo assim, cumpriu a promessa.

O púlpito é um móvel (ou uma construção) que fica dentro de uma igreja ou templo e de onde o padre ou pastor faz seu sermão.

Contemporâneos > pessoas que vivem em uma mesma época.

O painel de madeira ou de metal de uma porta é também chamado de **folha**.

Os romanos tinham um festival que durava dias e marcava o começo do inverno. Era a Saturnália, uma ocasião de inversão da ordem social, com homens vestidos de mulheres e servos agindo como gente rica. Essa tradição pagã se esticou até o começo dos tempos cristãos, e é dela que vem a farra medieval inglesa do **Senhor do Desgoverno**, quando rolavam altas festas no final do ano, com um cara simplão no comando, como se fosse um senhor nobre, numa prática que durou até a metade do século XVII.

boas e confortáveis; por mais severo que se mostrasse no púlpito ou na reprovação pública a transgressões como a de Hester Prynne, ainda assim a benevolência amável na vida privada havia lhe angariado mais afeição do que a concedida a qualquer de seus contemporâneos de profissão.

Atrás do governador e do senhor Wilson vinham outros dois convidados: um, o reverendo Arthur Dimmesdale, de quem o leitor deve se lembrar como aquele que desempenhou papel breve e relutante na cena da desgraça de Hester Prynne; e, ao seu lado, o velho Roger Chillingworth, pessoa de grande capacidade médica que havia dois ou três anos tinha se estabelecido na cidade. Sabia-se que esse homem erudito era médico e também amigo do jovem ministro, cuja saúde havia sofrido bastante nos últimos tempos por causa de seu enorme sacrifício nos labores e deveres da atividade pastoral.

À frente dos visitantes, o governador subiu um ou dois degraus e, abrindo as folhas da grande porta do salão, viu-se diante da pequena Pearl. A sombra da cortina caía sobre Hester Prynne e a ocultava parcialmente.

— O que temos aqui? — perguntou o governador Bellingham, olhando com surpresa para a pequena figura escarlate. — Afirmo que nunca vi nada assim desde meus dias de vaidade, na época do velho rei Jaime, quando considerava um grande favor ser admitido a um baile de máscaras na corte! Costumava haver um enxame dessas pequenas aparições nas festas de Natal; e nós as chamávamos de filhas do Senhor do Desgoverno. Mas como conseguiu uma tal convidada entrar na minha casa?

— Sim, de fato! — gritou o bom e velho senhor Wilson. — Que passarinho de plumagem escarlate pode ser este? Acho que vi algo assim quando o sol brilhava através de vitrais ricamente pintados e traçava no chão imagens douradas e carmesins. Mas isso foi na velha terra. Diga-me, minha pequena, quem é você, e o que afligiu sua mãe para vesti-la dessa maneira estranha? Você é cristã, não? Conhece o catecismo? Ou é um daqueles elfos ou fadas travessas que pensamos ter deixado para trás, como outras relíquias do papismo, na alegre e velha Inglaterra?

– Sou filha de minha mãe – respondeu a visão escarlate –, e meu nome é Pearl!

– Pearl? Melhor Ruby! Ou Coral! Ou Rosa Rubi, pelo menos, a julgar por sua tonalidade! – respondeu o velho ministro, estendendo a mão na vã tentativa de dar um tapinha na face da pequena Pearl. – Mas onde está sua mãe? Ah! Entendo – acrescentou; e, voltando-se para o governador Bellingham, sussurrou: – Esta é a mesma criança sobre a qual conversamos; e eis aqui a infeliz mulher, Hester Prynne, sua mãe!

– É mesmo? – exclamou o governador. – Pois deveríamos ter imaginado que a mãe de tal criança fosse a mulher escarlate, um tipo digno daquela da Babilônia! Mas chega em bom momento, e examinaremos este assunto imediatamente.

O governador Bellingham entrou no saguão seguido por seus três convidados.

– Hester Prynne – disse ele, fixando o olhar naturalmente severo na portadora da letra escarlate –, tem havido muitas perguntas a seu respeito ultimamente. A questão que tem sido bastante discutida é se nós, que temos autoridade e influência, fazemos bem em ignorar nossa consciência confiando uma alma imortal, como há nessa criança, à orientação de alguém que tropeçou e caiu diante das armadilhas deste mundo. Fale, você, que é a mãe da criança! Pense bem, não seria melhor para o bem-estar temporal e eterno de sua pequena se ela fosse tirada de sua responsabilidade, vestida sobriamente, disciplinada com rigor e instruída nas verdades do Céu e da Terra? O que pode fazer por sua filha nesse sentido?

– Posso ensinar à minha pequena Pearl o que aprendi com isto! – respondeu Hester Prynne colocando o dedo no emblema vermelho.

– Mulher, é o seu emblema da vergonha! – respondeu o severo magistrado. – É por causa da mácula que essa letra indica que transferiríamos sua filha para outras mãos.

É coisa da Bíblia. O autor do Apocalipse, transportado em espírito ao deserto, vê uma mulher sentada numa fera escarlate de inúmeros nomes blasfemos, com sete cabeças e dez chifres, trajada em escarlate e púrpura. A mulher está enfeitada com ouro, joias e pérolas, trazendo na mão a taça cheia de abominações e impurezas de sua própria fornicação. Na sua testa está escrito: "**Babilônia**, a grande, mãe das prostitutas".

Temporal se refere ao mundo terreno (passageiro), em oposição ao mundo espiritual (eterno).

– No entanto – disse a mãe calmamente, embora tivesse ficado mais pálida –, este emblema me ensinou, me ensina diariamente, está me ensinando neste momento, lições pelas quais minha filha pode vir a ser mais sábia e melhor, embora a mim não rendam nada.

– Julgaremos com cautela – disse Bellingham – e veremos bem o que estamos prestes a fazer. Bom mestre Wilson, rogo-lhe que examine Pearl, visto que esse é o nome dela, e veja se teve a educação cristã condizente com uma criança de sua idade.

O velho ministro sentou-se numa poltrona e fez um esforço para prender Pearl entre os joelhos. Mas a criança, desacostumada ao toque ou à familiaridade de quem quer que fosse além de sua mãe, escapou pela porta aberta e ficou no degrau superior, parecendo um pássaro tropical selvagem, de rica plumagem, pronto para voar. O senhor Wilson, um tanto surpreso com a reação, pois era o tipo de pessoa que parecia um avô e costumava ser querido pelas crianças, tentou, entretanto, prosseguir com o exame.

– Pearl – disse ele com grande solenidade –, você deve obedecer às instruções, para que, no devido tempo, possa trazer em seu peito uma pérola de grande valor. Pode me dizer, minha filha, quem a fez?

Agora Pearl sabia muito bem quem a fizera; pois Hester Prynne, filha de um lar devoto, logo depois de conversar com a criança sobre seu Pai Celestial, começou a informá-la sobre as verdades que o espírito humano, em qualquer estágio de imaturidade, absorve com bastante interesse. Pearl, portanto – tão grandes eram as realizações de seus três anos de vida –, poderia suportar um exame justo sobre a *Cartilha da Nova Inglaterra* ou sobre a primeira coluna do *Catecismo de Westminster*, embora não estivesse familiarizada com a capa de nenhuma dessas obras célebres. Mas a perversidade que todas as

---

A *Cartilha da Nova Inglaterra* era o livro de alfabetização das crianças e também ia ensinando pra elas as regras e ideias dos puritanos nos Estados Unidos. Publicado por Benjamin Harris em 1688, virou um megassucesso, sendo utilizada por mais de 150 anos.

Em 1647, a Assembleia de Westminster reuniu estudiosos do cristianismo, que organizaram dois documentos feitos para o pessoal estudar religião (fazer o catecismo). Um, longo, era para os pastores. O outro, mais curto e mais simples, era para crianças e quem mais quisesse. Conhecido como **Breve Catecismo de Westminster**, o livro traz 120 perguntas que guiam o estudante a entender a visão puritana de Deus e dos deveres dos cristãos.

crianças têm, e que na pequena Pearl era dez vezes maior, apossou-se dela no momento mais inoportuno, fechando--lhe os lábios ou impelindo-a a dizer as palavras erradas. Depois de colocar o dedo na boca e de muitas recusas rudes em responder à pergunta do bom senhor Wilson, a criança finalmente anunciou que não tinha sido feita, mas colhida por sua mãe do arbusto de rosas selvagens que crescia junto à porta da prisão.

Essa fantasia provavelmente foi evocada pela proximidade das rosas vermelhas do governador, pois Pearl estava do lado de fora, e também pela lembrança da roseira da prisão pela qual havia passado no caminho até ali.

O velho Roger Chillingworth, com um sorriso no rosto, sussurrou algo no ouvido do jovem clérigo. Hester Prynne olhou para o especialista e, mesmo então, com seu destino em jogo, ficou surpresa ao perceber a mudança que havia ocorrido em suas feições – estavam mais feias, sua pele parecia ainda mais escura e sua figura, mais deformada – desde os tempos em que o conhecera intimamente. Ela encontrou seus olhos por um instante, mas foi imediatamente constrangida a dar toda a atenção à cena que acontecia no mesmo momento.

– Isso é horrível! – exclamou o governador, recuperando-se lentamente do espanto que a resposta de Pearl lhe havia causado. – Aqui está uma criança de três anos que não sabe dizer quem a fez! Sem dúvida, está tão igualmente no escuro quanto a sua alma, sua depravação presente e seu destino futuro! Penso, senhores, que não precisamos mais fazer perguntas.

Hester agarrou Pearl e a puxou com força para seus braços, confrontando o velho magistrado puritano com uma expressão quase feroz. Sozinha no mundo, rejeitada por ele, e com aquele único tesouro para manter vivo seu coração, sentia que possuía direitos irrevogáveis contra o mundo e estava pronta para defendê-los até a morte.

– Deus me deu a criança! – gritou. – Ele a deu em retribuição por todas as coisas que o senhor tirou de mim. Ela é a minha felicidade! Ela é a minha tortura também! Pearl me mantém viva! Pearl também me castiga! Não veem? Ela é a letra escarlate, e só eu sou capaz de amá-la, e, portanto, é dotada de um milhão de vezes o poder de punição por meu pecado. Vocês não a levarão! Morrerei primeiro!

– Minha pobre mulher – disse o velho ministro, que não era um homem mau –, a criança será bem cuidada! Melhor do que você pode cuidar!

– Deus a deixou sob minha guarda – repetiu Hester Prynne, elevando a voz até quase gritar. – Não vou desistir dela! – E então, num impulso repentino, virou-se para o jovem clérigo, o senhor Dimmesdale, a quem, até aquele momento, parecia ter dirigido o olhar apenas uma vez. – Fale por mim! – gritou Hester. – O senhor foi meu pastor e cuidou de minha alma, me conhece melhor do que estes homens. Não vou perder a criança! Fale por mim! O senhor sabe... pois tem a compaixão que falta a estes homens... o senhor sabe o que vai em meu coração e quais são os direitos de uma mãe, e quanto são mais fortes quando essa mãe tem apenas sua filha e a letra escarlate! Cuide disso! Não vou perder a menina! Cuide disso!

Diante desse apelo selvagem e singular, que indicava que a situação de Hester Prynne quase lhe havia provocado a loucura, o jovem ministro imediatamente se adiantou, pálido e com a mão pousada sobre o coração, como era seu costume sempre que seu temperamento peculiarmente nervoso se agitava. Ele parecia agora mais cansado e emaciado do que quando o descrevemos na cena da ignomínia pública de Hester; fosse por sua saúde debilitada, fosse por qualquer outra causa, seus grandes olhos escuros continham um mundo de dor em sua profundidade perturbada e melancólica.

– Há verdade no que ela diz – começou o ministro com uma voz doce e trêmula, mas poderosa, de modo que o salão ecoou e a armadura vazia ressoou com ela –, há verdade no que Hester diz e no sentimento que a inspira! Deus lhe deu a filha, e também lhe deu um conhecimento instintivo de sua natureza e de suas necessidades... aparentemente muito peculiares... que nenhum outro mortal possui. Além

Emaciado > extenuado, emagrecido, adoentado.

disso, não há algo terrivelmente sagrado na relação entre esta mãe e esta criança?

– Ah! Como assim, bom mestre Dimmesdale? – interrompeu o governador. – Esclareça isso, eu lhe rogo!

– Deve ser mesmo assim – continuou o ministro. – Pois, se julgarmos de outro modo, não estaremos dizendo que o Pai Celestial, o Criador de toda carne, reconheceu levianamente um ato de pecado e não fez distinção entre luxúria profana e amor sagrado? Esta filha da culpa de seu pai e da vergonha de sua mãe veio das mãos de Deus para operar de muitas maneiras o coração da mãe, que implora tão fervorosamente, e com tanta amargura de espírito, o direito de mantê-la. É o sinal de uma bênção; a única bênção de sua vida! É, sem dúvida, como a própria mãe nos disse, uma punição também; uma tortura a ser sentida em muitos momentos inesperados; uma pontada, uma picada, uma agonia sempre recorrente no meio de uma alegria conturbada! Não expressou ela esse pensamento nas vestes da pobre criança, lembrando-nos tão fortemente daquele símbolo vermelho que queima seu peito?

– Ótimas palavras, de novo! – gritou o bom senhor Wilson. – Temia que a mulher não tivesse pensamento melhor do que transformar a filha numa impostora!

– Oh, nada disso! Nada disso! – continuou o senhor Dimmesdale. – Ela reconhece, acredite-me, o milagre solene que Deus operou na existência daquela criança. E sente, também... o que, penso eu, é a própria verdade... que esta dádiva tinha como objetivo, acima de tudo, manter viva sua alma e preservá-la das profundezas mais escuras do pecado em que Satanás poderia tentar afundá-la! Portanto, é bom para esta pobre e pecadora mulher ter aos seus cuidados uma alma infantil, um ser capaz de eterna alegria ou tristeza, para treiná-la para o bem, para lembrar-se, a cada momento, de sua queda, mas também para aprender, pelo sagrado juramento do Criador, que, se levar a criança para o Céu, esta também a levará para lá! Nisso a mãe pecadora é mais afortunada do que o pai pecador. Pelo bem de Hester Prynne, então, e não menos pelo bem da pobre

Leviano é aquele que julga depressa, sem pensar direito.

Aqui, **operar** não tem nada a ver com fazer cirurgia, mas quer dizer atuar, influenciar.

criança, vamos deixá-las como a Providência achou por bem colocá-las!

– O senhor fala, meu amigo, com uma convicção estranha – disse o velho Roger Chillingworth, sorrindo para ele.

– E há grande importância no que meu jovem irmão falou – acrescentou o reverendo Wilson. – O que diz, honrado mestre Bellingham? Ele não suplicou bem pela pobre mulher?

– De fato – respondeu o magistrado –, e juntou tais argumentos que deixaremos o assunto como está, pelo menos enquanto a mulher não for motivo de escândalo. Devemos ter cuidado, no entanto, de colocar a criança no devido e declarado exame do catecismo, por suas mãos ou pelas do mestre Dimmesdale. Além disso, na época certa, os inspetores dizimistas devem providenciar que ela frequente a escola e as reuniões.

O jovem ministro parou de falar, afastou-se alguns passos do grupo e ocultou parcialmente o rosto nas pesadas dobras da cortina da janela, enquanto a sombra de sua figura, que a luz do sol projetava no chão, tremia com a veemência de seu apelo. Pearl, aquela pequena criatura rebelde e inconstante, avançou suavemente na direção dele e, pegando sua mão, encostou a face nela; numa carícia tão terna e ao mesmo tempo tão discreta que sua mãe, que estava olhando, se perguntou: "Esta é a minha Pearl?". No entanto, sabia que havia amor no coração da criança, embora ele se revelasse principalmente de maneira apaixonada e não mais que duas vezes na vida com aquela gentileza. O ministro – pois, exceto pelos tão almejados cumprimentos de uma mulher, nada é mais doce do que as demonstrações de afeto das crianças concedidas espontaneamente por um instinto espiritual, que, portanto, parecem atestar em nós algo verdadeiramente digno de ser amado –, o ministro olhou em redor, pousou a mão na cabeça da menina, hesitou

---

Cada vila puritana ali tinha um **inspetor** desse, um cara encarregado de manter o pessoal acordado nos cultos, porque eles eram muito longos. E quem resistisse ele metia no pelourinho. Também garantiam que a criançada estivesse aprendendo as coisas da Bíblia, que ninguém ficasse bebum nas tavernas e – muito importante – que todo o mundo pagasse os impostos devidos à Igreja, o **dízimo**.

por um instante e depois lhe beijou a testa. O sentimento incomum da pequena Pearl não durou mais; ela riu e saiu cambaleando pelo corredor com tanta leveza que o velho senhor Wilson se perguntou se a ponta de seus pés tocava mesmo o chão.

– A danadinha tem algo de feiticeira – disse ele ao senhor Dimmesdale. – Não precisa de uma vassoura de velha para voar!

– Que criança estranha! – comentou o velho Roger Chillingworth. – É fácil enxergar nela a parte da mãe. Os senhores acham que estaria além da pesquisa de um filósofo analisar a natureza da criança e, a partir de sua forma e de seu molde, dar um palpite astuto sobre quem é o pai?

– Não. Seria pecaminoso, em tal questão, seguir a pista da filosofia profana – disse o senhor Wilson. – Melhor jejuar e orar para resolver a questão; e ainda melhor, talvez, seja deixar o mistério como está, a menos que a Providência o revele por si mesma. Desse modo, todo bom cristão terá o direito de mostrar bondade paterna para com essa pobre menina abandonada.

Concluído o caso de maneira satisfatória, Hester Prynne e Pearl foram embora. Dizem que, enquanto elas desciam os degraus, a treliça da janela de um dos quartos se abriu e dela se projetou, à luz do dia, o rosto da senhora Hibbins, a mal-humorada irmã do governador Bellingham, a mesma que, alguns anos depois, foi executada como bruxa.

– Psiu, psiu! – disse ela, enquanto sua fisionomia agourenta parecia lançar uma sombra sobre o alegre aspecto de novidade da casa. – Quer ir conosco esta noite? Haverá uma alegre reunião na floresta; e quase prometi ao Homem das Trevas que a bela Hester Prynne tomaria parte nela.

Já falamos aqui da senhora Higgins, **condenada à morte por bruxaria** em 1615 numa pendenga que começou quando ela não curtiu o trabalho de um carpinteiro. Ela era, na verdade, cunhada do Bellingham, e o convite que faz a Hester tem tudo a ver com o que os caras da época achavam que as tais feiticeiras faziam.

– Peça desculpas a ele, então, por favor! – respondeu Hester com um sorriso triunfante. – Devo ficar em casa e cuidar de minha pequena Pearl. Se eles a tivessem tirado de mim, eu de boa vontade iria com vocês para a floresta e assinaria meu nome no livro do Homem das Trevas também, e com meu próprio sangue!

– Teremos você por lá em breve! – disse a mulher-bruxa franzindo a testa, enquanto inclinava a cabeça para trás.

Mas ali estava – supondo que a conversa entre a senhora Hibbins e Hester Prynne seja verdadeira, e não uma parábola – a ilustração do argumento do jovem ministro contra separar a mãe decaída do rebento de sua fraqueza. Desde cedo a menina a salvou da armadilha de Satanás.

Parábola é uma história simbólica que dá uma lição de moral.

Decaído > decadente, arruinado, rebaixado.

IX
O MÉDICO

SOB O NOME Roger Chillingworth, o leitor se lembrará, escondia-se outro nome, que seu antigo usuário resolvera que nunca mais deveria ser pronunciado. Já relatamos como, na multidão que testemunhava a exposição ignominiosa de Hester Prynne, havia um homem idoso, cansado da viagem, que, acabando de sair do perigoso mundo da natureza, viu a mulher na qual esperava encontrar corporificados o calor e a alegria do lar ser apresentada, diante do povo, como exemplo de pecado. Sua reputação foi pisoteada por todos os homens. A infâmia tagarelava ao seu redor em praça pública. Para seus familiares, se as notícias chegassem a eles, e para os companheiros de sua vida imaculada, não restaria nada além do contágio de sua desonra, que não deixaria de ser distribuída em estrito acordo e proporção com a intimidade e a qualidade de suas relações. Então, por que – visto que a escolha era dele mesmo – deveria o indivíduo cuja ligação com a mulher decaída havia sido a mais íntima e sagrada de todas apresentar-se para reivindicar herança tão pouco desejável? Ele resolveu não se expor ao ridículo ao lado dela em seu pedestal de vergonha. Desconhecido por todos, com exceção de Hester Prynne, e dono da fechadura e da chave de seu silêncio, escolheu retirar seu nome do rol da humanidade e, considerando seus antigos laços e interesses, desaparecer da vida tão completamente como se de fato estivesse no fundo do oceano, para onde os rumores

---

O título deste capítulo, no original, é "The Leech". Em inglês antigo, era comum se usar a palavra *leech*, que em português significa "sanguessuga", como sinônimo de **médico**. Isso porque naquela época o tratamento de praticamente tudo e qualquer coisa era colocar esse bicho no doente pra que ele "perdesse" assim um bocado de sangue e ficasse curado. E o pico dessa técnica milenar e equivocada ocorreu ali nos séculos XVII e XVIII. Mas neste capítulo a gente vê o tal médico, Chillingworth, agindo cada vez mais como um sanguessuga, no sentido de ser um devorador da energia das pessoas, um cara do mal.

Corporificado é aquilo que assumiu uma forma concreta, virando realidade.

o haviam enviado havia muito tempo. Uma vez realizado esse propósito, novos interesses surgiriam imediatamente, assim como um novo propósito; sombrio, é verdade, senão criminoso, mas forte o suficiente para empregar toda a potência de suas aptidões.

Seguindo essa decisão, fixou residência na cidade puritana como Roger Chillingworth, sem outra credencial além do conhecimento e da inteligência, dos quais possuía uma medida mais do que comum. Como seus estudos, num período anterior da vida, o haviam tornado amplamente familiarizado com a ciência médica da época, foi como médico que se apresentou, e como tal foi cordialmente recebido. Homens habilidosos da profissão médica e cirúrgica eram um acontecimento incomum na colônia. Ao que parece, raramente compartilhavam do zelo religioso que trouxera outros imigrantes através do Atlântico. Em suas pesquisas sobre o corpo humano, pode ser que as capacidades mais elevadas e sutis de tais homens se materializassem e eles perdessem a visão espiritual da existência em meio às complexidades desse mecanismo maravilhoso, que parecia envolver arte suficiente para abranger toda a vida. Em todo caso, a saúde da boa cidade de Boston, na medida em que a medicina tinha alguma coisa a ver com isso, estivera até então sob a tutela de um diácono e boticário idoso, cuja piedade e cuja conduta devota eram testemunhos mais fortes em seu favor do que qualquer outro que ele pudesse ter produzido na forma de um diploma. O único cirurgião era um que combinava o exercício ocasional dessa nobre arte com o floreio diário e habitual de uma navalha. Diante de tal corpo profissional, Roger Chillingworth foi uma aquisição brilhante. Ele logo manifestou sua familiaridade com os pesados e imponentes instrumentos da medicina antiga, em que cada remédio continha uma infinidade de ingredientes exóticos e heterogêneos, combinados tão elaboradamente como se o resultado proposto fosse o Elixir da Vida. Além disso, em seu cativeiro indígena, havia

---

Diácono > um tipo de clérigo, auxiliar de padre ou de pastor.

Boticário > farmacêutico, dono de botica ou farmácia.

Era comum na época, tanto lá como aqui, que o **cirurgião** fosse o barbeiro local, até porque as operações naquela época eram mais de arrancar, cortar, amputar a fonte da dor, do que qualquer outra coisa.

Ironicamente, a obsessão humana com a imortalidade (ou pelo menos com a saúde plena) já fez muita gente morrer. Os chineses, por exemplo, perderam pelo menos seis imperadores da dinastia Tang com beberagens que eram puro veneno, mas que eles achavam que ia ser o tal **elixir da vida** pra eles. Mesmo assim, como já conversamos lá atrás, a Idade Média esteve lotada de alquimistas na busca – sem sucesso – dessa poção mágica conhecida, em latim, como *elixir vitæ*. Entretanto, muitos medicamentos eficazes foram desenvolvidos com pesquisas sobre plantas usadas por xamãs e pagés, os chamados "médicos da floresta".

adquirido muito conhecimento sobre as propriedades das ervas e das raízes nativas; não escondia de seus pacientes que confiava nesses remédios simples, dádiva da natureza para o selvagem ignorante, tanto quanto confiava na farmacopeia europeia, que tantos médicos eruditos passaram séculos elaborando.

Esse forasteiro esclarecido era exemplar, pelo menos no que se referia às formas externas de uma vida religiosa, e logo após sua chegada escolheu como guia espiritual o reverendo Dimmesdale. O jovem religioso, cujo renome em matéria de erudição continuava vivo em Oxford, era considerado por seus admiradores mais fervorosos como pouco menos que um apóstolo ordenado pelo Céu, destinado, caso vivesse e trabalhasse pelo período normal de uma vida, a realizar feitos tão grandes para a agora frágil Igreja da Nova Inglaterra quanto os primeiros padres haviam alcançado na infância da fé cristã. Por volta desse período, entretanto, a saúde do senhor Dimmesdale havia começado a piorar de modo evidente. Para aqueles mais familiarizados com seus hábitos, a palidez da face do jovem ministro era explicada pela dedicação muito séria ao estudo, pelo cumprimento escrupuloso do dever paroquial e, mais que tudo, pelos jejuns e vigílias que praticava com frequência a fim de evitar que a rudeza deste estado terreno obstruísse e obscurecesse sua luz espiritual. Alguns declaravam que, se o senhor Dimmesdale realmente morresse, o mundo não mais seria digno de ser pisado por seus pés. Ele mesmo, por outro lado, com humildade característica, confessava sua crença de que, se a Providência achasse conveniente removê-lo, seria por sua própria indignidade de cumprir sua mais humilde missão aqui na terra. A despeito de toda essa diferença de opiniões sobre a causa de seu declínio, não havia como questionar o fato. Suas feições se tornaram emaciadas; a voz, embora ainda rica e doce, continha

---

A partir do século XVI, começaram a pipocar os livros chamados **farmacopeias**, que eram basicamente manuais de fabricação de medicamentos. Aos poucos, diferentes países criaram suas próprias versões daquilo, de olho na padronização e no controle de qualidade dos produtos. O Brasil, por exemplo, tem um livrão assim, *Farmacopeia brasileira*, que saiu pela primeira vez em 1929 e que, de tempos em tempos, sofre uma revisão e ampliação.

Ninguém sabe a data precisa de sua fundação, mas a Universidade de **Oxford** é a mais antiga do Reino Unido, porque já estava na ativa no século XI. Hoje ela é uma das mais prestigiadas do mundo, e na época deste livro era o centro de estudos de muitos religiosos protestantes.

uma certa profecia melancólica de decadência; a qualquer breve alarme ou outro acidente repentino, ele colocava a mão no coração, primeiro com um rubor e depois com uma palidez indicativa de dor.

Tal era a condição do jovem clérigo e a iminente perspectiva de que sua luz elementar se extinguisse prematuramente quando Roger Chillingworth apareceu na cidade. Sua primeira entrada em cena – poucas pessoas poderiam dizer de onde, pois parecia ter caído do Céu ou brotado da terra –, tinha um aspecto de mistério que havia sido facilmente elevado a milagroso. Ele agora era conhecido como um perito; observavam que colhia ervas e flores silvestres, desenterrava raízes e arrancava galhos das árvores da floresta como alguém que conhece virtudes ocultas naquilo que não tem valor para os olhos comuns. Ouviam-no falar de Sir Kenelm Digby e de outros homens famosos, cujas realizações científicas eram consideradas pouco menos que sobrenaturais, como tendo sido seus correspondentes ou colegas. Por que, com tal posição no mundo erudito, veio para cá? O que ele, cuja esfera de ação estava nas grandes cidades, poderia estar procurando naquela região inculta? Em resposta a essa pergunta, um boato ganhou terreno – embora absurdo, ele foi alimentado por algumas pessoas muito sensatas –, o de que a Providência havia operado um milagre absoluto, transportando pelo ar um eminente doutor em medicina de uma universidade alemã e colocando-o na porta do gabinete do senhor Dimmesdale! Indivíduos mais esclarecidos, de fato, que sabiam que a Providência promove seus desígnios sem visar o efeito cênico daquilo que se chama de interposição milagrosa, inclinavam-se a ver sua mão na chegada tão oportuna de Roger Chillingworth.

Essa ideia se sustentava no forte interesse que o médico sempre manifestou pelo jovem clérigo; apegou-se a ele como um paroquiano e procurou conquistar um olhar amigável e a confiança de sua sensibilidade naturalmente

---

Engraçado o autor citar esse **Kenelm Digby** aqui, porque ele era um superdefensor do catolicismo. Por isso mesmo, passou grande parte da sua vida fora da Inglaterra – na verdade, num ir e vir da França. Digby foi um estudioso da astrologia e da alquimia que vivia fazendo experiências. Dizem até que a esposa dele morreu por conta disso, quando ele tentou curá-la e a coisa não deu nada certo.

Interposição é a interferência divina.

reservada. Expressava grande preocupação pelo estado de saúde de seu pastor e estava ansioso para tentar a cura, pois, se o fizesse logo, parecia não desacreditar num resultado favorável. Os anciãos, os diáconos, as mulheres casadas e as jovens e formosas donzelas do rebanho do senhor Dimmesdale o instavam a testar a habilidade do médico, tão generosamente oferecida. O senhor Dimmesdale gentilmente repelia as súplicas.

– Não preciso de remédios – dizia.

Mas como o jovem ministro poderia dizer isso se a cada domingo sua face estava mais pálida e magra, e sua voz, mais trêmula que antes; se agora se tornara seu hábito, em vez de um gesto casual, pressionar a mão sobre o coração? Estaria ele cansado do trabalho? Desejaria morrer? Essas perguntas foram solenemente propostas ao senhor Dimmesdale pelos ministros mais velhos de Boston e pelos diáconos de sua igreja, que, para usar suas próprias palavras, "trataram com ele" sobre o pecado de rejeitar a ajuda que a Providência tão manifestamente oferecia. Ele ouviu em silêncio e, por fim, prometeu consultar o médico.

– Se for a vontade de Deus – disse o reverendo Dimmesdale quando, em cumprimento a essa promessa, solicitou o conselho profissional do velho Roger Chillingworth –, ficarei bem contente de que meu trabalho, minhas tristezas, meus pecados e minhas dores em breve acabem comigo, e que o que é mundano nelas seja enterrado em meu túmulo e o espiritual vá comigo para minha casa eterna, em vez de o senhor colocar suas habilidades à prova em meu favor.

– Ah – respondeu Roger Chillingworth com aquela quietude que, imposta ou natural, marcava todo o seu comportamento –, então é assim que um jovem clérigo fala. Os jovens, não tendo criado raízes profundas, desistem da vida tão facilmente! E os homens santos, que andam com Deus na Terra, de bom grado partiriam para caminhar com Ele nas calçadas douradas da Nova Jerusalém.

– Não – respondeu o jovem ministro, pousando a mão no coração, com um esgar de dor –, se eu fosse mais digno de andar por lá, poderia estar mais contente de labutar aqui.

> Na Bíblia, está escrito que a **Nova Jerusalém** vai ser uma cidade que é todinha um templo dedicado ao Deus cristão. Lá os humanos vão viver de boa com o divino e não vai haver dor nem tristeza nem morte.

– Bons homens sempre têm uma ideia muito mesquinha a respeito de si próprios – disse o médico.

Desse modo, o misterioso Roger Chillingworth tornou-se conselheiro médico do reverendo Dimmesdale. Como o médico não se interessasse apenas pela doença, mas estivesse bastante motivado a examinar o caráter e as qualidades do paciente, esses dois homens, de idades tão diferentes, começaram aos poucos a passar muito tempo juntos. Para o bem da saúde do ministro, e para permitir que o médico colhesse plantas com bálsamo curativo, faziam longas caminhadas na praia ou na floresta, misturando várias conversas com o murmúrio das ondas e o hino do vento solene entre as copas das árvores. Do mesmo modo, muitas vezes um era hóspede do outro em seu local de estudo e recolhimento. Da parte do ministro, havia um fascínio pela companhia do homem de ciência, em quem reconhecia um cultivo intelectual de profundidade e escopo não moderados, a par com um alcance e uma liberdade de ideias que em vão teria procurado entre os membros de sua própria profissão. Na verdade, ficou surpreso, senão chocado, ao descobrir esse atributo no médico. O senhor Dimmesdale era um verdadeiro sacerdote, um verdadeiro religioso, com o sentimento de reverência amplamente desenvolvido e uma organização mental que o impelia pelo caminho de uma fé que se aprofundava com o transcorrer do tempo. Em nenhuma sociedade teria sido considerado um homem de opiniões liberais; para ter paz, seria sempre essencial sentir a pressão de uma fé apoiando-o e ao mesmo tempo confinando-o com sua estrutura férrea. Ainda assim, embora com alegria vacilante, sentia-se aliviado de, ocasionalmente, enxergar o universo por meio de outro tipo de intelecto, diferente daqueles com os quais habitualmente dialogava. Era como se uma janela se abrisse para deixar entrar um ar mais fresco no gabinete fechado e abafado em que sua vida se consumia em meio à luz da lamparina ou dos raios de sol obstruídos e ao cheiro de mofo, fosse ele sensorial ou fosse moral, que exalava dos livros. Mas o ar era fresco e frio demais para ser respirado com conforto. Assim, o ministro e o médico recuavam novamente para os limites do que sua igreja definia como ortodoxo.

Portanto, Roger Chillingworth examinava seu paciente cuidadosamente, não apenas como o via na vida cotidiana, mantendo o caminho habitual dos pensamentos que lhe eram familiares, mas também como ele se mostrava quando lançado em outro cenário moral cuja novidade poderia trazer algo diferente à superfície de seu caráter. Ele considerava essencial, ao que parece, conhecer o homem antes de tentar lhe fazer o bem. Onde quer que haja um coração e um intelecto, as doenças do corpo físico são matizadas por suas peculiaridades. Em Arthur Dimmesdale, o pensamento e a imaginação eram tão ativos, e a sensibilidade tão intensa, que a enfermidade corporal provavelmente tinha ali suas fundações. Então Roger Chillingworth – o homem hábil, o médico gentil e amigável – esforçou-se para ir ao âmago de seu paciente, investigando seus princípios, espiando suas lembranças e sondando tudo com um toque cauteloso, como um caçador de tesouros numa caverna escura. Poucos segredos podem escapar a um investigador que tem a oportunidade e a licença para empreender tal missão e a habilidade para persegui-la. Um homem preocupado com um segredo deve evitar, em especial, a intimidade de seu médico. Se este possuir sagacidade inata e algo mais sem nome – chamemos a isso intuição –; se não demonstrar nenhum egoísmo inoportuno, nem características desagradáveis proeminentes; se tiver o poder, que deve ser inato, de estabelecer uma afinidade entre sua mente e a de seu paciente de modo que este, sem saber, fale o que imagina apenas ter pensado; se tais revelações forem recebidas sem tumulto e reconhecidas não com simpatia expressa, mas com silêncio, exalações inarticuladas e uma ou outra palavra, para indicar que tudo foi compreendido; se a essas qualidades de confidente se juntarem às vantagens proporcionadas por seu reconhecido caráter como médico – então, em algum

Âmago > centro, íntimo.

Exalação é a parte da respiração em que a gente solta o ar.

momento inevitável, a alma do sofredor será dissolvida e correrá num fluxo escuro mas transparente, revelando todos os seus mistérios à luz do dia.

Roger Chillingworth possuía todos, ou a maioria, dos atributos acima enumerados. Não obstante, o tempo foi passando; uma espécie de intimidade, como dissemos, cresceu entre essas duas mentes cultas, que tinham um campo tão amplo quanto toda a esfera do pensamento e do estudo humanos para se encontrar; eles discutiam todos os tópicos de ética e religião, assuntos de interesse público e de caráter privado; cada um falava muito de temas que lhe pareciam pessoais; no entanto, nenhum segredo, tal como o médico imaginou que devesse existir ali, jamais escapou da consciência do ministro para o ouvido de seu companheiro. Este tinha suas suspeitas, de fato, de que nem mesmo a natureza da doença física do senhor Dimmesdale lhe tivesse sido justamente revelada. Era uma estranha reserva!

Depois de algum tempo, por sugestão de Roger Chillingworth, os amigos do senhor Dimmesdale providenciaram um arranjo pelo qual os dois seriam alojados na mesma casa; de modo que cada fluxo e refluxo da maré da vida do ministro passasse sob os olhos de seu ansioso e apegado médico. Houve muita alegria em toda a cidade quando esse objetivo foi alcançado. Essa foi considerada a melhor medida possível para o bem-estar do jovem clérigo; na verdade, a menos que, como era sempre instado por aqueles que se sentiam autorizados a fazê-lo, escolhesse uma das muitas donzelas em flor espiritualmente dedicadas a ele para se tornar sua esposa devotada. Entretanto, não havia perspectiva de que Arthur Dimmesdale fosse convencido a dar esse passo; ele rejeitou todas as sugestões, como se o celibato sacerdotal fosse um de seus artigos de disciplina eclesiástica. Condenado por opção própria, portanto, como evidentemente estava o senhor Dimmesdale, a sempre comer o pedaço insosso à mesa de outro e a suportar a vida inteira de frio de quem busca se aquecer apenas na lareira de outro, realmente parecia

---

Instado é o mesmo que pressionado. Instar é pedir com insistência, quase obrigando o outro.

O **celibato dos sacerdotes** é uma regra do catolicismo. Um padre, por exemplo, não pode casar nem transar. Mas isso não existe no protestantismo.

que aquele velho médico sagaz, experiente e benevolente, com seu pacto de amor paternal e reverente pelo jovem pastor, era o homem certo, entre todos os seres humanos, a estar sempre ao alcance de sua voz.

 A nova morada dos dois amigos era a residência de uma viúva piedosa, de boa posição social, que vivia numa casa que ocupava quase todo o local onde a venerável King's Chapel foi depois construída. De um lado havia o cemitério, originalmente o lote de Isaac Johnson, e por isso um lugar propício a evocar no ministro e no médico reflexões sérias, adequadas a suas respectivas ocupações. Com cuidado maternal, a boa viúva designou ao senhor Dimmesdale um aposento na frente, ensolarado, com pesadas cortinas nas janelas para criar uma sombra ao meio-dia, quando desejável. As paredes eram decoradas com tapeçarias, supostamente dos teares de Gobelin, que representavam a história bíblica de Davi e Betsabé, e de Natã, o profeta, em cores ainda vivas, mas que tornavam a bela mulher da cena quase tão sombriamente pitoresca quanto o vidente que denuncia a desgraça. Ali o pálido clérigo instalou sua biblioteca, rica em fólios encadernados em pergaminho dos padres, na tradição dos rabinos e na erudição monástica da qual os teólogos protestantes, mesmo enquanto difamavam e criticavam aquela classe de escritores, ainda eram frequentemente obrigados a se valer. No outro lado da casa, o velho Roger Chillingworth organizou seu gabinete e laboratório; não o que um homem de ciência moderno consideraria minimamente completo, mas um provido de aparelho de destilação e dos meios de combinar drogas e produtos químicos, que o alquimista experiente sabia muito bem como usar. Nessa situação cômoda, esses dois eruditos se estabeleceram cada um em seu próprio domínio, mas passando de um aposento para o outro com familiaridade e procedendo a uma inspeção mútua e interessada nos negócios um do outro.

A **King's Chapel** (Capela do Rei) foi construída em 1688 como a primeira igreja anglicana da região da Nova Inglaterra, sendo também a primeira igreja de Boston que não era puritana.

No comecinho do século XVII, a família **Gobelin** abriu uma fábrica de tapeçaria na França que virou um sucesso enorme, perdurando até hoje. Na época do livro, era moda fazer tapetes mostrando cenas da Bíblia e colocar aquilo na parede, porque era bonito e porque ajudava a aquecer o cômodo. Aqui o tapete mostrava o lance em que o rei **Davi** de Israel estava tendo um caso com a **Betsabé**, que era casada com Urias, e como **Natã** chegou lá pro rei e disse que a majestade estava agindo errado.

Os **fólios** são livros impressos em um papel maior que o A4, o que era o normal até o começo do século XVI.

Refutação > contestação, réplica.

Em 1606, **Thomas Overbury** virou secretário e conselheiro de Robert Carr, um chegado do rei Jaime I da Inglaterra. Demorou nada e o Robert apareceu apaixonadão por Frances Howard, que, no entanto, já era casada mas estava se divorciando pra casar com o Carr. O problema é que o Thomas não queria aquilo, não, achava que aquela união ia melar a vida do patrão. O caldo esquentou a ponto de ele ir parar na prisão, onde foi envenenado aos pouquinhos até a morte. A suspeita recaiu, então, sobre Carr, Frances e uma amiga dela. E, de fato, todos acabaram condenados. Então o astrólogo e alquimista Simon **Forman** (1552-1611) foi acusado de ser o fornecedor dos produtinhos envenenadores do Overbury. Mas nunca foi a julgamento, porque ele já estava morto fazia uns quatro anos quando o tribunal estava lidando com o caso. A suposta prova contra ele era uma carta escrita bem antes para o doutor pela Frances Howard pedindo uns preparados para diminuir a força do amor do marido e aumentar a paixão do Robert Carr por ela.

Os amigos mais sensatos do reverendo Arthur Dimmesdale, como sugerimos, imaginaram, muito razoavelmente, que a mão da Providência tinha feito tudo isso com o propósito – suplicado em tantas orações públicas, domésticas e secretas – de restaurar a saúde do jovem ministro. Mas – agora deve ser dito – outra parte da comunidade passara, recentemente, a ter uma visão diferente da relação entre o senhor Dimmesdale e o velho médico misterioso. Quando uma multidão ignorante tenta ver com os olhos, é extremamente capaz de ser enganada. Entretanto, quando forma seu julgamento, como em geral faz, a partir da intuição de seu grande e caloroso coração, as conclusões assim alcançadas costumam ser tão profundas e infalíveis que possuem o caráter de verdades reveladas sobrenaturalmente. No caso do qual falamos, o povo não poderia justificar seu preconceito contra Roger Chillingworth com nenhum fato ou argumento digno de séria refutação. Havia um artesão idoso, é verdade, que era cidadão de Londres na época do assassinato de Sir Thomas Overbury, cerca de trinta anos antes; ele afirmava ter visto o médico sob algum outro nome, que o narrador da história agora esqueceu, na companhia do doutor Forman, o velho e famoso feiticeiro envolvido no caso Overbury. Duas ou três pessoas insinuaram que, durante o cativeiro indígena, o perito ampliara suas credenciais médicas ao aderir aos encantamentos dos sacerdotes selvagens, que eram universalmente reconhecidos como feiticeiros poderosos, capazes de realizar curas milagrosas graças ao domínio da magia negra. Um grande número de pessoas – e muitas eram tão sensatas e observadoras que em outros assuntos sua opinião teria sido valiosa – afirmava que a aparência de Roger Chillingworth sofrera uma mudança notável desde que ele se mudara para a cidade, em especial desde que passara a residir com o senhor Dimmesdale. A princípio, sua expressão era calma, meditativa, de um estudioso. Agora, havia em seu rosto algo feio e maligno, algo que eles não tinham notado antes, mas que ficava ainda mais óbvio quanto mais o olhavam. Segundo se dizia, o fogo de seu laboratório fora trazido das regiões inferiores e alimentado com o combustível do inferno; e assim, como era de esperar, seu rosto estava ficando sujo com a fuligem da fumaça.

Para resumir a questão, passou a ser uma opinião amplamente difundida que o reverendo Arthur Dimmesdale, como muitos outros personagens de santidade especial, em todas as eras do mundo cristão, estava assombrado pelo próprio Satanás, ou pelo emissário de Satanás sob o disfarce do velho Roger Chillingworth. Por um período, esse agente diabólico teve a permissão divina para penetrar na intimidade do clérigo e conspirar contra sua alma. Nenhum homem sensato, dizia-se, duvidava de qual lado sairia vitorioso. O povo aguardava, com esperança inabalável, que o ministro saísse do conflito transfigurado pela glória que sem dúvida conquistaria. Enquanto isso, entretanto, era triste pensar na agonia talvez mortal que teria de enfrentar para alcançar seu triunfo.

Infelizmente, a julgar pela tristeza e pelo terror nas profundezas dos olhos do pobre ministro, a batalha era difícil e a vitória, tudo menos certeira.

X
O MÉDICO E SEU PACIENTE

AO LONGO DA VIDA, o velho Roger Chillingworth teve um temperamento calmo e gentil, embora não caloroso, mas sempre fora, em todas as suas relações com o mundo, um homem puro e justo. Ele havia começado uma investigação, como imaginava, com a integridade justa e severa de um juiz desejoso apenas da verdade, como se a questão envolvesse somente as linhas e as figuras imaginárias de um problema geométrico, em vez de paixões humanas e injustiças autoinfligidas. No entanto, conforme avançava, um terrível fascínio, uma espécie de necessidade feroz, embora ainda calma, apoderou-se do velho com suas garras e não o libertaria até que tivesse cumprido todas as suas exigências. Ele agora escavava o coração do pobre clérigo como um mineiro em busca de ouro; ou melhor, como um coveiro que mergulhasse numa tumba, possivelmente em busca de uma joia que havia sido enterrada no peito do morto, mas que provavelmente não viesse a encontrar nada exceto morte e corrupção. Ai de sua própria alma se fosse isso que ele buscava!

Às vezes, uma luz brilhava nos olhos do médico, queimando azul e sinistra como o reflexo de uma fornalha, ou, digamos, como uma daquelas línguas de fogo assustadoras que saíam do terrível portal de Bunyan, na encosta da montanha, e tremulavam no rosto do peregrino. O solo onde esse mineiro sinistro trabalhava talvez tivesse mostrado indícios que o encorajaram.

> **Autoinfligido** > aplicado contra si mesmo.

> John **Bunyan** foi um pregador inglês que passou duas temporadas atrás das grades porque se recusava a seguir a religião anglicana, decretada pelo rei como obrigatória. Nessas visitas ao cadeião, John aproveitou o tempo pra escrever *O peregrino*, publicado em 1678. Nele, rola a história de um cristão enfrentando tudo quanto é tipo de coisa ruim enquanto vai da Cidade da Destruição para a Cidade Celestial. Caramba, que sucesso o livro fez! E dentre os desafios que o personagem tem que encarar está um portal em chamas.

— Este homem — dizia ele a si próprio num desses momentos —, puro como o consideram, todo espiritual como parece, herdou uma forte natureza animal de seu pai ou de sua mãe. Vamos escavar um pouco mais na direção desse veio!

Então, após longa busca no interior obscuro do ministro, durante a qual descobriu muitos materiais preciosos na forma de altas aspirações para o bem-estar de sua raça, de amor caloroso pelas almas, de sentimentos puros e de piedade natural, tudo fortalecido pelo pensamento e o estudo, e iluminado pela revelação — todo esse ouro inestimável talvez não fosse mais do que lixo para o minerador —, ele voltava, desanimado, e começava sua busca em outra direção. Tateou tão furtivamente, com um passo tão cauteloso e um olhar tão preocupado quanto os de um ladrão que entrasse no quarto de um homem meio adormecido — ou talvez bem acordado — com o propósito de roubar o tesouro que esse homem guarda como a menina dos seus olhos. Apesar do premeditado cuidado, o chão rangeria de vez em quando; suas vestes farfalhariam; a sombra de sua presença, numa proximidade proibida, seria lançada sobre a vítima. Em outras palavras, o senhor Dimmesdale, cuja sensibilidade nervosa frequentemente produzia o efeito da intuição espiritual, tornou-se vagamente consciente de que algo hostil à sua paz havia se colocado em seu caminho. Mas o velho Roger Chillingworth também tinha percepções que eram quase intuitivas; quando o ministro lançou seu olhar espantado para ele, lá estava o médico sentado; seu amigo gentil, vigilante, solidário, mas nunca intrusivo.

No entanto, o senhor Dimmesdale talvez tivesse enxergado o caráter desse indivíduo com mais perfeição se uma certa morbidez, à qual estão sujeitos os corações doentes, não o tivesse tornado desconfiado de toda a humanidade. Como não confiava na amizade de ninguém, não pôde reconhecer seu inimigo quando este realmente apareceu. Portanto, continuava a manter uma relação íntima com ele, recebendo diariamente o velho médico em seu gabinete; ou visitando o laboratório dele e, por

---

A **menina dos olhos** é a pupila, aquela parte escura bem no centro da colorida íris, e que controla quanta luz passa ou não por ali para formar as imagens que vemos. Aqui, significa a parte mais valiosa ou importante.

diversão, observando os processos pelos quais as ervas eram convertidas em drogas potentes.

Um dia, apoiando a testa na mão e o cotovelo no parapeito da janela aberta que dava para o cemitério, ele conversou com Roger Chillingworth, enquanto o velho examinava um ramo de plantas feias.

– Onde – perguntou, olhando de soslaio para as plantas, pois uma peculiaridade do clérigo era que, naqueles dias, ele quase nunca olhava diretamente para qualquer objeto, fosse humano ou inanimado –, onde, meu amável médico, colheu essas ervas, de folhas tão escuras e flácidas?

– No cemitério aqui perto – respondeu o médico, continuando seu serviço. – São novidade para mim. Encontrei-as crescendo numa sepultura que não trazia nenhuma lápide, nem outro memorial do homem morto, exceto estas feias ervas, que se encarregaram de mantê-lo na memória. Elas brotaram de seu coração e representam, talvez, algum segredo hediondo que foi enterrado com ele e que deveria ter confessado em vida.

Hediondo > horrível, pavoroso.

– Talvez – disse Dimmesdale – ele o desejasse sinceramente, mas não tenha conseguido.

– E por quê não? – retrucou o médico. – Por que, visto que todos os poderes da natureza clamam tão francamente pela confissão do pecado, não teriam estas ervas negras nascido de um coração enterrado para tornar manifesto um crime silenciado?

– Isso, bom senhor, é apenas uma fantasia sua – respondeu o ministro. – Não existe, se não me engano, nenhum poder, exceto a misericórdia divina, capaz de revelar, seja por palavras proferidas, seja por símbolos ou emblemas, os segredos enterrados com um coração humano. O coração, sendo culpado de tais segredos, deve forçosamente guardá-los até o dia em que todas as coisas ocultas serão reveladas. Minha leitura e minha interpretação das Sagradas Escrituras não me dão a entender que a revelação dos pensamentos e dos atos humanos deve fazer parte da punição. Essa, certamente, é uma visão superficial. Não; essas revelações, a menos que eu me engane muito, destinam-se meramente a promover a satisfação intelectual de todos os seres inteligentes que estarão esperando, nesse dia, para ver esclarecido o sombrio problema desta vida. O conhecimento do coração dos homens é necessário para a solução completa do problema. Imagino, além disso, que os corações que guardam tais segredos miseráveis, como o senhor diz, os entreguem, naquele último dia, não com relutância, mas com uma alegria impronunciável.

– Então por que não os revelar aqui? – perguntou Roger Chillingworth, olhando calmamente para o ministro. – Por que os culpados não deveriam se valer desse consolo impronunciável?

– A maioria o faz – disse o clérigo, apertando o peito com força, como se sofresse uma palpitação dolorosa e importuna. – Muitas, muitas pobres almas confiaram em mim, não apenas no leito de morte, mas em vida, enquanto fortes e de reputação imaculada. E sempre, depois de tal transbordamento, que alívio testemunhei nesses irmãos pecadores! Do mesmo modo que naquele que finalmente inspira ar puro depois de muito sufocar com seu próprio hálito impuro. Como poderia ser diferente? Por que um infeliz, culpado, digamos, de assassinato, prefere manter o cadáver enterrado em seu próprio coração em vez de jogá-lo fora de uma vez por todas e deixar que o universo cuide dele?

– Mas alguns homens escondem assim seus segredos – observou o calmo médico.

– É verdade, existem esses homens – respondeu o senhor Dimmesdale. – Mas, para não sugerir razões mais óbvias, pode ser que sejam calados pela própria constituição de sua natureza. Ou... não podemos supor?... por mais culpados que sejam, não obstante conservam um zelo pela glória de Deus e pelo bem-estar da humanidade, e evitam se exibir odiosos e imundos aos olhos de todos; porque, daí em diante, não poderão alcançar nenhum bem; nenhum mal do passado poderá ser redimido por um serviço melhor. Então, para seu próprio tormento indizível, eles vivem entre seus semelhantes como se fossem puros como a neve

Redimido > perdoado por meio de uma compensação.

recém-caída, enquanto seu coração está salpicado e manchado com uma iniquidade da qual não conseguem se livrar.

– Esses homens se enganam – disse Roger Chillingworth com um pouco mais de ênfase do que o normal e fazendo um leve gesto com o indicador. – Temem assumir a vergonha que lhes pertence por direito. Seu amor pela humanidade, seu zelo pelo serviço de Deus... esses impulsos sagrados podem ou não coexistir em seu coração com os habitantes malignos aos quais a culpa destravou a porta, os quais propagarão dentro deles uma raça infernal. Mas, se procuram glorificar a Deus, que não levantem para o Céu as mãos impuras! Se querem servir a seus semelhantes, que o façam tornando manifestos o poder e a realidade da consciência, constrangendo-os à humilhação penitencial! Quer que eu acredite, ó sábio e piedoso amigo, que um falso espetáculo pode ser melhor, mais favorável para a glória de Deus ou o bem-estar da humanidade do que a própria verdade de Deus? Acredite em mim, esses homens se enganam!

> **Penitencial**, aqui, quer dizer referente ao arrependimento.

– Pode ser – disse o jovem clérigo, indiferente, rejeitando uma discussão que considerava irrelevante ou inadequada. Ele tinha o dom, de fato, de rapidamente escapar de qualquer assunto que agitasse seu temperamento muito sensível e nervoso. – Mas, agora, eu perguntaria ao meu habilidoso médico se ele considera que tirei proveito de seu cuidado gentil com este meu corpo fraco?

Antes que Roger Chillingworth pudesse responder, eles ouviram a risada clara e travessa de uma criança, vinda do cemitério adjacente. Olhando instintivamente pela janela aberta, pois era verão, o ministro viu Hester Prynne e a pequena Pearl passando ao longo da trilha que atravessava o cercado. Pearl parecia tão bonita quanto o dia, mas estava naquele humor de alegria perversa que, sempre que surgia, parecia retirá-la inteiramente da esfera da simpatia ou do contato humanos. Ela agora pulava irreverentemente de um túmulo a outro, até que, chegando à lápide larga e plana de um digno falecido – talvez do próprio Isaac Johnson –, na qual havia um escudo de armas, começou

> Lembra como o **escudo de armas** representa os grandes feitos de alguém ou de uma família? A sepultura aí, então, era de alguma pessoa graúda na estrutura social.

a dançar em cima dela. Em resposta à ordem e à súplica da mãe para que se comportasse de modo mais decoroso, a pequena Pearl fez uma pausa para recolher os carrapichos espinhosos de uma bardana alta que crescia ao lado do túmulo. Pegando um punhado deles, arrumou-os ao longo das linhas da letra escarlate que decorava o peito materno, à qual as rebarbas, como era de sua natureza, aderiram tenazmente. Hester não as arrancou.

Roger Chillingworth já havia se aproximado da janela e sorria sombriamente.

– Não há lei, nem reverência pela autoridade, nem consideração pelas regras ou opiniões humanas, certas ou erradas, na composição dessa criança – observou ele, tanto para si próprio quanto para o companheiro. – Eu a vi, outro dia, respingar água no próprio governador, no cocho dos animais em Spring Lane. Em nome do Céu, o que é essa menina? Um demônio totalmente mau? Terá afeições? Terá algum princípio que se possa descobrir?

– Nenhum, exceto a liberdade de uma lei violada – respondeu o senhor Dimmesdale com tranquilidade, como se estivesse discutindo o assunto consigo. – Se é capaz de algum bem, não sei.

A menina provavelmente escutou a voz deles; pois, olhando para a janela com um sorriso radiante de alegria e inteligência, mas travesso, ela jogou um dos carrapichos espinhosos no reverendo Dimmesdale. O sensível clérigo encolheu-se, nervoso e apavorado, diante do leve projétil. Percebendo sua reação, Pearl bateu palmas, no mais extravagante êxtase. Hester Prynne também tinha erguido os olhos involuntariamente; e os quatro, velhos e jovens, olharam-se em silêncio, até que a criança riu alto e gritou:

– Venha, mamãe! Venha ou aquele velho estranho vai pegá-la! Ele já conseguiu apanhar o ministro. Venha, mamãe, ou ele vai pegá-la! Mas ele não pode pegar a pequena Pearl!

Assim, ela afastou a mãe e começou a saltar, dançar e girar de modo excêntrico entre os montículos dos mortos, como uma criatura que nada tivesse em comum com a geração passada e enterrada nem a considerasse sua semelhante.

Êxtase > estado de maravilhamento, enlevo.

Montículo é um monte pequeno, morrinho. Neste caso, da terra jogada por cima do caixão enterrado.

Era como se ela tivesse sido feita do nada, a partir de novos elementos, e devesse forçosamente ter permissão para viver a própria vida com leis próprias, sem que suas excentricidades lhe fossem imputadas como crimes.

Excentricidade é um comportamento original ou esquisito, loucurinha.

– Lá vai uma mulher que – recomeçou Roger Chillingworth, após uma pausa – sejam quais forem seus deméritos, nada tem daquele mistério de pecados ocultos que se considera tão doloroso suportar. Hester Prynne é menos infeliz, o senhor acha, por causa daquela letra escarlate no peito?

Demérito > desmerecimento, descrédito.

– Eu realmente acredito nisso – respondeu o clérigo. – Mesmo assim, não posso responder por ela. Havia uma expressão de dor em seu rosto que eu gostaria de ter sido poupado de ver. Mas, ainda assim, penso que deve ser melhor para o sofredor ser livre para mostrar sua dor, como é o caso da pobre Hester, do que esconder tudo no coração.

Houve outra pausa; e o médico começou novamente a examinar e organizar as plantas que havia colhido.

– Há pouco o senhor me perguntou – disse ele, por fim – minha opinião quanto à sua saúde.

– Sim – respondeu o clérigo –, e ficaria feliz em saber. Fale francamente, eu lhe peço, seja sobre a vida seja sobre a morte.

– Para falar com franqueza, então, e de maneira direta – disse o médico, ainda ocupado com as plantas, mas mantendo um olhar cauteloso no senhor Dimmesdale –, trata-se de um estranho distúrbio; não tanto em si mesmo, nem pelo modo como se manifestou exteriormente até agora, pelo menos no que diz respeito aos sintomas que foram expostos à minha observação. Olhando diariamente para o senhor e observando os sinais em sua aparência durante meses, eu deveria considerá-lo um homem muito doente talvez, mas não tão doente que um médico instruído e atento não pudesse ter esperança de curá-lo. Porém... não sei o que dizer... a doença me parece familiar, mas não sei qual é.

– Fala por enigmas, doutor – disse o pálido ministro, olhando para o lado, através da janela.

– Então, para falar mais claramente – continuou o médico –, e imploro seu perdão, senhor, caso lhe pareça necessário pedir perdão, pela clareza imprescindível de meu discurso. Deixe-me perguntar-lhe... como amigo, como o encarregado, abaixo da Providência, de sua vida e seu bem-estar físico... tudo o que está relacionado a esse distúrbio foi francamente exposto e relatado a mim?

– Como pode questionar isso? – indagou o ministro. – Certamente seria uma brincadeira de criança chamar um médico e depois esconder a ferida!

– O senhor me diria, então, que sei tudo? – perguntou Roger Chillingworth deliberadamente, fixando no rosto do ministro um olhar perspicaz, de inteligência intensa e concentrada. – Muito bem! Mas novamente! Aquele a quem apenas o mal exterior e físico é revelado muitas vezes conhece apenas metade do mal que é chamado a curar. Uma doença física, que consideramos completa e íntegra em si mesma, pode, afinal, ser apenas o sintoma de alguma enfermidade espiritual. Perdoe-me, mais uma vez, bom senhor, se minhas palavras o ofendem. O senhor, de todos os homens que conheci, é aquele cujo corpo é o mais estreitamente unido, imbuído e identificado, por assim dizer, ao espírito do qual é instrumento.

– Então não preciso perguntar mais nada – disse o clérigo, levantando-se um tanto apressadamente da cadeira. – O senhor não lida, suponho, com remédios para a alma!

– Portanto, uma doença – continuou Roger Chillingworth sem alterar a voz, sem dar atenção à interrupção, mas levantando-se e confrontando o ministro magro e pálido com seu corpo baixo, moreno e deformado –, uma doença, um local dolorido, se assim podemos chamá-lo, no espírito, tem imediatamente uma manifestação correspondente no corpo. O senhor quer que o médico cure o mal do corpo? Como pode ser, a menos que primeiro abra para ele a ferida ou o problema em sua alma?

– Não! Não para o senhor! Não para um médico terreno! – gritou o reverendo Dimmesdale agitadamente, fitando o velho Roger Chillingworth com olhos arregalados,

---

Perspicaz > inteligente, esperto.

nos quais havia uma espécie de ferocidade. – Não para o senhor! Se for uma doença da alma, entrego-me ao único médico da alma! Se for Sua vontade, Ele pode curar; ou matar! Que Ele faça de mim, em Sua justiça e sabedoria, o que achar melhor. Mas quem é o senhor para se intrometer nesse assunto? Para ousar colocar-se entre o sofredor e o seu Deus?

Com um gesto furioso, o ministro saiu rapidamente da sala.

"Foi bom ter dado esse passo", disse Roger Chillingworth para si próprio, seguindo o ministro com os olhos e um sorriso sério. "Nada se perdeu. Em breve seremos amigos novamente. Mas veja como a paixão se apodera desse homem e o tira de si! Tal como acontece com uma paixão, também com outra! O piedoso senhor Dimmesdale já fez algo terrível por causa da paixão ardente de seu coração!"

Não foi difícil restabelecer a intimidade dos dois companheiros, na mesma base e no mesmo grau de antes. Depois de algumas horas de privacidade, o jovem clérigo percebeu que o transtorno nervoso o levara a uma explosão de raiva indecorosa, para a qual as palavras do médico não serviam de justificativa ou atenuante. Ele se surpreendeu, de fato, com a violência com a qual havia repelido o bondoso velho, que simplesmente oferecera o conselho que era seu dever dar, e que o próprio ministro havia expressamente solicitado. Tomado de remorso, não perdeu tempo em pedir as mais amplas desculpas e implorou ao amigo que continuasse com o tratamento que, se não conseguira restaurar sua saúde, fora, com toda a probabilidade, o meio de prolongar sua frágil existência até então. Roger Chillingworth concordou prontamente e continuou na supervisão médica do ministro, fazendo o possível por ele de boa-fé, mas sempre saindo do aposento do paciente, ao final da consulta, com um sorriso misterioso e intrigado nos lábios. Essa expressão era invisível na presença do senhor Dimmesdale, mas ficava bastante evidente quando o médico cruzava a soleira.

"Um caso raro!", murmurou ele. "Preciso examiná-lo mais profundamente. Uma estranha ligação entre corpo e alma! Devo pesquisar esse assunto a fundo, ainda que seja apenas em prol da ciência!"

Aconteceu que, não muito depois de registrada a cena acima, o reverendo Dimmesdale caiu inesperadamente num sono profundo, sentado em sua cadeira, ao meio-dia, com um grande volume em letras góticas aberto sobre a mesa diante de si. Devia ser uma obra de grande habilidade na escola da literatura sonífera. A profundidade do repouso do ministro era ainda mais notável porque ele era uma daquelas pessoas cujo sono costuma ser tão leve, tão intermitente e tão facilmente espantado quanto um passarinho a pular num galho. Entretanto, havia se recolhido de tal maneira que não se moveu na cadeira quando o velho Roger Chillingworth, sem precaução extraordinária alguma, entrou no aposento. O médico avançou diretamente até a frente do paciente, pôs a mão em seu peito e afastou a vestimenta que, até então, sempre o cobrira, até mesmo aos olhos do profissional.

Então, de fato, o senhor Dimmesdale estremeceu e enrijeceu ligeiramente.

Após uma breve pausa, o médico se afastou.

Mas com que olhar selvagem de admiração, alegria e horror! Com que arrebatamento medonho, por assim dizer, poderoso demais para ser expresso apenas pelos olhos e pelas feições, e que, portanto, irrompia por toda a feiura de sua figura e se manifestava desenfreadamente por gestos extravagantes, como levantar os braços em direção ao teto e bater o pé no chão! Quem visse o velho Roger Chillingworth naquele momento de êxtase não teria necessidade de perguntar como Satanás se comporta quando uma preciosa alma humana, perdida para o Céu, entra em seu reino.

Mas o que distinguia o êxtase do médico do de Satanás era sua expressão de assombro!

Antes da invenção da máquina de imprimir, os livros eram copiados a mão pelos escribas, que eram monges. Esses sujeitos adoravam usar um alfabeto de traços retos, com letras chamadas de **góticas**, fáceis de desenhar e um pouco diferentes das letrinhas romanas. Como o alfabeto romano era muito usado nas coisas ligadas ao catolicismo, quando o protestantismo surgiu o pessoal dessa outra linha fez questão de usar a letra gótica, pra marcar a diferença com os católicos.

Intermitente é aquilo que vai e vem, sem ser constante.

XI
O INTERIOR DE UM CORAÇÃO

DEPOIS DESSE ÚLTIMO incidente, o relacionamento entre o clérigo e o médico passou a ter um caráter diferente, ainda que aparentemente fosse o mesmo. Roger Chillingworth tinha agora um caminho bem claro à sua frente, embora, na verdade, não fosse exatamente o que ele havia planejado trilhar. Calmo, gentil, aparentemente desapaixonado, ainda havia naquele velho infeliz, temermos, um rancor profundo e silencioso, que, antes latente, agora o levava a imaginar uma vingança mais pessoal do que qualquer mortal jamais teria infligido a um inimigo. Tornar-se o único amigo de confiança, a quem se deve confidenciar todo o medo, o remorso, a agonia, o arrependimento fútil, a lembrança de pensamentos pecaminosos expulsos em vão! Toda a tristeza, toda a culpa escondida do mundo, cujo grande coração teria lamentado e perdoado, revelados a ele, o Impiedoso, a ele, o Vingativo! Todo aquele tesouro obscuro despejado no homem no qual nada mais poderia aplacar o desejo de vingança!

 A reserva tímida e sensível do clérigo frustrara esse plano. Roger Chillingworth, no entanto, não pareceu insatisfeito com o rumo que, pelas mãos da Providência – que usava o vingador e sua vítima para seus próprios fins, perdoando quando parecia punir –, o assunto tinha tomado em substituição a seus propósitos sinistros. Uma revelação, ele quase poderia dizer, lhe havia sido concedida. Pouco importava, para seu objetivo, se era celestial ou se vinha de alguma outra região. Com a ajuda dela, em todos os contatos subsequentes entre ele e o senhor

Dimmesdale, não apenas o aspecto externo do ministro, mas o âmago de sua alma, pareciam ser revelados diante de seus olhos, de modo que ele pudesse ver e compreender cada movimento. Daí em diante, o médico se tornou não apenas um espectador, mas o ator principal no mundo interior do pobre ministro. Podia manipulá-lo como quisesse. Queria despertá-lo com uma palpitação de agonia? A vítima vivia sob tortura, bastava conhecer a mola que acionava o mecanismo – e o médico bem sabia disso! Desejava assustá-lo com um medo repentino? Como num passe de mágica, surgia um fantasma medonho – surgiam mil fantasmas, em muitas formas: de morte ou da mais terrível vergonha, todos se aglomerando ao redor do clérigo, apontando o dedo para seu peito!

Tudo isso era realizado com tal sutileza que o ministro, embora tivesse constantemente a vaga sensação de estar sob influência maligna, não conseguia entender sua verdadeira natureza. Sim, ele olhava com dúvida, com medo – às vezes até com horror e a amargura do ódio –, para a figura deformada do velho médico. Seus gestos, seu andar, sua barba grisalha, seus atos mais sutis e indiferentes, o próprio estilo de seus trajes eram odiosos aos olhos do clérigo; sinais implícitos e confiáveis de que este nutria pelo outro uma antipatia mais profunda do que estava disposto a reconhecer. Pois, como era impossível atribuir um motivo para tanta desconfiança e repulsa, o senhor Dimmesdale, consciente de que o veneno de uma parte doente de seu coração o estava infectando por inteiro, atribuía todos os seus pressentimentos a essa mesma causa. Repreendeu-se por sua antipatia em relação a Roger Chillingworth, ignorou a lição que deveria ter tirado dela e fez o possível para erradicá-la. Incapaz disso, no entanto, por uma questão de princípio manteve seus hábitos de intimidade social com o velho, e assim lhe deu oportunidades constantes de aperfeiçoar o propósito ao qual – pobre criatura abandonada que era, e mais miserável do que sua vítima – o vingador se havia dedicado.

Enquanto seu corpo padecia, roído e torturado por alguma sombria enfermidade da alma e entregue às maquinações de seu inimigo mais mortal, o reverendo Dimmesdale alcançou grande popularidade em seu ofício sagrado. E o fez, de fato, em grande medida graças a suas tristezas. Seus dotes intelectuais, seu entendimento da moral, seu poder de experimentar e comunicar emoções eram mantidos num estado de atividade sobrenatural pela aflição e pela angústia de seu cotidiano. Sua fama, embora ainda em ascensão, já ofuscava a reputação mais sóbria de seus colegas religiosos, por mais eminentes que fossem. Havia, entre eles, eruditos que tinham passado mais anos estudando os obscuros temas relacionados ao seu ofício divino do que o senhor Dimmesdale tinha de vida; e que poderiam muito bem ser mais profundamente versados em realizações mais sólidas e valiosas do que as de seu irmão mais jovem. Havia, também, homens de constituição mental mais robusta que a dele, dotados de uma capacidade de compreensão muito maior, sólida, forjada em ferro ou granito, algo que, devidamente combinado com a proporção justa da doutrina, resultava numa variedade bastante respeitável, eficaz e desagradável da espécie clerical. Também havia os verdadeiros padres santos, cujas habilidades tinham sido desenvolvidas pelo árduo trabalho entre os livros e pelo pensamento paciente, e, ademais, tornadas etéreas graças à comunicação espiritual com o mundo superior, no qual, ainda com suas vestes mortais, sua pureza de vida quase os havia introduzido. Faltava-lhes apenas o dom que, no Pentecostes, baixara sobre os discípulos escolhidos na forma de línguas de fogo, que simbolizavam, ao que parece, não o poder de falar línguas estrangeiras e desconhecidas, mas o de se dirigir a toda a fraternidade humana na língua nativa do coração. Esses sacerdotes, de outra maneira tão apostólicos, careciam do último e mais raro atestado celestial de seu ofício, a Língua de Fogo. Eles teriam procurado em vão – se tivessem sonhado fazê-lo – expressar as verdades

Maquinação é uma trama para fazer algo ruim, conspiração do mal.

O **Pentecostes** é uma celebração cristã que ocorre sete dias depois da Páscoa, que é quando o Espírito Santo teria baixado sobre os apóstolos na forma de umas **línguas de fogo** – uma coisa da Bíblia e que é um lance de se conectar tanto com o divino que a pessoa começa até a falar idiomas que não existem.

mais elevadas pelo humilde meio de palavras e imagens comuns. Sua voz descia, distante e indistinta, das alturas onde eles habitualmente residiam.

Não é improvável que fosse a essa última classe de homens que o senhor Dimmesdale, graças a vários traços de caráter, naturalmente pertencesse. Ele teria escalado os altos picos das montanhas da fé e da santidade se a tendência não tivesse sido frustrada pelo fardo, fosse de crime, fosse de angústia, sob o qual estava condenado a cambalear. Isso o mantinha prostrado, no nível dos mais baixos; ele, o homem de atributos etéreos, cuja voz os anjos podiam ouvir e à qual podiam responder! Mas era esse mesmo fardo que o fazia ter tanta empatia pelos pecadores da humanidade, de forma que seu coração vibrava em uníssono com o deles e acolhia a sua dor; e enviava sua própria pulsação de dor através de milhares de outros corações, em jatos de eloquência melancólica e persuasiva. Muitas vezes persuasiva, mas às vezes terrível! As pessoas não percebiam o poder que assim as movia. Consideravam o jovem clérigo um milagre de santidade, imaginavam-no o porta-voz das mensagens celestiais de sabedoria, arrependimento e amor. Aos olhos delas, o próprio solo em que o senhor Dimmesdale pisava era santo. As virgens de sua igreja empalideciam ao seu redor, vítimas de uma paixão tão imbuída de sentimento religioso que, imaginando que fosse apenas religião, elas a traziam abertamente, em seus seios alvos, como o sacrifício mais precioso diante do altar. Os membros idosos do rebanho, vendo o corpo do senhor Dimmesdale tão frágil, enquanto eles próprios eram tão resistentes à enfermidade, acreditavam que ele iria para o Céu antes de todos e ordenavam aos filhos que seus velhos ossos fossem enterrados perto da santa sepultura do jovem pastor. Por acaso, todo esse tempo, quando o pobre senhor Dimmesdale pensava em seu túmulo, ele se indagava se um dia a grama cresceria nele, porque algo maldito estaria enterrado ali!

É inconcebível a agonia com que essa veneração pública o torturava! Era seu impulso genuíno adorar a verdade e con-

---

Prostrado > abatido, debilitado, desanimado.

Empatia é a capacidade que às vezes a gente tem de compreender uma outra pessoa, mesmo que ela seja bem diferente.

Estar **em uníssono** é estar em comunhão, na mesma *vibe*. Cantar em uníssono é todos cantarem no mesmo tom, sem segunda voz.

Inconcebível > inimaginável, inexplicável.

siderar como sombras, completamente desprovidas de peso ou valor, tudo aquilo que não tivesse uma essência divina, uma vida dentro da vida. O que era ele, então? Uma substância? Ou a mais escura de todas as sombras? Ele ansiava por falar, do próprio púlpito, em alto e bom som, e dizer ao povo quem era. "Eu, a quem vocês veem nestas vestes negras do sacerdócio, eu, que subo ao altar sagrado e volto meu rosto pálido para o Céu, assumindo a tarefa de dar a comunhão, em seu nome, com a Altíssima Onisciência; eu, em cuja vida diária se discerne a santidade de Enoque; eu, cujas pegadas, como se supõe, deixam um rastro ao longo de minha trilha terrena, por onde os peregrinos que virão depois de mim poderão ser guiados para a região dos abençoados; eu, que impus a mão do batismo sobre seus filhos; eu, que sussurrei a oração de despedida sobre seus amigos moribundos, a quem o Amém soou fracamente de um mundo que eles haviam abandonado; eu, seu pastor, a quem vocês tanto reverenciam e confiam, sou completamente impuro e mentiroso!"

Mais de uma vez o senhor Dimmesdale subiu ao púlpito com o propósito de não descer seus degraus até que tivesse pronunciado palavras como as anteriores. Mais de uma vez limpou a garganta, inspirou profundamente e, ao expirar, imaginou que o ar viria carregado com o segredo lúgubre de sua alma. Mais de uma vez – ou melhor, mais de cem vezes – ele realmente falou! Falou! Mas como? Disse a seus ouvintes que era completamente vil, um vil companheiro dos mais vis, o pior dos pecadores, uma abominação, uma coisa de inimaginável iniquidade; e que a única surpresa era que não vissem seu corpo miserável murchar diante de seus olhos pela cólera ardente do Todo-Poderoso! Poderia haver um discurso mais claro que esse? Não deveria o povo se levantar de seu assento, todos ao mesmo tempo, e o arrancar do púlpito que ele profanara? Mas não! Ouviam tudo e o reverenciavam ainda mais. Mal adivinhavam o significado mortal que se escondia nessas palavras de autocondenação. "Um jovem piedoso!", diziam uns aos outros. "O santo na Terra! Ai, se ele enxerga tanto pecado na própria alma pura, que espetáculo horrível veria na sua ou na minha?" O ministro sabia muito bem – hipócrita

Onisciência é a capacidade de saber de tudo (o que os cristãos acreditam que Deus tenha).

A Bíblia diz que **Enoque** é o bisavô de Noé, o da arca e do dilúvio. Diz também que ele era tão correto, tão cheio de fé, que até subiu aos céus antes mesmo de morrer.

Vil é o que não vale nada, não presta. E o plural é **vis**.

Hipócrita > fingido, falso.

sutil, mas cheio de remorso que era! – a luz sob a qual sua vaga confissão seria vista. Havia se esforçado para se iludir, fazendo a confissão de uma consciência culpada, mas ganhara apenas mais um pecado, e uma vergonha reconhecida, sem o alívio momentâneo de ter enganado a si mesmo. Falando a verdade, transformou-a na mais verdadeira mentira. No entanto, pela constituição de sua natureza, ele amava a verdade e detestava a mentira como poucos homens jamais o fizeram. Portanto, acima de tudo, odiava seu ser miserável!

 Seu tormento interior o levava a práticas mais de acordo com a velha e corrompida fé de Roma do que com a igreja mais esclarecida na qual havia nascido e se criara. No gabinete secreto do senhor Dimmesdale, trancado a sete chaves, havia um flagelo ensanguentado. Muitas vezes esse sacerdote protestante e puritano o usou nos próprios ombros; rindo amargamente de si próprio enquanto o fazia, golpeava-se ainda mais impiedosamente por causa desse riso amargo. Era seu costume também, como tem sido o de muitos outros puritanos piedosos, jejuar; entretanto, ao contrário deles, não a fim de purificar o corpo e torná-lo o meio mais adequado para a iluminação celestial, mas de modo rigoroso, até que seus joelhos tremessem, como um ato de penitência. Da mesma maneira, fazia vigílias noite após noite; às vezes, na escuridão total; às vezes, à luz bruxuleante de uma lamparina; às vezes, vendo seu próprio rosto num espelho, à luz mais potente que pudesse lançar sobre ele. Assim ele exemplificava a introspecção constante com a qual se torturava mas não conseguia se purificar. Nessas prolongadas vigílias, seu cérebro costumava vacilar, e as visões pareciam flutuar diante dele; ora duvidosas, sob uma tênue luz própria, na penumbra remota do quarto; ora mais vívidas, e bem ao seu lado, dentro do espelho. Ora era uma multidão de formas diabólicas que sorriam e zombavam do ministro pálido e o chamavam para ir com elas; ora era um grupo de anjos radiantes que voavam vagarosamente para cima, como que carregados de tristeza, mas que ficavam

---

O **flagelo** é um chicotinho tradicionalmente composto por sete cordas – uma para cada pecado capital (gula, arrogância ou soberba, luxúria, ira, inveja, preguiça e mesquinhez ou avareza). É usado por alguns católicos, mas também por outros cristãos. A ideia é que a pessoa, se sentindo carente de um castigo por conta dos seus erros, se bata com aquilo até tirar sangue. Flagelo também quer dizer calamidade, desgraça.

Vigília > estado de quem se mantém acordado, de quem vela.

mais etéreos à medida que subiam. Ora vinham os amigos mortos de sua juventude, e seu pai, de barba branca, com uma carranca de santo, e sua mãe, que virava o rosto ao passar. O fantasma de uma mãe – a mais tênue fantasia de uma mãe – me parece que teria lançado um olhar de pena para o filho! E agora, pelo aposento que esses pensamentos espectrais haviam tornado tão medonho, deslizava Hester Prynne, com a pequena Pearl, que, em seu traje escarlate, apontava o dedo indicador, primeiro para a letra escarlate em seu peito e depois para o peito do próprio clérigo.

Nenhuma dessas visões chegava a iludi-lo. A qualquer momento, por um esforço da vontade, ele podia discernir se havia ou não havia substância e convencer-se de que ali nenhuma substância tinha a natureza sólida daquela mesa de carvalho entalhado ou daquele grande volume de teologia, quadrado, encadernado em couro e com fecho de bronze. No entanto, apesar de tudo, elas eram, em certo sentido, as coisas mais verdadeiras e substanciais com as quais o pobre ministro agora lidava. É a miséria indescritível de uma vida tão falsa quanto a dele que rouba o cerne e a substância de todas as realidades que existem ao nosso redor, e que o Céu pretendia que fossem a alegria e o alimento do espírito. Para o homem falso, todo o universo é falso – impalpável –, ao seu toque se reduz a nada. E ele mesmo, na medida em que se mostra sob uma falsa luz, torna-se uma sombra ou, de fato, deixa de existir. As únicas verdades que continuavam dando ao senhor Dimmesdale uma existência real nesta Terra eram a angústia no mais íntimo de sua alma e a expressão indissociável dela em sua aparência. Se alguma vez ele tivesse encontrado forças para sorrir e mostrar uma expressão alegre, esse homem não existiria!

Numa daquelas noites feias das quais demos uma pálida ideia mas desistimos de retratar melhor, o ministro se levantou da cadeira. Um novo pensamento o assaltara. Poderia haver uma possibilidade de paz. Vestindo-se com tanto cuidado como se fosse para um culto público, e precisamente da mesma maneira, ele desceu as escadas sorrateiramente, abriu a porta e saiu.

Cerne > centro, âmago.

Indissociável > inseparável, indivisível.

Sorrateiro é escondidinho, na manha.

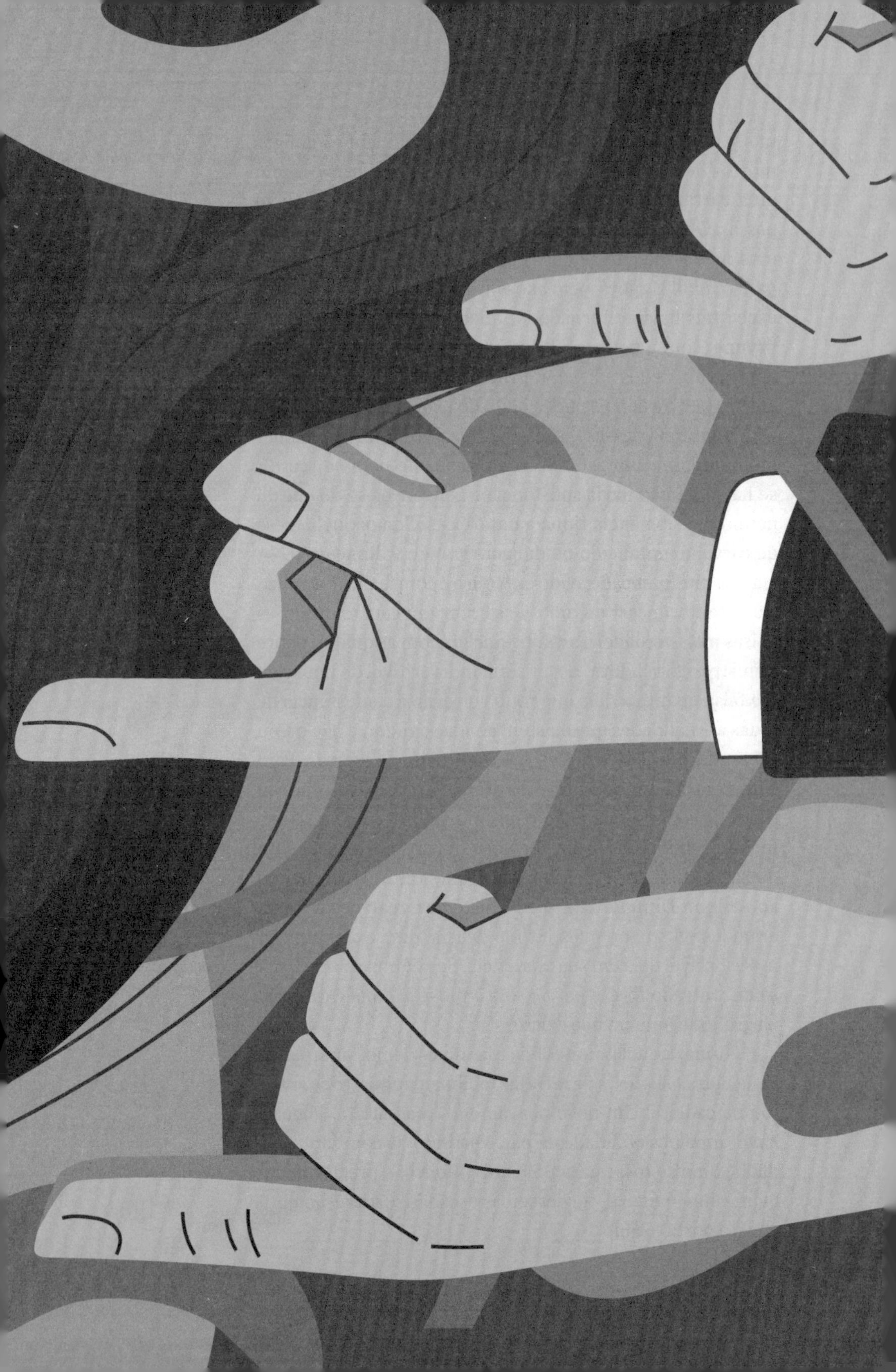

XII
A VIGÍLIA DO MINISTRO

CAMINHANDO COMO NUM SONHO, por assim dizer, e talvez na verdade sob a influência de uma espécie de sonambulismo, o senhor Dimmesdale chegou ao ponto onde, já fazia tanto tempo, Hester Prynne tinha vivido suas primeiras horas de ignomínia pública. A mesma plataforma, ou cadafalso, preta e marcada pelo tempo, por sete longos anos de tempestades e sol, desgastada pelos passos de muitos condenados que desde então ali subiram, permanecia sob a sacada da igreja. O ministro subiu os degraus.

Era uma noite escura do início de maio. Uma mortalha uniforme de nuvens escondia toda a extensão do céu, do zênite ao horizonte. Se a mesma multidão que havia presenciado a punição de Hester Prynne tivesse sido convocada agora, no cinza-escuro da meia-noite, não teria distinguido nenhum rosto em cima da plataforma, nem o contorno de uma forma humana. Mas a cidade estava adormecida. Não havia perigo de ser descoberto. O ministro poderia ficar ali, se lhe agradasse, até que o vermelho da manhã surgisse no leste, sem outro risco além de que o ar úmido e frio da noite se infiltrasse em seu corpo e enrijecesse suas articulações com reumatismo e entupisse sua garganta com catarro e tosse, o que decepcionaria a plateia que esperava a oração e o sermão do dia seguinte. Nenhum olhar poderia enxergá-lo, exceto aquele sempre desperto que o vira em seu gabinete secreto empunhando o flagelo ensanguentado. Por que, então, ele viera aqui? Para zombar da penitência? Era uma zombaria, de fato, uma zombaria na qual sua alma caçoava de si mesma! Uma zombaria diante da qual os

Mortalha é o pano que cobre um cadáver.

Zênite é o topo do céu, bem acima da gente.

Enrubescer é ficar com cara corada, vermelhinha.

Débil > fraco, desanimado.

Inextricável é algo que não dá pra desembolar, desembaraçar.

Lembra que ele estava se chicoteando no peito? Daí as **dores físicas**.

anjos enrubesciam e choravam, enquanto os demônios se regozijavam e davam risadas insultantes! Tinha sido levado até ali pelo impulso daquele Remorso que o perseguia por toda parte, cuja irmã e companheira mais próxima era a Covardia que invariavelmente o puxava de volta, com seu grito trêmulo, no exato momento em que outro impulso o colocava à beira de uma revelação. Pobre infeliz! Que direito tinha uma enfermidade como a sua de se sobrecarregar com um crime? O crime é para os que têm nervos de aço, para os que têm a opção de suportá-lo ou, se pressionados com dureza, exercer sua força feroz e selvagem para um bom propósito e despachá-lo imediatamente! Mas aquele espírito débil e sensível não conseguia fazer nem uma coisa nem outra, continuamente vacilando entre elas, o que entrelaçava, no mesmo nó inextricável, a agonia de uma culpa que desafia o Céu e o vão arrependimento.

Assim, enquanto estava no cadafalso, nessa inútil demonstração de penitência, o senhor Dimmesdale foi dominado por um grande terror, como se o universo estivesse fitando um emblema escarlate em seu peito nu, exatamente sobre o coração. Nesse local, na verdade, há muito tempo se cravara o dente venenoso e torturante das dores físicas. Sem qualquer esforço de sua vontade, ou força para se conter, ele soltou um grito; um clamor que ecoou pela noite, foi impelido de uma casa a outra e reverberou nos morros ao fundo; como se um grupo de demônios, detectando nele tanta miséria e terror, tivesse transformado o som num brinquedo e o jogasse de um lado para outro.

– Está feito! – murmurou o ministro, cobrindo o rosto com as mãos. – A cidade inteira vai acordar, e virá depressa para me encontrar aqui!

Mas não foi assim. O grito talvez tivesse soado aos seus ouvidos apavorados muito mais forte do que realmente fora. A cidade não acordou; ou, se acordou, seus sonolentos habitantes confundiram o grito com algo assustador num sonho ou com o ruído das bruxas, cuja voz, naquele período, era frequentemente ouvida acima dos povoados ou de cabanas solitárias quando elas andavam pelos ares com Satanás.

O clérigo, portanto, sem ouvir nenhum sinal de perturbação, abriu os olhos e olhou em volta. Numa das janelas da mansão do governador Bellingham, que ficava a certa distância, em outra rua, ele viu surgir o próprio velho magistrado, com uma lamparina na mão, uma touca de dormir branca na cabeça e uma longa camisola branca cobrindo o corpo. Parecia um fantasma chamado a sair do túmulo fora de hora. O grito evidentemente o assustara. Em outra janela da mesma casa, aliás, apareceu a velha senhora Hibbins, irmã do governador, também com uma lamparina, que, mesmo tão distante, revelava sua expressão de azedume e descontentamento. Ela empurrou a cabeça para fora da janela e olhou ansiosamente para cima. Sem sombra de dúvida, essa venerável bruxa ouvira o grito do senhor Dimmesdale, com seus numerosos ecos e reverberações, e o interpretara como o clamor dos demônios e das feiticeiras com os quais sabidamente fazia excursões pela floresta.

> Na hora de dormir, os homens punham a **camisola**, que era um vestido comprido e branco. O pijama até que tentou entrar no hábito das pessoas no século XVII, mas só chegou mesmo com gás lá pelos 1870, quando os britânicos invasores da Índia trouxeram de lá as calças confortáveis típicas dos indianos. Depois, já no comecinho do século XX, surgiram pijamas para as mulheres também.

Detectando o brilho da lamparina do governador Bellingham, a velha senhora rapidamente apagou a sua e desapareceu. Possivelmente subiu por entre as nuvens. O ministro não viu mais seus movimentos. O magistrado, após uma observação cautelosa da escuridão – na qual, entretanto, podia ver pouco mais longe do que permitia sua perspicácia –, retirou-se da janela.

O ministro se acalmou um pouco. Seus olhos, no entanto, logo foram saudados por uma pequena luz cintilante que, a princípio bem afastada, se aproximava pela rua. A luz lhe permitiu reconhecer um poste e uma cerca de jardim aqui, a treliça de uma janela e uma bomba e sua tina cheia de água ali, e acolá uma porta de carvalho arqueada, com aldrava de ferro e um tronco áspero à guisa de soleira. O reverendo Dimmesdale percebeu todos esses detalhes minuciosos mesmo estando firmemente convencido de que a condenação de sua existência avançava furtivamente

> Era raro e caro pra caramba ter **janelas** de vidro, porque na época era tudo importado da Inglaterra e com um imposto bravo por cima. Além disso, era complicado fazer vidro grande, então o mais comum era fazer uma grade, quase sempre formando vários losangos, e aí preencher os espaços entre o metal com pedaços pequenos de vidro. E esse gradeado aí que é a **treliça** – em lugares quentes, como no Brasil, a coisa era feita mais de madeira e as vidraças eram ainda mais raras, ficando só nas janelas de igrejas e palácios nos séculos XVII e XVIII.

> **À guisa de >** fazendo as vezes de.

Conjecturar é desconfiar, supor, checar possíveis conclusões a partir de uma pensação.

John Winthrop chegou à tal Nova Inglaterra na metade de 1630 e morreu dez anos mais tarde ali mesmo. O cara foi o líder da frota que levava seu sobrenome e que tinha nada menos que onze navios trazendo puritanos ingleses para a região. John chegou também já como o primeiro governador da colônia da Baía de Massachusetts.

O **padre Wilson** é na verdade um pastor protestante, apesar de o autor ter preferido usar a palavra "padre", mais costumeiramente associada aos clérigos católicos.

O **manto de pregação** é uma batina preta e longa utilizada ainda hoje por muitos pastores das igrejas protestantes mais tradicionais quando estão, digamos, em serviço.

nos passos que agora ouvia; e que o brilho da lanterna cairia sobre ele, em alguns momentos, para revelar seu segredo havia muito escondido. Quando a luz se aproximou, ele viu, dentro do círculo iluminado, seu irmão clérigo – ou, para falar mais precisamente, seu mentor profissional e amigo muito estimado –, o reverendo Wilson, que, conforme o senhor Dimmesdale agora conjecturava, devia estar orando à cabeceira de um moribundo. E de fato era assim. O bom e velho ministro vinha diretamente da câmara de morte do governador Winthrop, que havia passado da Terra para o Céu naquela mesma hora. E agora, envolto, como os santos de antigamente, por um halo radiante, que o glorificava na sombria noite de pecado – como se o governador que partiu houvesse lhe deixado de herança a própria glória, ou como se ele tivesse percebido o brilho distante da cidade celestial no momento em que via o peregrino triunfante passar por seus portões –, agora, em resumo, o bom padre Wilson voltava para casa, iluminando suas passadas com uma lanterna! O senhor Dimmesdale sorriu – ou melhor, quase riu – diante das ideias suscitadas pelo brilho da lanterna, e então se perguntou se estaria enlouquecendo.

Quando o reverendo Wilson passou ao lado do cadafalso, ajustando o manto de pregação com um braço e segurando a lanterna diante do peito com o outro, o ministro não conseguiu se conter.

– Uma boa noite para o senhor, venerável pastor Wilson! Aproxime-se, eu lhe peço, e passe uma hora agradável comigo!

Céus! Teria o senhor Dimmesdale realmente falado? Por um instante, ele acreditou que essas palavras haviam passado por seus lábios. Mas elas foram proferidas apenas em sua imaginação. O venerável padre Wilson continuou a avançar lentamente, olhando com atenção para o caminho lamacento diante de seus pés, sem virar a cabeça para a plataforma dos culpados. Quando a luz da lanterna tremeluzente se apagou por completo, o ministro descobriu, pela tontura que o acometeu, que os últimos momentos haviam sido uma crise terrível de ansiedade; embora sua mente tivesse feito um esforço involuntário para se acalmar com uma espécie de brincadeira lúgubre.

Pouco depois, o mesmo senso repugnante de humor se infiltrou entre os fantasmas solenes de seu pensamento. Ele sentiu seus membros enrijecerem com o frio noturno incomum e duvidou de que conseguiria descer os degraus do cadafalso. A manhã irromperia e o encontraria lá. A vizinhança começaria a acordar. O primeiro a se levantar, surgindo na penumbra, perceberia uma figura vagamente definida no alto, no lugar da vergonha; e, meio enlouquecido entre o alarme e a curiosidade, iria, batendo de porta em porta, convocar a todos para contemplar o fantasma – como ele deveria imaginar – de algum defunto transgressor. Uma comoção estenderia suas asas de casa em casa. Então – com a luz da manhã cada vez mais forte – velhos patriarcas se levantariam muito apressados, cada qual com seu camisolão de flanela, assim como as senhoras casadas, sem parar para tirar a roupa de dormir. Todo o bando de personagens decorosos, que até então nunca haviam sido vistos com um fio de cabelo desarrumado, surgiria à vista do público com a aparência desordenada de um pesadelo. O velho governador Bellingham surgiria carrancudo, com sua gola à rei Jaime toda torta; e a senhora Hibbins, com alguns ramos da floresta pendurados nas saias, parecendo mais azeda do que nunca, como se mal tivesse conseguido dormir depois de sua cavalgada noturna; o bom padre Wilson também, depois de passar metade da noite junto a um leito de morte, parecendo doente por ser perturbado tão cedo de seus sonhos sobre os santos glorificados. Do mesmo modo, viriam os presbíteros e os diáconos da igreja do senhor Dimmesdale, e as jovens virgens que tanto idolatravam seu ministro e haviam feito de seus seios brancos um santuário para ele; os quais então, a propósito, em sua pressa e confusão, elas mal teriam tempo de cobrir com seus lenços. Todos, numa palavra, viriam

---

A **gola à moda do rei Jaime** é aquele treco chamado rufo, que parece uma sanfona em volta do pescoço e que era usado pelo Jaime I, rei da Inglaterra. Essa gola é ainda hoje parte do uniforme dos pastores da Igreja Protestante da Dinamarca.

A organização da igreja dos puritanos tinha os *elders* tratando das questões espirituais dos seguidores e os *deacons* lidando mais com a parte administrativa. **Presbítero** vem do grego *presbiterós* e quer dizer ancião – em inglês, *elder* –, enquanto **diácono** vem também da língua da Grécia, *diakonos*, e significa servo do rei (ou ministro) – em inglês, *deacon*.

tropeçando pelas portas e erguendo o semblante incrédulo e aterrorizado em torno do cadafalso. Quem eles veriam ali, com a luz vermelha do sol nascente sobre a testa? Quem senão o reverendo Arthur Dimmesdale, quase congelado até a morte, oprimido pela vergonha e parado onde Hester Prynne estivera!

Levado pelo horror grotesco desse quadro, o ministro, sem o saber, e para seu infinito alarme, desatou numa gargalhada. Recebeu a resposta imediata de uma risada leve, aérea e infantil, na qual, com um salto do coração – mas ele não sabia se era de dor intensa ou de um prazer igualmente agudo –, reconheceu os tons da pequena Pearl.

– Pearl! Pequena Pearl! – gritou ele após uma pausa momentânea; então, abafando a voz: – Hester! Hester Prynne! Você está aí?

– Sim, estou! – respondeu ela, surpresa; e o ministro ouviu passos se aproximando pela calçada por onde ela passava. – Eu e minha pequena Pearl.

– De onde vem, Hester? – perguntou o ministro. – O que a traz aqui?

– Estava velando um moribundo – respondeu Hester Prynne –, o governador Winthrop. Tirei suas medidas para um manto e agora estou voltando para casa.

– Venha cá, Hester, você e a pequena Pearl – disse o reverendo Dimmesdale. – Vocês duas já estiveram aqui antes, mas eu não estive com vocês. Venham aqui mais uma vez e ficaremos os três juntos!

Ela subiu os degraus em silêncio e parou, segurando a pequena Pearl pela mão. O ministro tateou a outra mão da criança e a pegou. Nesse momento, pareceu-lhe ser engolfado pelo turbilhão de uma nova vida, uma vida que não a sua, que se derramou como uma torrente em seu coração e correu por todas as suas veias, como se a mãe e a criança transmitissem seu calor vital para o seu corpo meio entorpecido. Os três formaram um circuito elétrico.

– Ministro! – sussurrou a pequena Pearl.

Na altura em que Hawthorne publicou este livro (1850), a **eletricidade** estava ainda engatinhando e parecia uma coisa meio milagrosa, mágica e, sobretudo, cheia de força e poder. Só em 1882 o americano Thomas Edison montou a primeira geradora daquela energia, e bem em Nova York. E daí ele começou a vender eletricidade e lâmpadas. Rapidinho, conquistou oitenta clientes e, dois anos depois, ele já tinha mais de quinhentas pessoas usando seus serviços.

– O que é, criança? – perguntou o senhor Dimmesdale.

– O senhor vai estar aqui com a mamãe e comigo, amanhã ao meio-dia? – perguntou Pearl.

– Não; não, minha pequena Pearl – respondeu o ministro; pois, com a nova energia do momento, todo o temor da exposição pública, que por tanto tempo fora a angústia de sua vida, havia retornado, e ele já tremia por causa da conjunção em que, com uma estranha alegria, no entanto, agora se encontrava. – Não, minha criança. Estarei com sua mãe e você em outro dia, mas não amanhã.

Pearl riu e tentou puxar a mão, mas o ministro a segurou com firmeza.

– Espere um pouco, minha filha! – disse ele.

– Mas o senhor promete – indagou Pearl – pegar a minha mão e a da mamãe amanhã ao meio-dia?

– Não, Pearl – disse o ministro –, mas em outra hora.

– Que outra hora? – insistiu a menina.

– No dia do Juízo Final – sussurrou o ministro; e, curiosamente, a sensação de que ele era um professor da verdade o impeliu a responder assim à criança. – Nesse dia, diante do tribunal, sua mãe, você e eu ficaremos juntos. Mas a luz do dia deste mundo não verá nosso encontro!

Pearl riu de novo.

Antes que o senhor Dimmesdale terminasse de falar, porém, uma luz brilhou intensamente em todo o céu nublado. Sem dúvida, tinha sido causada por um daqueles meteoros que o observador noturno tantas vezes vê queimar até se extinguir nas regiões vazias da atmosfera. Tão poderoso era seu brilho que iluminou completamente a densa camada de nuvens entre o céu e a terra. A grande abóbada iluminou-se como a cúpula de uma lamparina imensa. Mostrou o cenário familiar da rua com a nitidez do meio-dia, mas também com o horror que uma luz incomum sempre transmite aos objetos familiares. Os sobrados de madeira, com seus frontões pitorescos; os degraus e a soleira das portas, com a grama brotando

---

Os cristãos acreditam que no **último dia** de vida do mundo Deus vai ressuscitar todos os mortos e Jesus vai voltar pra terra pra fazer um **julgamento** geral, dos vivos e dos mortos.

Os **meteoros** são pedaços pequenos de rochas e de poeira espacial que despencam pras nossas bandas, na Terra. Quando eles entram em alta velocidade na atmosfera do nosso planeta, rola um atrito violento, e aí o bagulho todo explode, formando uma faixa de luz que o pessoal costuma chamar de estrela cadente, apesar de não ter nada a ver com estrela.

Abóbada é uma cúpula redonda, um teto todo encurvado. Aqui ele quer dizer a abóbada celeste, o céu que parece arredondado em cima da gente.

ao redor; os canteiros, com a terra preta revolvida; a trilha das carroças, pouco usada e, mesmo na praça do mercado, margeada de verde em ambos os lados; tudo era visível, mas havia um aspecto singular, que parecia dar às coisas deste mundo uma interpretação moral diferente da que jamais tiveram. Ali estava o ministro, com a mão sobre o coração; e Hester Prynne, com a letra bordada cintilante no peito; e a pequena Pearl, ela mesma um símbolo e o elo de ligação entre os dois. Eles permaneceram sob aquele esplendor estranho e solene, como se ele fosse a luz que revelaria todos os segredos e o amanhecer que uniria todos os que pertencem uns aos outros.

Havia feitiço nos olhos da pequena Pearl, e seu rosto, quando ela olhou para o ministro, exibia aquele sorriso travesso que tornava sua expressão frequentemente tão ardilosa. Ela retirou a mão da do senhor Dimmesdale e apontou para o outro lado da rua. Mas ele pousou as duas mãos sobre o peito e olhou para o zênite.

Nada era mais comum, naqueles dias, do que interpretar todas as aparições de meteoros e outros fenômenos naturais que ocorressem com menos regularidade do que o nascer e o pôr do sol e da lua como revelações de origem sobrenatural. Assim, uma lança flamejante, uma espada de fogo, um arco ou um feixe de flechas vistos no céu da meia-noite prefiguravam guerra com os indígenas. Sabia-se que a pestilência tinha sido anunciada por uma chuva de luz carmesim. Duvidamos de que algo marcante, para o bem ou para o mal, alguma vez tenha acontecido na Nova Inglaterra, desde seu estabelecimento até a época da Revolução, sem que os habitantes houvessem sido previamente avisados por algum espetáculo dessa natureza. Não raramente, este tinha sido visto por multidões. Com mais frequência, porém, a credibilidade da história repousava na fé de alguma testemunha ocular solitária, que contemplou a maravilha através do filtro colorido, amplificado e distorcido de sua imaginação e depois deu-lhe forma mais clara. Era, de fato, uma ideia majestosa a de que o destino das nações fosse revelado nesses horríveis hieróglifos do

---

Ardiloso é quem é cheio de truques pra enganar.

Aqueles desenhos usados por uns 4 mil anos no Egito Antigo como escrita da língua deles são chamados de **hieróglifos**. O nome foi dado pelos gregos e quer dizer escrita sagrada.

manto celeste. Um pergaminho tão amplo não poderia ser considerado extenso demais para a Providência escrever a condenação de um povo. Essa crença era a favorita de nossos antepassados, pois indicaria que sua comunidade nascente estava sob uma guarda celestial de peculiar intimidade e rigidez. Mas o que dizer quando um indivíduo descobre uma revelação dirigida apenas a si próprio na mesma vasta folha de registro? Nesse caso, só poderia se tratar de sintoma do estado mental altamente desordenado de um homem que, devido a uma dor prolongada, intensa e secreta tornara-se autocontemplativo e estendera seu egoísmo por toda a natureza, até que o próprio firmamento não parecesse mais que uma página adequada à história e ao destino de sua alma!

> **Autocontemplativo** é o estado de quem fica se olhando, se analisando, tentando se entender. Tipo tirando uma *selfie* da alma.

Assim, atribuímos somente à doença de seus olhos e de seu coração o fato de o ministro, ao erguer o olhar para o zênite, ter visto ali uma imensa letra – a letra A –, cujo contorno era de um vermelho opaco. Podia ser apenas o brilho de um meteoro obscurecido pelo véu de nuvens, sem a forma que a imaginação culpada do ministro lhe dava; ao menos, era tão pouco definido que a culpa de outra pessoa poderia ver nele outro símbolo qualquer.

Uma circunstância singular caracterizava o estado psicológico do senhor Dimmesdale nesse momento. Durante todo o tempo em que ficou olhando para o alto, manteve-se perfeitamente ciente de que a pequena Pearl apontava o dedo para o velho Roger Chillingworth, que estava não muito distante do cadafalso. O ministro parecia vê-lo com o mesmo olhar com que discernia a letra milagrosa. Às suas feições, assim como a todos os outros objetos, a luz meteórica conferia uma nova expressão; ou talvez o médico não houvesse tido o cuidado, como não tivera em todas as outras ocasiões, de esconder a malevolência com que observava sua vítima. Certamente, se o meteoro iluminou o céu e revelou a terra com um horror que fez Hester Prynne e o clérigo se lembrarem do dia do Juízo Final, então, parado ali com um sorriso e uma carranca, em busca do que era seu, Roger Chillingworth deve lhes ter

> **Arquidemônio** é o demônio mais terrível de todos. "Arqui" é um prefixo grego que aumenta tudo, demonstrando superioridade e intensidade (como no contrário de arquidemônio, que seria arquianjo, que foi simplificado como arcanjo).

parecido um arquidemônio. Tão vívida era a sua expressão, ou tão intensa a percepção dela pelo ministro, que pareceu permanecer pintada na escuridão mesmo depois de o meteoro desaparecer, o que fez parecer que a rua e tudo o mais tivesse sido aniquilado ao mesmo tempo.

— Quem é aquele homem, Hester? — perguntou o senhor Dimmesdale, ofegante e dominado pelo terror. — Estremeço ao vê-lo! Você o conhece? Eu o detesto, Hester!

Ela se lembrou de seu juramento e ficou em silêncio.

— Eu lhe digo, minha alma estremece diante dele! — murmurou o ministro novamente. — Quem é? Quem é ele? Você não pode fazer nada por mim? Tenho um horror sem nome desse homem!

— Ministro — disse a pequena Pearl —, eu posso lhe dizer quem é!

— Rápido, então, criança! — disse o ministro, aproximando o ouvido dos lábios dela. — Rápido! E tão baixo quanto você possa sussurrar.

Pearl murmurou em seu ouvido algo que soou, de fato, como linguagem humana, mas era apenas o palavreado usado pelas crianças quando se divertem juntas. Em todo caso, se havia alguma informação secreta a respeito do velho Roger Chillingworth, ela foi transmitida numa língua desconhecida do erudito clérigo, o que só aumentou sua confusão mental. Então a criança ardilosa riu alto.

— Está zombando de mim? — perguntou o ministro.

— O senhor não foi corajoso! Não foi, mesmo! — respondeu a criança. — O senhor não prometeu segurar minha mão, e a da mamãe, amanhã ao meio-dia!

— Digno senhor — disse o médico, que tinha avançado até a base da plataforma. — Piedoso reverendo Dimmesdale, é o senhor? Ora, ora, de fato! Nós, homens de estudo, que estamos sempre com a cabeça enfiada nos livros, precisamos ser bem cuidadosos! Sonhamos acordados e andamos dormindo. Venha, bom senhor e querido amigo, eu lhe rogo, deixe-me levá-lo para casa!

— Como sabia que eu estava aqui? — perguntou o ministro, temeroso.

– Em verdade e de boa-fé – respondeu Roger Chillingworth –, não sabia nada a esse respeito. Passei a maior parte da noite à cabeceira do venerável governador Winthrop, fazendo o que minhas parcas habilidades permitiam para dar alívio. Quando ele partiu para um mundo melhor, eu me pus a caminho de casa, e então essa luz estranha brilhou. Venha comigo, eu lhe imploro, reverendo; ou amanhã o senhor não estará em condições de cumprir o dever dominical. Ah! Agora vê como esses livros perturbam o cérebro! Esses livros! Deveria estudar menos e distrair-se mais, bom senhor; ou essas fantasias noturnas o dominarão.

– Irei para casa com o senhor – disse o ministro.

Com um desânimo gélido, como alguém que desperta totalmente sem forças de um pesadelo, ele se rendeu ao médico e se deixou conduzir.

No dia seguinte, entretanto, o domingo, fez um sermão que foi considerado o mais rico e poderoso, e o mais repleto de influências celestiais, que já saíra de seus lábios. Almas, dizem que mais de uma, foram trazidas à verdade pela eficácia daquele sermão e em silêncio juraram ser eternamente gratas ao senhor Dimmesdale. Ao descer os degraus do púlpito, porém, o sacristão de barba grisalha veio ao encontro dele, segurando uma luva preta, que o ministro reconheceu como sua.

– Foi encontrada – disse o sacristão – esta manhã no cadafalso onde os malfeitores são expostos à vergonha pública. Satanás a deixou cair ali, suponho, pretendendo uma zombaria grosseira contra Vossa Reverência. Mas, na verdade, ele foi cego e tolo, como sempre foi e é. A mão pura não precisa de luva para cobri-la!

– Obrigado, meu bom amigo – disse o ministro gravemente, mas com o coração assustado; pois tão confusa era sua lembrança que quase se obrigou a considerar os acontecimentos da noite anterior como visões. – Sim, parece ser a minha luva, de fato!

– E, já que Satanás achou por bem roubá-la, Vossa Reverência deveria tratá-lo sem luvas daqui em diante – comentou o velho sacristão com um sorriso sinistro.

– Mas Vossa Reverência ouviu falar no presságio que foi visto ontem à noite? Uma grande letra vermelha no céu, a letra A, que interpretamos como Anjo. Pois, como nosso bom governador Winthrop virou anjo na noite passada, sem dúvida se considerou adequado que houvesse algum aviso!

– Não – respondeu o ministro –, eu não sabia disso.

XIII
OUTRA VISÃO DE HESTER

EM SEU ENCONTRO tardio e singular com o senhor Dimmesdale, Hester Prynne ficou chocada com a condição a que viu o clérigo reduzido. Seus nervos pareciam completamente destruídos. Sua força moral estava limitada a pouco mais que a fragilidade de uma criança. Ele rastejava indefeso no chão, ainda que suas faculdades intelectuais retivessem a força original, ou talvez tivessem adquirido uma energia mórbida que só a doença lhes poderia ter dado. Como conhecia uma série de circunstâncias ocultas de todos os outros, Hester prontamente inferiu que, além da ação legítima da própria consciência, uma terrível engrenagem havia sido acionada, e ainda estava operando, contra o bem-estar e o repouso do senhor Dimmesdale. Sabendo o que esse pobre homem decaído tinha sido um dia, Hester se comoveu profundamente com o tremor aterrorizado com que ele havia apelado a ela – a mulher proscrita – por apoio contra o inimigo descoberto instintivamente. E ela decidiu que ele tinha direito a toda a sua ajuda. Pouco acostumada, em sua longa reclusão da sociedade, a medir suas ideias de certo e errado por qualquer padrão externo, Hester via – ou parecia ver – que tinha pelo clérigo uma responsabilidade que ela não devia a ninguém mais, muito menos ao mundo todo. Os elos que a uniam ao restante da espécie humana – elos de flores, ou seda, ou ouro, ou qualquer que fosse o material – tinham sido todos rompidos. Aqui estava o elo de ferro do crime mútuo, que nem ele nem ela podiam romper. Como todos os outros laços, este trazia consigo suas obrigações.

Inferir > deduzir, concluir.

Hester Prynne não ocupava agora exatamente a mesma posição em que a vimos no início de sua ignomínia. Anos haviam se passado. Pearl estava agora com sete anos. Sua mãe, com a letra escarlate no peito, cintilante em seu bordado fantástico, há muito era uma figura familiar para os moradores da cidade. Como costuma acontecer quando uma pessoa se destaca com certa proeminência perante a comunidade e, ao mesmo tempo, não interfere nas conveniências e nos interesses públicos ou individuais, Hester Prynne acabou conquistando uma espécie de consideração geral. É mérito da natureza humana o fato de que amamos mais prontamente do que odiamos, exceto quando o egoísmo entra em jogo. O ódio, por um processo gradual e silencioso, pode até ser transformado em amor, a menos que a mudança seja impedida pela renovação contínua do sentimento original de hostilidade. No caso de Hester Prynne, não havia acontecido nada que o agravasse. Ela nunca lutou contra a população, mas se submeteu, sem reclamar, ao seu pior costume; não reivindicou nenhuma compensação pelo que sofreu; não buscou angariar simpatias. Também a pureza irrepreensível de sua vida durante todos os anos em que fora relegada à infâmia pesava amplamente a seu favor. Agora, sem nada a perder aos olhos da humanidade, sem esperança e aparentemente sem o desejo de ganhar nada, só mesmo um apreço genuíno pela virtude poderia ter trazido a pobre desencaminhada de volta ao bom caminho.

Também era digno de nota que, embora Hester nunca tivesse reivindicado sequer o mais humilde direito de compartilhar os privilégios do mundo – além de respirar e ganhar o pão de cada dia para a pequena Pearl e para si mesma com o fiel trabalho de suas mãos –, ela tenha sido rápida em reconhecer sua irmandade com a raça humana sempre que houvesse benefícios a ser concedidos. Ninguém se dispunha como ela a dar do pouco que tinha a quem pedia; mesmo que o pobre de coração amargo retribuísse com desdém a comida trazida regularmente à sua porta ou as roupas feitas para ele pelos dedos que poderiam ter bordado o manto de um monarca. Ninguém foi

Angariar > atrair, conquistar.

tão devotado quanto Hester quando a doença se espalhou pela cidade. Em todas as épocas de calamidade, de fato, fosse ela geral, fosse individual, a pária da sociedade imediatamente encontrava seu lugar. Ela ia não como convidada, mas como alguém da casa, ao lar que estivesse anuviado por dificuldades; como se essa triste obscuridade fosse um meio no qual ela tivesse o direito de se relacionar com seus semelhantes. Lá cintilava a letra bordada, reconfortante em seus raios sobrenaturais. O que em outro lugar seria símbolo do pecado ali era a luz no quarto dos enfermos. Iluminava até os duros e últimos momentos de vida dos que sofriam, na travessia do tempo. Mostrava-lhes onde colocar o pé enquanto a luz da terra se apagava rapidamente e antes que a luz do futuro pudesse alcançá-los. Em tais emergências, a natureza de Hester se mostrava calorosa e generosa; uma fonte de ternura humana, infalível a todas as exigências reais e, na maior parte das vezes, inesgotável. Seu peito, com o símbolo da vergonha, era apenas o travesseiro mais macio para a cabeça de quem dele precisasse. Ela se auto-ordenara Irmã de Caridade, ou, poderíamos dizer, a mão pesada do mundo a havia ordenado, quando nem o mundo nem ela esperavam por esse resultado. A letra era o símbolo de sua vocação. Tanto auxílio se encontrava nela – tanto poder de fazer, poder de criar empatia – que muitas pessoas se recusavam a interpretar o A escarlate pelo seu significado original. Diziam que significava Abnegação; forte assim era Hester Prynne, graças à sua força de mulher.

Apenas as casas sombrias podiam retê-la. Quando o sol retornava, ela já não estava lá. Sua sombra teria desaparecido pela porta. A solícita reclusa teria partido sem olhar para trás para recolher o sinal de gratidão, se é que havia alguma no coração daqueles a quem servira com tanto zelo. Ao encontrá-los na rua, nunca erguia a cabeça para receber sua saudação. Se estivessem decididos a abordá-la, ela pousava o dedo na letra escarlate e seguia em frente. Podia

---

Até o final dos anos 1940, a Índia vivia um sistema de castas em que as pessoas nasciam já com seus destinos marcados pra sempre. No topo desse sistema estavam os brâmanes (religiosos e estudados), depois vinham os xátrias (guerreiros), os vaixás (comerciantes) e os sudras (trabalhadores que pegavam no pesado). Já os **párias** corriam por fora, tratados como um grande nada, como se não fizessem parte daquela sociedade. E vem daí a gente chamar de pária qualquer pessoa rejeitada por uma comunidade.

Anuviado > nublado.

Dizer que a personagem se tornou **Irmã de Caridade** é uma figura de linguagem, uma invenção do autor, porque os protestantes não têm freiras como existem entre os católicos.

Solícito > atencioso, prestativo.

Recluso é afastado do convívio social.

Despótico > injusto e opressor.

ser orgulho, mas era tão semelhante à humildade que produzia na mente das pessoas toda a influência suavizante dessa qualidade. O povo tem um temperamento despótico; é capaz de negar justiça quando esta é veementemente exigida como direito, mas, com a mesma frequência, concede mais do que justiça quando o apelo é feito, como os déspotas adoram que seja, apenas à sua generosidade. Interpretando o comportamento de Hester Prynne como um apelo dessa natureza, a sociedade se inclinava a mostrar à sua antiga vítima um semblante mais benigno do que ela esperava, ou, talvez, do que merecia.

Os governantes e os homens sábios e eruditos da comunidade demoraram mais que a população para reconhecer a influência das boas qualidades de Hester. Os preconceitos que compartilhavam com os últimos eram reforçados em si mesmos por uma estrutura férrea de raciocínio, que tornava muito mais difícil abandoná-los. Dia após dia, no entanto, suas ácidas e rígidas rugas relaxaram, transformando-se em algo que, com o passar dos anos, quase se poderia tomar como expressão de benevolência. Assim foi com os homens eminentes, aos quais a posição impunha a guarda da moral pública. Enquanto isso, na vida privada os indivíduos haviam perdoado Hester Prynne totalmente por sua fraqueza; mais ainda, começaram a olhar para a letra escarlate como um emblema não daquele único pecado pelo qual suportara penitência tão longa e sombria, mas de suas muitas boas ações desde então. "Está vendo aquela mulher com o emblema bordado?", diziam eles a estranhos. "É a nossa Hester... a Hester desta cidade, que é muito gentil com os pobres, muito prestativa com os enfermos, muito reconfortante para os aflitos."

Então, é verdade, a propensão da natureza humana a dizer o pior de si própria, desde que incorporado em outra pessoa, os obrigava a sussurrar o escândalo sombrio de anos passados. Não era menos verdade, porém, que, aos olhos dos próprios homens que assim falavam, a letra escarlate tinha o efeito de uma cruz no peito de uma freira. Ela conferia a sua portadora uma espécie de sacralidade que a habilitava a caminhar com segurança em meio a todos os perigos. Se caísse entre ladrões, ela a teria mantido segura. Dizia-se, e muitos acreditavam, que um índio havia disparado uma flecha contra o emblema e que o míssil, ao atingi-lo, caíra inofensivo ao solo.

Míssil é qualquer coisa pronta para ser arremessada, projétil.

Para a própria Hester Prynne o efeito do emblema – ou melhor, da posição em que colocava sua portadora em relação à sociedade – era poderoso e peculiar. Toda a folhagem leve e graciosa de seu caráter tinha definhado sob essa marca incandescente e havia muito caíra, deixando um contorno nu e áspero, que poderia ter sido repulsivo a amigos ou companheiros, caso os tivesse. Até a atração que exercia havia sofrido uma mudança semelhante. Em parte, talvez, devido à estudada austeridade de seu vestido; em parte, devido a seus modos discretos. Era uma transformação triste, também, que seu rico e luxuriante cabelo estivesse sempre curto ou completamente escondido por uma touca, sem que nenhuma mecha reluzente jamais visse a luz do sol. Era devido em parte a todas essas causas, mas ainda mais a alguma outra, que parecia não mais haver no rosto de Hester lugar para o Amor; não havia nada nas formas de Hester, embora majestosas como as de uma estátua, que a Paixão pudesse sonhar em abraçar; não havia nada no peito de Hester que o pudesse tornar novamente o travesseiro da Afeição. Algum atributo, cuja permanência era essencial para mantê-la mulher, a havia abandonado. Esse costuma ser o destino, essa costuma ser a consequência sobre a mulher e seus atributos femininos quando ela passa por uma experiência de peculiar gravidade. Se a mulher for toda ternura, morrerá. Se sobreviver, a ternura ou será expulsa de seu ser – e a aparência exterior será a mesma –, ou será enterrada tão profundamente em seu coração que nunca mais será capaz de se manifestar. A última talvez seja a teoria mais verdadeira. Quem já foi mulher e deixou de o ser pode a qualquer momento voltar a sê-lo, desde que haja o toque mágico que efetue a transfiguração. Veremos se Hester Prynne foi mais tarde assim tocada e transfigurada.

Marmóreo é o que tem característica de mármore, ou seja, é duro, frio.

A trama se passa em um tempo em que novas ideias estavam chacoalhando o mundo. O próprio protestantismo era um exemplo disso no campo da religião. Na Inglaterra, o rei Carlos I também tinha perdido o trono, no que parecia que ia ser o fim da monarquia por lá – uma baita **mudança de rumo**, né? E, de maneira geral, rolava uma potente **revolução científica** na Europa, com **ideias inovadoras** na matemática, na física, na astronomia, na biologia e na filosofia.

Especular é examinar, analisar, observar e levantar hipóteses. É questionar e pensar em possibilidades. Não era exatamente o que os puritanos queriam pros seus praticantes. Mas, como ela estava meio de lado, tinha essa **liberdade**. Por sinal era uma liberdade que andava ficando na moda na Europa, como a gente já explicou um tiquinho na nota anterior.

Boa parte da frieza marmórea de Hester podia ser atribuída à circunstância de que sua vida havia se transformado, em grande medida, de paixão e sentimento em pensamento. Estando sozinha no mundo – sozinha quanto a depender da sociedade para qualquer coisa, com a pequena Pearl para guiar e proteger; sozinha e sem esperança de recuperar sua posição, ainda que desprezasse o fato de a considerar desejável –, ela jogara fora os fragmentos de uma corrente quebrada. A lei do mundo não era a lei da sua consciência. Aquela era uma época em que a inteligência humana, recém-emancipada, assumira um alcance mais ativo e amplo do que nos séculos anteriores. Homens com espadas haviam derrubado nobres e reis. Homens mais ousados que estes haviam derrubado e reorganizado – não de fato, mas na teoria, que era sua morada mais real – todo o sistema de antigos preconceitos ao qual estavam ligados muitos dos princípios ancestrais. Hester Prynne absorveu esse espírito. Assumiu a liberdade de especulação, então bastante comum do outro lado do Atlântico, mas que nossos antepassados, se tivessem sabido, teriam considerado um crime mais mortal do que o estigmatizado pela letra escarlate. Em sua casa solitária, à beira-mar, pensamentos a visitavam, pensamentos que não ousavam entrar em nenhuma outra morada da Nova Inglaterra; convidados sombrios, que teriam sido tão perigosos quanto demônios para sua anfitriã se fossem vistos batendo à sua porta.

É notável que as pessoas que especulam com mais ousadia frequentemente se conformem com perfeita quietude aos regulamentos externos da sociedade. O pensamento lhes basta, não há necessidade de pôr em ação a carne e o sangue. Era o que parecia acontecer com Hester. No entanto, se a pequena Pearl nunca lhe tivesse chegado do mundo espiritual, poderia ter sido muito diferente. Nesse caso, ela poderia ter chegado até nós de mãos dadas com Ann Hutchinson, como a fundadora de uma seita religiosa. Poderia, numa de suas fases, ter sido uma profetisa. Poderia, e não seria improvável, ter morrido nos severos tribunais da época, por tentar minar as bases da sociedade puritana. No entanto, como tinha uma filha para educar, a veemência de seus pensamentos tinha algo em que se projetar. A Providência, na pessoa daquela menina, deixara aos cuidados de Hester a semente e a flor da feminilidade, a serem cultivadas e desenvolvidas em meio a uma série de dificuldades. Tudo estava contra ela. O mundo era hostil. A própria natureza da criança tinha algo de errado, o que continuamente indicava que havia nascido em falta – a efluência da paixão ilícita de sua mãe –, e muitas vezes impelia Hester a se perguntar, com amargura no coração, se a pobre criaturinha havia nascido para o bem ou para o mal.

Na verdade, a mesma pergunta sombria frequentemente surgia em sua mente em relação a todas as mulheres. Valia a pena aceitar a existência, mesmo no caso das mais felizes entre elas? No que dizia respeito à sua própria existência, há muito ela havia se decidido pelo não, dando a questão como resolvida. A tendência à reflexão, embora possa manter a mulher calada, como faz com o homem, ainda assim a entristece. Ela percebe, talvez, uma tarefa sem esperança à sua frente. Como primeiro passo, todo o sistema social precisaria ser demolido e reconstruído. Então, a própria natureza do sexo oposto, ou seu longo hábito hereditário, que se tornou uma espécie de natureza, precisaria ser essencialmente modificado para que a mulher pudesse assumir o que parece ser uma posição justa e adequada. Finalmente, todas as outras dificuldades sendo evitadas, a mulher não poderia tirar vantagem dessas reformas preliminares até que ela mesma tivesse sofrido uma mudança ainda mais poderosa; uma reforma na qual descobrisse, talvez, que a essência etérea, na qual ela tem sua vida mais verdadeira, havia evaporado. Uma mulher nunca supera esses problemas com o simples

---

Já falamos da **Ann Hutchinson** noutra notinha, mas bora complementar aqui: na década de 1630, ela foi expulsa da Igreja dos puritanos, excomungada, porque andava desafiando a autoridade dos homens e discutindo também as ideias daquela Igreja sobre a tal da salvação. Então, eles achavam que ela estava criando uma seita, uma versão nova da religião deles. E um dos caras que teve tudo a ver com esse bota-fora dela foi o John Wilson. E ela teve mesmo que ir-se embora da cidade de Boston.

Veemência > entusiasmo forte.

Efluência é emanação de um fluido ou de uma energia. É um escorre, um negócio que corre pra fora.

Ilícito > ilegal, contra a lei e a moral.

exercício da razão. Eles não podem ser resolvidos, a não ser somente de uma maneira: se seu coração tiver a possibilidade de predominar, eles desaparecem. Assim, Hester Prynne, cujo coração havia perdido a pulsação normal e saudável, vagava sem referências pelo labirinto escuro da mente; ora desviada por um precipício intransponível; ora recomeçando de um abismo profundo. O cenário ao seu redor era selvagem e medonho, e não havia em lugar nenhum o conforto de um lar. Às vezes, uma terrível dúvida tentava se apossar de sua alma: não seria melhor enviar Pearl imediatamente para o Céu e se entregar à Justiça Eterna, para que ela providenciasse seu futuro?

A letra escarlate não tinha cumprido sua missão.

Entretanto, o encontro com o reverendo Dimmesdale, na noite de sua vigília, lhe havia dado um novo tema de reflexão e apresentado algo que parecia digno de qualquer esforço e sacrifício para alcançar. Ela havia testemunhado a intensa tristeza sob a qual o ministro lutava ou, para falar mais precisamente, havia deixado de lutar. Viu que ele estava à beira da loucura, se é que já não a havia ultrapassado. Era impossível duvidar de que, fosse qual fosse a dolorosa eficácia contida na picada secreta do remorso, um veneno mais mortal fora infundido nela pela mão que oferecia alívio. Um inimigo secreto estivera continuamente ao seu lado, sob a aparência de amigo e ajudante, e aproveitara as oportunidades assim proporcionadas para remexer nas delicadas molas da natureza do senhor Dimmesdale. Hester não podia deixar de se perguntar se não lhe havia faltado honestidade, coragem e lealdade ao permitir que o ministro fosse jogado numa posição na qual se podia pressentir tanto mal, sem nada de auspicioso a esperar. Sua única justificativa residia no fato de que não fora capaz de encontrar nenhum método para resgatá-lo de uma ruína mais tenebrosa do que a que a dominara, exceto concordando com o esquema de disfarce de Roger Chillingworth. Sob esse impulso, tinha feito a sua opção, e escolhera, como agora parecia, a alternativa mais desprezível das duas. Decidiu redimir seu erro na medida do

Auspicioso > favorável, que dá esperanças.

possível. Fortalecida por anos de julgamento duro e solene, não se sentia mais tão inadequada para lidar com Roger Chillingworth como naquela noite em que conversaram na prisão, quando estava humilhada pelo pecado e meio enlouquecida pela ignomínia, que na época era novidade. Desde então, escalara seu caminho até um ponto mais alto. Por outro lado, em sua busca de vingança, o velho chegara ao nível dela, ou talvez mais baixo.

Em suma, Hester Prynne resolveu se encontrar com o ex-marido e fazer o que estivesse ao seu alcance para resgatar a vítima a quem ele tão evidentemente havia decidido oprimir. A ocasião não demorou a surgir. Certa tarde, caminhando com Pearl por uma parte afastada da península, ela avistou o velho médico; com uma cesta num braço e um cajado na outra mão, curvado sobre a terra, ele buscava raízes e ervas para com elas preparar seus remédios.

A Boston lá de Massachusetts era naquela época uma pequena **península** – um lugar que tinha mar quase que em todo lado, com a exceção de um braço estreito de terra que fazia a ligação com o continente. Pelos anos afora, no entanto, o pessoal foi metendo terra e entulho nas águas perto dessa "ponte" natural, de maneira que hoje tudo ali é prédio, asfalto, cidade.

XIV
HESTER E O MÉDICO

HESTER MANDOU a pequena Pearl correr até a margem da água e brincar com as conchas e as algas emaranhadas para que ela pudesse conversar um pouco com aquele coletor de ervas. Então a criança voou como um pássaro e, descalçando os pezinhos brancos, foi chapinhando ao longo da borda úmida do mar. Aqui e ali, parava e espiava com curiosidade uma poça deixada pela maré baixa como um espelho onde ela podia ver o seu rosto. Este espiou para ela da poça, com cachos escuros e brilhantes ao redor da cabeça e um sorriso travesso nos olhos, a imagem de uma mocinha que Pearl, não tendo outra companheira, convidou para pegar sua mão e correr com ela. Mas a mocinha imaginária, por sua vez, acenou da mesma forma, como se dissesse: "Aqui é um lugar melhor! Venha para a poça!". E Pearl, avançando, com a água pela metade das pernas, viu seus próprios pés brancos no fundo; enquanto, de uma profundidade ainda menor, vinha o brilho de uma espécie de sorriso fragmentado, flutuando de um lado para outro na água agitada.

> **Chapinhar** é bater os pés na água.

    Enquanto isso, sua mãe abordava o médico.
    – Gostaria de trocar uma palavra com você – disse ela –, sobre algo que nos diz respeito.
    – Ah! A senhora Hester quer trocar uma palavra com o velho Roger Chillingworth? – respondeu ele, erguendo-se. – De todo o coração! Ora, senhora, ouço boas novas suas por todos os lados! Ontem mesmo um magistrado, um homem sábio e piedoso, discorria sobre o seu caso, senhora Hester, e me sussurrou que houve uma questão a seu respeito no conselho. Eles debateram se aquela letra escarlate poderia

ser retirada de seu peito, com segurança para o bem comum. Por minha vida, Hester, afirmei ao venerável magistrado que isso poderia ser feito imediatamente!

– Não cabe aos magistrados tirar este emblema – respondeu Hester calmamente. – Se eu fosse digna de me livrar dele, ele cairia sozinho, ou se transformaria em algo que tivesse um significado diferente.

– Ora, então use-o, se lhe parece melhor – respondeu ele. – Uma mulher deve seguir seu próprio capricho quanto aos seus adornos. A letra foi bordada com muitos floreios e se destaca bem no seu peito!

Durante todo esse tempo, Hester estivera olhando fixamente para o velho e ficou chocada, e também espantada, ao perceber a mudança que ocorrera nele nos sete anos anteriores. Não era tanto que tivesse envelhecido; pois, embora os traços da vida avançada fossem visíveis, ele aguentava bem a idade e parecia manter-se esguio e vigoroso. Mas o aspecto anterior, de intelectual estudioso, calmo e silencioso, que era o que ela mais lembrava nele, havia desaparecido completamente e fora substituído por um olhar ansioso, perscrutador, quase feroz, mas cuidadosamente protegido. Parecia ser seu desejo e propósito disfarçar essa expressão com um sorriso; mas este o traiu e cintilou em seu rosto de maneira tão zombeteira que a espectadora pôde enxergar sua escuridão. De vez em quando, também saía um clarão de luz avermelhada de seus olhos, como se a alma do velho estivesse em chamas e continuasse a arder lentamente em seu peito, até que, por algum sopro casual de paixão, se transformava numa chama momentânea. Esta ele reprimia o mais rápido possível, esforçando-se para dar a impressão de que nada havia acontecido.

Em suma, o velho Roger Chillingworth era a prova notável da capacidade do homem de se transformar num demônio, se quisesse, e, por um espaço de tempo razoável, assumir esse cargo. Aquela pessoa infeliz havia efetuado tal transformação dedicando-se durante sete anos à análise constante de um coração martirizado e daí derivando seu gozo, enquanto adicionava lenha à tortura ardente que analisava e da qual se vangloriava.

A **vanglória** é um orgulho que a pessoa sente quando, na verdade, não tem motivo nenhum praquilo, muito pelo contrário.

A letra escarlate queimava no peito de Hester Prynne. Ali estava outra ruína, cuja responsabilidade recaía parcialmente sobre ela.

– O que você vê no meu rosto – perguntou o médico – que a faz olhá-lo tão seriamente?

– Algo que me faria chorar se houvesse lágrimas amargas suficientes – respondeu ela. – Mas deixe estar! É sobre aquele pobre homem que desejo falar.

– O que tem ele? – exclamou Roger Chillingworth, ansioso, como se adorasse o assunto e estivesse contente com a oportunidade de discuti-lo com a única pessoa que poderia ser sua confidente. – Para falar a verdade, senhora Hester, meus pensamentos estão justamente ocupados com o cavalheiro. Então fale livremente, e eu darei a resposta.

– Quando conversamos pela última vez – disse Hester –, há sete anos, fez questão de extorquir uma promessa de sigilo sobre nossa relação anterior. Como a vida e a reputação daquele homem estavam em suas mãos, parecia não haver escolha para mim, a não ser ficar em silêncio, de acordo com a sua ordem. No entanto, não foi sem pesadas dúvidas que a isso me obriguei; pois, tendo abandonado todos os deveres para com os outros seres humanos, permanecia em mim um dever para com ele; e algo me sussurrava que eu o estava traindo ao me comprometer a seguir seu conselho. Desde aquele dia, nenhum homem é tão próximo dele quanto você. Você segue todos os seus passos. Está ao seu lado quando ele dorme e quando acorda. Perscruta seus pensamentos. Escava e machuca seu coração! Cravou suas garras na vida dele e faz que morra, diariamente, uma morte em vida; e ainda assim ele não o conhece. Ao permitir isso, certamente traí o único homem a quem me resta o poder de ser fiel!

– Que escolha você tinha? – indagou Roger Chillingworth.– Meu dedo, apontado para esse homem, o teria atirado de seu púlpito para uma masmorra, e dali, porventura, para a forca!

– Teria sido melhor assim! – disse Hester Prynne.

– Que mal fiz eu ao homem? – indagou Roger Chillingworth novamente. – Eu lhe digo, Hester Prynne, a mais alta

Masmorra é prisão, em especial numa cela que fica no subsolo, em péssimas condições.

remuneração que um médico já recebeu de um monarca não poderia ter comprado os cuidados que desperdicei com esse pastor miserável! Não fosse por minha ajuda, sua vida teria se consumido em tormentos nos dois primeiros anos depois de vocês terem perpetrado o crime. Pois, Hester, o espírito dele carecia da força que poderia ter suportado, como o seu suportou, um fardo como a sua letra escarlate. Oh, eu poderia revelar um bom segredo! Mas basta! Esgotei nele tudo o que a minha arte pode oferecer. Se ele agora respira e se arrasta pela terra, deve-o a mim!

– Melhor seria que tivesse morrido de uma vez! – disse Hester Prynne.

– Sim, mulher, é como você diz, verdadeiramente! – exclamou o velho Roger Chillingworth, deixando o fogo lúgubre de seu coração arder diante dos olhos dela. – Melhor que ele morresse de uma vez! Nunca um mortal sofreu o que esse homem sofreu. E tudo, tudo, à vista de seu pior inimigo! Ele teve consciência de mim. Sentiu uma presença sempre pairando sobre ele como uma maldição. Ele sabia, por algum sentido espiritual (pois o Criador nunca fez outro ser tão sensível quanto esse), sabia que nenhuma mão amiga estava puxando os cordões do seu coração e que um olho o examinava curiosamente, um olho que só buscava o mal e o encontrou. Mas ele não sabia que o olho e a mão eram meus! Com a superstição comum à sua irmandade, ele se imaginava entregue a um demônio, para ser torturado com sonhos terríveis e pensamentos desesperados, a picada do remorso e o desespero do perdão; como uma degustação do que o aguarda no além-túmulo. Mas era a sombra constante da minha presença!... a proximidade estreita do homem a quem ele havia enganado da maneira mais vil!... que passara a existir apenas por meio do veneno perpétuo da mais terrível vingança! Sim, de fato, ele não se equivocou! Havia um demônio ao seu lado! Um homem mortal, que antes tivera um coração humano, tornou-se um demônio para seu especial tormento!

O infeliz médico, enquanto pronunciava essas palavras, ergueu as mãos com uma expressão de horror, como se tivesse visto uma forma assustadora, que não podia reconhecer, usurpando o lugar de sua própria imagem num espelho. Foi um daqueles momentos – que às vezes ocorrem apenas com intervalo de anos – em que o aspecto moral de um homem é fielmente revelado aos olhos de sua alma. Não é improvável que nunca tivesse se visto como naquele instante.

Usurpar é pegar alguma coisa pra si mesmo através de uma fraude.

– Não o torturou o suficiente? – disse Hester, notando o olhar do velho. – Ele não lhe pagou o que devia?

– Não! Não! Ele apenas aumentou a dívida! – respondeu o médico; e, à medida que prosseguia, seus modos perderam as características mais ferozes e se tornaram tristes. – Você se lembra de mim, Hester, como eu era há nove anos? Já então eu estava no outono dos meus dias, e nem era o início desse outono. Mas toda a minha vida tinha sido feita de tranquilos anos de diligência, estudos e atenção, aplicados fielmente à ampliação do meu próprio conhecimento, e fielmente também, embora este último objetivo fosse apenas casual para os outros, fielmente aplicados ao avanço do bem-estar humano. Nenhuma vida foi mais pacífica e inocente do que a minha; poucas vidas foram tão ricas em benefícios conferidos. Você se lembra de mim? Não fui eu, embora você possa me considerar frio, apesar de ser um homem atencioso com os outros e que pouco deseja para si próprio, não fui eu gentil, verdadeiro, justo e de afetos constantes, senão calorosos? Não fui eu tudo isso?

Diligência > cuidado, atenção.

Conferido > dado, oferecido.

– Tudo isso e mais – disse Hester.

– E o que sou agora? – exigiu ele, olhando para o rosto dela e permitindo que todo o mal interior se expressasse em suas feições. – Já lhe disse o que sou! Um demônio! Quem me fez assim?

– Fui eu mesma! – gritou Hester, estremecendo. – Fui eu, tanto quanto ele. Por que não se vingou em mim?

– Eu a deixei com a letra escarlate – respondeu Roger Chillingworth. – Se isso não me vingou, não posso fazer mais nada!

Ele sorriu e colocou o dedo sobre a letra.

– Isto o vingou! – respondeu Hester Prynne.

– Acredito que sim – disse o médico. – E, agora, o que queria me falar sobre o homem?

– Preciso revelar o segredo – respondeu Hester, com firmeza. – Ele tem de conhecer o seu verdadeiro caráter. Qual será o resultado, não sei. Mas esta longa dívida de confiança, dívida minha para com ele, de cuja ruína e infortúnio eu tenho sido a causa, será finalmente paga. No que diz respeito à destruição ou à preservação de sua reputação justa, de suas posses terrenas e, talvez, de sua vida, ele está nas suas mãos. Nem eu, a quem a letra escarlate disciplinou para a verdade, ainda que fosse a verdade marcada a ferro em brasa na alma, nem eu vejo vantagem em que ele continue a viver essa vida de horrível vazio, e por isso me submeto a implorar a sua misericórdia. Faça com ele o que quiser! Não há bem possível para ele, não há bem possível para mim, não há bem possível para você! Não há bem possível para a pequena Pearl! Nenhum caminho pode nos tirar deste labirinto sombrio!

– Mulher, eu quase tenho pena de você! – disse Roger Chillingworth, incapaz de conter também um estremecimento de admiração, pois havia uma qualidade quase majestosa no desespero que ela expressava. – Você tinha grandes qualidades. Porventura, se tivesse conhecido antes um amor melhor que o meu, este mal não existiria. Tenho pena de você, pelo bem que foi desperdiçado em sua natureza!

– E eu de você – respondeu Hester Prynne –, pelo ódio que transformou um homem sábio e justo num demônio! Ainda quer purgar esse ódio e ser novamente humano? Se não pelo bem dele, então pelo dobro da razão por seu próprio bem! Perdoe e deixe a punição que ainda lhe cabe para o Poder que o reivindica! Eu disse, agora mesmo, que não poderia haver nenhum acontecimento bom para ele, para você ou para mim, que vagamos juntos neste escuro labirinto do mal e tropeçamos a cada passo sobre a culpa que semeamos em nosso caminho. Mas não é assim! Pode haver algo bom para você, e somente para você, já que foi profundamente injustiçado e pode perdoar à vontade. Abrirá mão desse único privilégio? Rejeitará esse benefício inestimável?

Inestimável é uma coisa que não dá pra avaliar, de tanto valor (financeiro, prático ou de afeto) que aquilo tem.

– Basta, Hester, basta! – respondeu o velho com sombria gravidade. – Não me é permitido perdoar. Não tenho o poder de que você fala. Minha velha fé, há muito esquecida, retorna para me explicar tudo o que fazemos, e tudo o que sofremos. Com seu primeiro passo errado, você plantou a semente do mal; mas, desde esse momento, tudo tem sido uma melancólica necessidade. Vocês, que me desonraram, não são pecadores, salvo por uma espécie de ilusão típica; nem eu sou um demônio que roubou o ofício de Satanás. É o nosso destino. Deixe a flor sinistra desabrochar como quiser! Agora siga seu caminho e faça o que quiser com esse homem.

Ele acenou com a mão e voltou à tarefa de colher ervas.

Salvo por uma espécie de ilusão típica significa não mais nem menos que todo mundo.

XV
HESTER E PEARL

ENTÃO ROGER CHILLINGWORTH – uma velha figura deformada, com um rosto que assombrava a memória dos homens por mais tempo do que eles gostariam – despediu-se de Hester Prynne e se afastou, inclinando-se para o chão. Ele colhia aqui e ali uma erva, ou arrancava uma raiz, e as colocava no cesto que levava no braço. Enquanto avançava, sua barba grisalha quase tocava o chão. Hester ficou olhando por um momento, observando-o com uma curiosidade quase fantasiosa para ver se a grama tenra do início da primavera não se queimaria embaixo dele e mostraria o rastro vacilante de seus passos, seco e marrom, entre a alegre verdura. Ela se perguntou que tipo de ervas o velho tanto se esforçava para colher. A terra, estimulada para um propósito maligno pela influência de seu olhar, não iria saudá-lo com arbustos venenosos, de espécies até então desconhecidas, que brotariam sob seus dedos? Ou bastaria a ele que todo broto saudável se convertesse em algo deletério e maligno ao seu toque? Será que o sol, que brilhava tão forte em todos os lugares, realmente caía sobre ele? Ou haveria, como de fato parecia haver, um agourento círculo de sombra movendo-se juntamente com seu corpo disforme para qualquer lado que ele se virasse? Para onde estaria indo agora? Será que não afundaria de repente na terra, deixando um ponto árido e condenado, onde, no devido tempo, surgiriam a mortífera beladona, o abrunheiro, o meimendro ou qualquer outra planta maligna que o clima pudesse produzir, todas florescendo com luxúria hedionda? Ou ele abriria asas de

> **Deletério** é aquilo que destrói, que faz mal, que torna imoral.

> **Agourento** > ameaçador, que prenuncia má sorte.

> A **beladona**, o **abrunheiro** e o **meimendro** são plantas tidas como venenosas.

morcego e voaria, parecendo tanto mais feio quanto mais alto subisse em direção ao céu?

– Mesmo que seja pecado – disse Hester Prynne amargamente, enquanto ainda olhava para ele –, eu odeio esse homem!

Ela se repreendeu pelo sentimento, mas não conseguia superá-lo ou diminuí-lo. Tentando fazer isso, pensou nos dias longínquos, numa terra distante, em que ele costumava sair da reclusão do gabinete, ao entardecer, e sentar-se à luz do fogo em sua casa, e à luz de seu sorriso de esposa. Ele precisava se aquecer naquele sorriso, dizia, para que o frio de tantas horas solitárias entre os livros pudesse ser removido de seu coração estudioso. Antes essas cenas pareciam apenas felizes, mas agora, vistas através da desolação da vida posterior de Hester, classificavam-se entre suas piores lembranças. Ela se perguntava como aquilo podia ter acontecido! Indagava-se como podia ter sido forçada a se casar com ele! Para Hester, seu crime mais digno de remorso era ter suportado, e retribuído, o aperto morno daquelas mãos, ter permitido que o sorriso de seus lábios e de seus olhos se misturasse e se fundisse com os dele. Parecia-lhe ser esse o crime mais asqueroso de Roger Chillingworth, mais do que qualquer outro que tivesse perpetrado desde então, o crime de que, na época em que seu coração não entendia bem, ele a tivesse persuadido a imaginar-se feliz ao seu lado.

– Sim, eu o odeio! – repetiu Hester com mais amargura que antes. – Ele me traiu! Ele me causou um mal pior do que o que eu lhe causei!

Que tremam os homens que conquistam a mão de uma mulher, a menos que conquistem juntamente com ela a paixão máxima de seu coração! Do contrário, pode ser seu miserável destino, como foi o de Roger Chillingworth, que um toque mais poderoso desperte todas as sensibilidades dela, e ele passe a ser censurado até mesmo por ter imposto a ela um contentamento tranquilo, a imagem da felicidade esculpida em mármore, como se fosse a calorosa realidade. Mas Hester já deveria ter acabado com essa injustiça havia muito tempo. O que isso significava? Sete longos anos sob a tortura da

Desolação é aquele estado péssimo em que tudo fica depois de uma calamidade, de um megadesastre.

letra escarlate haviam infligido tanta tristeza e nenhum arrependimento?

As emoções daquele breve momento, enquanto ela olhava fixamente para a figura encurvada do velho Roger Chillingworth, iluminaram o estado de espírito de Hester e revelaram muitas coisas que, de outra maneira, ela não reconheceria em si mesma.

Depois que ele se foi, ela chamou a menina de volta.

– Pearl! Pequena Pearl! Onde está você?

A criança, cujo espírito ativo nunca vacilava, não parou de se divertir enquanto sua mãe conversava com o velho coletor de ervas. A princípio, como já dissemos, flertou sonhadoramente com a própria imagem numa poça de água, acenando para o fantasma e – como ele se recusasse a se aventurar – buscando uma passagem para ela própria entrar em sua esfera de terra impalpável e céu inatingível. No entanto, logo descobrindo que ou ela ou a imagem era irreal, Pearl voltou-se para outro lugar em busca de um passatempo melhor. Fez pequenos barcos com cascas de bétula, carregou-os com conchas e enviou mais embarcações ao oceano do que qualquer mercador da Nova Inglaterra; mas a maior parte delas naufragou perto da costa. Pearl agarrou um caranguejo-ferradura vivo pela cauda, apanhou várias estrelas-do-mar e colocou uma água-viva para derreter ao sol quente. Então pegou a espuma branca que marcava a linha da maré crescente e a atirou ao vento, correndo atrás dela, com passos alados, para apanhar os grandes flocos brancos antes que caíssem. Percebendo um bando de pássaros que se alimentavam e revoavam ao longo da praia, a criança traquinas apanhou o avental cheio de seixos e, rastejando de pedra em pedra atrás das pequenas aves marinhas, demonstrou notável destreza em atirar nelas. Um passarinho cinza com o peito branco, Pearl tinha quase certeza, foi atingido por um seixo e voou para longe com a asa quebrada. Mas então a menina travessa suspirou e desistiu da brincadeira, porque lhe doeu ter feito mal a um pequeno ser tão indomável quanto a brisa do mar, ou tão indomável quanto ela própria.

Bétula é uma árvore comum nessa área, que tem um tronco quase branco e de casca fácil de cair.

Mais de 85% do corpinho dessa criatura marinha é água. Então, se ficar mesmo exposta assim ao sol, fora do mar, a **água-viva** vai evaporar e praticamente desaparecer.

Alado > com asas.

Sua diversão final foi colher algas marinhas, de vários tipos, e fazer para si um lenço, ou manto, e um adorno de cabeça, assumindo assim o aspecto de uma pequena sereia. Ela herdara o dom de sua mãe para criar vestes e fantasias. Como último toque no traje de sereia, Pearl pegou um pouco de fitas-do-mar e imitou, o melhor que pôde, em seu próprio peito, a decoração que tão bem conhecia no de sua mãe. Uma letra – a letra A – mas verde e fresca, em vez de escarlate! A criança inclinou o queixo sobre o peito e contemplou essa invenção com estranho interesse, como se a única coisa pela qual ela tivesse sido enviada ao mundo fosse descobrir seu significado oculto.

> **Fita-do-mar** é uma planta marinha em forma de fitas, usada em cestos trançados e como alimento pelas aves marinhas no inverno.

"Será que mamãe vai me perguntar o que isto significa?", pensou Pearl.

Nesse momento, ouviu a voz da mãe e, saltitando com a leveza de uma das pequenas aves marinhas, apareceu diante de Hester Prynne dançando, rindo e apontando o dedo para o adorno em seu peito.

– Minha pequena Pearl – disse Hester, após um momento de silêncio –, a letra verde, e em seu peito de criança, não tem significado. Mas você sabe, minha filha, o que significa esta letra que sua mãe está condenada a usar?

– Sim, mamãe – disse a criança. – É a letra A maiúscula. A senhora me ensinou na cartilha.

Hester olhou fixamente para seu rostinho; mas, embora houvesse aquela expressão singular que tantas vezes observara em seus olhos negros, ela não conseguia ter certeza de que Pearl realmente atribuísse um significado ao emblema. Sentiu um desejo mórbido de averiguar a questão.

– Você sabe, criança, por que sua mãe usa esta letra?

– De verdade, eu sei! – respondeu Pearl, olhando intensamente para o rosto da mãe. – É pela mesma razão que o ministro põe a mão no coração!

– E que razão é essa? – perguntou Hester, meio sorrindo com a absurda incongruência da observação da criança; mas, depois de pensar, empalidecendo. – O que a letra tem a ver com qualquer coração, exceto o meu?

> **Incongruência** é a falta de relação de uma coisa com outra.

– Ah, mamãe, já disse tudo o que sei – afirmou Pearl, mais seriamente do que de costume. – Pergunte àquele velho com quem a senhora conversava! Talvez ele saiba. Mas, falando sério agora, mamãe querida, o que significa essa letra escarlate? E por que a senhora a usa no peito? E por que o ministro mantém a mão sobre o coração?

Ela pegou a mão da mãe nas suas e olhou em seus olhos com uma seriedade que raramente era vista em seu caráter indomado e caprichoso. Ocorreu a Hester a ideia de que a filha realmente pudesse estar tentando abordá-la com a confiança de uma criança e fazendo o que podia, e da maneira mais inteligente que sabia, para estabelecer um ponto comum de empatia. Pearl se revelava sob um aspecto incomum. Até então, a mãe, embora amasse a filha com a intensidade de uma afeição única, educara-se para esperar pouco retorno além dos caprichos de uma brisa primaveril, que passa seu tempo em movimentos ligeiros e tem suas rajadas de paixão inexplicável, é petulante em seu melhor humor e arrepia mais frequentemente do que acaricia quando é acolhida ao peito; como compensação a essas contravenções, ela às vezes, por seus próprios e vagos propósitos, beijava sua face com uma espécie de ternura indecisa e brincava delicadamente com seu cabelo, e então ia cuidar de suas outras frivolidades, deixando um prazer sonhador em seu coração. E essa, além do mais, era a visão de uma mãe sobre o temperamento da filha. Outro observador qualquer talvez enxergasse nela poucos traços não desagradáveis, pintando-os em tons mais sombrios. Mas agora vinha com força à mente de Hester a ideia de que Pearl, com sua notável precocidade e agudeza, talvez já estivesse perto da idade em que poderia se tornar uma amiga a quem poderia confiar grande parte de suas tristezas, sem desrespeito a ela ou à filha. No pequeno caos do caráter de Pearl, podia-se ver emergir – talvez desde o início – os firmes princípios de uma coragem inabalável, uma vontade incontrolável, um orgulho robusto, que podia ser disciplinado em respeito próprio, e um amargo desprezo por muitas coisas que, quando examinadas, nelas se poderia encontrar a

Petulante > atrevido, abusado.

Agudeza > esperteza, inteligência, raciocínio.

mancha da falsidade. Ela também tinha afeições, embora até então ácidas e desagradáveis, como são os mais ricos sabores das frutas verdes. Com todos esses atributos preciosos, pensou Hester, o mal herdado da mãe seria realmente grande se dessa criança encantadora não crescesse uma mulher nobre.

A tendência inevitável de Pearl de meditar sobre o enigma da letra escarlate parecia uma qualidade inata de seu ser. Desde o princípio de sua vida consciente, havia tomado aquilo como missão. Hester costumava imaginar que, ao dotar a criança com essa acentuada propensão, a Providência tinha como desígnio fazer justiça e punir; mas nunca, até agora, havia pensado em se perguntar se, associado a esse desígnio, haveria um propósito de misericórdia e benevolência. Se a pequena Pearl fosse criada com fé e confiança, como uma mensageira espiritual tanto quanto como uma criança deste mundo, não seria sua missão aliviar a tristeza que esfriava o coração de sua mãe e a convertia numa tumba?, e ajudá-la a superar a paixão, outrora tão selvagem, mas então nem morta nem adormecida, apenas aprisionada no mesmo coração transformado em túmulo?

Esses eram alguns dos pensamentos que naquela hora se agitavam na mente de Hester com tanta vivacidade como se tivessem sido sussurrados em seu ouvido. E lá estava a pequena Pearl, o tempo todo segurando a mão da mãe entre as suas, com o rosto virado para cima, enquanto fazia essas perguntas uma, duas, três vezes.

– O que significa a letra, mamãe? E por que a senhora a usa? E por que o ministro mantém a mão sobre o coração?

"O que devo dizer?", pensou Hester. "Não! Se esse for o preço da compreensão da criança, não posso pagá-lo."

Então ela disse:

– Não seja tola, Pearl – disse ela. – Que perguntas são essas? Existem muitas coisas neste mundo que uma criança não deve perguntar. O que sei eu sobre o coração do ministro? E, quanto à letra escarlate, eu a uso por causa de seu fio de ouro.

Naqueles sete anos, Hester Prynne nunca havia mentido sobre o emblema em seu peito. Talvez ele fosse o talismã de um espírito grave e severo, mas ainda guardião, que agora a abandonava; como se reconhecesse que, apesar da estrita vigilância sobre seu coração, um novo mal havia se infiltrado nele, ou algum antigo mal nunca havia sido expulso. Quanto à pequena Pearl, a seriedade logo sumiu de seu rosto.

No entanto, a criança não achou justo deixar o assunto morrer. Duas ou três vezes, enquanto a mãe e ela voltavam para casa, e várias vezes na hora do jantar, e enquanto Hester a colocava na cama, e uma vez depois de aparentemente ter adormecido, Pearl ergueu os olhos negros, nos quais havia um brilho travesso.

– Mamãe – disse ela –, o que significa a letra escarlate?

Na manhã seguinte, o primeiro indício que a criança deu de estar acordada foi levantar a cabeça do travesseiro e fazer aquela outra pergunta, que ela havia tão inexplicavelmente ligado a suas investigações sobre a letra escarlate:

– Mamãe! Mamãe! Por que o ministro mantém a mão sobre o coração?

– Segure sua língua, criança malcriada! – respondeu a mãe, com uma aspereza que ela nunca havia se permitido. – Não me provoque; senão vou trancá-la no armário escuro!

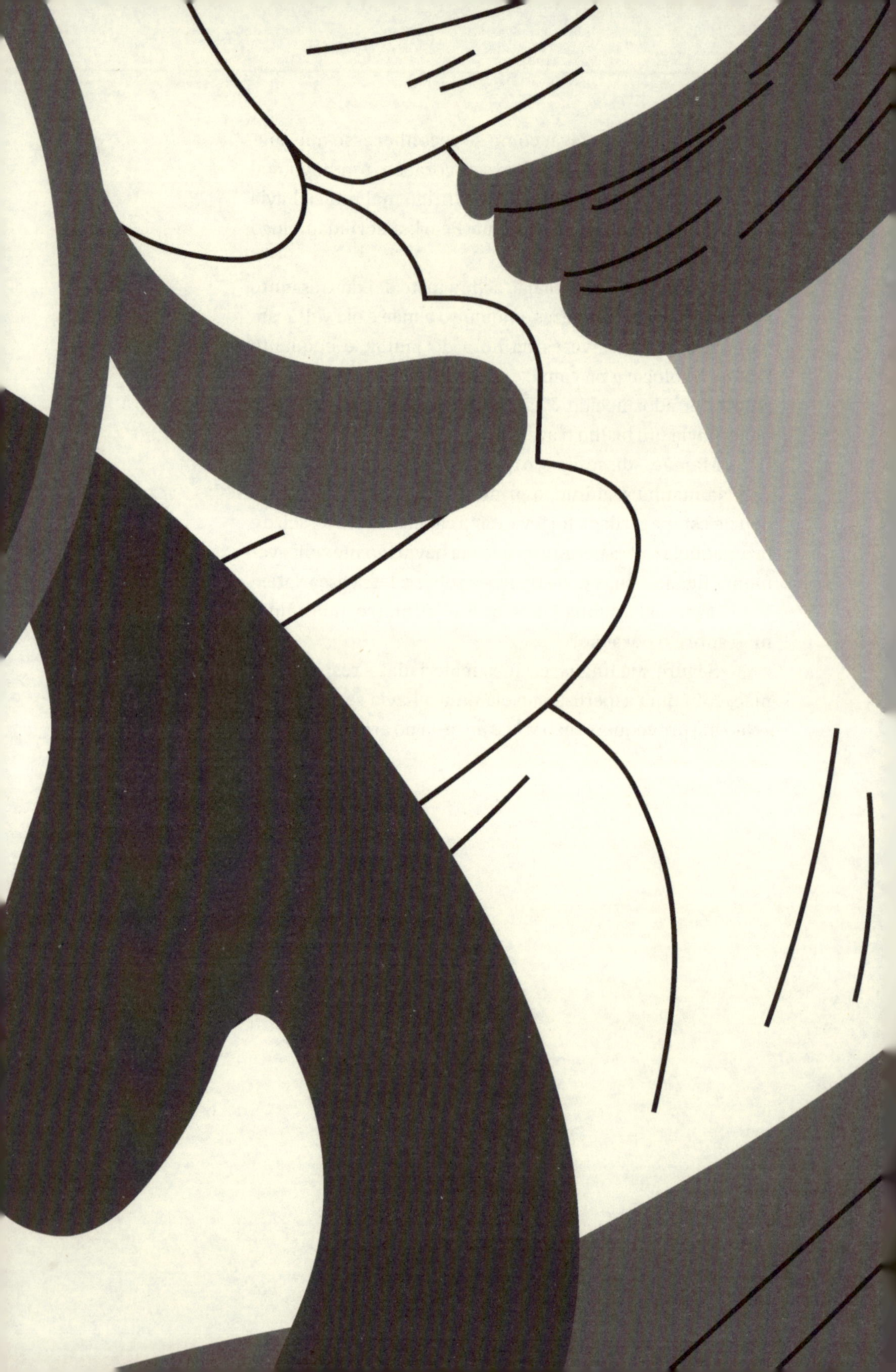

XVI
UMA CAMINHADA NA FLORESTA

HESTER PRYNNE PERMANECEU firme na resolução de revelar ao senhor Dimmesdale, sob qualquer risco de dor presente ou de futuras consequências, o verdadeiro caráter do homem que havia se infiltrado na intimidade dele. Durante vários dias, porém, procurou em vão uma oportunidade de se dirigir ao ministro em alguma das caminhadas de meditação que, como Hester sabia, ele tinha o hábito de fazer ao longo da costa da península ou nos bosques das colinas próximas. Não haveria escândalo, de fato, nem perigo para a imaculada reputação do clérigo, se ela o visitasse em seu próprio gabinete, onde muitos penitentes, antes disso, haviam confessado pecados de um matiz talvez tão intenso quanto aquele denunciado pela letra escarlate. Contudo, em parte porque ela temia o segredo ou a interferência indisfarçável do velho Roger Chillingworth, em parte porque seu coração consciente imputava suspeitas onde nenhuma poderia ser sentida, e em parte porque tanto o ministro quanto ela precisariam de todo o vasto mundo para respirar enquanto conversassem – por todas essas razões Hester nunca pensou em encontrá-lo em ambiente mais privado do que sob céu aberto.

Por fim, enquanto esperava no quarto de um enfermo, ao qual o reverendo senhor Dimmesdale fora convocado para fazer uma oração, ela soube que, na véspera, ele tinha ido visitar o apóstolo Eliot entre seus convertidos

---

Imputar é indicar, atribuir responsabilidade de algo a alguém.

John **Eliot** (1604-90) era um missionário que trabalhava ali na região na conversão dos povos originários à religião dele. Pra isso, John tratou de aprender a língua mais comum deles e de fazer uma tradução da Bíblia pra esse idioma. Ele também construiu aldeias novas, misturando gente convertida de vários povos, fazendo esse pessoal viver de maneira "civilizada", ou seja, seguindo o que Eliot achava que era supimpa e correto. Os indígenas da área onde hoje fica Boston eram os massachusetts, do grande grupo dos algonquinos.

indígenas. Provavelmente voltaria em determinada hora na tarde do dia seguinte. Logo, portanto, no dia seguinte Hester pegou a pequena Pearl – que era necessariamente a companheira de todas as expedições da mãe, por mais inconveniente que fosse sua presença – e partiu.

A estrada, depois que as duas viajantes cruzaram da península para o continente, não passava de uma trilha. Ela avançava para o mistério da floresta primitiva. Esta a cercava tão estreitamente, ficava tão escura e densa dos dois lados e revelava rasgos tão imperfeitos do céu que, para a mente de Hester, parecia representar o deserto moral em que ela vagara por tanto tempo. O dia estava frio e sombrio. Acima havia uma extensão cinzenta de nuvens, ligeiramente agitadas, entretanto, por uma brisa, de modo que um raio de sol bruxuleante podia de vez em quando ser visto em sua brincadeira solitária ao longo do caminho. Essa alegria fugaz estava sempre na extremidade mais distante de alguma parte da floresta. A animada luz do sol – fracamente animada, na melhor das hipóteses, diante da melancolia predominante do dia e do cenário – se retirava quando elas se aproximavam, deixando mais sombrios os lugares por onde dançara, porque esperavam encontrá-los luminosos.

– Mamãe – disse a pequena Pearl –, o sol não a ama. Ele foge e se esconde, porque tem medo de algo no seu peito. Veja agora, lá está ele, brincando, a uma boa distância. Fique aqui e deixe-me correr e pegá-lo. Sou só uma criança. Ele não fugirá de mim, pois ainda não tenho nada no peito!

– E nunca terá, minha filha, espero – disse Hester.

– Por que não, mamãe? – indagou Pearl, parando abruptamente, logo no início de sua corrida. – Não virá por conta própria, quando eu for uma mulher adulta?

– Corra, criança – respondeu a mãe –, e pegue o sol! Em breve ele irá embora.

Pearl partiu em grande velocidade e, como Hester percebeu com um sorriso, realmente pegou a luz do sol e ficou rindo no meio dela, toda iluminada por seu esplendor e cintilante com a vivacidade provocada pelo movimento rápido. A luz permaneceu sobre a criança solitária, como se

Fugaz > passageiro, que não dura, que passa rápido.

estivesse contente com tal companheira de folguedos, até que sua mãe se aproximou quase o suficiente para também entrar no círculo mágico.

– Vai acabar agora – disse Pearl, balançando a cabeça.

– Veja! – respondeu Hester, sorrindo. – Agora posso estender a mão e pegar um pouco.

Enquanto ela tentava fazer isso, o sol desapareceu; ou, a julgar pela expressão alegre que dançava nas feições de Pearl, sua mãe poderia imaginar que a menina o havia absorvido e o projetaria novamente no caminho assim que mergulhassem em um lugar mais escuro. Não havia outro atributo na natureza de Pearl que tanto a impressionasse com uma sensação de vigor novo e original quanto essa vivacidade infalível do espírito; ela não tinha a doença da tristeza, que nos últimos tempos quase todas as crianças herdavam, juntamente com a escrófula, dos problemas de seus ancestrais. Talvez aquilo também fosse uma doença, e nada além do reflexo da energia selvagem com que Hester lutara contra suas tristezas antes do nascimento de Pearl. Era certamente um encanto duvidoso, que conferia um brilho duro e metálico ao caráter da criança. Ela precisava – e algumas pessoas precisam ao longo da vida – de uma dor que a tocasse profundamente, que a humanizasse e a tornasse capaz de empatia. Mas ainda havia bastante tempo para a pequena Pearl.

> Doença muito comum na Idade Média, também conhecida como "mal do rei", a **escrófula** é uma inflamação na área do pescoço que cria uns inchaços doídos que podem até virar feridas sérias. Essa encrenca é causada pela mesma bactéria da tuberculose, mas, na época, não se sabia nada de como tratar legal esse perrengue e surgiu, então, a lenga-lenga de que se o rei ou a rainha colocasse a mão sobre o doente e falasse lá umas coisas e tal, ia ficar tudo resolvido.

– Venha, minha filha! – disse Hester, olhando em volta do local onde Pearl ficara parada ao sol. – Vamos nos sentar um pouco no interior da floresta e descansar.

– Não estou cansada, mamãe – respondeu a menina. – Mas a senhora pode se sentar, se me contar uma história enquanto isso.

– Uma história, criança! – disse Hester. – Sobre o quê?

– Ah, uma história sobre o Homem das Trevas – respondeu Pearl, pegando o vestido da mãe e erguendo os olhos, meio séria, meio maliciosa. – Sobre como ele assombra esta floresta e carrega um livro... um livro grande e pesado, com fechos de ferro... e como esse feio Homem das Trevas oferece seu livro e uma caneta de ferro a todos os que o encontram aqui entre as árvores; e como eles devem escrever seu nome com o próprio sangue. E como então ele coloca sua marca no peito deles! A senhora já viu o Homem das Trevas, mamãe?

– Quem lhe contou essa história, Pearl? – indagou a mãe, reconhecendo uma superstição comum na época.

– Foi a velha que estava no canto da chaminé, na casa que a senhora visitou ontem à noite – disse a criança. – Mas ela achou que eu estava dormindo quando disse isso. Disse que mil e mais mil pessoas o encontraram aqui, escreveram em seu livro e receberam sua marca. E que aquela senhora mal-humorada, a senhora Hibbins, era uma delas. E, mamãe, a velha disse que essa letra escarlate é a marca que o Homem das Trevas fez na senhora, e que ela brilha como uma chama vermelha quando a senhora o encontra à meia-noite, aqui na floresta escura. É verdade, mamãe? A senhora vai encontrá-lo à noite?

– Você alguma vez acordou e não me viu em casa? – perguntou Hester.

– Não que eu me lembre – disse a criança. – Se a senhora tem receio de me deixar sozinha na nossa cabana, pode me levar junto. Eu iria com muito prazer! Mas, mamãe, diga-me agora! Existe o tal Homem das Trevas? A senhora já o encontrou? Essa é a marca dele?

– Você me deixará em paz se eu lhe contar? – perguntou a mãe.

– Sim, se me disser tudo – respondeu Pearl.

– Uma vez na minha vida encontrei o Homem das Trevas! – disse Hester. – Esta letra escarlate é a marca dele!

Assim conversando, elas entraram suficientemente fundo na mata para se proteger da observação de um eventual passante na trilha. Ali elas se sentaram num luxuriante monte de musgo, que, em alguma época do século anterior, tinha sido um pinheiro gigantesco, com as raízes e o tronco fincados na sombra escura e a copa na atmosfera acima. O local onde haviam se sentado era um pequeno vale ladeado por folhagens com um riacho fluindo no meio, sobre um leito de folhas caídas e afogadas. Debruçadas sobre o riacho, as árvores lançavam nele grandes galhos, que de vez em quando sufocavam a corrente e a obrigavam a formar redemoinhos e profundezas escuras em alguns pontos; enquanto, em seus trechos mais rápidos e vivos, aparecia um canal de seixos e areia marrom cintilante. Deixando os olhos seguirem o curso do riacho, elas podiam captar a luz refletida na água a uma curta distância dentro da floresta, mas logo perdiam todo vestígio dela em meio à confusão de troncos de árvores e arbustos, e, aqui e ali, um enorme rochedo coberto por liquens cinzentos. Todas essas árvores gigantescas e rochas de granito pareciam decididas a tornar um mistério o curso desse pequeno riacho; temiam, talvez, que, com sua loquacidade incessante, ele sussurrasse histórias do coração da velha floresta de onde fluía, ou espelhasse suas revelações na superfície lisa de uma poça. Continuamente, de fato, à medida que avançava furtivamente, o riacho mantinha um balbucio gentil, tranquilo, calmante, mas melancólico, como a voz de uma criança que passa a infância sem brincadeiras e não sabe como ser alegre entre conhecidos tristes e acontecimentos sombrios.

– Ó riacho! Ó pequeno riacho tolo e cansativo! – exclamou Pearl, depois de ouvir por algum tempo sua conversa. – Por que está tão triste? Anime-se e não fique o tempo todo suspirando e murmurando!

O riacho, porém, no curso de sua pequena vida entre as árvores da floresta, passara por uma experiência tão solene que não podia deixar de falar sobre ela, e parecia não ter mais nada a dizer. Pearl se assemelhava ao riacho, na medida em que a corrente de sua vida jorrava de uma fonte muito misteriosa e fluía por cenários igualmente obscurecidos pela melancolia. No entanto, ao contrário do pequeno riacho, ela dançava, faiscava e tagarelava alegremente ao longo de seu curso.

– O que diz este riacho triste, mãe? – perguntou ela.

– Se você tem uma aflição, o riacho lhe fala dela – respondeu a mãe –, assim como está falando da minha! Mas

Líquen é um combinado de fungos e algas que dá em cima de pedras, na casca de árvores e até no solo.

Loquacidade > eloquência, facilidade para discursar.

agora, Pearl, ouço passos no caminho e o barulho de alguém afastando os galhos. Gostaria que você se dedicasse a brincar e me deixasse falar com aquele que vem ali.

– É o Homem das Trevas? – indagou Pearl.

– Quer ir brincar, menina? – repetiu a mãe. – Mas não se afaste muito na floresta. E preste atenção para voltar ao meu primeiro chamado.

– Sim, mamãe – respondeu Pearl. – Mas, se for o Homem das Trevas, a senhora me deixa ficar um momento e olhar para ele, com seu grande livro debaixo do braço?

– Vá, bobinha! – disse a mãe, impaciente. – Não é o Homem das Trevas! Pode enxergá-lo agora, através das árvores. É o ministro!

– É mesmo! – disse a criança. – Mamãe, ele está com a mão no coração! Será porque, quando o ministro escreveu seu nome no livro, o Homem das Trevas deixou sua marca naquele lugar? Mas por que ele não a usa diante do peito como a senhora faz?

– Vá agora, criança. Pode me provocar como quiser em outra hora – exclamou Hester Prynne. – Mas não vá muito longe. Fique onde possa ouvir o murmúrio do riacho.

A menina se afastou cantando, acompanhando a corrente do riacho e se esforçando para mesclar uma cadência mais leve a sua voz melancólica. Contudo, o pequeno riacho não podia ser consolado, e continuou contando seu segredo ininteligível de algum mistério infeliz que havia acontecido – ou fazendo um lamento profético sobre algo que ainda estava por acontecer – na sinistra floresta. Pearl, que já estava farta de sombras na sua breve existência, decidiu interromper qualquer contato com o riacho queixoso. Dedicou-se, então, a colher violetas, anêmonas-dos-bosques e algumas aquilégias vermelhas que encontrou crescendo nas fendas de uma rocha alta.

Quando a filha irrequieta se afastou, Hester Prynne deu um passo ou dois em direção à trilha que enveredava pela floresta, mas ainda permaneceu à sombra profunda das árvores. Viu o ministro avançar ao longo da trilha, totalmente só, apoiado num pedaço de pau que havia cortado à beira do caminho. Ele parecia abatido e fraco, e traía um desespero implacável, que nunca o havia caracterizado de forma tão visível em suas caminhadas pelo povoado, nem em qualquer outra situação em que se julgasse submetido ao olhar alheio. Ali, naquela intensa reclusão da floresta, que por si só teria sido uma dura prova aos espíritos, isso era dolorosamente visível. Havia apatia em seu andar, como se ele não visse nenhuma razão para dar um passo adiante, nem sentisse desejo algum de fazê-lo, mas ficasse contente, se é que era capaz de se contentar com alguma coisa, de se atirar na raiz da árvore mais próxima e ficar ali parado para sempre. As folhas o cobririam, e o solo aos poucos se acumularia e formaria um montículo sobre seu corpo, independentemente de haver vida nele ou não. A morte era um objeto definitivo demais para ser desejado ou evitado.

 Aos olhos de Hester, o reverendo Dimmesdale não exibia nenhum sintoma de sofrimento explícito e vivo, exceto pelo fato de, como a pequena Pearl havia observado, manter a mão sobre o coração.

Apatia > abatimento, desinteresse, indiferença.

XVII
O PASTOR E SUA PAROQUIANA

EMBORA O MINISTRO caminhasse devagar, quase havia desaparecido quando Hester Prynne encontrou voz suficiente para chamar sua atenção. Por fim, ela conseguiu.

– Arthur Dimmesdale! – disse ela, fracamente a princípio, depois mais forte, mas rouca. – Arthur Dimmesdale!

– Quem é? – respondeu o ministro.

Recompondo-se rapidamente, ele endireitou o corpo como um homem apanhado de surpresa num estado de espírito do qual preferia não ter testemunhas. Lançando o olhar ansiosamente na direção da voz, avistou uma forma imprecisa sob as árvores, vestida com roupas tão sombrias e tão pouco distintas da luminosidade cinzenta com que o céu nublado e a folhagem pesada obscureciam o meio-dia que não soube se era uma mulher ou uma sombra. Talvez seu caminho pela vida fosse assim assombrado por um espectro que se havia esgueirado de seus pensamentos.

Deu mais um passo e avistou a letra escarlate.

– Hester! Hester Prynne! – disse. – É você? Você está viva?

– Estou sim! – respondeu ela. – Viva como nos últimos sete anos! E você, Arthur Dimmesdale, ainda vive?

Não era de admirar que questionassem mutuamente a existência real e corporal um do outro, e até duvidassem da sua própria. Tão estranho era o encontro na floresta sombria que era como o primeiro, no mundo além-túmulo, de dois espíritos que houvessem sido intimamente ligados na vida anterior mas agora estivessem trêmulos e frios devido a um pavor mútuo, como se ainda não familiarizados com seu estado, nem acostumados com a companhia de seres desencarnados. Ambos fantasmas, e cada um espantado com o outro! Estavam igualmente espantados consigo, porque aquela situação crítica lhes devolvia a consciência e revelava a cada coração sua história e sua experiência, algo que a vida nunca faz, exceto em momentos como esse. A alma via seus traços no espelho do momento fugaz. Foi com medo, hesitação e, por assim dizer, uma necessidade tardia e relutante, que Arthur Dimmesdale estendeu a mão, fria como a morte, e tocou a mão também fria de Hester Prynne. O toque, apesar disso, removeu o que havia de mais triste no encontro. Eles agora se sentiam, pelo menos, habitantes da mesma esfera.

Sem dizer mais uma palavra – sem que ele ou ela assumissem a frente da situação, mas com um consentimento tácito –, eles se esgueiraram para a sombra da mata de onde Hester havia saído e sentaram-se no monte de musgo onde ela e Pearl tinham estado antes. Quando conseguiram falar, no princípio fizeram somente comentários e indagações que conhecidos fariam – sobre o céu sombrio, que ameaçava tempestade, e, a seguir, sobre a saúde de cada um. Assim, seguiram em frente não com ousadia, mas passo a passo, até chegar aos temas que mais pesavam em seu coração. Depois de tanto tempo afastados pelo destino e pelas circunstâncias, precisavam primeiro discorrer a respeito de algo leve e casual para abrir as portas daquela conversa, de modo que seus pensamentos reais pudessem cruzar a soleira.

Depois de um tempo, o ministro fixou o olhar no de Hester Prynne.

– Hester – disse ele –, você encontrou a paz?

Ela sorriu tristemente, olhando para o peito.

– E você? – perguntou.

– Nenhuma! Nada além de desespero! – respondeu ele. – O que mais poderia eu procurar, sendo o que sou e levando a vida que levo? Se fosse ateu, um homem sem consciência, um desgraçado com instintos crus e brutais, poderia ter encontrado a paz há muito tempo. Não, eu nem sequer a teria perdido! Mas, no estado em que se encontra a minha

---

Tácito é o que não foi dito, mas entendido pelas partes envolvidas.

alma, fosse qual fosse a capacidade que havia originalmente em mim, todos os dons que Deus me concedeu se tornaram agentes de tormento espiritual. Sou muito infeliz, Hester!

– As pessoas o respeitam – disse Hester. – E certamente você agiu bem entre elas! Isso não lhe traz nenhum conforto?

– Mais sofrimento, Hester! Apenas mais sofrimento! – respondeu o clérigo com um sorriso amargo. – No que diz respeito ao bem que pareço fazer, não acredito nele. Deve ser ilusão. O que pode uma alma arruinada como a minha realizar pela redenção de outras almas? Ou uma alma impura, por sua purificação? Quanto à reverência do povo, gostaria que se transformasse em desprezo e ódio! Você acha, Hester, que é um consolo subir ao púlpito e ver tantos olhos voltados para o meu rosto, como se a luz do céu resplandecesse nele? Ver meu rebanho, faminto pela verdade, ouvir minhas palavras como se uma língua de Pentecostes estivesse falando? Olhar para dentro e perceber a realidade sinistra daquilo que eles idolatram? Tenho rido, com o coração amargurado e agoniado, do contraste entre o que pareço ser e o que sou! E Satanás ri também!

– Você se engana – disse Hester, com suavidade. – Você se arrependeu profunda e dolorosamente. Seu pecado ficou para trás, no passado. Sua vida presente não é menos sagrada, na verdade, do que parece aos olhos das pessoas. Não é real a penitência assim selada e testemunhada pelas boas obras? E por que isso não deveria lhe trazer paz?

– Não, Hester, não! – respondeu o clérigo. – Não há substância nela! Está fria e morta, e nada pode fazer por mim! De sofrimento já tive o bastante! De penitência, nenhuma! Do contrário, eu deveria há muito tempo ter jogado fora estas vestes de falsa santidade e ter-me mostrado à humanidade como ela me verá no dia do juízo. Feliz é você, Hester, que usa a letra escarlate abertamente em seu peito! A minha queima em segredo! Você não sabe o alívio que é, após o tormento de sete anos de engodo, olhar para quem me reconhece pelo que sou! Se eu tivesse um amigo (ainda que fosse meu pior inimigo!) a quem, quando enojado dos elogios de todos os outros homens, eu pudesse me dirigir

Redenção > salvação, libertação, purificação.

Engodo > enganação, logro.

diariamente e ser reconhecido como o mais vil de todos os pecadores, penso que assim minha alma talvez se mantivesse viva. Mesmo esse pouco de verdade me salvaria! Mas agora tudo é mentira! Tudo é vazio! Tudo é morte!

Hester Prynne olhou para o rosto dele, mas hesitou em falar. No entanto, como ele expressara as próprias emoções, há muito reprimidas, com tanta veemência, suas palavras produziram a circunstância ideal para ela expor o que viera dizer. Hester venceu seus temores e falou.

– O amigo que você agora mesmo desejou – disse –, o amigo com quem chorar pelo seu pecado, você tem em mim, parceira de falta! – Novamente ela hesitou, mas, com esforço, pronunciou as palavras. – Quanto ao inimigo, há muito tempo você o tem a seu lado, pois mora com ele sob o mesmo teto!

O ministro se levantou, ofegante, e levou a mão ao coração como se fosse arrancá-lo do peito.

– Hã! O que disse? – gritou. – Um inimigo! E sob o meu próprio teto! O que você quer dizer?

Hester Prynne tinha agora plena consciência da profunda ferida que causara naquele homem infeliz ao ter permitido que passasse tantos anos, ou um momento que fosse, à mercê de alguém cujos propósitos não poderiam ser senão malévolos. A própria proximidade do inimigo, sob qualquer máscara com que ele pudesse se ocultar, bastava para perturbar a esfera magnética de um ser tão sensível quanto Arthur Dimmesdale. Houve uma época em que Hester esteve menos atenta a tudo isso; ou talvez, na misantropia de seu próprio infortúnio, tivesse deixado o ministro suportar o que ela mesma poderia ver como uma sina mais tolerável. Ultimamente, porém, desde a noite de sua vigília, toda a sua compaixão por ele fora suavizada e ao mesmo tempo revigorada. Ela agora lia seu coração com mais precisão. Não duvidava de que a presença constante de Roger Chillingworth – cujo maligno veneno secreto infectava toda a atmosfera ao redor – e sua interferência autorizada, como médico, nas enfermidades físicas e espirituais do ministro tivessem sido usadas para um propósito cruel. Por meio delas, a consciência do sofredor

Falta > transgressão, pecado, erro.

Misantropia é a tristeza e o desencanto com os seres humanos.

tinha sido mantida em estado de exasperação, cuja tendência não era a cura pela dor, mas a desorganização e a corrupção do espírito. Aqui na terra, o resultado dificilmente poderia deixar de ser a insanidade, e, depois desta vida, a eterna alienação do Bem e da Verdade, da qual a loucura talvez seja o modelo terreno.

Exasperação > irritação, impaciência, inquietude.

Tal era a ruína à qual havia levado o homem que um dia – ah, por que não dizer? – amara apaixonadamente! Hester sentia que o sacrifício do bom nome do clérigo e a própria morte, como já dissera a Roger Chillingworth, teriam sido infinitamente preferíveis à alternativa que ela própria escolhera. E agora, em vez de confessar esse erro doloroso, preferia se deitar nas folhas da floresta e morrer ali, aos pés de Arthur Dimmesdale.

– Ah, Arthur – exclamou –, perdoe-me! Em todo o resto tenho me esforçado para ser honesta! A verdade foi a única virtude a que pude me agarrar, e agarrei-a com firmeza, durante todas as dificuldades; salvo quando o seu bem, a sua vida, a sua reputação foram questionados! Então eu consenti em enganar. Mas uma mentira nunca é boa, mesmo que a morte ameace do outro lado! Não vê o que quero dizer? Aquele velho! O médico! Ele, a quem chamam Roger Chillingworth! Ele era o meu marido!

O ministro olhou-a, por um instante, com toda a violência da paixão, que – mesclada, em mais de uma forma, com suas qualidades superiores, mais puras, mais brandas – era, de fato, a parte dele que o Diabo desejava, e através da qual tentava conquistar o resto. Nunca houve uma carranca mais sinistra ou mais feroz do que aquela que Hester agora enfrentava. Pelo breve espaço que durou, foi uma transfiguração sombria. Mas ele estava tão debilitado pelo sofrimento que mesmo suas energias mais básicas eram incapazes de mais que uma luta temporária. O ministro caiu ao chão e enterrou o rosto nas mãos.

– Eu devia ter adivinhado – murmurou. – Eu sabia! Não me revelou esse segredo a repugnância que senti naturalmente à primeira vista e tantas vezes quantas eu o vi desde então? Por que não entendi? Ah, Hester Prynne, você

> **Regozijar** é alegrar, causar prazer. Então... regozijar-se é sentir prazer e alegria.

sabe muito pouco do horror de tudo isso! E a vergonha! A indelicadeza! A horrível feiura da exposição de um coração doente e culpado justamente aos olhos que se regozijariam com isso! Mulher, mulher, você é a responsável por tudo! Não posso perdoá-la!

– Você tem que me perdoar! – gritou Hester, jogando-se nas folhas caídas ao lado dele. – Deixe Deus punir! Você deve perdoar!

Com uma ternura súbita e desesperada, ela o abraçou e pressionou a cabeça dele contra seu peito, pouco se importando com que sua face repousasse na letra escarlate. Ele queria se libertar, mas se esforçou em vão para tanto. Hester não o soltou, para que não a fitasse com dureza. Todos a haviam reprovado – durante sete longos anos reprovaram essa mulher solitária –, mas ela suportara tudo, nem uma única vez desviara seus olhos firmes e tristes. O Céu, do mesmo modo, reprovou-a, e ela não morreu. Mas a reprovação desse homem pálido, fraco, pecador e abatido pela tristeza era o que Hester não podia suportar, não sobreviveria a isso!

– Vai me perdoar? – repetiu ela por diversas vezes. – Não vai me reprovar? Pode me perdoar?

– Eu a perdoo, Hester – respondeu o ministro, por fim. Em sua voz, vinda de um profundo abismo de tristeza, não havia raiva. – Eu a perdoo de todo o coração. Que Deus nos perdoe a ambos! Não somos, Hester, os piores pecadores do mundo. Existe um até pior que o clérigo impuro! A vingança daquele velho foi mais tenebrosa que o meu pecado. Ele violou, a sangue-frio, a santidade de um coração humano. Você e eu, Hester, nunca fizemos isso!

– Nunca, nunca! – sussurrou ela. – No que fizemos havia devoção. Nós a sentimos! Declaramos isso um ao outro! Você esqueceu?

> Fazer com **devoção** quer dizer fazer algo como se fosse uma coisa sagrada.

– Não precisa dizer isso, Hester! – disse Arthur Dimmesdale, levantando-se. – Não, eu não esqueci!

Eles se sentaram de novo, lado a lado, de mãos dadas, no tronco coberto de musgo da árvore caída. Era o momento mais triste da vida de ambos; o ponto para onde seus caminhos convergiam havia muito tempo, sempre mais escuro à medida que avançavam. No entanto, esse instante encerrava um encantamento que os fazia se demorar nele e reivindicar outro, e outro, e afinal outro momento. A floresta em redor estava escura e rangeu sob uma rajada de vento. Os galhos balançaram pesadamente acima de sua cabeça, enquanto uma velha e solene árvore gemeu dolorosamente para outra, como se contasse a triste história daquele casal ou, constrangida, prenunciasse o mal que estava por vir.

Ainda assim, deixaram-se ficar por mais um tempo. Como parecia sombria a trilha da floresta que conduzia de volta ao povoado, onde Hester Prynne deveria assumir novamente o fardo de sua ignomínia, e o ministro, o simulacro oco de seu bom nome! Então eles se demoraram mais um instante. Nunca uma luz dourada foi tão preciosa como a escuridão daquela floresta. Ali, vista apenas pelos olhos dele, a letra escarlate não precisava queimar no seio da mulher caída! Ali, visto apenas pelos olhos dela, Arthur Dimmesdale, falso diante de Deus e dos homens, podia ser, por um momento, verdadeiro!

Ele se assustou com uma ideia que de repente lhe ocorreu.

– Hester – exclamou –, agora há este novo terror! Roger Chillingworth conhece seu propósito de revelar o verdadeiro caráter dele. Continuará a guardar nosso segredo? Qual será agora o curso de sua vingança?

– Há uma estranha reserva em sua natureza – respondeu Hester, pensativa. – E ela aumentou graças à prática oculta de sua vingança. Não acho provável que revele o segredo. Sem dúvida buscará outros meios de saciar sua paixão mórbida.

– E eu? Como continuarei a viver, a respirar o mesmo ar que esse inimigo mortal? – exclamou Arthur Dimmesdale, encolhendo-se e pressionando nervosamente a mão sobre o coração, gesto que se tornara involuntário. – Pense por mim, Hester! Você é forte. Resolva por mim!

– Você não deve mais morar com esse homem – disse Hester, lenta e firmemente. – Seu coração não deve mais estar sob aquele olhar maligno!

Simulacro > falsa aparência, arremedo, simulação.

– Seria muito pior do que a morte! – respondeu o ministro. – Mas como evitá-lo? Que opção me resta? Devo deitar-me de novo sobre estas folhas secas, onde me lancei quando você me disse quem ele era? Devo afundar aqui e morrer de uma vez?

– Ai de mim! Que desgraça se abateu sobre você! – disse Hester, com lágrimas nos olhos. – Morrerá de pura fraqueza? Não há outra causa!

– O julgamento de Deus caiu sobre mim – respondeu o sacerdote, abatido. – É poderoso demais para eu lutar contra ele!

– O Céu teria misericórdia – respondeu Hester – se você tivesse força para aproveitá-la.

– Seja forte por mim! – respondeu ele. – Diga-me o que fazer.

– O mundo é assim tão estreito? – exclamou Hester Prynne, fixando seus olhos profundos nos do ministro e instintivamente exercendo um poder magnético sobre aquele espírito tão abalado e subjugado que mal conseguia se manter ereto. – O universo se reduz aos limites desta cidade, que há pouco tempo era apenas um deserto coberto de folhas, tão solitário quanto este ao nosso redor? Para onde leva a trilha da floresta? De volta ao povoado, você diz! Sim; mas também para a frente. Ela avança floresta adentro, menos visível a cada passo; até que, alguns quilômetros depois, as folhas amarelas não mostram nenhum vestígio da passagem do homem branco. Aí você estará livre! Uma viagem tão breve o levaria de um mundo onde sofre demais para outro onde ainda pode ser feliz! Não há sombra suficiente em toda esta floresta sem limites onde você possa esconder o coração do olhar de Roger Chillingworth?

– Há, Hester; mas apenas sob as folhas caídas! – respondeu o ministro, com um sorriso triste.

– Há o amplo caminho do mar! – continuou Hester. – Ele o trouxe aqui. Se assim decidir, o levará de volta. Em nossa terra natal, em alguma aldeia rural remota ou na vasta Londres... ou, certamente, na Alemanha, na França,

Subjugado > debaixo de um poder mais forte.

na agradável Itália... você estaria além do poder e do conhecimento dele! O que você tem a ver com todos esses homens de ferro e suas opiniões? Eles já mantiveram sua melhor parte em cativeiro por tempo demais!

– Não pode ser! – respondeu o ministro, ouvindo como se fosse chamado a realizar um sonho. – Não tenho forças para prosseguir! Desgraçado e pecador como sou, não tenho outro pensamento a não ser arrastar minha existência terrena no lugar em que a Providência me colocou. Perdida como está a minha alma, eu ainda faria o que pudesse por outras almas humanas! Não me atrevo a abandonar meu posto, embora seja uma sentinela infiel, cuja recompensa certa será a morte e a desonra quando sua sombria vigília chegar ao fim!

– Você está esmagado sob o peso de sete anos de sofrimento – respondeu Hester, fervorosamente decidida a animá-lo com sua própria energia. – Mas deve deixar esta vida para trás! Não permita que ela obstrua seus passos se você decidir percorrer o caminho da floresta; nem a embarque no navio se preferir cruzar o oceano. Deixe a decadência e a ruína aqui onde elas aconteceram. Não se ocupe mais delas! Comece tudo de novo! Estão todas as possibilidades esgotadas devido ao fracasso desta única tentativa? Não! O futuro ainda está cheio de experiências e sucesso. Há felicidade a ser desfrutada! Há coisas boas a serem feitas! Troque esta vida falsa por uma verdadeira. Seja, se seu espírito o convocar para tal missão, o mestre e o apóstolo dos peles-vermelhas. Ou (como é mais da sua natureza) seja um erudito e um sábio entre os mais sábios e renomados do mundo culto. Pregue! Escreva! Aja! Faça qualquer coisa, exceto se deitar e morrer! Abandone o nome Arthur Dimmesdale e invente outro, imponente, que você possa usar sem medo ou vergonha. Por que deveria se demorar mais um dia nos tormentos que têm corroído sua vida? Que o tornaram fraco para querer e fazer? Que o deixarão incapaz até de se arrepender? Levante-se e siga em frente!

– Oh, Hester! – exclamou Arthur Dimmesdale, em cujos olhos uma luz intermitente, acesa pelo entusiasmo dela, brilhava e morria. – Você fala em correr para um homem cujos joelhos estão cambaleantes! Devo morrer aqui! Não tenho mais força ou coragem para me aventurar sozinho neste mundo vasto, estranho e difícil!

Foi a última expressão de desânimo de um espírito alquebrado. Ele não tinha energia para agarrar a boa sorte que parecia estar ao seu alcance.

E repetiu:

– Sozinho, Hester!

– Você não irá só! – retrucou ela, num sussurro profundo.

E, assim, tudo estava dito!

Alquebrado > cansado, fraco.

XVIII
UMA TORRENTE DE LUZ

ARTHUR DIMMESDALE OLHOU para o rosto de Hester com uma expressão em que, de fato, brilhavam esperança e alegria, mas misturadas ao medo e a uma espécie de horror pela ousadia de dizer o que ele vagamente insinuara, mas não ousara falar.

No entanto, Hester Prynne, naturalmente corajosa e ativa, por tanto tempo não apenas afastada mas banida da sociedade, habituara-se a uma liberdade de pensamento que era totalmente estranha ao clérigo. Ela havia vagado, sem regra ou orientação, numa paisagem moralmente confusa; tão vasta, tão intricada e sombria quanto a floresta indômita em cuja sombra eles agora mantinham uma conversa que iria decidir seu destino. O intelecto e o coração de Hester sentiam-se à vontade, por assim dizer, em lugares desertos, onde ela vagava tão livremente quanto o índio selvagem em sua floresta. Durante anos, havia observado por esse ponto de vista peculiar as instituições humanas e o que quer que os padres ou os legisladores tivessem estabelecido, criticando a todos com tão pouca reverência quanto a que o índio experimentaria pelo colarinho clerical, pelo manto judicial, pelo pelourinho, pela forca, pela lareira ou pela Igreja. Seu destino e sua fortuna tinham sido libertá-la. A letra escarlate era seu passaporte para regiões onde outras mulheres não ousavam pisar. Vergonha, desespero, solidão! Esses haviam sido seus professores – severos e ferozes –, e eles a tornaram forte, mas a induziram a muitos enganos.

O ministro, por outro lado, nunca havia passado por uma experiência calculada para conduzi-lo além do âmbito

---

Indômito > bravo, que não foi domesticado.

Olha aí de novo e de novo a tristeza que era a percepção deles sobre os **povos nativos** naquele tempo – e como isso está ainda grudado na cabeça de muita gente, né?

Lareira tem aqui o sentido de lar, casa. A lareira aquece a casa com seu fogo, e era comum dizer que um povoado tinha xis fogos para indicar a quantidade de casas do lugar.

das leis geralmente aceitas; embora, num único caso, ele tivesse transgredido uma das mais sagradas. Mas esse havia sido um pecado de paixão, não de princípio, nem mesmo de propósito. Desde aquela época infeliz, ele observava, com zelo e minúcia mórbidos, não seus atos – pois estes era fácil organizar –, mas cada sopro de emoção e cada pensamento. À frente do sistema social, como se situavam os clérigos daquela época, seus regulamentos, seus princípios e mesmo seus preconceitos eram para ele um empecilho ainda maior. Como pastor, a estrutura de sua ordem inevitavelmente o continha. Como homem que havia pecado, mas que mantivera sua consciência viva e dolorosamente sensível pelo atrito de uma ferida não curada, estava mais seguro dentro dos limites da virtude do que se nunca tivesse pecado.

Assim, no que diz respeito a Hester Prynne, todos aqueles sete anos de proscrição e ignomínia haviam sido aparentemente pouco mais que um preparativo para este momento. Quanto a Arthur Dimmesdale... Caso esse homem pecasse mais uma vez, que argumento se poderia invocar para justificar seu crime? Nenhum, a menos que lhe valesse, de alguma forma, o fato de ter sido destruído por um longo e intenso sofrimento; de que sua mente estivesse obscurecida e confusa pelo próprio remorso que a atormentava; de que, entre fugir como um criminoso confesso e permanecer como um hipócrita, a consciência achasse difícil encontrar o equilíbrio; de que era humano evitar o perigo de morte e infâmia e as maquinações inescrutáveis de um inimigo; de que, finalmente, para este pobre peregrino fraco, doente e miserável, em seu caminho lúgubre e deserto apareceu um vislumbre de afeição e simpatia humanas, uma nova vida, e verdadeira, em troca da pesada condenação que ele estava agora expiando. E seja dita a dura e triste verdade, a de que a brecha que a culpa um dia causou na alma humana nunca é reparada enquanto ela permanecer mortal. Ela pode ser vigiada e guardada, para que o inimigo não force outra vez o caminho até o interior da cidadela, nem consiga, em seus ataques subsequentes, escolher alguma outra via que não

Expiar > sofrer as consequências para compensar o erro, purificar.

Cidadela > fortaleza que protege uma cidade.

essa onde antes obteve êxito. Mas ainda restava o muro em ruínas e, perto dele, o passo furtivo do inimigo que poderia voltar a alcançar novamente o mesmo triunfo do passado, mesmo que ainda não esquecido.

A luta, se houve, não precisa ser descrita. Basta dizer que o clérigo resolveu fugir, e não sozinho.

"Se em todos estes últimos sete anos", pensou ele, "eu pudesse me lembrar de um instante de paz ou esperança, ainda suportaria tudo por causa da garantia da misericórdia celestial. Mas agora – visto que estou irrevogavelmente condenado –, por que não deveria agarrar o consolo permitido ao condenado antes da execução? Ou, se esse for o caminho para uma vida melhor, como argumenta Hester, certamente não desistirei de nenhuma perspectiva mais justa ao segui-lo! Não posso mais viver sem a sua companhia; tão poderosa é ela para dar apoio, tão sensível para acalmar! Ó vós, a quem não ouso levantar os olhos, ainda me perdoareis?"

– Você irá! – disse Hester, calmamente, quando ele a encarou.

Uma vez tomada a decisão, um halo de estranha satisfação lançou seu brilho bruxuleante sobre a desordem do peito dele. Era o efeito estimulante – sobre um prisioneiro que acabara de escapar da masmorra de seu próprio coração – de respirar a atmosfera rebelde e livre de uma região não redimida, não cristianizada e sem lei. Seu espírito se elevou, por assim dizer, com um salto, e alcançou uma perspectiva mais próxima do céu do que através de toda a agonia que o mantivera rastejando na terra. De temperamento profundamente religioso, havia inevitavelmente um toque de devoção em seu humor.

– Sinto alegria de novo? – gritou ele, perguntando a si mesmo. – Achei que a semente estivesse morta em mim! Ah, Hester, você é meu melhor anjo! Parece que me atirei... doente, manchado pelo pecado e abatido pela tristeza... sobre estas folhas da floresta e me levantei refeito e com novos poderes para glorificar Aquele que foi misericordioso! Esta já é uma vida melhor! Por que não a encontramos antes?

– Não vamos olhar para trás – respondeu Hester Prynne. – O passado se foi! Por que devemos pensar nele agora? Veja! Com este emblema, eu desfaço tudo, como se nunca tivesse acontecido!

Assim falando, ela abriu o fecho que prendia a letra escarlate e, tirando-a do peito, atirou-a para longe, entre as folhas secas. O emblema místico pousou na beira do riacho. Se tivesse voado um palmo mais longe, teria caído na água e dado ao riacho mais uma desgraça para carregar, além da história ininteligível sobre a qual continuava murmurando. Mas lá estava a letra bordada, cintilante como uma joia perdida, que algum errante malfadado poderia pegar, para daí em diante passar a ser assombrado por estranhos fantasmas de culpa, palpitações do coração e um infortúnio inexplicável.

Sem o estigma, Hester deu um longo e profundo suspiro, durante o qual o fardo da vergonha e da angústia se apartou de seu espírito. Oh, alívio maravilhoso! Ela não tinha noção do peso até se livrar dele! Com outro impulso, tirou a touca que prendia seu cabelo, e ele caiu sobre seus ombros, castanho e farto, com uma mescla de luz e sombra em sua abundância, transmitindo ao seu rosto o encanto da suavidade. Um sorriso radiante e terno, que parecia jorrar do próprio coração da feminilidade, brilhava em sua boca e irradiava de seus olhos. Um rubor carmesim brilhava em sua face, que havia muito tempo andava bastante pálida. Seu sexo, sua juventude e toda a riqueza de sua beleza retornaram do que os homens chamam de passado irrevogável e se reagruparam, com sua esperança de donzela e uma felicidade antes desconhecida, no círculo mágico daquela hora. E, como se a escuridão da terra e do céu tivesse sido apenas a efluência desses dois corações mortais, ela desapareceu junto com sua tristeza. De repente, como se por um sorriso súbito do céu, irrompeu o sol, que derramou uma grande torrente de luz na floresta sombria, alegrando cada folha verde, transmutando em ouro as folhas amarelas caídas e reluzindo nos troncos cinzentos das árvores solenes. Os objetos que até então

---

Errante é quem anda por aí sem destino certo.

Malfadado > sem sorte, azarado, vítima de engano.

Estigma > reputação ruim, cicatriz, marca.

haviam feito sombra incorporavam agora o brilho. O curso do pequeno riacho podia ser traçado por seu reflexo alegre ao longe, no coração misterioso da floresta, que se tornou um mistério de alegria.

Tal era a empatia da natureza – aquela natureza selvagem e pagã da floresta, nunca subjugada pela lei humana, nem iluminada pela verdade superior – pela felicidade desses dois espíritos! O amor, seja recém-nascido seja despertado de um sono mortal, sempre cria um raio de sol que enche o coração de um esplendor que transborda para o mundo exterior. Se a floresta ainda mantivesse sua escuridão, teria parecido brilhante aos olhos de Hester e aos de Arthur Dimmesdale!

Pagão > não cristão (mais precisamente, qualquer pessoa que não tenha sido batizada).

Hester olhou para ele com a emoção de outra alegria.

– Você precisa conhecer Pearl! – disse. – Nossa pequena Pearl! Você a viu... sim, eu sei!... mas agora a verá com outros olhos. Ela é uma criança estranha! Eu mal a compreendo! Mas você a amará ternamente, como eu, e me aconselhará sobre a forma de lidar com ela.

– Acha que a menina ficará contente em me conhecer? – perguntou o ministro, um tanto constrangido. – Há muito tempo me afasto das crianças, porque muitas vezes elas demonstram desconfiança... uma hesitação em me conhecer melhor. Tenho até medo da pequena Pearl!

– Ah, isso é triste!– respondeu a mãe. – Mas ela vai amá-lo ternamente, e você a ela. Ela não está longe. Vou chamá-la! Pearl! Pearl!

– Estou vendo a menina – observou o ministro. – Lá está ela, parada sob um raio de sol, ali além, do outro lado do riacho. Então você acha que ela vai me amar?

Hester sorriu e novamente chamou Pearl, que estava visível a certa distância, como o ministro a havia descrito, uma figura de roupas coloridas sob um raio de sol que descia através de um arco de ramos. O raio oscilava de um lado a outro, tornando sua figura turva ou distinta – ora uma criança de verdade, ora o espírito de uma criança – conforme a luz ia e voltava. Ela ouviu a voz da mãe e se aproximou lentamente pela floresta.

Turva ou distinta quer dizer que não dava para ver direito ou se podia ver com clareza, ora parecia longe ora parecia perto, conforme o momento (e conforme quem via...).

Pearl não sentiu o tempo passar enquanto a mãe conversava com o clérigo. A grande floresta sombria – que parecia severa para aqueles que traziam a culpa e os problemas do mundo para seu seio – tornou-se companheira de brincadeiras da criança solitária da melhor maneira que pôde. Por mais sombria que fosse, exibiu o mais amável de seus humores para recebê-la. Ofereceu-lhe as frutas silvestres crescidas no último outono, mas que amadureceram só na primavera e estavam agora vermelhas como gotas de sangue nas folhas secas. Pearl as colheu e apreciou seu sabor rústico natural. Os pequenos habitantes da mata pouco se deram ao trabalho de sair de seu caminho. Uma perdiz, de fato, com uma ninhada de dez a segui-la, avançou ameaçadoramente, mas logo se arrependeu de sua ferocidade e piou para que os filhotes não temessem. Um pombo, sozinho num galho baixo, permitiu que Pearl se aproximasse por baixo e emitiu um som tanto de saudação quanto de alarme. Um esquilo, das profundezas elevadas de sua casa na árvore, tagarelava de raiva ou de alegria – pois um esquilo é um pequeno personagem tão colérico e volúvel que é difícil distinguir entre seus humores –, então tagarelou com a criança e atirou uma noz em sua cabeça. Era uma noz do ano anterior, já roída por seu dente afiado. Uma raposa, despertada de seu sono pelos passos leves nas folhas, olhou curiosa para Pearl, como se estivesse em dúvida entre se afastar ou retomar o cochilo no mesmo lugar. Um lobo, dizem – mas aqui a história certamente resvalou no improvável –, apareceu, cheirou o vestido de Pearl e ofereceu sua cabeça selvagem para ser acariciada pela menina. Entretanto, a verdade parece ser que a mãe floresta e os seres selvagens que dela se nutriam reconheceram uma natureza semelhante naquele filhote humano.

E a criança era mais gentil ali do que nas ruas margeadas de grama do povoado, ou na cabana da mãe. As flores pareciam saber disso, e uma e outra sussurravam quando ela passava: "Enfeite-se comigo, linda criança, enfeite-se comigo!" – e, para as agradar, Pearl juntou violetas, anêmonas,

Volúvel é o que muda de humor ou de opinião a toda hora.

aquilégias e alguns ramos do verde mais fresco que as velhas árvores exibiam diante de seus olhos. Com isso ela decorou o cabelo e a jovem cintura, tornando-se uma criança ninfa, ou uma pequena dríade, ou o que mais combinasse com a mata antiga. Estava assim fantasiada quando ouviu a voz da mãe; lentamente, Pearl voltou.

Lentamente; pois ela viu o clérigo!

Nas mitologias grega e romana, as **ninfas** eram divindades que apareciam como moças bonitas que tinham tudo a ver com a natureza: representavam rios, lagos, mares e matas. Um dos vários tipos de ninfas eram as **dríades**, ligadas às árvores.

XIX
A CRIANÇA À BEIRA DO RIACHO

– **VOCÊ A AMARÁ** ternamente – repetiu Hester Prynne, enquanto ela e o ministro, sentados, observavam a pequena Pearl. – Não a acha bonita? Veja com que habilidade natural ela se fez adornar com estas flores simples! Se tivesse colhido pérolas, diamantes e rubis na floresta e se enfeitado de pedras preciosas, não teria ficado mais bonita. É uma criança esplêndida! Mas eu sei com quem se parece!

– Sabe, Hester – disse Arthur Dimmesdale com um sorriso inquieto –, que esta querida criança, sempre saltitando ao seu lado, me causou muito alarme? Pensava... ah, Hester, que pensamento é este e como é terrível temê-lo!... que minhas próprias feições se repetiam um pouco em seu rosto, e de forma tão impressionante que o mundo as poderia enxergar! Mas ela é principalmente parecida com você!

– Não, não! Principalmente não! – respondeu a mãe, com um sorriso terno. – Mais um pouco e você não precisará ter medo de identificar de quem ela é filha. Mas como está estranhamente bonita com aquelas flores silvestres no cabelo! É como se uma das fadas que deixamos na nossa querida e velha Inglaterra a tivesse enfeitado para nos encontrar.

Foi com um sentimento que nenhum dos dois havia experimentado antes que se sentaram e observaram a lenta aproximação de Pearl. Era visível o laço que os unia. Nos sete anos anteriores, ela tinha sido apresentada ao mundo como um hieróglifo vivo, que revelava o segredo que eles tão sombriamente tentavam esconder – tudo escrito naquele símbolo, tudo claramente manifesto – caso houvesse um

Precedente > anterior.

profeta ou um mago capaz de ler o caráter da chama! Pearl era a união de seus seres. Fosse qual fosse o mal precedente, como poderiam duvidar de que sua vida terrena e seu destino futuro estivessem ligados quando contemplavam simultaneamente a união material e a ideia espiritual nas quais haviam se encontrado e nas quais habitariam juntos na vida eterna? Pensamentos como esses – e talvez outros, que eles não reconheciam nem definiam – projetavam uma magia em torno da criança à medida que ela avançava.

– Não deixe que ela veja nada de estranho, nem paixão nem avidez, em sua maneira de abordá-la – sussurrou Hester. – Nossa Pearl é, às vezes, um pequeno ser caprichoso e fantástico. Em especial, ela não tolera as emoções quando não compreende totalmente suas razões. Mas a menina tem fortes afetos! Ela me ama e vai amá-lo!

Avidez > ansiedade de fazer acontecer, desejo forte.

– Você não imagina – disse o ministro, olhando para Hester Prynne – como meu coração teme este encontro e anseia por ele! Mas, na verdade, como já lhe disse, as crianças não são facilmente conquistadas por mim nem se familiarizam comigo. Não sobem no meu colo, nem tagarelam no meu ouvido, nem respondem ao meu sorriso; ficam à parte e me olham de maneira estranha. Até os bebês, quando os pego no colo, choram com amargura. No entanto, por duas vezes em sua curta vida, Pearl foi gentil comigo! A primeira vez você sabe bem qual foi! E a última foi quando você a levou à casa daquele governador velho e severo.

Interceder > defender, fazer um pedido em nome de outrem.

– E você intercedeu tão bravamente por ela e por mim! – respondeu a mãe. – Eu me lembro; e o mesmo acontecerá com a pequena Pearl. Nada tema! Ela pode ser estranha e tímida no início, mas logo aprenderá a amá-lo!

A essa altura, Pearl havia chegado à margem do riacho; parada do outro lado, olhava em silêncio para Hester e o clérigo, que ainda estavam sentados juntos no tronco recoberto de musgo, esperando para recebê-la. Exatamente no lugar onde ela havia feito a pausa, o riacho formava uma poça tão lisa e imóvel que refletia com perfeição sua pequena figura, com todo o brilho pitoresco de sua beleza adornada de flores e folhas em forma de coroa, porém mais refinada e espiritualizada do que a realidade. Essa imagem, quase idêntica à da Pearl real, parecia transmitir à própria criança um pouco de seu caráter sombrio e intangível. Era estranho o modo como ela se postava, olhando-os fixamente em meio à escuridão da floresta; ela própria, entretanto, gloriosa sob um raio de sol, que fora atraído como por uma espécie de simpatia. No riacho a seus pés estava outra criança – outra e a mesma –, com seu raio de luz dourada. De maneira indistinta e aflitiva, Hester sentiu-se distante de Pearl; como se a filha, em sua caminhada solitária pela floresta, tivesse se desviado da esfera em que ela e a mãe viviam juntas e agora procurasse em vão retornar.

A impressão era simultaneamente verdadeira e equivocada; a criança e a mãe se distanciaram, mas por culpa de Hester, não de Pearl. Desde que esta saíra do seu lado, outro habitante fora admitido no círculo dos sentimentos da mãe, o que modificou de tal maneira o aspecto de todos eles que Pearl, voltando do passeio, não conseguia encontrar seu lugar habitual e mal sabia onde estava.

– Tenho a estranha impressão – observou o sensível ministro – de que este riacho é a fronteira entre dois mundos e de que você nunca mais poderá encontrar a sua Pearl. Ou ela é um espírito perturbador, que, como ensinam as lendas da nossa infância, está proibido de atravessar um curso de água? Por favor, apresse-a; pois esse atraso já causou um abalo nos meus nervos.

– Venha, querida criança! – disse Hester, encorajando-a e estendendo os braços. – Que vagarosa você é! Quando foi tão preguiçosa antes? Aqui está um amigo meu, que também deverá ser seu amigo. Daqui em diante você terá duas vezes mais amor do que a sua mãe sozinha poderia lhe dar! Salte o riacho e venha até aqui. Você sabe pular como um pequeno cervo!

Sem responder de forma alguma a essas expressões doces como mel, Pearl permaneceu do outro lado do riacho. Ora fixava os olhos cintilantes e impetuosos na mãe, ora no ministro, ora incluía os dois no mesmo olhar, como que para detectar e explicar a si mesma a relação que

A **tradição** europeia é cheia de **seres** com poderes especiais que tinham **dificuldade** em **atravessar lugares com água**. Há histórias assim com elfos, bruxas e até com vampiros. Tem quem diga que isso é porque a água limpa purifica.

ambos mantinham. Por alguma razão inexplicável, quando Arthur Dimmesdale sentiu os olhos da criança sobre si, sua mão – com aquele gesto tão habitual que se tornara involuntário – roçou o coração. Por fim, assumindo um ar singular de autoridade, Pearl estendeu a mão, com o pequeno dedo indicador apontando claramente para o peito da mãe. Abaixo, no espelho do riacho, estava a imagem ensolarada e rodeada de flores da pequena Pearl, também apontando o indicador.

– Por que não vem até mim, criança estranha? – exclamou Hester.

Enquanto apontava o dedo, Pearl franziu o cenho, algo mais impressionante por causa de seu aspecto infantil, de suas feições quase de bebê. Como a mãe ainda acenava para ela e cobria o rosto com um conjunto festivo de sorrisos incomuns, a criança bateu o pé, com um olhar e uma postura ainda mais imperiosos. O riacho, novamente, refletiu a beleza fantástica da imagem, com sua carranca refletida, o dedo apontado e o gesto imperioso, ressaltando a figura da pequena Pearl.

– Apresse-se, Pearl; ou ficarei irritada! – exclamou Hester Prynne, que, embora acostumada a tal comportamento por parte da criança traquinas, agora estava naturalmente ansiosa por um comportamento mais apropriado. – Salte o riacho, menina travessa, e corra para cá! Senão, terei de ir buscá-la!

Mas Pearl, nem um pouco assustada com as ameaças da mãe, nem amolecida por suas súplicas, explodiu de repente num acesso de fúria, gesticulando violentamente e contorcendo o pequeno corpo de maneira extravagante. A explosão de raiva foi acompanhada de gritos agudos, que a floresta reverberou por todos os lados; de modo que, sozinha como estava em sua ira infantil e irracional, parecia que uma multidão oculta lhe oferecia solidariedade e encorajamento. No riacho, mais uma vez, estava a imagem da fúria sinistra de Pearl, coroada e rodeada de flores, mas batendo o pé, gesticulando descontroladamente e, no meio de tudo, ainda apontando o pequeno indicador para o peito de Hester!

O cenho é o rosto mas também pode ser uma carranca, e **franzir o cenho** é fechar a cara, fazer cara ruim.

Imperioso é com energia, autoritário, feito um imperador.

Reverberar > repercutir.

– Sei o que aflige a criança – sussurrou Hester para o clérigo, empalidecendo apesar do grande esforço para esconder sua preocupação e seu aborrecimento. – As crianças não toleram nenhuma, nem a mais leve, mudança na aparência habitual das coisas que diariamente estão diante delas. Pearl sente falta de algo que sempre me viu usar!

– Eu lhe rogo – respondeu o ministro –, se existe algum meio de apaziguar a criança, faça-o imediatamente! A não ser pela fúria inflamada de uma velha bruxa como a senhora Hibbins – acrescentou ele, tentando sorrir –, não há nada que me assuste tanto quanto a raiva de uma criança. Na beleza jovem de Pearl, assim como na bruxa enrugada, a ira tem efeito sobrenatural. Acalme-a, se você me ama!

Hester voltou-se novamente para Pearl, com um rubor no rosto, um consciente olhar de esguelha para o clérigo e, em seguida, um suspiro profundo; enquanto isso, antes mesmo de ter tido tempo de falar, o rubor cedeu a uma palidez mortal.

De esguelha é de lado, de soslaio, sem encarar pra valer.

– Pearl – disse ela com tristeza –, olhe para os seus pés! Ali! À sua frente! Do outro lado do riacho!

A criança voltou os olhos para o ponto indicado, e lá estava a letra escarlate, tão perto da margem do riacho que o bordado de ouro se refletia nele.

– Traga-a aqui! – disse Hester.

– Venha você pegá-la! – respondeu Pearl.

– Sempre foi assim a criança! – observou Hester, de lado para o ministro. – Ah, eu tenho muito a lhe contar! Mas, na verdade, ela está certa a respeito desse símbolo odioso. Devo suportar sua tortura ainda um pouco mais... apenas mais alguns dias... até que tenhamos deixado esta região, e então olharemos para trás como para uma terra que não passou de um sonho. A floresta não pode escondê-la! O oceano a tirará da minha mão e a engolirá para sempre!

Com essas palavras, Hester avançou até a margem do riacho, apanhou a letra escarlate e a prendeu novamente no peito. Um momento antes, quando tinha falado em afogá-la no oceano, havia nela um sentimento de esperança, mas agora, ao receber o emblema de volta pelas mãos do destino, foi tomada pela sensação de que pesava sobre ela uma maldição inevitável. Ela a havia lançado ao espaço infinito – por uma hora havia respirado livremente –, e aqui estava novamente a desgraça escarlate, brilhando no antigo local! Assim, seja ela classificada ou não desta forma, uma má ação sempre se reveste do caráter de sina. Em seguida, Hester juntou as pesadas tranças de seu cabelo e confinou-as sob a touca. Como se houvesse um feitiço fulminante na triste letra, sua beleza, o calor e a riqueza de sua feminilidade desapareceram como o sol poente, e uma sombra cinzenta pareceu cair sobre ela.

Quando a triste mudança ocorreu, ela estendeu a mão para Pearl.

– Reconhece sua mãe agora, menina? – perguntou, com censura, mas em tom contido. – Vai cruzar o riacho e aceitar sua mãe, agora que ostenta sua vergonha, agora que está triste?

– Sim, agora eu vou! – respondeu a criança, saltando o riacho e abraçando Hester. – Agora você é realmente a minha mãe! E eu sou a sua pequena Pearl!

Num clima de ternura que não era comum, ela baixou a cabeça da mãe e beijou sua testa e ambas as faces. Mas então, por uma espécie de necessidade que sempre a levava a misturar com uma palpitação de angústia qualquer consolo que pudesse dar, Pearl ergueu a boca e beijou a letra escarlate também!

– Isso não foi delicado! – disse Hester. – Quando me mostrou um pouco de amor, você estava zombando!

– Por que o ministro está sentado ali? – indagou Pearl.

– Ele espera para lhe dar as boas-vindas – respondeu a mãe. – Venha e peça sua bênção! Ele gosta de você, minha pequena Pearl, e gosta de sua mãe também. Você não vai gostar dele? Venha! Ele quer cumprimentá-la!

– Ele gosta de nós? – disse Pearl, erguendo os olhos, com aguda inteligência, para o rosto da mãe. – Ele vai voltar conosco, de mãos dadas, nós três juntos, para a cidade?

– Agora não, querida criança – respondeu Hester. – Mas nos dias que virão ele andará de mãos dadas conosco.

Teremos uma casa e uma lareira próprias; e você deverá sentar-se em seu colo, e ele lhe ensinará muitas coisas e a amará ternamente. Você o amará, não é?

– E ele continuará a pôr a mão no coração? – perguntou Pearl.

– Criança tola, que pergunta é essa? – exclamou a mãe. – Venha e peça-lhe a bênção!

No entanto, fosse influenciada pelo ciúme de um rival perigoso, que parece instintivo em toda criança mimada, fosse por algum capricho de sua natureza estranha, Pearl não demonstrou nenhum apreço pelo clérigo. Foi apenas com grande esforço que sua mãe a levou até ele, enquanto ela resistia e manifestava sua relutância com estranhas caretas, das quais, desde bebê, possuía uma variedade singular, e com as quais podia transformar sua fisionomia mutável numa série de aspectos diversos, com novas traquinagens em cada uma. O ministro – dolorosamente envergonhado, mas esperançoso de que um beijo pudesse ser um talismã para fazê-lo cair nas graças da criança – inclinou-se para a frente e beijou-a na testa. Com isso, Pearl se afastou da mãe e, correndo para o riacho, curvou-se sobre ele e lavou a testa até que o beijo indesejado fosse completamente removido e se espalhasse por um longo trecho da água corrente. Então permaneceu afastada, observando silenciosamente Hester e o clérigo, enquanto eles conversavam e tomavam as providências necessárias a sua nova posição e aos propósitos que logo seriam cumpridos.

E então esse encontro fatídico chegou ao fim. O vale voltaria a ficar só entre as velhas e escuras árvores, que, com suas inúmeras línguas, sussurrariam por muito tempo sobre o que havia acontecido ali, sem que nenhum mortal ficasse sabendo. E o riacho melancólico acrescentaria mais esta história ao mistério que já sobrecarregava seu pequeno coração, murmurando num tom nem um pouco mais alegre do que nos séculos até então.

Fatídico > fatal, trágico, determinante, inevitável.

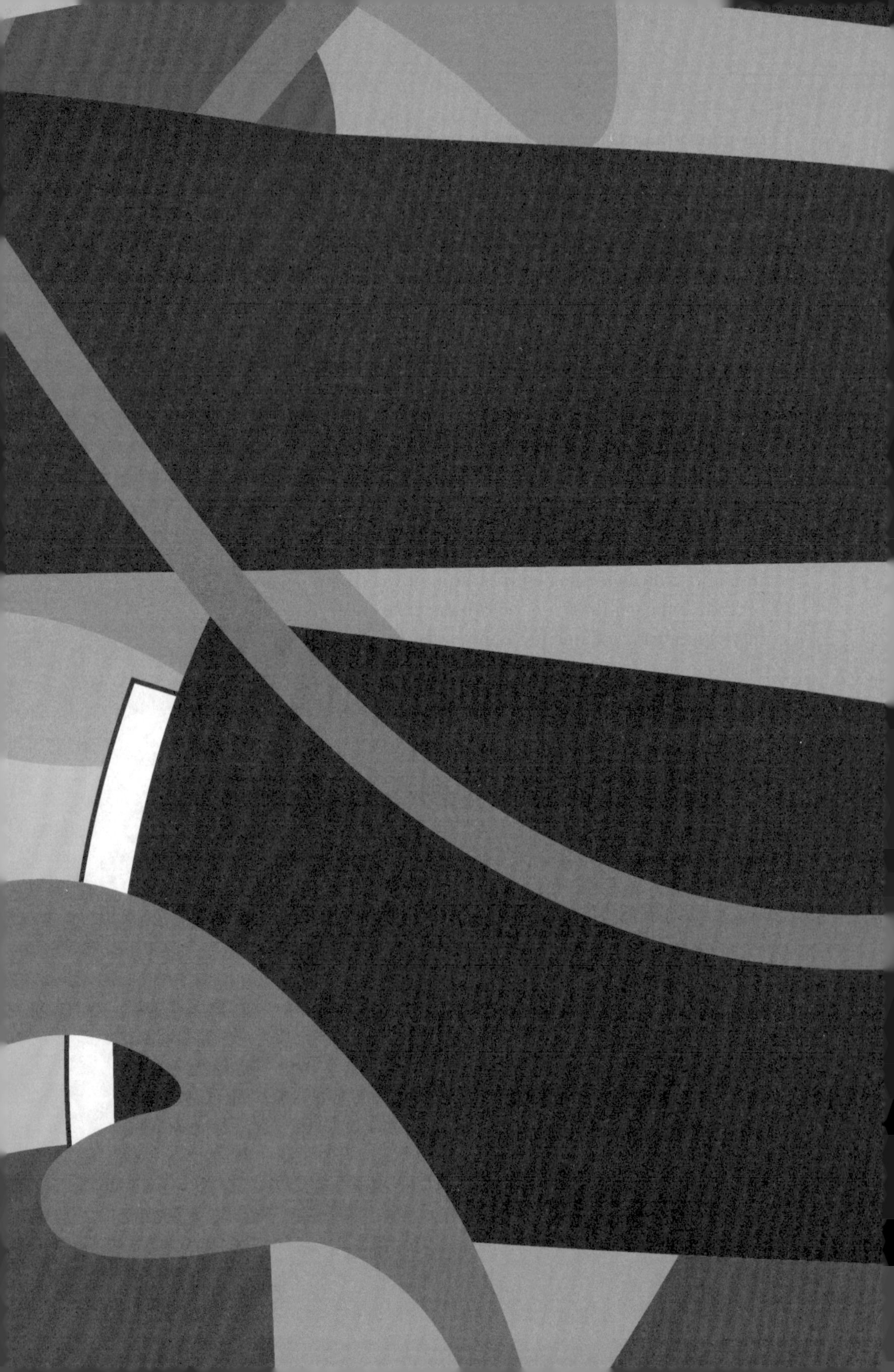

XX
O MINISTRO NUM LABIRINTO

QUANDO O MINISTRO partiu, antes de Hester Prynne e da pequena Pearl, ele olhou para trás, como se esperasse descobrir apenas alguns traços ou o contorno vagamente desenhado da mãe e da filha, que desapareciam lentamente na penumbra da floresta. Tão grande vicissitude em sua vida não podia ser imediatamente aceita como real. Mas havia Hester, vestida com seu manto cinza, ainda de pé ao lado do tronco da árvore que uma explosão derrubara muito tempo antes, e que desde então fora coberta com musgo, de modo que esses dois predestinados, com os mais pesados fardos da terra sobre eles, puderam sentar-se juntos ali e encontrar uma única hora de descanso e consolo. E lá estava Pearl, também, dançando com leveza na margem do riacho – agora que a intrusiva terceira pessoa havia sumido – e retomando seu antigo lugar ao lado da mãe. Então o ministro não havia dormido e sonhado!

A fim de libertar a mente dessa imprecisão e duplicidade de impressão, que a atormentava com uma estranha inquietude, ele lembrou e definiu mais detalhadamente os planos que Hester e ele mesmo haviam traçado para a partida. Determinaram de comum acordo que, com suas multidões e suas cidades, o Velho Mundo lhes ofereceria abrigo e esconderijo mais adequados do que os confins da Nova Inglaterra ou de todos os Estados Unidos, cujas alternativas eram uma tenda indígena ou os poucos assentamentos de europeus dispersos ao longo da costa. Sem falar na saúde do clérigo, tão inadequada para sustentar as agruras da vida na floresta, seus dons nativos,

Duplicidade > falsidade, duas impressões diferentes e contrastantes.

sua cultura e todo o seu desenvolvimento garantiriam a ele um lar apenas em meio à civilização e ao refinamento; quanto mais elevada a posição, mais o homem se adapta delicadamente a ela. Reforçando essa opção, acontece que havia um navio no porto; uma daquelas embarcações questionáveis, frequentes naquele tempo, que, embora não fossem totalmente fora da lei, vagavam sobre a superfície do oceano com uma notável irresponsabilidade de caráter. Esse navio acabara de chegar do mar do Caribe e em três dias zarparia para Bristol. Hester Prynne – cuja vocação como auto-ordenada Irmã de Caridade a havia familiarizado com o capitão e a tripulação – poderia se encarregar de garantir a passagem de dois adultos e uma criança com todo o sigilo que as circunstâncias tornavam mais que desejável.

O ministro indagou de Hester, com grande interesse, a hora exata em que o navio partiria. Provavelmente, seria no quarto dia a partir daquele em que estavam. "Que sorte!", disse ele a si mesmo. Agora, a razão pela qual o reverendo Dimmesdale considerou-se tão afortunado hesitamos em revelar. Não obstante – para não esconder nada do leitor – foi porque, no terceiro dia a partir daquela data, ele deveria pregar o Sermão da Eleição; e, como tal ocasião constituía um evento honroso na vida de um clérigo da Nova Inglaterra, ele não poderia ter encontrado um modo e um momento mais adequados para encerrar sua carreira. "Pelo menos, eles dirão de mim", pensou esse homem exemplar, "que não deixo nenhum dever público por cumprir, nem mal executado!" É triste, de fato, que uma pessoa capaz de introspecção tão profunda e aguda precisasse se enganar assim! Tivemos, e talvez ainda tenhamos, coisas piores para contar sobre ele; mas, como podemos perceber, nenhuma fraqueza tão lamentável; nada que fosse prova ao mesmo tempo tão insignificante e irrefragável da doença sutil que havia muito começara a consumir a verdadeira substância de seu caráter. Nenhum

---

Bristol é uma cidade portuária da costa oeste da Inglaterra.

Uma tradição das colônias puritanas desse comecinho da história dos Estados Unidos e que vem da Bíblia era o **Sermão da Eleição**. O tal sermão especial rolava no dia da posse do governador, que era então eleito anualmente, e a data da cerimônia coincidia com o Pentecostes, sempre cinquenta dias depois da Páscoa. Era uma coisa importante, e o ministro escolhido para fazer a pregação tratava aquilo como um sinal de prestígio. E o sermão sempre falava sobre as obrigações civis e religiosas de todos. O costume, no entanto, sumiu em 1684, quando o ocupante do cargo passou a ser nomeado pelo rei.

Irrefragável > indiscutível.

homem pode usar um rosto para si próprio e outro para a multidão, por um período considerável, sem afinal ficar confuso quanto a qual seria o verdadeiro.

A agitação dos sentimentos do senhor Dimmesdale ao retornar de seu encontro com Hester emprestou-lhe uma energia física incomum e apressou-o em direção à cidade num ritmo rápido. O caminho por entre a mata lhe pareceu mais selvagem, mais hostil, com seus obstáculos naturais, e menos pisado pelo homem do que ele se lembrava da jornada de ida. Mas o ministro saltou sobre as poças, lançou-se por entre a vegetação densa, escalou morros e desceu barrancos, superando, em suma, todas as dificuldades da trilha com uma disposição que o espantou. Não podia deixar de lembrar a fragilidade, e as frequentes pausas para respirar, com que havia penado no mesmo terreno apenas dois dias antes. Ao se aproximar da cidade, teve a impressão de que uma série de objetos conhecidos haviam mudado. Parecia que os havia deixado não ontem, nem um ou dois dias antes, mas fazia muito tempo, talvez anos. Ali, de fato, estava o traçado anterior das ruas, tal como ele lembrava, e todas as peculiaridades das casas, com a devida multidão de frontões e uma rosa dos ventos em cada telhado onde sua memória supunha haver uma. Porém foi tomado por uma inoportuna e intrusiva sensação de mudança. O mesmo aconteceu com os conhecidos que encontrou e com todas as formas de vida humana da pequena cidade. Eles não pareciam nem mais velhos nem mais jovens agora; a barba dos idosos não era mais branca, nem o bebê que ontem engatinhava podia andar hoje; era impossível descrever em que aspecto diferiam dos indivíduos a quem ele havia lançado recentemente um olhar de despedida; no entanto, alguma intuição mais profunda do ministro parecia dizer-lhe que eles haviam mudado. Uma impressão semelhante o atingiu de maneira notável quando passou junto às paredes de sua própria igreja. O edifício tinha um aspecto tão estranho e, ao mesmo tempo, tão familiar que a mente do senhor Dimmesdale vibrou entre duas ideias: ou que ele o havia visto apenas em sonho ou então que estava sonhando com ele nesse momento.

Nas várias formas que assumiu, esse fenômeno não indicava nenhuma mudança exterior, mas uma mudança tão repentina e importante no espectador daquele cenário familiar que o espaço de um único dia atuava em sua consciência como o passar dos anos. A própria vontade do ministro, a vontade de Hester e o destino que surgiu entre eles haviam operado essa transformação. Era a mesma cidade de antes, mas não foi o mesmo ministro que voltou da floresta. Ele poderia ter dito aos amigos que o cumprimentavam: "Não sou o homem por quem você me toma! Eu o deixei lá na floresta, recolhido num vale secreto, perto de um tronco de árvore coberto de musgo e de um riacho melancólico! Vá, procure o seu ministro e veja se sua figura emaciada, suas faces magras, sua testa branca, pesada e enrugada pela dor não estão atiradas lá como uma roupa descartada!". Seus amigos, sem dúvida, ainda teriam insistido: "Você é o mesmo homem!", mas o erro teria sido deles, não seu.

Antes que o senhor Dimmesdale chegasse à sua casa, sentiu no íntimo outras evidências de uma revolução na esfera do pensamento e do sentimento. Na verdade, nada menos que uma mudança total de dinastia e código moral em seu reino interior poderia explicar os impulsos do infeliz e assustado ministro. A cada passo, era incitado a fazer alguma coisa estranha, absurda ou perversa, que sentia ser ao mesmo tempo involuntária e intencional; indesejada, mas oriunda de um eu mais profundo do que aquele que se opunha ao impulso. Por exemplo, encontrou um de seus diáconos. O bom velho dirigiu-se a ele com o afeto paternal e a prerrogativa patriarcal que sua idade venerável, seu caráter justo e santo e sua posição na Igreja o habilitavam a empregar; e, a par disso, com o profundo, o quase reverente respeito que a estatura profissional e pessoal do ministro exigiam. Nunca houve um exemplo mais belo de como a majestade da idade e da sabedoria pode ser compatível com a reverência e o respeito devidos a um superior por quem se encontra em posição social e hierárquica inferior. Pois, durante a conversa de cerca de dois ou três minutos

---

Mudança total de dinastia, aqui, pode ter tudo a ver com o que estava acontecendo na Inglaterra, com o rei Carlos I sendo colocado pra fora do trono e sendo executado em 1649.

Incitado > levado, estimulado.

Oriundo > originado, proveniente de outro lugar.

A par disso > ao lado disso, além disso.

entre o reverendo Dimmesdale e aquele excelente diácono de barba grossa, foi apenas com o mais cuidadoso autocontrole que o primeiro conseguiu se abster de proferir certas ideias blasfemas que surgiram em sua mente com respeito à ceia da comunhão. Ele estremeceu e ficou branco como papel; temia que sua língua proferisse essas ideias horríveis e alegasse seu consentimento para fazê-lo, sem que ele o houvesse dado. Mesmo com esse pavor no coração, mal pôde evitar o riso ao imaginar como o velho diácono, santo e patriarcal, teria ficado petrificado pelo sacrilégio de seu ministro!

Novamente, outro incidente da mesma natureza. Andando apressado pela rua, o reverendo Dimmesdale encontrou o membro feminino mais velho de sua paróquia, uma velha senhora muito piedosa e exemplar; pobre, viúva, solitária e com o coração tão cheio de reminiscências do marido e dos filhos mortos, dos amigos falecidos muito tempo atrás, quanto um cemitério é cheio de lápides históricas. No entanto, tudo isso, que de outro modo teria sido uma grande tristeza, foi transformado numa alegria quase solene para a sua velha alma devota graças às consolações religiosas e às verdades das Escrituras, das quais ela se alimentara continuamente por mais de trinta anos. E, uma vez que o senhor Dimmesdale a acolhera, o principal consolo terreno da boa senhora – que, a menos que fosse um consolo celestial, não seria consolo algum – era encontrar seu pastor, casualmente ou com um propósito definido, e ser revigorada com uma palavra da verdade do Evangelho – cálida, perfumada, suspirada pelo Céu – vinda de seus lábios amados para seu ouvido entorpecido, mas extaticamente atento. Contudo, nessa ocasião, até o momento de colocar os lábios no ouvido da velha senhora, o senhor Dimmesdale, como desejava o grande inimigo das almas, não conseguiu se lembrar de nenhum texto das Escrituras nem de mais nada, exceto um breve, conciso e, como então lhe pareceu, incontestável argumento contra a imortalidade da alma humana. A instilação de tal ideia na mente dessa irmã idosa provavelmente a teria feito

Abster-se é conseguir se controlar, se impedir de fazer uma coisa.

Lápide é a pedra que cobre um túmulo e que, em geral, tem escritos sobre o morto.

Extático > em clima de êxtase, se sentindo maravilhado.

Instilação > introdução, insinuação, inoculação.

> Quando a gente coloca água quente em cima de umas ervas ou do pó do café, está preparando uma **infusão**.

> **Macilento >** pálido, cadavérico.

> **Níveo** é da cor da neve.

cair morta de pronto, como se tivesse tomado uma infusão venenosa. O que realmente sussurrou, disso o ministro nunca mais se lembraria. Talvez uma afortunada desordem em sua declaração o tenha feito falhar em transmitir qualquer ideia compreensível para a boa viúva, ou talvez a Providência a tenha interpretado segundo um método próprio. Seguramente, quando o ministro olhou para trás, viu naquele rosto muito enrugado e macilento uma expressão de divina gratidão e êxtase, que parecia o brilho da cidade celestial.

E depois veio um terceiro incidente. Assim que se separou da velha paroquiana, o reverendo encontrou a irmã mais nova de todas. Era uma donzela recém-convencida – e convencida pelo sermão do próprio reverendo Dimmesdale, no domingo após sua vigília – a trocar os prazeres transitórios do mundo pela esperança celestial, que assumiria uma qualidade mais brilhante à medida que a vida escurecesse ao seu redor, e que por fim faria reluzir a escuridão total com a glória derradeira. Ela era bela e pura como os lírios que florescem no paraíso. O ministro sabia muito bem que habitava o imaculado santuário de seu coração, onde estava protegido por níveas cortinas, o que transmitia à religião o calor do amor e ao amor, uma pureza religiosa. Naquela tarde, Satanás certamente levou a pobre jovem para longe de sua mãe e a atirou no caminho desse homem terrivelmente tentado, ou – seria melhor não dizermos? – desse homem perdido e desesperado. Quando ela se aproximou, o arquidemônio sussurrou ao ministro que desse um passo pequeno e lançasse no terno seio da irmã uma semente do mal que certamente floresceria em breve e produziria frutos trevosos. Tal era a sensação de poder sobre essa alma virgem, tal era a confiança que nele depositava, que o ministro se sentiu capaz de destruir toda a sua inocência com um único olhar perverso e desenvolver todo o seu oposto com apenas uma palavra. Então – travando a luta mais poderosa que já havia enfrentado – ele segurou a capa da batina diante do rosto e seguiu adiante depressa e sem dar sinal de reconhecimento, deixando a irmã mais jovem a digerir sua grosseria como pudesse. Ela vasculhou a consciência – que estava cheia de pequenos assuntos inofensivos, como o bolso ou sua sacola de costura – e se pôs a meditar, coitada!, sobre mil faltas imaginárias; na manhã seguinte, cumpriu suas tarefas domésticas com as pálpebras inchadas.

Antes que o ministro tivesse tempo de comemorar sua vitória sobre essa última tentação, teve consciência de outro impulso, mais absurdo e quase igualmente horrível. Sentiu-se tentado a – temos vergonha de dizer – parar no meio do caminho e ensinar algumas palavras muito perversas a um grupo de crianças puritanas que ali brincavam e que mal tinham começado a falar. Negando a si próprio essa aberração, pois era indigna de sua batina, encontrou um marinheiro bêbado, um dos tripulantes do navio vindo do mar do Caribe. E então, uma vez que havia renunciado tão corajosamente a todas as outras maldades, o pobre senhor Dimmesdale desejou, pelo menos, apertar a mão do beberrão e se divertir com alguns gracejos impróprios, como são comuns entre os dissolutos marinheiros, e com uma salva de blasfêmias boas, autênticas, sólidas e satisfatórias em desafio ao Céu! Atravessou em segurança a última crise, não tanto graças aos bons princípios, mas, em parte, graças ao seu bom gosto natural e também ao rígido hábito do decoro clerical.

Salva > série, repetição.

"O que é isto que me assombra e me tenta assim?", gritou o ministro para si mesmo, por fim, parando na rua e batendo com a mão na testa. "Estou louco? Ou estou totalmente entregue ao demônio? Fiz um contrato com ele na floresta e assinei com meu sangue? E agora ele me convoca para cumpri-lo, sugerindo a realização de toda maldade que sua imaginação mais suja pode conceber?"

No momento em que o reverendo Dimmesdale assim falou consigo mesmo e bateu na testa com a mão, a velha senhora Hibbins, a reputada bruxa, passava por ali. Ela fez uma aparição grandiosa, usando um elaborado arranjo de cabelo, um rico vestido de veludo e uma gola engomada

Reputado > famoso, conhecido.

Para usar aquela **gola** tipo sanfona conhecida como rufo, era preciso engomar o tecido com a ajuda de uma pasta grudenta feita de amido, ou ele não ficaria naquela posição nunca, né? E, apesar de os rufos parecerem brancos nos quadros da época, era bem comum que se metesse um colorante chique na pasta. Reza a lenda que foi Ann Turner que começou a pintar aquelas golas de **amarelo** (provavelmente metendo açafrão na goma). O treco virou moda, mas quando ela foi condenada ninguém mais queria usar rufo daquela cor.

Lembra da morte do Thomas Overbury por envenenamento na prisão? A justiça concluiu que os culpados eram Robert Carr e Frances Howard. Mas a **Ann Turner** também estava envolvida, porque era amigona da Frances e teria levado o veneno pra cadeia. Ann (que às vezes vem com um "e" no final: Anne) também tinha fama de bruxa e acabou na forca em 1615 por causa do assassinato de Overbury.

Potentado é uma pessoa cheia de poder, que manda e desmanda, bem influente (no caso aqui, o Homem das Trevas).

Deferência > demonstração de respeito.

Tem a ver com pagão, que já explicamos. Os cristãos de antigamente chamavam de **paganismo** tudo quanto era religião com vários deuses, e muitas delas estavam ligadas às coisas da natureza.

com a famosa goma amarela, cujo segredo lhe havia sido ensinado por Ann Turner, sua amiga especial, antes de ser enforcada pelo assassinato de Sir Thomas Overbury. Quer a bruxa tenha lido os pensamentos do ministro, quer não, ela parou, olhou com astúcia para seu rosto, deu um sorriso perspicaz e – embora pouco dada a falar com clérigos – iniciou uma conversa.

– Então, senhor reverendo, fez uma visita à floresta – observou a feiticeira, acenando para ele com a touca. – Da próxima vez, rogo que me envie um aviso em tempo e terei orgulho de acompanhá-lo. Sem querer me gabar muito, minha palavra serviria para que qualquer cavalheiro estranho obtivesse uma justa recepção daquele potentado que o senhor conhece!

– Declaro, senhora – respondeu o clérigo com grave deferência, como a posição da senhora exigia e sua própria boa educação tornava imperativo –, declaro, com minha consciência e meu caráter, que estou totalmente perplexo quanto ao significado de suas palavras! Não fui para a floresta em busca de um potentado; nem, em qualquer momento futuro, planejo visitá-la com o objetivo de ganhar o favor de tal figura. Meu único e suficiente objetivo foi saudar meu piedoso amigo, o apóstolo Eliot, e regozijar-me com ele pelas muitas almas preciosas que conquistou ao paganismo!

– Rá, rá, rá! – gargalhou a velha bruxa, ainda balançando o alto penteado diante do ministro. – Bem, bem, não precisamos falar disso durante o dia! O senhor se esquiva como um veterano! Mas à meia-noite, e na floresta, teremos outra conversa!

Ela passou adiante com sua velha imponência, mas muitas vezes virando a cabeça para trás e sorrindo para ele, como alguém que deseja reconhecer uma intimidade secreta.

"Eu então me vendi", pensou o ministro, "ao demônio, que, a ser verdade o que os homens dizem, essa velha bruxa engomada e aveludada escolheu para seu príncipe e mestre!"

Pobre ministro! Tinha feito uma barganha muito parecida a essa! Tentado por um sonho de felicidade, rendera-se deliberadamente, como nunca antes fizera, ao que sabia ser um pecado mortal. E o veneno infeccioso desse pecado foi assim rapidamente difundido por todo o seu sistema moral, entorpecendo todos os impulsos abençoados e despertando toda a irmandade dos maus. Desprezo, amargura, maldade gratuita, ridicularização de tudo o que era bom e santo, tudo isso despertou para tentá-lo, mesmo enquanto o assustava. Seu encontro com a velha senhora Hibbins, se foi um incidente real, apenas mostrou sua simpatia e seu companheirismo com mortais perversos e o mundo dos espíritos pervertidos.

A essa altura, o ministro havia alcançado sua morada, nos limites do cemitério; subindo apressado as escadas, refugiou-se em seu gabinete. Estava feliz por ter chegado a esse abrigo sem se trair diante do mundo com alguma daquelas estranhas e perversas excentricidades às quais tinha sido constantemente impelido enquanto caminhava pelas ruas. Entrou no cômodo familiar e observou ao seu redor os livros, as janelas, a lareira e a confortável tapeçaria nas paredes com a mesma sensação de estranheza que o assombrara durante a caminhada da floresta para a cidade, e depois para a sua casa. Ali ele havia estudado e escrito; ali fizera jejum e vigília, dos quais saíra semivivo; ali se esforçara para orar; ali suportara cem mil agonias! Ali estava a Bíblia, em seu rico hebraico antigo, com Moisés e os profetas falando com ele, e a voz de Deus por meio de todos! Ali, sobre a mesa, com a pena ao lado, estava um sermão inacabado, com uma frase interrompida no ponto em que seus pensamentos haviam parado de jorrar na página, dois dias antes. Sabia que tinha sido ele mesmo, o ministro magro e de faces pálidas, que fizera e sofrera aquelas coisas, que escrevera até ali o Sermão da Eleição! Mas ele parecia pôr-se de parte e olhar para seu

---

Os puritanos usavam uma versão da Bíblia em inglês conhecida como Bíblia de Genebra, datada ali do final do século XVI. Mas estudiosos como o Arthur podiam mesmo ler versões mais **antigas**. E acontece que a Bíblia foi escrita aos pedaços, em diferentes épocas até. Então, ela tinha trechos originais em três línguas: aramaico (a língua antigona dos sírios), grego e **hebraico** (que é a língua dos judeus) – mas atenção que esses idiomas aí eram bem diferentes do que são hoje em dia. E a parte que no original estava em hebraico é o chamado Velho Testamento.

Já falamos lá atrás sobre as canetas da época, feitas com um bico de metal que era conhecido como **pena** e que precisava ser enfiado num potinho de tinta para que fosse possível escrever.

Pôr-se de parte é se afastar, ficar de lado para avaliar uma situação.

Compassivo > com pena, com dó, com compaixão.

antigo eu com uma curiosidade desdenhosa, compassiva, mas meio invejosa. Aquele eu se fora. Outro homem havia retornado da floresta; um homem mais sábio, conhecedor de mistérios ocultos que a simplicidade do primeiro nunca poderia ter alcançado. Que conhecimento amargo, aquele!

Enquanto se ocupava com essas reflexões, bateram à porta do gabinete; o ministro disse: – Entre! – sem estar totalmente livre da ideia de que poderia estar acolhendo um espírito maligno. E foi o que ele fez! Quem entrou foi o velho Roger Chillingworth. O ministro se levantou, branco e mudo, com uma das mãos nas Escrituras em hebraico e a outra estendida sobre o peito.

– Bem-vindo ao lar, senhor reverendo – disse o médico. – Como estava aquele homem piedoso, o apóstolo Eliot? Mas me parece, caro senhor, que está pálido, como se a viagem pela natureza tivesse sido dolorosa demais. Não será minha ajuda necessária para colocar em seu coração forças para pregar o Sermão da Eleição?

– Não, creio que não – respondeu o reverendo Dimmesdale. – Minha viagem e o encontro com o santo apóstolo, além do ar livre que respirei, fizeram-me bem após tanto tempo de confinamento em meu gabinete. Acho que não preciso mais de seus medicamentos, meu bom médico, por melhores que sejam e por mais que sejam administrados por mão amiga.

Durante todo esse tempo, Roger Chillingworth olhou para o ministro com a expressão séria e atenta de um médico para seu paciente. No entanto, apesar da aparência externa, o ministro estava quase convencido de que o velho sabia, ou pelo menos suspeitava, de seu encontro com Hester Prynne. O médico compreendeu então que, aos olhos do ministro, ele não era mais um amigo de confiança, mas seu pior inimigo. Estando os dois cientes das coisas, pareceria natural que uma parte delas fosse expressa. É curioso, entretanto, como muitas vezes é necessário bastante tempo para que as palavras expressem os pensamentos; e com que segurança duas pessoas que decidem evitar certo assunto são capazes de chegar perto dele sem o arranhar. Assim, o ministro não teve medo de que Roger Chillingworth mencionasse expressamente a verdadeira posição que ocupavam um em relação ao outro. No entanto, o médico, à sua maneira sombria, aproximou-se assustadoramente do segredo.

– Não seria melhor – disse – que o senhor usasse minhas parcas habilidades esta noite? Em verdade, caro senhor, devemos nos esforçar para torná-lo forte e vigoroso para o Sermão da Eleição. O público espera muito do senhor, pois teme que, no próximo ano, descubra que seu pastor se foi.

– Sim, para outro mundo – respondeu o ministro, com piedosa resignação. – O Céu permita que seja melhor; pois, para falar a verdade, dificilmente penso em ficar com meu rebanho durante as fugazes estações de mais um ano! Mas, sobre seu remédio, gentil senhor, no atual estado do meu corpo, não preciso dele.

– Fico feliz em ouvir isso – respondeu o médico. – Pode ser que meus remédios, por tanto tempo administrados em vão, comecem agora a fazer o devido efeito. Seria um homem feliz, e bem merecedor da gratidão da Nova Inglaterra, se conseguisse essa cura!

– Agradeço de coração, amigo muito atento – disse o reverendo Dimmesdale com um sorriso solene. – Agradeço-lhe e só posso retribuir suas boas ações com minhas orações.

– As orações de um bom homem são uma recompensa de ouro! – acrescentou o velho Roger Chillingworth quando se despediu. – Sim, são a atual moeda de ouro da Nova Jerusalém, com a efígie do próprio rei!

Quando se viu sozinho, o ministro chamou um criado da casa e pediu comida, que, posta à sua frente, comeu com um apetite voraz. Então, jogando no fogo as páginas já escritas do Sermão da Eleição, imediatamente começou outro, que escreveu num fluxo de pensamento e emoção tão impulsivo que se imaginou inspirado; perguntou-se apenas se o Céu acharia adequado transmitir a música grandiosa e solene de seus oráculos por um tubo de órgão tão sujo quanto ele. No entanto, deixando aquele mistério para

---

Efígie é a figura de uma pessoa importante, cunhada em moeda ou medalha.

Oráculo > resposta a uma consulta ou mensagem de uma deusa ou de um deus.

Foi na Idade Média que o instrumento chamado **órgão** começou a dar as caras nas igrejas. É uma coisa enorme, com teclas feito as de um piano, mas aparecendo em quatro teclados separados, e ainda com um outro conjunto no chão a ser tocado com os pés. Qualquer um desses elementos, quando pressionado, empurrava ar por um tubo, criando assim o som. E esses órgãos têm às vezes milhares de tubos.

Corcel é um cavalo bem veloz.

se resolver sozinho, ou ficar sem solução para sempre, levou sua tarefa adiante com fervorosa pressa e êxtase. Assim a noite se foi, como um corcel alado montado por ele; a manhã chegou, despontando através das cortinas; até que o sol lançou um facho dourado no gabinete e ofuscou o ministro. Lá estava ele, com a pena ainda entre os dedos e uma vasta e incomensurável superfície escrita!

XXI
FERIADO NA NOVA INGLATERRA

NA MANHÃ DO DIA em que o novo governador receberia seu cargo das mãos do povo, Hester Prynne e a pequena Pearl chegaram à praça do mercado bem cedo. O local já estava apinhado de artesãos e outros habitantes plebeus da cidade; entre eles havia também muitas figuras rudes, cujas vestes de pele de veado indicavam que eles vinham dos assentamentos localizados na floresta, nos arredores da pequena metrópole colonial.

Nesse feriado, como em todas as outras ocasiões durante os sete anos anteriores, Hester usava um vestido de pano cinza rústico. Não tanto por seu matiz, mas por alguma peculiaridade indescritível de seu estilo, o traje tinha o efeito de fazê-la desaparecer, enquanto mais uma vez a letra escarlate a tirava da obscuridade e a revelava sob o aspecto moral de seu próprio brilho. Seu rosto, havia tanto tempo conhecido pelos moradores da cidade, mostrava a quietude de mármore que eles estavam acostumados a ver. Era como uma máscara, ou melhor, como a gélida calma das feições de uma mulher morta, e essa triste semelhança devia-se ao fato de Hester estar realmente morta no que dizia respeito a qualquer reivindicação de simpatia, tendo partido do mundo ao qual ainda parecia se misturar.

Naquele dia, talvez houvesse uma expressão ainda desconhecida, ou, de fato, não suficientemente vívida para ser detectada, a menos que algum observador sobrenaturalmente talentoso tivesse primeiro lido o coração para depois buscar a manifestação correspondente no semblante e na aparência. Tal vidente poderia ter imaginado que, depois de sustentar o olhar da multidão durante sete miseráveis anos como uma necessidade – uma penitência e uma religião dura de suportar –, ela nesse instante, pela última vez, o encarava livre e voluntariamente, para transformar numa espécie de triunfo o que havia tanto tempo era agonia. "Olhem pela última vez para a letra escarlate e sua portadora!", poderia lhes dizer a vítima do povo e escrava por toda a vida, conforme eles a olhavam. "Daqui a pouco ela estará fora de seu alcance! Mais algumas horas e o oceano profundo e misterioso extinguirá e esconderá para sempre o emblema que vocês fizeram queimar em seu peito!" Tampouco seria uma incoerência muito improvável de se atribuir à natureza humana, caso víssemos um sentimento de arrependimento na mente de Hester no momento em que ela estava prestes a se libertar da dor que havia sido profundamente incorporada a seu ser. Não poderia haver o desejo irresistível de beber um último, longo e ofegante gole da taça de absinto e aloé com a qual quase todos os seus anos de feminilidade foram perpetuamente temperados? O vinho da vida, que dali em diante seria apresentado a seus lábios numa taça de ouro cinzelada, deveria ser realmente rico, delicioso e estimulante; ou então, como um licor da mais intensa potência, produziria uma entediante e inevitável languidez depois da amargura com que havia sido intoxicada.

Pearl usava adornos de uma alegria etérea. Seria impossível adivinhar que aquela aparição brilhante e ensolarada devia sua existência à mulher vestida de sombrio cinza; ou que uma imaginação ao mesmo tempo tão grandiosa e delicada, como a que fora necessária para criar as roupas da criança, fosse a mesma que havia realizado uma tarefa talvez mais difícil, a de conferir uma peculiaridade tão distinta ao traje simples de Hester. O vestido da pequena Pearl era tão apropriado para ela que parecia uma continuação, ou o desenvolvimento inevitável

---

Duas plantas de sabor bem amargo, pra ilustrar legal a amargura da vida dela. O **absinto** é a planta *Artemisia absinthium*, que é venenosa se usada em grande quantidade de uma só vez, mas que pode ser remédio se usada em doses miudinhas, e até entra na composição de bebidas, como o absinto e o vermute. Já o **aloé** é a popular babosa (*Aloe vera*), que, na Idade Média, era consumida na forma de uma bebidinha bem amarga para lidar com intestino preso.

O cinzel é uma ferramenta parecida com uma chave de fenda de ponta achatada que vai recebendo umas marteladas no cabo para criar detalhes decorativos no metal. Uma taça ou outro objeto que recebe essas pancadas é então chamada de taça **cinzelada**.

Languidez > moleza, desânimo.

e a manifestação exterior, de seu caráter, não podendo ser separado dela do mesmo modo que o brilho multicolorido da asa de uma borboleta, ou a gloriosa pintura da pétala de uma flor resplandecente. Como acontece com estes, o mesmo ocorria com a criança; sua vestimenta combinava perfeitamente com sua natureza. Além disso, naquele dia importante, ela estava algo inquieta e agitada, como o brilho de um diamante, que cintila e reluz com as pulsações variadas do peito em que é exibido. As crianças sempre estão em sintonia com as agitações daqueles a que se encontram ligadas; sempre, em especial, quando sentem um problema ou uma revolução iminente, de qualquer tipo, na esfera doméstica; portanto, Pearl, que era a joia no seio inquieto de sua mãe, traía, graças a seu espírito inquieto, as emoções que ninguém podia detectar na passividade marmórea da fronte de Hester.

Iminente > que está quase acontecendo.

 Essa efervescência fazia a menina voar como um pássaro, em vez de andar, ao lado da mãe. Ela irrompia constantemente em gritos de uma música selvagem, inarticulada e às vezes perfurante. Quando chegaram à praça do mercado, ela ficou ainda mais inquieta ao perceber a comoção e o burburinho que animavam o local; pois, em geral, a praça do mercado se assemelhava mais ao gramado amplo e solitário diante da igreja de uma aldeia do que ao centro de comércio de uma cidade.

 – O que é isso, mamãe? – gritou ela. – Por que todas as pessoas deixaram seu trabalho hoje? É um dia de diversão para o mundo inteiro? Veja, ali está o ferreiro! Ele lavou o rosto sujo de fuligem e vestiu suas roupas de domingo, e parece que ficaria feliz se alguma boa alma apenas lhe ensinasse como! E lá está o mestre Brackett, o velho carcereiro, acenando com a cabeça e sorrindo para mim. Por que ele faz isso, mamãe?

 – Ele se lembra de você quando bebê, filha – respondeu Hester.

 – Ele não deveria acenar com a cabeça e sorrir para mim, apesar de tudo, esse velho, sombrio, maldoso, de olhos feios! – disse Pearl. – Ele pode acenar para a senhora, se quiser;

pois a senhora está vestida de cinza e usa a letra escarlate. Mas veja, mamãe, quantos rostos de pessoas estranhas, e índios, e marinheiros! O que vieram fazer aqui na praça?

– Esperam a passagem do desfile – disse Hester. – Pois devem estar nele o governador e os magistrados, os ministros e toda a gente importante e boa, com a música e os soldados marchando à frente.

– E o ministro estará aqui? – indagou Pearl. – Ele estenderá as mãos para mim, como quando a senhora me conduziu a ele desde a margem do riacho?

– Ele estará aqui, criança – respondeu a mãe. – Mas não vai cumprimentá-la hoje; nem você deve cumprimentá-lo.

– Que homem estranho e triste ele é! – disse a criança, como se falasse parcialmente para si mesma. – Na escuridão da noite, ele nos chama e segura sua mão e a minha, como quando estivemos com ele no cadafalso. E na floresta densa, onde apenas as árvores velhas podem ouvir e a faixa de céu ver, ele conversa com a senhora sentado num monte de musgo! E beija a minha testa também, de um jeito que o riacho mal conseguiu lavar! Mas aqui, num dia ensolarado, e no meio de todas as pessoas, ele não nos conhece, nem devemos conhecê-lo! Que homem estranho e triste ele é, sempre com a mão no coração!

– Fique quieta, Pearl! Você não entende essas coisas – disse a mãe. – Não pense agora no ministro, mas olhe em volta e veja como o rosto de todos está alegre hoje. As crianças vieram das escolas, e os adultos das oficinas e dos campos, com o propósito de serem felizes. Porque hoje um novo homem vai começar a governá-los; e assim, como tem sido o costume da humanidade desde que uma nação foi constituída pela primeira vez, eles se alegram e se regozijam; como se um ano bom e dourado estivesse finalmente para chegar ao pobre mundo velho!

No que dizia respeito à alegria incomum que iluminava o rosto das pessoas, era mesmo como afirmava Hester. Naquela época festiva do ano – como já era e continuou a ser durante a maior parte de dois séculos –, os puritanos concentravam toda a felicidade e a alegria que consideravam permitido à fraqueza humana manifestar em público; assim dissipavam a costumeira nuvem para que, no espaço de um único feriado, parecessem menos circunspectos do que a maioria das outras comunidades, num tempo de aflição geral.

Dissipar > desfazer, dispersar.

Circunspecto > sério, sisudo, ponderado.

Mas talvez estejamos exagerando o tom cinzento que sem dúvida caracterizava o humor e as maneiras da época. As pessoas que agora ocupavam a praça do mercado de Boston não tinham nascido sob a herança da melancolia puritana. Eram ingleses nativos, cujos pais viveram na rica e ensolarada época elisabetana, um momento em que a vida na Inglaterra, considerada em seu conjunto, parece ter sido tão imponente, magnífica e alegre como o mundo jamais presenciou. Se tivessem seguido o seu gosto hereditário, os colonos da Nova Inglaterra teriam ilustrado todos os eventos de importância pública com fogueiras, banquetes, desfiles e procissões, celebrações de muita pompa. Tampouco teria sido impraticável, na observância de cerimônias majestosas, combinar recreação com solenidade, e proporcionar, por assim dizer, um grotesco e brilhante bordado ao grande manto do Estado que as nações vestem em tais festivais. Havia uma vaga tentativa de celebrar dessa maneira o dia em que começava o ano político da colônia. O pálido reflexo de um esplendor relembrado, a repetição incolor e muitas vezes diluída do que tinham contemplado na orgulhosa Londres – não diremos que numa coroação real, mas na apresentação do prefeito – podiam ser encontrados nos costumes instituídos por nossos antepassados para a posse anual de magistrados. Os pais e fundadores da comunidade – o político, o sacerdote e o soldado – consideravam seu dever revestir-se da pompa e da majestade que, de acordo com o estilo da época, eram tidas como o traje adequado à proeminência pública ou

A rainha **Elizabeth I** ocupou o trono inglês de 1558 a 1603 e instalou no seu reino um clima de calmaria, em comparação com o dos reis anteriores. Na época dela, a Inglaterra entrou de sola na exploração de colônias e no comércio em geral, virando uma potência mundial. Tudo isso fez também as artes viverem uma fase boa por lá, com livros, peças de teatro, muita coisa acontecendo. Por tudo isso, esse período ganhou o apelido de "época de ouro".

Até 1215, Londres tinha uma espécie de xerife nomeado pelo rei. Mas naquele ano o monarca João deu à cidade o direito de apontar um **prefeito** só seu. A novidade previa, porém, que o eleito teria que ir até a Igreja de São Pedro, numa região de Londres chamada de Westminster, pra jurar lealdade ao rei. E isso virou uma festa-espetáculo, com um desfile muito enfeitado – bem mais luxuoso e divertido que o desfile de posse dos nossos presidentes, por exemplo –, e uma tradição que, inclusive, dura até hoje.

Assiduidade é a qualidade de quem não falta, que sempre marca presença.

Depois que a rainha Elizabeth I morreu, foi **Jaime I** quem assumiu o posto. O reinado dele foi de 1603 a 1625. O Jaiminho também era rei da Escócia, com o nome de Jaime VI, desde 1567, quando tinha só um ano e um mês de idade. A mãe dele era a rainha Maria Stuart, da Escócia, a qual fora executada por ordem da Elizabeth, que era prima dela. Como a Elizabeth não se casou nem teve filhos, Jaime, que era filho e sobrinho das rainhas primas e inimigas, acabou assumindo o trono das duas. Essas famílias reais tinham cada treta...

Menestrel > um misto de poeta, cantor e músico que dava espetáculos nas ruas, de vila em vila.

À larga > sem amarras, de maneira solta.

No mapa da Inglaterra, do lado oeste, a terra se estica formando uma ponta. Ali fica a **Cornualha**. Em seguida, subindo no mapa, vem a região de **Devonshire**. Essas duas áreas vizinhas desenvolveram lutas tradicionais e bem semelhantes que se tornaram muito populares, sendo até hoje praticadas por aí.

Na Europa medieval eram comuns essas lutas com **cajados**. Em Portugal, chamam isso de esgrima lusitana, ou **jogo do pau** – no Brasil, o troço até chegou, mas não vingou.

---

social. Todos saíam em desfile diante dos olhos do povo, conferindo assim a necessária dignidade à estrutura simples de um governo recém-formado.

O povo também era autorizado, quando não encorajado, a relaxar a assiduidade severa e rigorosa de suas austeras atividades, as quais, em todos os outros momentos, pareciam ser da mesma peça e do mesmo material de que era feita sua religião. Ali, é verdade, não havia nenhum dos meios de diversão que as pessoas teriam facilmente encontrado na Inglaterra no tempo de Elizabeth ou de Jaime – nenhum espetáculo de teatro tosco; nenhum menestrel, com sua harpa e uma balada lendária, nem cantor com um macaco dançando com a sua música; nenhum malabarista, com seus truques que mais pareciam feitiçarias; nenhum palhaço para incitar a multidão com gracejos talvez centenários, mas ainda eficazes porque apelavam às fontes universais da alegria. Todos esses mestres dos vários ramos da diversão teriam sido severamente reprimidos, não só pela disciplina rígida da lei, mas também pelo sentimento geral que lhe confere vitalidade. Apesar disso, o grande e honesto rosto do povo sorria, sombriamente talvez, mas à larga. Tampouco faltavam os esportes, aos quais os colonos assistiam e dos quais participavam havia muito tempo nas feiras rurais e nas aldeias da Inglaterra, e que se achou por bem manter vivos neste novo solo por causa da coragem e da virilidade que eram sua essência. As lutas, nos diferentes estilos da Cornualha e de Devonshire, eram vistas aqui e ali no mercado; num canto, havia uma batalha amistosa com cajado; e, o que atraía o maior interesse, no cadafalso, já tão comentado nestas páginas, dois mestres em defesa começavam uma exibição com escudo e espada. Mas, para a decepção da multidão, esta última atração foi interrompida pela intervenção do bedel da cidade, que não pensava em permitir que a majestade da lei fosse violada por tal abuso de um dos seus lugares consagrados.

Talvez não seja demais afirmar que, de modo geral (com o povo então nos primeiros estágios de um modo de viver sem alegria, sendo eles descendentes de antepassados que em sua época sabiam como se divertir), no que diz respeito à guarda dos feriados, aquelas pessoas levavam vantagem sobre as gerações posteriores, inclusive a nossa, mesmo depois de tanto tempo. A geração seguinte à dos primeiros imigrantes empregou o tom mais sombrio do puritanismo, e com isso obscureceu tanto a fisionomia da nação que nem todos os anos posteriores foram suficientes para desanuviá-la. Ainda temos de reaprender a esquecida arte da alegria.

A paisagem humana na praça ainda era animada por alguma diversidade de matizes, embora sua tonalidade geral fosse o triste cinza, o marrom ou o preto dos imigrantes ingleses. Um grupo de índios – em seu requinte selvagem de mantos de pele de veado curiosamente bordados, cintos com búzios vermelhos e ocre, além de penas, armados com arcos, flechas e lanças com ponta de pedra – mantinha-se à parte, com o semblante grave e inflexível, mais austeros do que os próprios puritanos. No entanto, por mais que aqueles homens pintados fossem bárbaros, não eram os mais selvagens na cena. Essa distinção poderia ser mais justamente reivindicada por alguns marinheiros – parte da tripulação do navio vindo do Caribe – que tinham desembarcado para ver a atmosfera do dia da posse. Eram aventureiros de aparência rude, com o rosto queimado pelo sol e barba imensa; suas calças largas e curtas eram amarradas na cintura por cintos cujo fecho muitas vezes era uma placa áspera de ouro, nos quais sempre havia uma faca comprida e, em alguns casos, uma espada. Por baixo dos chapéus de palha de abas largas brilhavam olhos que, mesmo na serenidade e na alegria, tinham uma espécie de ferocidade animal. Eles transgrediam, sem medo ou escrúpulo, as regras de comportamento que eram obrigatórias para todos os demais; fumavam tabaco sob o nariz do bedel, embora cada baforada tivesse custado a um cidadão um xelim; e ingeriam à vontade goles de vinho ou aguardente de frascos de bolso, que ofereciam livremente à multidão boquiaberta em redor. Era característica notável da moral imperfeita da época, embora a chamemos de rígida, que uma licença fosse dada à classe marítima não apenas para suas excentricidades em terra, mas também para atos muito mais desesperados em seu próprio elemento. O marinheiro daquele tempo chegava perto do que hoje chamaríamos de pirata. Não poderia haver dúvida, por exemplo, de que os tripulantes desse mesmo navio, embora não fossem espécimes desfavorecidos da irmandade náutica, eram culpados, como poderíamos dizer, de saques ao comércio espanhol que teriam posto seu pescoço em risco num tribunal de justiça moderno.

Nesse tempo, porém, o mar crescia, agitava-se e espumava como bem queria, sujeito apenas ao vento tempestuoso, quase sem tentativa alguma de regulação pelas leis humanas. O bucaneiro podia renunciar à sua vocação e, se quisesse, tornar-se imediatamente um homem probo e piedoso em terra; tampouco, ao longo de toda a sua vida imprudente, deveria ser considerado alguém com que seria desonroso negociar ou se associar. Assim, os anciãos puritanos em suas capas pretas, faixas engomadas e chapéus de ponta sorriam com benevolência diante do clamor e do comportamento rude desses marinheiros alegres; não causou surpresa nem contrariedade que um cidadão respeitável como o velho Roger Chillingworth, o médico, fosse visto entrando na praça do mercado, em conversa íntima e familiar com o comandante da questionável embarcação.

Este último era de longe a figura mais vistosa e galante, em matéria de vestuário, entre toda a multidão. Usava uma profusão de fitas em sua vestimenta e renda dourada no

---

Antigamente a moeda do Reino Unido tinha um sistema muito próprio, com a libra sendo subdividida em vinte xelins, o **xelim** equivalendo a doze *pennies* e cada *penny* valendo dois *farthings*. Mas em 1971, eles acabaram com essa farra, e o dinheiro passou a seguir o sistema decimal, que nós também usamos. No caso inglês, eles ficaram com a libra dividida em cem centavos.

Qualquer marinheiro europeu que vivia de saquear navios que iam e vinham do Caribe do século XVI ao XVIII era chamado de **bucaneiro**. Era um pirata especializado em trabalhar naquela região atacando principalmente os espanhóis, que haviam invadido a área dizendo que aquilo tudo ali agora era colônia deles.

Probo > honrado, honesto.

chapéu, que também era circundado por uma corrente de ouro e encimado por uma pluma. Trazia uma espada ao lado e um corte na testa, o qual, pelo arranjo do cabelo, ele parecia mais ansioso por mostrar do que esconder. Um homem de terra firme dificilmente usaria essa vestimenta e mostraria esse rosto, e com ar tão galante, sem ser submetido ao severo interrogatório de um magistrado, que provavelmente terminaria em multa ou prisão, ou talvez uma exibição no tronco do cadafalso. No que diz respeito ao comandante do navio, entretanto, tudo era considerado próprio do personagem, assim como as escamas cintilantes eram próprias dos peixes.

Depois de se separar do médico, o comandante do navio com destino a Bristol caminhou preguiçosamente pela praça do mercado; até que, aproximando-se por acaso do local onde Hester Prynne estava, pareceu reconhecê-la e não hesitou em se dirigir a ela. Como geralmente acontecia onde quer que Hester estivesse, uma pequena área vazia – uma espécie de círculo mágico – tinha se formado ao seu redor, na qual, embora as pessoas estivessem se acotovelando a pequena distância, ninguém se aventurava a entrar ou se sentia disposto a invadir. Era um exemplo vívido da solidão moral a que a letra escarlate condenava sua portadora, em parte por sua própria reserva, em parte pelo afastamento instintivo, embora não mais tão cruel, de seus semelhantes. Agora, mais que nunca, aquilo servia a um bom propósito, pois permitia que Hester e o marinheiro conversassem sem risco de serem ouvidos; e a reputação de Hester Prynne havia mudado tanto perante o público que a mais eminente matrona da cidade, assim considerada por sua moral rígida, não poderia ter mantido tal conversa causando menos escândalo do que ela.

– Então, senhora – disse o marinheiro –, devo ordenar ao comissário que prepare um leito a mais do que a senhora pediu! Não é preciso temer escorbuto ou febre marítima

> O **escorbuto** é uma doença causada por falta de vitamina C e que começa com sinais de fraqueza, cansaço e dor nas pernas e braços. Ele pode acabar matando o doente, por infeção generalizada ou hemorragia sem fim. Era uma moléstia bem comum nos navios da época que faziam longas viagens, e a estimativa é de que tenha matado mais de 2 milhões de passageiros/marinheiros. Mas chegou uma hora em que o pessoal sacou que se chupassem laranja na viagem a doença não surgia. Já a **febre marítima**, mais conhecida como tifo europeu ou febre da cadeia, é causada por uma bactéria e matou muita gente, em especial em ambientes de aglomeração como os navios e as prisões de antigamente. A febre passa para os humanos através de um tipo de piolho que não dá na cabeça, mas na pele (o *Pediculus humanus corporis*, também famoso como muquirana).

> O tal **cirurgião de bordo** estava mais para barbeiro, né? O cara fazia barba, arrancava dentes e ainda amputava perna, dedo, qualquer coisa que estivesse machucada, infectada, gangrenando. As **drogas** ou as **pílulas** eram os medicamentos que o cirurgião barbeiro ou o Chillingworth podiam, de repente, receitar pra alguém a bordo do navio.

Consternado > muito triste, desolado.

nesta viagem! Com o cirurgião de bordo e este outro médico, o único perigo virá da droga ou da pílula; ainda mais porque há muitos produtos farmacêuticos a bordo, os quais negociei com um navio espanhol.

– O que o senhor quer dizer? – perguntou Hester, mais assustada do que deixava transparecer. – Há outro passageiro?

– Ora, a senhora não sabe – exclamou o comandante – que esse médico... Chillingworth, ele disse que se chama assim... está disposto a experimentar meu navio com a senhora! Ora, ora, a senhora deve saber, porque ele me disse que é do seu círculo e amigo íntimo do cavalheiro de quem a senhora falou... aquele que está em perigo por causa desses velhos governantes puritanos!

– Eles se conhecem muito bem, de fato – respondeu Hester com uma expressão calma, embora totalmente consternada. – Moram juntos há muito tempo.

Nada mais se passou entre o marinheiro e Hester Prynne. Contudo, nesse instante, ela viu o velho Roger Chillingworth parado no canto mais distante da praça do mercado, sorrindo para ela; um sorriso que – atravessando a praça ampla e movimentada, atravessando todas as conversas e todos os risos, os vários pensamentos, os estados de espírito e os interesses da multidão – transmitia um significado secreto e assustador.

XXII
O DESFILE

ANTES QUE HESTER PRYNNE pudesse organizar os pensamentos sobre o que fazer diante da nova e surpreendente situação, o som de música marcial se aproximou por uma rua contígua. A música indicava o avanço da procissão de magistrados e cidadãos a caminho da igreja, onde, conforme o costume havia muito estabelecido e observado, o reverendo Dimmesdale deveria proferir o Sermão da Eleição.

Logo apareceu a frente da parada, em marcha lenta e majestosa, dobrando a esquina e abrindo caminho pela praça do mercado. A música era tocada por diversos instrumentos, talvez sem grande habilidade e sem muita sintonia entre eles, mas alcançava o grande efeito que a harmonia do tambor e do clarim deveria produzir na multidão, o de conferir à cena um aspecto mais elevado e heroico. A pequena Pearl bateu palmas, mas depois, por um instante, livrou-se da agitação incessante que a mantivera em efervescência ao longo da manhã; ela olhava em silêncio e parecia flutuar, como uma ave marinha, nos altos e baixos das ondas sonoras. Contudo, foi trazida de volta ao humor de antes pelo brilho do sol nas armas e nas armaduras da companhia militar, que se seguia à música e formava a escolta honorária da procissão. Esse corpo de soldados – que subsiste como corporação e desfila desde então com antiga e honrosa reputação – não era composto de mercenários. Suas fileiras eram ocupadas por cavalheiros que, sentindo os movimentos de ímpeto marcial, procuravam estabelecer uma espécie de colégio militar, no qual,

Contíguo > próximo, adjacente.

Mercenário > soldado estrangeiro que entra pra um exército só pelo dinheiro.

Em 1638, o pessoal com experiência **militar** fundou uma espécie de **escola** pra treinar a galera jovem para eventuais batalhas. Era a Military Company of Massachusetts, que mais tarde virou a Ancient and Honorable Artillery Company of Massachusetts e existe até hoje. Só que agora não tem função de ensinar nada, só participa de desfiles comemorativos.

> Os **Cavaleiros Templários** eram um grupo de monges-soldados dos tempos das Cruzadas.

> Os **Países Baixos** são comumente conhecidos pelo nome da região mais importante do país, a Holanda.

> O **morrião** era um capacete espanhol, de metal, que não cobria o rosto.

> **Plaga** > região, país.

> Simon **Bradstreet** foi também magistrado e até governador da Colônia de Massachusetts Bay – lembrando que o mandato desse cargo durava só um ano, tá? Ele chegou à região em 1630, naquelas embarcações do Winthrop, e foi casado com a filha de Dudley. Esse sogrão do Simon, o Thomas **Dudley**, foi magistrado e governador da colônia. Mas havia uma diferença grande entre os dois: Simon era mais moderado, enquanto Thomas era, talvez, o mais conservador dessa turma toda. Já falamos noutras notinhas de John **Endicott** (que deu o nome de Salém à comunidade) e **Bellingham** (que foi governador e juiz em Massachusetts).

como numa associação de Cavaleiros Templários, pudessem aprender a ciência, e, na medida em que o exercício pacífico lhes pudesse ensinar, as práticas da guerra. O alto apreço da época pelos militares podia ser visto no porte altivo de cada membro da companhia. Alguns deles, de fato, pelos serviços prestados nos Países Baixos e em outros campos de guerra europeus, haviam conquistado o direito de adotar o título de soldado e usufruir de sua pompa. Além disso, toda a companhia, revestida de aço polido e encimada por reluzentes morriões com plumas no topo, exibia um esplendor que nenhum desfile moderno poderia igualar.

No entanto, as autoridades civis, que vinham imediatamente atrás da escolta militar, mereciam o olhar de um observador atento. Até na aparência eles tinham um quê de majestade que fazia os passos arrogantes do soldado parecerem vulgares, senão absurdos. Era uma época em que o que chamamos de talento tinha muito menos importância e a solidez material que produz estabilidade e dignidade de caráter, muito mais. O povo possuía, por direito hereditário, a qualidade da reverência, a qual, em seus descendentes, se é que sobrevive, existe em menor proporção e com força imensamente reduzida na escolha e na avaliação dos homens públicos. A mudança pode ter vindo para o bem ou para o mal, e em parte, talvez, para ambos. Nessa época, o colono inglês destas plagas primitivas – tendo deixado para trás rei, nobres e a notável quantidade de graus de hierarquia quando a capacidade e a necessidade de reverência ainda eram fortes nele – a atribuía aos cabelos brancos e à expressão venerável da idade, à integridade havia muito testada, à sabedoria sólida e às experiências tristes, aos dotes graves e solenes que davam a ideia de permanência e recebem a definição genérica de respeitabilidade. Esses estadistas primitivos, portanto – Bradstreet, Endicott, Dudley, Bellingham e seus pares –, que foram alçados ao poder por escolha do povo, com frequência não eram brilhantes, e sobressaíam mais pela sobriedade convincente do que pela inteligência. Tinham firmeza e autoconfiança, e, em tempos de dificuldade ou perigo, defendiam o bem-estar da nação como uma linha de penhascos contra a maré tempestuosa. Os traços de caráter aqui indicados estavam bem representados na expressão contida e no grande desenvolvimento físico dos novos magistrados coloniais. No que se refere ao comportamento de natural autoridade, a metrópole não precisaria se envergonhar de ver esses pioneiros de uma democracia verdadeira adotados pela Câmara dos Lordes ou pelo Conselho Privado do Soberano.

A seguir aos magistrados vinha o jovem e eminentemente distinto pastor, de cujos lábios se esperava o discurso religioso do evento. Naquela época, era em sua profissão, muito mais do que na política, que a habilidade intelectual se manifestava, pois – deixando-se de lado um motivo mais elevado – ela oferecia incentivos poderosos suficientes, no quase reverente respeito da comunidade, para atrair ao seu serviço as mais altas ambições. Até o poder político – como no caso de Increase Mather – estava ao alcance de um pastor bem-sucedido.

Aqueles que o viam agora observavam que nunca, desde que colocara os pés na costa da Nova Inglaterra pela primeira vez, o senhor Dimmesdale exibira tanta energia como na maneira com que se portava e mantinha o ritmo na procissão. Não havia a fraqueza de outras ocasiões no andar; seu corpo não estava torto, nem sua mão pousou sinistramente sobre o coração. No entanto, se alguém observasse o clérigo corretamente, veria que sua força não parecia vir do corpo. Talvez ela fosse espiritual e lhe tivesse sido transmitida por obra dos anjos. Talvez tivesse sido estimulada por aquele poderoso licor que é destilado apenas na

O que eles chamavam de **nação** não era exatamente um país, mas uma colônia de puritanos lá no canto esquerdo do topo do mapa do que hoje são os Estados Unidos.

Metrópole é uma cidade grande. Mas também se diz que a metrópole de uma colônia é o país colonizador; no caso, a Inglaterra.

A **Câmara dos Lordes** é uma estrutura meio parecida com um senado, só que, como a coisa toda surgiu na Inglaterra durante a monarquia, ela sempre foi composta por gente importante da Igreja ao lado de representantes da nobreza, e de uma maneira que ninguém ali era eleito. Tudo era hereditário. Mais recentemente o pessoal até tentou acabar com essa herança, mas o projeto empacou. Outra coisa: o Senado brasileiro foi criado em 1824 copiando essa câmara de lordes. Mas, quando a gente virou República, a coisa mudou e aí o nosso Senado ficou mais parecido com o do sistema dos Estados Unidos, com senadores eleitos. E os reis e as rainhas da Inglaterra/Reino Unido sempre tiveram um time de conselheiros. Até hoje existe esse **Conselho Privado do Soberano**.

Nascido na colônia puritana, **Increase Mather** se formou na Universidade de Harvard aos dezessete anos, fez mestrado em Dublin e virou pastor. Anos mais, o Increase acreditava na existência de bruxas e que elas deviam ser julgadas e punidas. Era também muito influente em Boston.

Fulgurante > brilhante, lampejante, resplandecente.

fornalha fulgurante do pensamento sério e prolongado. Ou talvez o seu temperamento sensível tivesse sido revigorado pela música alta e penetrante, que, elevando-se ao céu em ondas, carregou-o consigo. No entanto, tão abstraído era seu olhar que se podia questionar se o senhor Dimmesdale sequer ouvia a música. Lá estava seu corpo, movendo-se para a frente com uma força incomum. Mas onde estava sua mente? Longe, nas profundezas do ser, ocupando-se com a tarefa extraordinária de controlar uma procissão de pensamentos importantes que logo seriam expostos; então ele não via nada, não ouvia nada, não sabia de nada do que estava ao seu redor; o elemento espiritual encarregara-se da estrutura frágil e, inconsciente do fardo, a carregava consigo, convertendo-a igualmente em espírito. Quando adoecem, os homens de inteligência incomum às vezes são capazes de se dedicar a um grande esforço durante muitos dias para depois ficarem exangues por período semelhante.

Exangue é quem perdeu o sangue, está sem forças.

Olhando fixamente para o clérigo, Hester Prynne sentiu-se dominar por uma sensação lúgubre, que não sabia de onde vinha; sabia apenas que ele parecia muito distante e totalmente fora de alcance. Um olhar de reconhecimento, imaginou ela, precisava haver entre eles. Pensou na floresta escura, com seu pequeno vale de solidão, amor e angústia, e no tronco de árvore musgoso, onde, sentados de mãos dadas, eles misturaram sua conversa triste e apaixonada ao murmúrio melancólico do riacho. Com que profundidade se conectaram então! Era este o mesmo homem? Mal o reconhecia agora! Ele, andando orgulhosamente com a procissão de homens majestosos e veneráveis, envolto, por assim dizer, pela rica música; ele, tão inatingível em sua posição social, e ainda mais então, perdido em pensamentos, através dos quais ela agora o contemplava! Seu espírito desabou diante da ideia de que tudo devia ter sido uma ilusão e que, por mais vívido que tivesse sido o sonho, não poderia haver um vínculo real entre o clérigo e ela. A mulher que havia em Hester mal podia perdoá-lo – muito menos nesse momento, quando os passos pesados de seu Destino podiam ser ouvidos cada vez mais perto, mais perto, mais perto! – por ser capaz de se retirar tão completamente de seu mundo em comum, enquanto ela tateava no escuro e estendia as mãos frias sem o encontrar.

Pearl ou viu e correspondeu aos sentimentos da mãe ou sentiu ela mesma o distanciamento e a intangibilidade que envolviam o pastor. Enquanto a procissão passava, a criança permaneceu inquieta, agitando-se de um lado para outro como um pássaro prestes a levantar voo. Quando terminou, ela olhou para Hester.

– Mamãe – disse –, foi o mesmo ministro que me beijou junto ao riacho?

– Cale-se, querida Pearl! – sussurrou a mãe. – Nem sempre devemos falar na praça do mercado sobre o que nos acontece na floresta.

– Não tinha certeza de que era ele; parecia tão estranho! – continuou a criança. – Senão teria corrido até ele e pedido que me beijasse agora, diante de todos; como ele fez entre as árvores velhas e sombrias. O que o ministro teria dito, mãe? Será que ele teria posto a mão no coração, feito uma careta para mim e me pedido para ir embora?

– O que diria ele, Pearl – respondeu Hester –, a não ser que não era hora de beijar, e que beijos não devem ser dados na praça do mercado? É bom para você, criança boba, que não tenha falado com ele!

Outra variação do mesmo sentimento em relação ao senhor Dimmesdale foi expressa por uma pessoa cujas excentricidades – ou insanidade, como deveríamos chamá-la – a levaram a fazer o que poucos na cidade teriam aventurado: iniciar uma conversa em público com a portadora da letra escarlate. Era a senhora Hibbins, que, vestida em grande magnificência, com gola tripla, peitilho bordado, um rico vestido de veludo e bengala com punho de ouro, saíra para ver a procissão. Como essa senhora idosa tinha a fama (que posteriormente lhe custou nada menos que a vida) de ser a protagonista de todos os incidentes de magia negra que aconteciam

---

A tal **gola tripa** era um troço enorme, três rufos, um em cima do outro bem ali ao redor do pescoço da pessoa – imagina você usando uma coisa parecida com uma embalagem redonda de pizza, sanfonada, engomada, dura. Uma em cima da outra, aff! E o **peitilho** era um pedaço de tecido mais ou menos triangular, todo enfeitado, que ia por cima do vestido, às vezes cobrindo o decote – havia também versões para homens. Podia ser mais duro, como uma parte de um corpete, ou ser só tecido decorado e nada mais. É às vezes chamado também de estomaqueira.

rotineiramente, a multidão recuou diante dela, parecendo temer o toque de sua vestimenta, como se carregasse a peste entre as lindas dobras do tecido. Vista em conjunto com Hester Prynne – embora muitos hoje sentissem compaixão por ela –, o pavor inspirado pela senhora Hibbins foi duplicado e causou um movimento geral na parte da praça em que as duas estavam.

– Mas que imaginação mortal poderia conceber isto? – sussurrou a velha senhora, confidencialmente, para Hester. – Aquele homem divino! Aquele santo na terra, como o povo o considera, e o que, devo dizer, ele realmente parece! Quem, entre os que o viram passar agora na procissão, imaginaria que pouco tempo atrás ele saiu de seu gabinete... ruminando um texto hebraico da Escritura, isso eu garanto... para tomar ar na floresta? Ah! Nós sabemos o que isso significa, Hester Prynne! É difícil acreditar que seja o mesmo homem. Já vi muitos membros da Igreja atrás da banda, dançando no mesmo compasso que eu, quando Alguém era o rabequista ou até, talvez um xamã índio ou um mago da Lapônia! Nada de mais para uma mulher que conhece o mundo. Mas esse ministro! Poderia dizer com certeza, Hester, que esse era o mesmo homem que a encontrou na floresta?

– Senhora, não sei de que está falando – respondeu Hester, desconfiando da sanidade mental da senhora Hibbins, mas assustada e espantada diante da confiança com que ela estabelecia uma conexão entre tantas pessoas (inclusive ela própria) e o Maligno. – Não cabe a mim falar levianamente de um ministro da Palavra culto e piedoso como o reverendo Dimmesdale!

– Ora essa, mulher, que coisa! – exclamou a velha, balançando o dedo para Hester. – Acha que depois de ir à floresta tantas vezes não tenho a capacidade de julgar quem mais esteve lá? Sim, embora nenhuma folha das guirlandas silvestres que elas usavam ao dançar tenha ficado em seus cabelos! Eu a conheço, Hester,

---

Esse **alguém**, no caso, seria o cujo, o Satanás.

A rabeca, instrumento musical primo do violino, começou a ser usada no século XVI para tocar músicas dançantes. O povão adorava esses bailes, mas os protestantes achavam que aquilo era coisa do demônio. Dançar não era coisa vista com bons olhos. Ah, e o **rabequista** é o tocador de rabeca.

Xamã é o pajé, o médico das populações nativas.

A **Lapônia** não é um país, mas uma região lá no topo do mapa-múndi que engloba parte do norte da Finlândia, da Noruega, da Suécia e da Rússia. Essa área aí, já dentro do círculo polar Ártico, foi sempre considerada pelos europeus em geral como um lugar de **magos**.

pois vejo o emblema. Todos podemos vê-lo à luz do dia, e ele brilha como uma chama vermelha no escuro. Você o usa abertamente, portanto não há que discutir a esse respeito. Mas esse ministro! Deixe-me dizer no seu ouvido! Quando o Homem das Trevas vê um de seus próprios servos, alguém com sua marca e seu selo, tão tímido em assumir o vínculo quanto o reverendo Dimmesdale, ele tem uma maneira de ordenar as coisas para que a marca seja revelada em plena luz do dia, aos olhos de todos! O que é que o ministro sempre procura esconder com a mão sobre o coração? Hein, Hester Prynne?

– O que é, boa senhora Hibbins? – perguntou ansiosamente a pequena Pearl. – A senhora viu o que é?

– Não importa, querida! – respondeu a senhora Hibbins, fazendo uma profunda reverência a Pearl. – Você mesma verá, em algum momento. Eles dizem, criança, que você é da linhagem do Príncipe do Ar! Irá comigo, numa linda noite, ver seu pai? Assim ficará sabendo por que o ministro mantém a mão sobre o coração!

Rindo tão estridentemente que todo o mercado pôde ouvi-la, a estranha senhora partiu.

A essa altura, a oração preliminar havia sido feita na igreja e ouvia-se a voz do reverendo Dimmesdale a iniciar seu discurso. Uma sensação irresistível manteve Hester por perto. Como a igreja estava lotada demais para admitir mais um ouvinte, ela assumiu um lugar ao lado do cadafalso. Estava suficientemente próxima para ouvir todo o sermão na forma de um murmúrio indistinto, mas variado, da voz tão peculiar do ministro.

A voz dele era em si um rico dote, de tal modo que alguém que nada compreendesse da língua em que o pregador falava ainda poderia se deixar levar apenas por seu tom e sua cadência. Como todas as outras músicas, aquela também transpirava paixão e empatia, além de emoções elevadas ou ternas, na língua nativa do coração humano, fosse ele educado ou não. Embora o som lhe chegasse abafado pelas paredes da igreja, Hester Prynne ouvia com tanta atenção e

---

Expressão usada na Bíblia pra falar do demônio: "Em que noutro tempo andastes segundo o curso deste mundo, segundo o **príncipe** das potestades **do ar**, do espírito que agora opera nos filhos da desobediência". – Epístola de São Paulo aos Efésios 2:2.

Indistinto > incompreensível, pouco claro.

tanta compreensão que o sermão teve para ela um significado totalmente à parte de suas palavras indistinguíveis. Estas, se tivessem sido ouvidas de forma mais clara, teriam sido apenas um meio vulgar de embotar seu sentido espiritual. Agora ela captava o murmúrio, como o do vento que amaina para depois repousar; então elevou-se com ele, à medida que o som aumentou gradativamente em doçura e força, até que seu volume pareceu envolvê-la numa atmosfera de admiração e solene grandiosidade. No entanto, embora a voz às vezes soasse majestosa, sempre havia nela um caráter essencial de melancolia. Alta ou baixa, era uma expressão da angústia – o sussurro, ou o grito, como se poderia imaginar, da humanidade sofredora, que tocava todos os corações! Às vezes, esse sofrimento profundo era tudo o que se ouvia, e mal se ouvia, a suspirar no silêncio desolador. No entanto, mesmo quando a voz do ministro se tornava forte e autoritária, quando jorrava incontida para o alto, quando assumia sua máxima amplitude e potência, enchendo a igreja de tal forma que abria caminho através das paredes sólidas e se difundia ao ar livre, se a pessoa ouvisse atentamente, com determinação, ainda poderia detectar o mesmo grito de dor. O que era aquilo? A queixa de um coração humano carregado de tristeza, talvez culpado, que contava seu segredo de culpa ou de tristeza ao grande coração da humanidade; que implorava sua compaixão ou seu perdão, a cada momento, em cada entonação, e nunca em vão! Era esse murmúrio profundo e contínuo que dava ao clérigo o seu poder.

Durante todo aquele tempo, Hester ficou parada como uma estátua ao pé do cadafalso. Se a voz do ministro não a tivesse retido ali, haveria, no entanto, o magnetismo inevitável do local onde vivera a primeira hora de sua vida de ignomínia. Tinha dentro de si a sensação, muito indistinta para ser um pensamento, mas que pesava bastante em sua mente, de que toda a sua vida, tanto antes quanto depois, estava conectada a esse local, como se ele fosse o ponto que lhe dava unidade.

Enquanto isso, a pequena Pearl havia saído de perto da mãe e brincava à vontade pela praça. Ela alegrava a multidão sisuda com sua presença resplandecente e errática; do mesmo modo que um pássaro de plumagem viva ilumina uma árvore escura voando de um lado para outro, um pouco à vista e um pouco oculto em meio à penumbra das folhas. Seus movimentos eram ondulantes, mas muitas vezes bruscos e irregulares. Indicavam a vivacidade inquieta de seu espírito, nesse dia duplamente infatigável em seu balé porque vibrava com a inquietação da mãe. Sempre que Pearl via algo que despertava sua curiosidade ativa e errante, lá ia ela, que, pode-se dizer, se apoderava da pessoa ou da coisa em questão como se fossem suas, desde que as desejasse, mas sem ceder o menor grau de controle sobre seus movimentos como retribuição. Os puritanos olhavam e, embora sorrissem, não eram menos inclinados a declarar a criança um rebento demoníaco, tal era o indescritível encanto provocado pela beleza e pela excentricidade que reluziam em sua pequena figura e em seus movimentos. Correndo, ela olhou no rosto do índio selvagem, e ele tomou a consciência de estar diante de uma natureza mais selvagem que a sua. Então, com a audácia que lhe era natural, mas ainda com uma reserva muito característica, a menina voou para o meio de um grupo de marinheiros, os selvagens de rosto bronzeado do oceano, como os índios eram os de terra. Eles olharam Pearl com curiosidade e admiração, como se um floco de espuma marinha tivesse assumido a forma de uma pequena sereia e possuísse a alma da fosforescência que cintila sob a proa durante a noite.

Um desses marinheiros – o comandante do navio, na verdade, que falara com Hester Prynne – ficou tão impressionado com a aparência de Pearl que tentou encostar a mão nela com o propósito de roubar-lhe um beijo. Ao ver que era tão impossível tocá-la como seria apanhar um beija-flor no ar, ele retirou do chapéu a corrente de ouro e jogou-a para a criança. Pearl imediatamente a enrolou no pescoço e na cintura, com tal talento que, uma vez ali, a corrente tornou-se parte dela e passou a ser difícil imaginá-la sem o adorno.

Plâncton é o nome de um conjunto de seres minúsculos que boiam ao sabor da corrente marítima. No meio dessa turma, há uns que emitem luz que nem os vaga-lumes. E esse fenômeno luminoso no mar é a bioluminescência, que desde os tempos dos gregos já espantava as pessoas. Foi só no século XVIII que os microscópios permitiram que cientistas vissem o que produzia aquela festa de cores. Então, dá pra imaginar como aquele **brilho fosforescente** parecia magia, né?

– Sua mãe é aquela mulher com a letra escarlate – disse o marinheiro. – Pode levar um recado meu para ela?

– Se o recado me agradar, levarei – respondeu Pearl.

– Então diga a ela – continuou ele – que falei novamente com o velho médico de rosto sombrio e ombros curvados, e ele se comprometeu a trazer a bordo seu amigo, o cavalheiro que ela conhece. Então, que sua mãe não se preocupe com ninguém a não ser com ela mesma e com você. Pode lhe dizer isso, menina feiticeira?

– A senhora Hibbins diz que meu pai é o Príncipe do Ar! – gritou Pearl, com um sorriso travesso. – Se me chamar desse nome feio, contarei a ele, e ele perseguirá seu navio com uma tempestade!

Seguindo em zigue-zague pela praça, a criança voltou para a mãe e comunicou o que o marinheiro havia dito. O espírito forte, calmo e inabalável de Hester quase sucumbiu, por fim, ao contemplar a expressão triste e sombria do destino inevitável que surgia – no momento em que parecia se abrir uma passagem para o ministro e ela deixarem seu labirinto de sofrimento –, com um sorriso implacável, bem no meio de seu caminho.

Com a mente atormentada pela terrível perplexidade em que a informação do comandante a envolvera, ela também foi submetida a mais uma provação. Estavam ali várias pessoas das redondezas que, embora tivessem ouvido falar da letra escarlate, e esta lhes parecesse terrível graças às centenas de rumores falsos ou exagerados, nunca a tinham visto com os próprios olhos. Depois de esgotar outros modos de diversão, esses indivíduos agora se aglomeravam em torno de Hester Prynne de maneira invasiva, rude e grosseira. Por mais inescrupulosos que fossem, no entanto, não avançaram para além de um círculo de vários metros. A essa distância permaneciam, imobilizados pela força centrífuga da repugnância que o emblema místico inspirava. Do mesmo modo, todo o bando de marinheiros, que observava a multidão de espectadores e descobriu o

Sucumbir > não resistir, desabar, despencar.

Força centrífuga é um conceito da física que explica por que uma coisa que está girando tende a se afastar do ponto central dessa trajetória em forma de círculo, como se uma força empurrasse aquilo para fora – já notou aonde a roupa vai parar quando termina o trabalho da máquina de lavar roupa? Se bem que a força aqui no texto, na real, é o medo.

significado da letra escarlate, acercou-se e enfiou o rosto bronzeado e criminoso no círculo. Até os índios foram afetados por essa espécie de sombra fria que é a curiosidade do homem branco, e, deslizando por entre a multidão, fixaram seus olhos negros como os de uma cobra no peito de Hester, talvez imaginando que a portadora desse distintivo ricamente bordado fosse uma figura de grande dignidade entre seu povo. Por último, os moradores da cidade (revivendo languidamente seu próprio interesse nesse assunto desgastado, por afinidade com o que os outros estavam sentindo) seguiram lentamente para o mesmo lugar, atormentando Hester Prynne, talvez mais que todos os outros, com o olhar frio e bem conhecido voltado para sua desonra. Hester reconheceu os mesmos rostos daquele grupo de matronas que havia esperado sua saída pela porta da prisão sete anos antes; todas menos uma, a mais jovem e a única compassiva, cuja mortalha ela havia confeccionado depois. Na hora final, quando estava prestes a jogar fora a letra flamejante, ela se tornava o centro de mais comentários e agitação, e assim seu peito queimava mais dolorosamente do que em qualquer momento desde o primeiro dia em que a ostentou.

> Outro momento em que fica claro como os indígenas eram percebidos e retratados. Os cervos, as vacas, os cavalos também têm **olhos negros**. Mas ele escolheu comparar os olhos dos nativos com os das **cobras**...

> **Flamejante >** vistoso, chamativo; em chamas, fulgurante.

Enquanto Hester permanecia naquele círculo mágico de ignomínia, no qual a astuta crueldade de sua sentença parecia tê-la fixado para sempre, o admirável pregador olhava do púlpito sagrado para uma plateia cujo espírito mais íntimo estava sob seu controle. O santo ministro na igreja! A mulher da letra escarlate na praça! Que imaginação teria sido irreverente o bastante para supor que o mesmo estigma abrasador pairava sobre os dois?

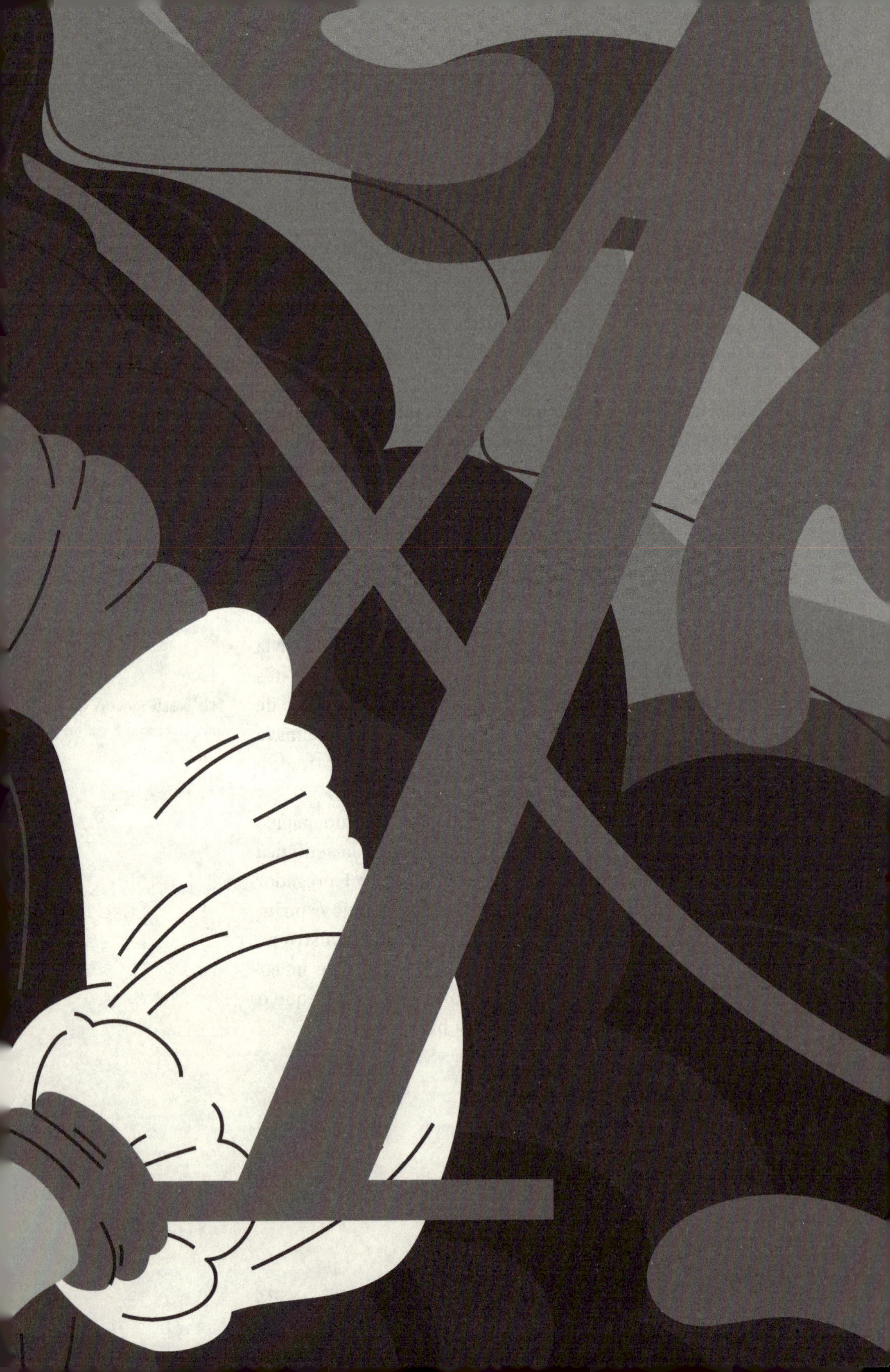

XXII
A REVELAÇÃO DA LETRA ESCARLATE

A VOZ ELOQUENTE, que elevara as almas da plateia atenta como se tivessem sido carregadas pelas ondas do mar, finalmente se calou. Houve um silêncio momentâneo, profundo como o que deveria se seguir à proclamação dos oráculos. Então seguiu-se um murmúrio e um tumulto meio abafado, como se os ouvintes, libertos do poderoso feitiço que os havia transportado para o espaço mental de outra pessoa, estivessem voltando a si, ainda temerosos e admirados. Mais um momento, e a multidão começou a jorrar pelas portas da igreja. Agora que o sermão havia terminado, eles precisavam de uma nova atmosfera, mais adequada para sustentar a vida bruta e terrena à qual retornavam, uma atmosfera diferente daquela que o pregador transformara em palavras flamejantes, carregadas com a rica fragrância de seu pensamento.

Lá fora, o êxtase da multidão se transformou em falatório. De um lado a outro, na rua e na praça do mercado, todos só faziam aclamar o ministro. Seus ouvintes não descansaram até dizerem uns aos outros o que pensavam ter escutado ou entendido melhor que todos. De acordo com o testemunho geral, nunca um homem falara com espírito tão sábio, tão elevado e tão santo quanto o daquele dia; nunca houvera lábios mais inspirados que os dele. A inspiração, por assim dizer, descera sobre ele e tomara conta do seu ser, elevando-o acima do discurso escrito que estava à sua frente e enchendo-o de ideias que deviam parecer tão maravilhosas para ele quanto para o público. O tema do sermão, pelo visto, havia sido a relação entre a Divindade e as comunidades

A parte da Bíblia chamada **Velho Testamento** vem da tradição judaica, ou seja, do povo de **Israel**.

humanas, com referência especial à Nova Inglaterra que eles estavam instalando na natureza selvagem. Quando o ministro se aproximava do fim, um espírito profético apoderou-se dele, subjugando-o a seus propósitos com a mesma força com a qual os antigos profetas de Israel foram subjugados; com a única diferença de que, enquanto os videntes judeus denunciavam os maus julgamentos e a ruína de seu país, era sua missão predizer um destino elevado e glorioso para o povo do Senhor, recém-reunido. No entanto, em todo o discurso havia um tom de sofrimento profundo e triste, que não poderia ser interpretado de outra maneira senão como o pesar natural de alguém que logo partiria desta vida. Sim; o ministro a quem eles tanto amavam – e que amava tanto a todos que não conseguiria partir para o Céu sem um suspiro – tinha o pressentimento de que morreria prematuramente e em breve os deixaria em prantos! A ideia da permanência transitória na terra deu a ênfase final ao efeito que o pregador já havia produzido; foi como se um anjo, em sua passagem pelo firmamento, tivesse sacudido as asas cintilantes sobre as pessoas por um instante – ao mesmo tempo sombra e esplendor – e derramado uma chuva de verdades douradas sobre elas.

Desse modo, havia chegado para o reverendo Dimmesdale – da mesma forma que acontece com a maioria dos homens em várias esferas, embora raramente a percebam até que ela se torne passado – uma fase de vida mais brilhante e triunfal do que qualquer outra pela qual já passara ou viria a passar. Nesse momento, ele se encontrava na mais alta posição à qual a inteligência, a erudição, a eloquência eficiente e uma reputação da mais pura santidade poderiam conduzir um clérigo nos primeiros dias da Nova Inglaterra, quando o caráter profissional era por si só um pedestal elevado. Essa era a posição que o ministro ocupava ao inclinar a cabeça sobre as almofadas do púlpito no encerramento de seu Sermão da Eleição. Enquanto isso, Hester Prynne estava parada ao lado do cadafalso, com a letra escarlate ainda queimando no peito!

O púlpito pode ser simples ou grande e até muito decorado. Muitos deles têm uma **almofada** bonita em cima da parte onde vai ficar o texto a ser lido – que muitas vezes é a Bíblia.

Novamente ouviram-se o clangor da música e os passos cadenciados da escolta militar, que saía pela porta da igreja. A procissão seguiria até a prefeitura, onde um banquete solene completaria as cerimônias do dia.

Clangor > som estridente de alguns instrumentos musicais de percussão feitos de metal.

Mais uma vez, portanto, a comitiva de veneráveis e majestosos pais fundadores da colônia moveu-se por um amplo caminho entre o povo, que recuava reverentemente, de ambos os lados, enquanto o governador e os magistrados, os velhos e sábios, os santos ministros e todos os eminentes e renomados avançavam. Quando chegou à praça, a procissão foi saudada com um clamor. Este – embora sem dúvida pudesse adquirir força e volume adicionais pela lealdade infantil dedicada aos governantes na época – foi considerado uma explosão irreprimível de entusiasmo, provocada nos ouvintes por aquela eloquência de alta tensão que ainda reverberava em seus ouvidos. Cada um sentiu o impulso em si próprio e, ao mesmo tempo, no vizinho. Dentro da igreja, fora difícil contê-lo; a céu aberto, ele ressoava em direção ao zênite. Havia seres humanos em número suficiente, além de suficiente comoção e harmonia, para produzir aquele som mais impressionante do que o barulho da ventania, ou do trovão, ou do rugido do mar; aquela poderosa onda de muitas vozes misturava-se em uma grande voz graças ao impulso universal que, do mesmo modo, forma um vasto coração a partir de muitos. Nunca havia se erguido tal clamor do solo da Nova Inglaterra! Nunca houvera, no solo da Nova Inglaterra, homem tão honrado por seus irmãos mortais quanto o pregador!

Como fora para ele, então? Não havia ao redor de sua cabeça as partículas brilhantes de uma auréola? Tão etéreo quanto estava, tão divinizado por admiradores em veneração, será que durante a procissão seus passos realmente pisaram o pó da terra?

Auréola é aquela argola dourada que aparece em cima da cabeça em ilustrações de anjos, por exemplo.

À medida que as fileiras de militares e civis avançavam, todos os olhos se voltaram para o ponto em que estava o ministro. O clamor morreu num murmúrio à medida que uma parte da multidão após outra conseguia vislumbrá-lo. Como parecia fraco e pálido em meio a todo o seu triunfo! A energia – ou, melhor, a inspiração que o havia sustentado até que entregasse a mensagem sagrada que trouxera sua própria força do Céu – o abandonara, agora que havia desempenhado tão fielmente seu ofício. O rubor que pouco antes viram queimar sua face foi extinto como uma chama que encolhe irremediavelmente entre as últimas brasas. Mal parecia o rosto de um homem vivo, tal o aspecto de morte; quase não havia vida no ministro, que cambaleava nervoso pelo caminho; cambaleava, mas não caiu!

Um clérigo de sua irmandade – o venerável John Wilson –, observando o estado em que o senhor Dimmesdale fora deixado pelo refluxo da onda de inteligência e sensibilidade, logo se adiantou para oferecer apoio. Trêmula mas decididamente, o ministro repeliu o braço do velho. Ele ainda caminhava para a frente, se é que aquele movimento, semelhante ao esforço vacilante de um bebê para avançar ao ver os braços da mãe estendidos para ele, podia ser assim descrito. E agora, com passos quase imperceptíveis, ele se postou em frente ao cadafalso, bem conhecido e escurecido pelo tempo, onde havia muito Hester Prynne enfrentara o olhar ignominioso do mundo. Lá estava Hester, segurando a pequena Pearl pela mão! E lá estava a letra escarlate em seu peito! O ministro fez uma pausa, embora a música ainda marcasse a marcha majestosa e alegre em que a procissão se movia. Esta o impelia para a frente – para a festa! –, mas ele parou.

Naqueles momentos anteriores, Bellingham o tinha vigiado com ansiedade. Agora abandonava seu próprio lugar na procissão e avançava para lhe prestar assistência, julgando, pelo aspecto do senhor Dimmesdale, que de outra maneira ele inevitavelmente cairia. Mas algo na expressão do ministro fez o magistrado recuar, embora não fosse homem de obedecer prontamente a sugestões vagas transmitidas de um espírito a outro. O povo, entretanto, observava com admiração e curiosidade. Aquela fraqueza terrena era, a seu ver, apenas mais uma manifestação da força celestial do ministro; tampouco lhes pareceria um milagre impossível que alguém tão santo ascendesse diante de seus olhos, tornando-se cada vez mais tênue e brilhante, até finalmente se desvanecer sob a luz do céu.

Ele se virou para o cadafalso e estendeu os braços.

– Hester – disse –, venha cá! Venha, minha pequena Pearl!

Fitou-as com um olhar medonho; mas havia nele algo ao mesmo tempo terno e estranhamente triunfante. Com os movimentos de pássaro que eram uma de suas características, a criança voou até ele e abraçou-se a seus joelhos. Hester Prynne – lentamente, como que impelida pelo destino inevitável e muito a contragosto – também se aproximou, mas parou antes de alcançá-lo. Nesse instante, o velho Roger Chillingworth se lançou no meio da multidão – ou talvez tenha se levantado de alguma região inferior, tão sombrio, perturbado e maligno era o seu olhar – para impedir que sua vítima fizesse o que pretendia! Fosse como fosse, o velho correu e agarrou o ministro pelo braço.

– Louco, espere! O que pretende? – sussurrou. – Faça voltar aquela mulher! Expulse essa criança! Tudo ficará bem! Não estrague sua reputação nem pereça em desonra! Eu ainda posso salvá-lo! Seria capaz de trazer a infâmia à sua profissão sagrada?

– Ah, tentação! Acho que chegou tarde demais! – respondeu o ministro, encarando-o com medo mas com firmeza. – Seu poder já não é o que era! Com a ajuda de Deus, hei de escapar agora!

Ele novamente estendeu a mão para a mulher da letra escarlate.

– Hester Prynne – gritou, com uma gravidade penetrante –, em nome Dele, tão terrível e tão misericordioso, que me dá a graça, neste último momento, de fazer o que por meu próprio pecado e miserável agonia me abstive de fazer sete anos atrás; venha aqui agora e envolva-me com sua energia! Sua energia, Hester; mas que ela seja guiada pela vontade que Deus me concedeu! Este velho miserável e injustiçado se opõe a ela com todas as suas forças!... com as suas próprias forças e as do demônio! Venha, Hester, venha! Ajude-me a subir ao cadafalso!

A multidão se agitou. Os homens eminentes, que estavam mais próximos do clérigo, mostravam-se tão surpresos e perplexos quanto ao significado daquela cena – incapazes de aceitar a explicação que mais prontamente se apresentava, ou de imaginar qualquer outra – que permaneceram espectadores silenciosos e inertes do julgamento que a Providência parecia prestes a operar. Eles viram o ministro, apoiado no ombro de Hester e sustentado pelo braço dela, aproximar-se do cadafalso e subir seus degraus, enquanto a mãozinha da criança nascida do pecado continuava presa à sua. Roger Chillingworth, intimamente ligado ao drama de culpa e melancolia em que todos haviam sido atores, com todo o direito, portanto, de estar presente em sua cena final, vinha logo atrás.

– Ainda que o senhor tivesse procurado por toda a terra – disse ele, olhando sombriamente para o clérigo –, não haveria lugar mais secreto, nem mais alto ou mais baixo, de onde pudesse me escapar, do que este mesmo cadafalso!

– Graças Àquele que me trouxe até aqui! – respondeu o ministro.

Mesmo assim, trêmulo, ele se voltou para Hester com uma expressão de dúvida e ansiedade que nem o tênue sorriso em seus lábios conseguia esconder.

– Isto não é melhor – murmurou ele – do que o que sonhamos na floresta?

– Não sei! Não sei! – respondeu ela apressadamente. – Melhor? Sim; para assim morrermos os dois, e a pequena Pearl também!

– Quanto a você e a Pearl, seja o que Deus quiser – disse o ministro. – E Deus é misericordioso! Deixe-me agora cumprir a vontade que Ele me revelou de modo bem claro. Pois, Hester, sou um homem moribundo. Portanto, deixe-me assumir minha vergonha sem demora!

Parcialmente apoiado por Hester Prynne e segurando uma das mãos da pequena Pearl, o reverendo Dimmesdale voltou-se para os dignos e veneráveis governantes, para os santos ministros, que eram seus irmãos, para o povo, cujo grande coração estava completamente chocado mas transbordava de melancólica solidariedade, como se soubesse que alguma profunda questão existencial – a qual, embora cheia de pecado, estava também cheia de angústia e arrependimento – seria agora revelada. O sol, que acabara de passar por seu ponto mais alto, brilhava sobre o clérigo e dava nitidez à sua figura, enquanto ele se destacava de toda a terra para se declarar culpado no tribunal da Justiça Eterna.

– Povo da Nova Inglaterra! – gritou ele, com uma voz que se ergueu acima de todos, alta, solene e majestosa, mas sempre perpassada por um tremor e, às vezes, por uma estridência que lutava para se libertar de um remorso e uma angústia profundamente insondáveis. – Vocês que me amaram! Vocês que me consideraram santo! Eis-me aqui, o único pecador do mundo! Enfim! Enfim! Sete anos depois, estou no lugar onde deveria estar; aqui, com esta mulher, cujo braço, mais do que a pouca força com que me arrastei para cá, me sustenta neste momento terrível, impedindo-me de desabar no chão! Vejam a letra escarlate que Hester ostenta! Vocês todos estremeceram diante dela! Aonde quer que seus pés a levassem, onde quer que, tão miseravelmente sobrecarregada, possa ter esperado encontrar repouso, esse emblema lançava em redor um lampejo lúgubre de temor e horrível repugnância. Mas havia no meio de vocês alguém diante de cuja marca de pecado e infâmia vocês não tremiam!

Nessa altura, parecia que o ministro deixaria oculto o restante de seu segredo. Contudo, ele lutou contra a fraqueza do corpo – e ainda mais contra a fraqueza do coração –, que se esforçava para dominá-lo. Dispensou toda a ajuda e, exaltado, deu um passo à frente da mulher e da criança.

– A marca estava nele! – continuou, com uma espécie de ferocidade, já que estava determinado a falar tudo. – Os olhos de Deus a viam! Os anjos estavam sempre apontando para ela! O Diabo a conhecia bem e a roçava constantemente com seu dedo ardente! Mas ele a escondeu astuciosamente dos homens e caminhou entre vocês com o semblante de um espírito triste, porque muito puro num mundo pecaminoso; e triste porque perdera sua família celestial! Agora, na hora da morte, ele se levanta diante de vocês! Pede que

Perpassar > roçar, alisar.

Roçar > esfregar, alisar, arranhar de leve.

olhem novamente para a letra escarlate de Hester! E lhes diz que, com todo o seu horror misterioso, ela é apenas uma sombra da que ele carrega em seu peito, e que mesmo seu próprio estigma escarlate não é mais do que o símbolo daquilo que faz secar o seu coração! Algum de vocês questiona o julgamento de Deus sobre um pecador? Vejam! Sejam testemunhas deste horror!

Com um movimento convulsivo, o clérigo arrancou do peito a faixa sacerdotal. Tudo foi revelado! Mas seria desrespeitoso descrever essa revelação. Por um instante, o olhar aterrorizado da multidão se concentrou no medonho milagre, enquanto o ministro permanecia de pé, com um rubor de triunfo no rosto, como alguém que em meio ao mais agudo sofrimento tivesse conquistado uma vitória. Então ele desabou no cadafalso! Hester o ergueu um pouco e apoiou a cabeça dele em seu peito. O velho Roger Chillingworth ajoelhou-se ao seu lado, com um semblante vazio e embotado, do qual a vida parecia ter partido.

– Você me escapou! – repetiu ele mais de uma vez. – Você me escapou!

– Que Deus o perdoe! – disse o ministro. – O senhor também pecou profundamente!

O reverendo Dimmesdale desviou os olhos moribundos do velho e os fixou na mulher e na criança.

– Minha pequena Pearl – disse com voz débil e um sorriso doce e gentil, como o de um espírito que cai em repouso profundo; não, agora que o fardo fora removido, quase parecia que ele ia brincar com a criança –, querida pequena Pearl, quer me dar um beijo, agora? Você não quis, lá na floresta! Mas agora quer?

Pearl beijou seus lábios. Um feitiço se quebrou. A grande cena de pesar, na qual a criança impetuosa desempenhara um papel, fez aflorar toda a sua compaixão; e as lágrimas que derramou sobre o rosto do pai eram a promessa de que cresceria em meio à alegria e à tristeza humanas, não para viver lutando contra o mundo, mas para ser nele uma mulher. Também em relação à mãe, a missão de Pearl como mensageira da angústia fora totalmente cumprida.

Embotado > cansado, que perdeu a energia.

– Hester – disse o clérigo. – Adeus!

– Não vamos nos encontrar de novo? – sussurrou ela, baixando o rosto perto do dele. – Não deveríamos passar nossa vida imortal juntos? Certamente, certamente redimimos um ao outro com toda esta desgraça! Seus olhos moribundos e brilhantes miram a eternidade. Diga-me o que está vendo.

– Cale-se, Hester, cale-se! – disse ele, solene e trêmulo. – A lei que infringimos! O pecado aqui terrivelmente revelado! Deixe que apenas isso ocupe seus pensamentos! Eu temo! Eu temo! Pode ser que, depois de nos esquecermos de nosso Deus, depois de violarmos a reverência mútua por nossas almas, seja inútil esperar que possamos nos reunir no futuro, num reencontro eterno e puro. Deus sabe o que faz; e Ele é misericordioso! Ele provou sua misericórdia, acima de tudo, em minhas aflições. Deu-me esta chama torturante que me queima o peito! Enviou um velho sinistro e terrível para manter a tortura ativa! Trouxe-me para cá, para morrer esta morte de triunfante ignomínia diante do povo! Se me faltasse alguma dessas agonias, estaria perdido para sempre! Louvado seja o Seu nome! Sua vontade seja feita! Adeus!

Essa última palavra veio com o suspiro final do ministro. E a multidão, silenciosa até esse momento, irrompeu num pesado e estranho murmúrio de temor e espanto depois da partida daquela alma.

XXIV
CONCLUSÃO

MUITOS DIAS DEPOIS, quando passou o tempo suficiente para as pessoas organizarem seus pensamentos em relação à cena anterior, surgiu mais de um relato do que havia sido presenciado no cadafalso.

A maioria dos espectadores declarou ter visto, no peito do infeliz ministro, uma LETRA ESCARLATE – exatamente igual àquela usada por Hester Prynne – marcada na pele. Quanto à sua origem, houve várias explicações, todas necessariamente conjecturais. Alguns afirmaram que o reverendo Dimmesdale, no mesmo dia em que Hester Prynne passou a usar seu ignominioso emblema, começou uma série de penitências – as quais depois ele continuou, com muitos métodos inúteis –, infligindo uma horrível tortura a si mesmo. Outros sustentaram que o estigma havia sido produzido muito tempo depois pelo velho Roger Chillingworth, um poderoso bruxo, por meio de magia e drogas venenosas. Outros ainda – aqueles mais capazes de apreciar a sensibilidade peculiar do ministro e a maravilhosa ação de seu espírito sobre o corpo – sussurraram a crença de que o terrível símbolo era o efeito ativo do remorso, que roeu seu coração de dentro para fora e por fim manifestou o terrível julgamento do Céu com a presença visível da letra. O leitor pode escolher entre essas teorias. Jogamos toda a luz possível sobre a marca e, agora que ela cumpriu sua função, com prazer apagaríamos sua impressão profunda em nosso próprio cérebro, onde esta longa reflexão o fixou com uma nitidez muito indesejável.

É curioso, no entanto, que certas pessoas, que foram espectadoras de toda a cena e afirmaram nunca ter tirado os olhos do reverendo Dimmesdale, neguem que houvesse marca alguma em seu peito, tão límpido quanto o de um bebê recém-nascido. E que, segundo o relato delas, que suas últimas palavras tivessem reconhecido, nem sequer remotamente dado a entender, a mais leve conexão com a culpa pela qual Hester Prynne usara a letra escarlate por tanto tempo. Segundo essas respeitáveis testemunhas, o ministro, cônscio de que estava morrendo – ciente, também, de que a reverência da multidão já o colocava entre os santos e os anjos –, desejara, ao soltar seu último suspiro nos braços daquela mulher decaída, expressar ao mundo como a melhor virtude do homem é absolutamente vã. Depois de passar a vida se esforçando pelo bem espiritual da humanidade, fizera da sua morte uma parábola para impressionar seus admiradores com a poderosa e triste lição de que, do ponto de vista da Pureza Infinita, somos todos pecadores; para lhes ensinar que o mais santo entre nós só conseguiu se elevar acima de seus semelhantes o necessário para discernir com mais clareza a Misericórdia, que nos olha de cima, e repudiar com mais firmeza o fantasma do mérito humano, que olha esperançosamente para o alto. Sem querer contestar uma verdade tão importante, que nos seja dada permissão para considerar essa versão da história do senhor Dimmesdale apenas um exemplo da fidelidade obstinada com que, às vezes, os amigos de um homem – especialmente os de um clérigo – defendem seu caráter mesmo quando provas claras como o sol do meio-dia incidindo na letra escarlate o mostram como uma criatura terrena, falsa e conspurcada pelo pecado.

Nossa principal fonte – um manuscrito antigo, elaborado a partir do testemunho oral de indivíduos, alguns dos quais conheceram Hester Prynne, enquanto outros ouviram a história de testemunhas contemporâneas – confirma plenamente a visão adotada nas páginas anteriores. Entre tantas conclusões morais que podemos tirar da triste experiência do pobre ministro, expressamos apenas

Cônscio > sabedor, conciente.

Vão > inútil, que não serve para nada.

Discernir > entender bem, distinguir, diferenciar.

Conspurcado > manchado, impuro, maculado.

esta: "Seja verdadeiro! Seja verdadeiro! Seja verdadeiro! Mostre livremente ao mundo, senão sua pior característica, alguma pela qual a pior possa ser inferida!".

Nada foi mais notável do que a mudança, que ocorreu quase imediatamente após a morte do senhor Dimmesdale, na aparência e no comportamento do velho conhecido como Roger Chillingworth. Toda a sua força e energia – toda a sua força vital e intelectual – pareceu abandoná-lo de uma vez; de tal forma que ele definitivamente encolheu, murchou e quase desapareceu da vista dos mortais, como uma erva daninha que, arrancada, murcha ao sol. Aquele infeliz transformara em princípio de vida a busca e o exercício sistemáticos da vingança; quando, consumado o seu triunfo, deixou de ter no que empregar esse princípio maligno – quando, em suma, não havia na terra mais nenhuma obra do Diabo para ele executar –, só restou ao mortal desumano dirigir-se ao lugar onde seu Mestre encontraria tarefas suficientes para ele e pagaria seu devido salário. No entanto, com todos esses seres sombrios, por tanto tempo nossos conhecidos próximos – tanto Roger Chillingworth como seus companheiros –, nós de bom grado seríamos misericordiosos. Constitui um tema curioso de observação e investigação se o ódio e o amor não seriam, no fundo, a mesma coisa. Cada um desses sentimentos, se plenamente desenvolvido, supõe um alto grau de intimidade e conhecimento do coração; cada um deles torna um indivíduo dependente de outro para alimentar seus afetos e sua vida espiritual; cada um deles deixa o amante apaixonado, ou o igualmente apaixonado indivíduo que odeia, desamparado e desolado pelo desaparecimento de seu objeto de amor ou ódio. Do ponto de vista filosófico, portanto, as duas paixões parecem essencialmente iguais, exceto pelo fato de que uma surge sob um esplendor celestial e a outra, sob um brilho sombrio e lúgubre. No mundo espiritual, o velho médico e o ministro – vítimas um do outro – talvez tenham encontrado seu estoque terreno de ódio e aversão transmutado num amor florescente.

Consumado > realizado, concluído, terminado.

Deixando essa discussão de lado, temos uma questão de negócios a comunicar ao leitor. Com o falecimento do velho Roger Chillingworth (que ocorreu um ano depois), por determinação de seu último testamento, do qual o governador Bellingham e o reverendo Wilson eram executores, uma quantidade considerável de propriedades, tanto aqui quanto na Inglaterra, foi herdada pela pequena Pearl, filha de Hester Prynne.

Então Pearl – a criança travessa, a filha de um demônio, como algumas pessoas até aquela época persistiam em considerá-la – tornou-se a herdeira mais rica de seu tempo no Novo Mundo. Não é improvável que essa circunstância tenha produzido uma mudança muito material na estima pública; se a mãe e a criança tivessem permanecido ali, a pequena Pearl, quando chegasse a hora de se casar, poderia ter misturado seu sangue impetuoso ao da linhagem do puritano mais devoto entre todos. Contudo, pouco tempo depois da morte do médico, a portadora da letra escarlate desapareceu, e Pearl com ela. Por muitos anos, embora um relato vago de vez em quando conseguisse cruzar o mar – como um pedaço informe de madeira que flutua até a costa, com as iniciais de um nome –, ainda assim nenhuma notícia delas inquestionavelmente autêntica foi recebida. A história da letra escarlate virou lenda. Seu fascínio, no entanto, ainda era poderoso, e tanto o cadafalso onde o pobre ministro morreu quanto a cabana à beira-mar onde Hester Prynne morava continuaram a inspirar temor. Perto desse último local, numa tarde, algumas crianças brincavam quando viram uma mulher alta, com um vestido cinza, aproximar-se da porta da cabana. Em todos aqueles anos, a porta nunca tinha sido aberta; mas, fosse porque ela a destrancou, fosse porque a madeira e o ferro em decomposição cederam à sua mão, fosse porque ela deslizou como uma sombra por esses obstáculos – o fato é que a mulher entrou.

Na soleira, fez uma pausa – virou-se parcialmente, porque, por acaso, a ideia de entrar sozinha, e tão mudada, no lar de uma vida anterior tão intensa, era mais lúgubre e desoladora do que ela podia suportar. Contudo, sua hesitação durou apenas um instante, ainda que tenha sido o suficiente para exibir a letra escarlate em seu peito.

Hester Prynne retornava e reassumia a vergonha havia tanto tempo esquecida! Mas onde estava a pequena Pearl? Se ainda estivesse viva, estaria agora na flor da juventude. Ninguém sabia – nem jamais soube com a plenitude da certeza absoluta – se a criança travessa fora prematuramente para a sepultura, ainda solteira, ou se sua natureza intensa e selvagem havia sido abrandada e subjugada, tornando-a capaz da suave felicidade de uma mulher. Contudo, pelo resto da vida de Hester houve indícios de que a reclusa da letra escarlate era o objeto de amor e interesse de algum habitante de outra terra. As cartas chegavam com selos de escudos de armas desconhecidos na heráldica inglesa. Na cabana havia artigos de conforto e luxo que Hester nunca se importou em usar, mas que só uma pessoa rica poderia ter comprado, ou nos quais apenas o afeto dirigido a ela poderia ter pensado. Havia ninharias também, bibelôs, belos símbolos de uma lembrança contínua, que deviam ter sido feitos por dedos delicados, sob o impulso de um coração afetuoso. Certa vez, viram Hester bordando uma roupa de bebê com imensa riqueza de ornamentos dourados, a qual teria causado um tumulto público caso surgisse numa criança na nossa comunidade tão sóbria.

Em suma, segundo os boatos da época – e segundo o inspetor Pue, que conduziu investigações um século depois, e também de acordo com um de seus recentes sucessores no cargo –, Pearl não apenas estava viva, mas casada, feliz e preocupada com Hester; e teria muito alegremente recebido aquela mãe triste e solitária em seu lar.

No entanto, havia uma vida mais real para Hester Prynne aqui, na Nova Inglaterra, do que naquela região desconhecida onde Pearl tinha encontrado um lar. Aqui cometera o seu pecado, aqui vivera sua tristeza, e também aqui faria sua penitência. Ela havia retornado, portanto, e reassumido – por sua própria vontade, pois nem o mais severo magistrado daquele período férreo o teria imposto

Heráldica > como já vimos lá atrás, é o lance relativo aos brasões, os escudos das famílias da nobreza.

> **Abnegação** é o que rola quando uma pessoa deixa tudo pra lá, quando renuncia, por conta própria, àquilo que seria bom e conveniente pra ela.

> **Extraviado >** perdido, desencaminhado, desonrado.

– o emblema cuja história tão sombria relatamos. Ele nunca mais saiu de seu peito. Entretanto, no decorrer dos anos de trabalho, reflexão e abnegação que constituíram a vida de Hester, a letra escarlate deixou de ser um estigma que atraía o desprezo e a amargura do mundo para se tornar algo a ser lamentado e considerado com temor, mas também com reverência. Como Hester Prynne não tinha metas egoístas nem vivia, sob qualquer medida, para seu próprio ganho e prazer, as pessoas lhe traziam todas as suas tristezas e confusões, e pediam seu conselho, pois era alguém que passara por uma imensa dificuldade. As mulheres, mais especialmente – com suas histórias recorrentes de paixões feridas, desperdiçadas, injustiçadas, extraviadas ou errantes e pecaminosas, ou com o fardo melancólico de um coração duro, porque desvalorizado e não procurado –, chegavam à casa de Hester indagando a razão de sua miséria e buscando o remédio para ela. Hester as consolava e aconselhava da melhor maneira possível. Assegurava-lhes, também, sua firme convicção de que, em alguma época melhor, quando o mundo estivesse maduro para tanto, no tempo próprio do Céu, uma nova verdade seria revelada, de modo a estabelecer a relação entre homens e mulheres num terreno mais seguro de felicidade mútua. Quando mais jovem, Hester tinha imaginado, com certa vaidade, que ela mesma poderia ser a profetisa predestinada, mas havia muito reconhecera a impossibilidade de que qualquer missão de revelar a verdade divina e misteriosa fosse confiada a uma mulher marcada pelo pecado, curvada pela vergonha ou oprimida pela tristeza de uma vida. O anjo e apóstolo da revelação vindoura deverá ser, de fato, uma mulher, mas uma mulher elevada, pura e bela; e sábia, além disso, não devido a um desgosto sombrio, mas graças à alegria sublime; e que mostre, com uma vida bem-sucedida nesse aspecto, como o amor sagrado pode nos fazer felizes.

Era o que dizia Hester Prynne antes de baixar os olhos tristes para a letra escarlate. E depois de muitos, muitos anos, uma nova sepultura foi escavada, perto de uma antiga e funda, naquele cemitério ao lado do qual a King's Chapel foi mais tarde construída. Ficava perto da sepultura velha e funda, mas com um espaço entre elas, como se o pó dos dois adormecidos não tivesse o direito de se misturar. No entanto, uma só lápide servia a ambos. Ao redor, havia monumentos esculpidos com brasões de armas; nesta simples placa de ardósia – como o investigador curioso ainda poderia discernir, mesmo que ficasse intrigado com o significado – havia uma espécie de escudo gravado. Ele trazia uma divisa cuja sentença poderia servir como mote e breve descrição de nossa história, agora concluída; tão soturna que o único alívio é um ponto de luz sempre brilhante, mais lúgubre que a sombra:

"EM CAMPO DE SABLE, A LETRA A ESCARLATE."

FIM.

E aqui a heráldica vem com tudo: a **divisa** é um emblema pessoal, um símbolo, geralmente acompanhado de uma legenda, chamada alma da divisa, **mote** ou lema. Era modinha entre nobres e intelectuais da Europa bolar esses emblemas pessoais, principalmente a partir do Renascimento. Já o **campo** é o fundo do escudo e é onde se botam os símbolos (as armas). E o nome das cores (chamadas esmaltes) deriva do francês: vermelho é goles; azul é blau ou azur; verde é sinopla, sinople ou vert; púrpura é purpure; e preto é negro ou **sable**.

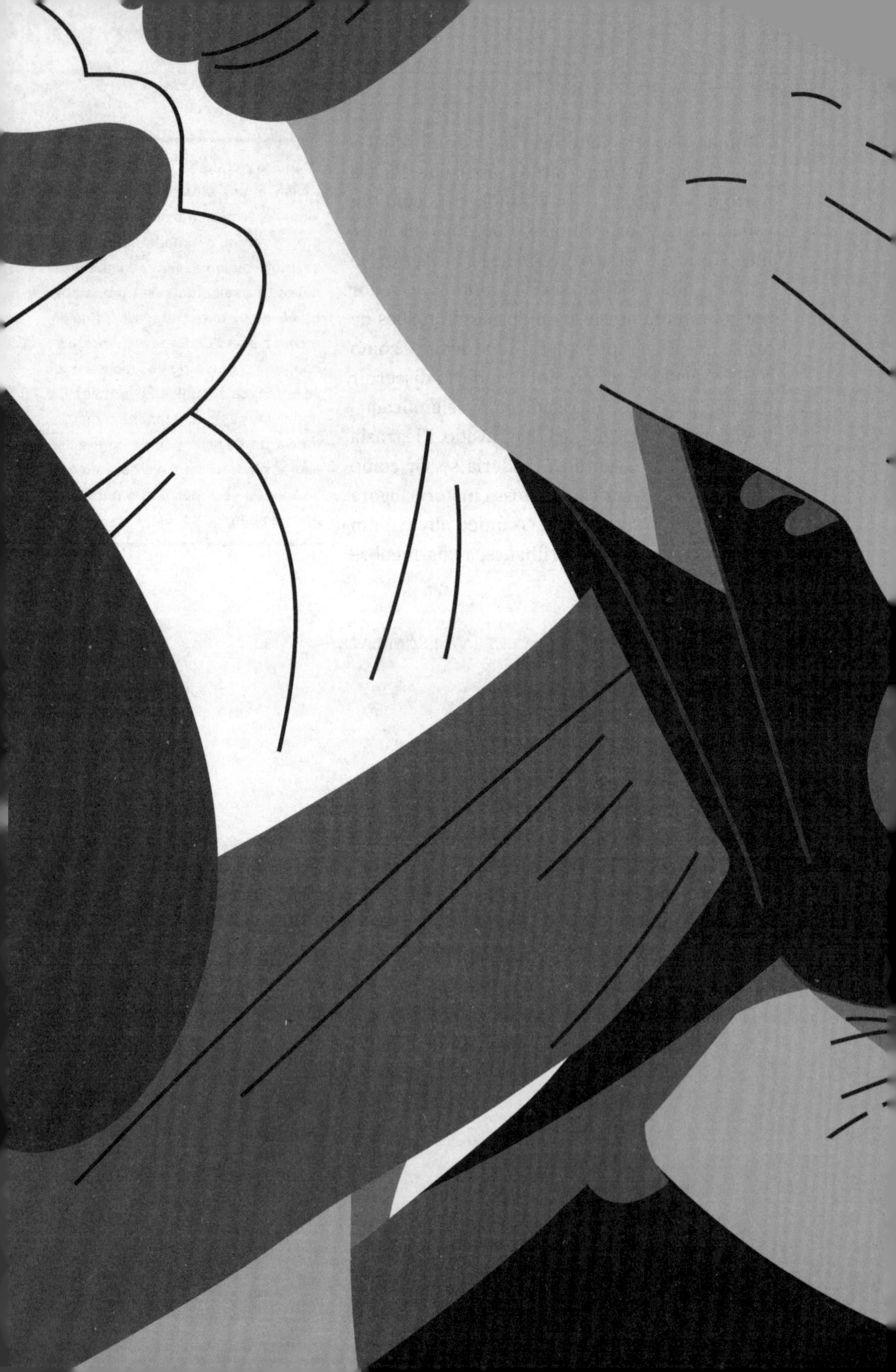

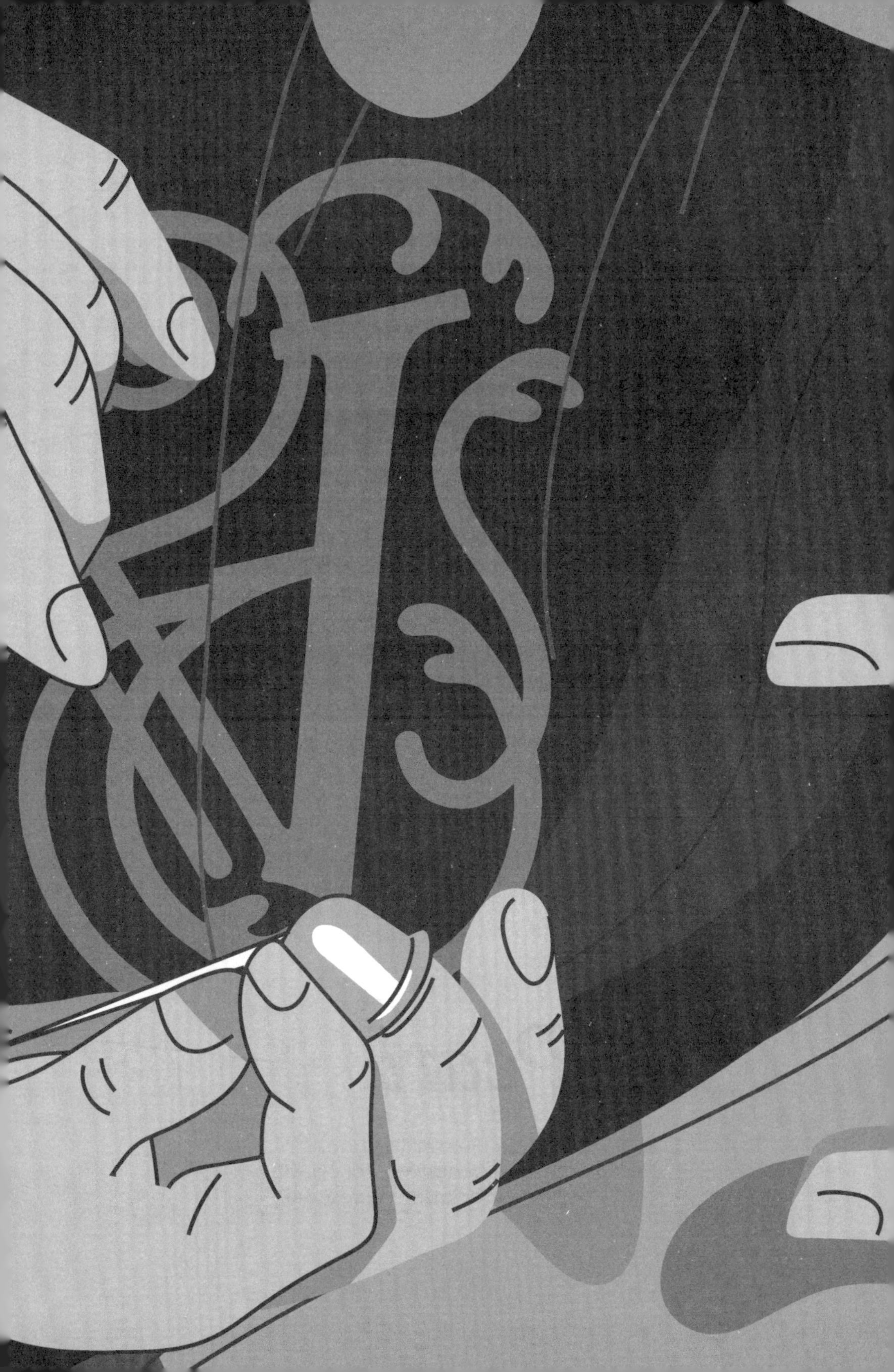

CASADOS

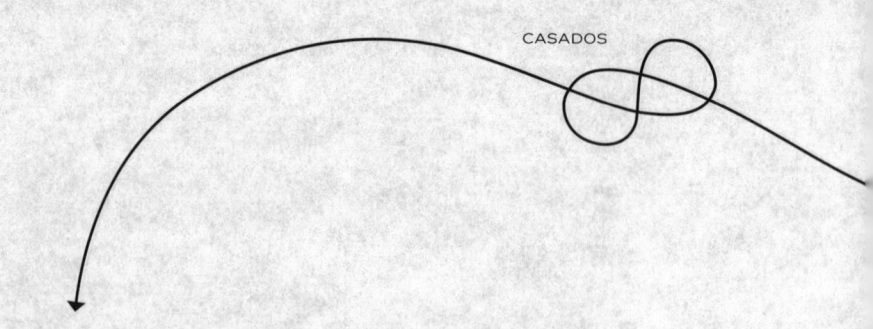

Hester Prynne

é obrigada a usar sobre o peito a letra A (de "adúltera"), bordada na roupa, por haver tido a filha Pearl fora do casamento, depois de anos sem ter notícias do marido.

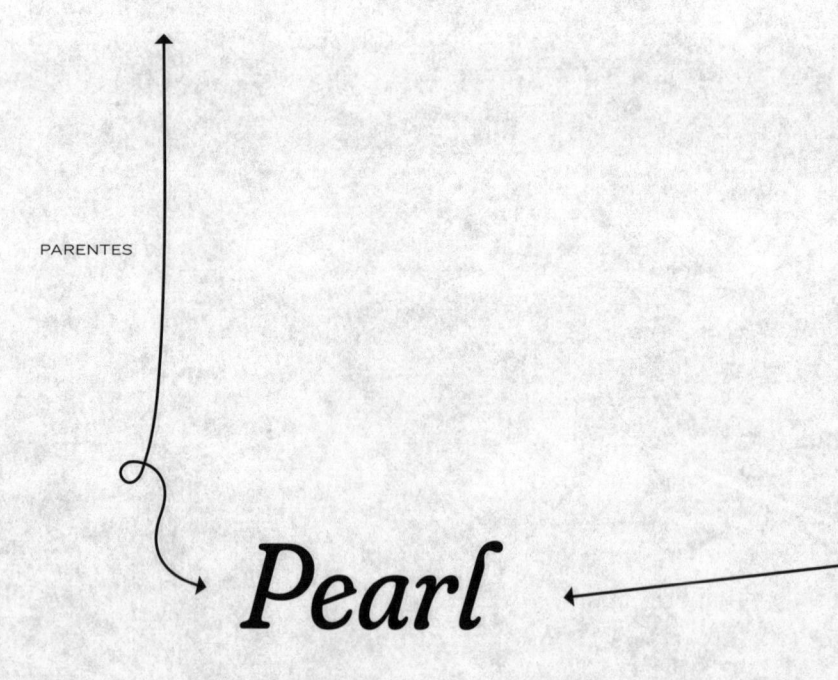

PARENTES

Pearl

filha de Hester Prynne, menina sensitiva, foi criada sem saber quem é seu pai.

Roger Chillingworth

marido de Hester, mais velho que ela, mandou a mulher da Inglaterra para os Estados Unidos antes de poder, ele próprio, emigrar.

Arthur Dimmesdale

clérigo puritano, pai de Pearl, tem dificuldade em assumir publicamente a paternidade.

PARENTES

LUIZ ROBERTO M. GONÇALVES é tradutor desde 1983, formado em inglês nos Estados Unidos. Trabalhou na Editora Abril como revisor e mais tarde no Círculo do Livro, onde fez revisão de traduções. Começou a traduzir para o Círculo do Livro e posteriormente seguiu a carreira com trabalhos para várias outras editoras: Brasiliense, Globo, Marco Zero e Cosac & Naify. Traduziu uma série de obras consagradas, como *A arte moderna*, de Meyer Schapiro (Edusp), *Caninos Brancos*, de Jack London, *Fanny Hill*, de John Cleland, *O inventor da solidão*, de Paul Auster, *Terra de sombras*, de J. M. Coetzee (todos pelo Círculo do Livro), e *A virgem e o cigano*, de D. H. Lawrence (Brasiliense). Trabalhou na *Folha de S.Paulo* como redator e depois no *Jornal da Tarde*, sempre contribuindo com traduções. Atualmente traduz reportagens internacionais para veículos de mídia como UOL, Folha, Huffington Post, revista *Select*, e para museus (Fundação Oscar Americano, Tomie Ohtake, Bienal de SP, Japan House e Casa Daros).

FÁTIMA MESQUITA é uma colecionadora profissional de letras e sentenças. Apaixonada por línguas em geral e mais ainda pelo português, essa mineira de Belo Horizonte tem vasta experiência como redatora, escritora, jornalista, tradutora, pesquisadora, roteirista de rádio e TV, e ainda no ensino de português, redação e história. No seu currículo há trabalhos feitos para BBC World Service Trust, Unicef, Discovery Channel Canada, Rádio e TV Bandeirantes, Grupo Abril, TV Cultura de SP, Fiocruz, entre outras empresas. Curiosa e *workaholic*, é das suas muitas leituras que extrai informação para as notas e comentários das coleções de clássicos da Panda Books. É autora de onze livros publicados para crianças e jovens, com traduções na Alemanha e na China. Já morou em várias partes do Brasil, além de ter tido endereço fixo em Angola, na Inglaterra e, por vinte anos, no Canadá. Agora está de volta ao Brasil, cheia de planos para mais livros.

PAULA CRUZ é ilustradora e designer. É graduada em design pela Escola de Belas Artes da UFRJ e mestra em design pela PUC-Rio, onde desenvolveu pesquisa sobre publicações híbridas e novas formas de leitura. Ela atravessou o Atlântico para estudar os mestres do design holandeses na Willem de Kooning Academie em Rotterdam, Holanda. Atualmente mora no Rio de Janeiro e atua como professora de design e ilustração desde 2019. Paralelamente ao trabalho e estudos, constrói projetos autorais que unem design, ilustração e pesquisa, tais como livros, cartazes e quadrinhos.